लोग इस पुस्तक के बारे में क्या कहते हैं

"मैंने इससे पहले शायद ही कोई ऐसी पुस्तक पढ़ी है जो अपने पाठकों को चेतन और अवचेतन मन के बीच के रिश्ते को इतनी अच्छी तरह से समझाती है। मैं इस पुस्तक की तहे दिल से अनुशंसा करता हूँ।"

– जैक कैनफ़ील्ड, *चिकन सूप फ़ॉर द सोल* श्रंखला के सह लेखक
और "द सीक्रेट" में विशेष शिक्षक

"इस पुस्तक में आपके जीवन को पूरी तरह से बदल देने की क्षमता है। मैं इसकी गारंटी लेता हूँ।"

– जॉर्ज ज़िमर, कार्यकारी अध्यक्ष
मेन्स वेयरहाउस

"कभी-कभी कोई पुस्तक ऐसी होती है जो अपने पाठकों को अपने जीवन में बदलाव लाने का अवसर देती है। मर्फ़ी और जेनसन ने जो पुस्तक लिखी है, वह ऐसा ही करती है। मैं अपने निजी अनुभवों के आधार पर यह कहा सकता हूँ कि *'आपके अवचेतन मन की शक्ति से आगे'* इस पुस्तक में दिए गए सिद्धांतों और अवधारणाओं को अपनाकर जीवन स्तर उन्नत बनाया जा सकता है। यदि आपको इस साल एक ही पुस्तक पढ़नी है, तो आप इसे ही चुनें।"

– हॉवर्ड बेआर, सेवानिवृत्त अध्यक्ष
स्टार बक्स कॉफ़ी इंटरनैशनल

"मनुष्य की परेशानियों का मुख्य कारण है वे विचार जो उसकी समझ से उसके बाहर व्याप्त रहते हैं जो कि ग़लत है। डॉ. मर्फ़ी और जेनसन ने अपनी पुस्तक द्वारा यह बताया है कि वे विचार तो हमारे अवचेतन मन में ही विद्यमान रहते हैं। साथ ही यह पुस्तक हमें यह भी याद दिलाती है कि परम आनंद और संभावनाओं का केंद्र हमारे भीतर ही है। यह पुस्तक उन सभी लोगों के लिए है जो अपनी क्षमताओं का पूर्ण उपयोग करना चाहते हैं। लेखक की टिप्पणी के अनुसार 'चेतना सही दिशा-निर्देशन, मुक्ति और मानसिक शान्ति लाती है।' हमारी छिपी हुई क्षमताओं के साहसी और रोमांचक कार्य हम सब की राह देख रहे हैं।"

– मर्लिन मंडाला शिलट्ज़, पीएच.डी., अध्यक्ष/सीईओ
इंस्टीट्यूट ऑफ़ नोएटिक साइंसेज़

"संगीत प्रस्तुति का एक रूप होता है जिसे कॉल ऐंड रिस्पांस कहा जाता है। इसमें एक संगीतज्ञ दूर से विशिष्ट वाक्यांश या धुन बजाता है और उस पर दूसरी ओर से प्रतिक्रिया के रूप में उस धुन पर टिप्पणी की जाती है या कोई धुन बजाई जाती है। ऐसा ही अफ़्रीकन और अफ़्रीइकन-अमेरिकन ईसाई धर्मावलंबियों में प्रचलित एक प्रथा में होता है जहाँ वक्ता एक वाक्य कहता है और सारा समूह मूल कथन को बल देने वाले सकारात्मक कथन को सामूहिक आवाज़

में कहता है। मर्फ़ी और जेनसन का यह कार्य कॉल ऐंड रिस्पांस का उत्तम उदाहरण है। मर्फ़ी ज़ोर देकर कहते हैं, जेनसन उसे स्पष्ट करते हैं। उनकी विषय वस्तु कई बार वास्तविकता से परे जाती या विज्ञान की कसौटी पर खरी न उतरती हुई महसूस होती है मगर पृष्ठ दर पृष्ठ आह्वान स्पष्ट होता जाता है। आस्था और प्रतिक्रियाओं से परिपूर्ण ये व्याख्यात्मक कथन वास्तविक प्रमाणों की बात करते हैं और जैसे-जैसे अध्याय आगे बढ़ते जाते हैं, यह सम्मोहन बढ़ता जाता है। भले ही यह पुस्तक नास्तिकों या शंकालु लोगों को समझाने में पूरी तरह से कामयाब न रह पाए मगर उनके निश्चय और आत्मतुष्टि के विचारों को हिलाने की शक्ति तो रखती है। इसे पढ़ें और गाएँ!"

– डैनियल के. चर्च, पीएच.डी., अध्यक्ष, बेस्टर विश्वविद्यालय

"हम सभी इस बात को सुनते-समझते हुए बड़े हुए हैं कि देखना ही विश्वास करना है। मगर जिम जेनसन और डॉ. मर्फ़ी की इस पुस्तक को पढ़ने के बाद मैंने माना है कि विश्वास करना ही देखना है अर्थात हमारे विश्वास ही हमारी दृष्टि को आकार देते हैं। दुनिया की समस्त शक्ति और अच्छाई हमारे अन्दर ही निवास करती है। यह पुस्तक हमें सफलता की कुंजी देती है और साथ ही उस शक्ति की ओर हमारा ध्यान आकर्षित करती है जो हमारी आशाओं और विश्वासों को वास्तविकता में परिवर्तित कर सकती है। इसके अध्यायों में निहित सार्वभौमिक ज्ञान ने मेरा जीवन हमेशा के लिए बदल दिया है। और ऐसा इसके हरेक पाठक को महसूस होगा।"

– डग जुवेट, सीईओ, रैमजेन पावर सिस्टम्स, इंक.

"*आपके अवचेतन मन के शक्ति से आगे* इस पुस्तक का हर अनुच्छेद ज्ञान और गहरी अंतर्दृष्टि से युक्त है। मैंने ऐसे हज़ारों लोगों को देखा है जो बाहरी शक्तियों के दबाव में आकर स्वयं को शक्तिहीन मानने लगते हैं। जिम जेनसन ने हमारे भीतर सुप्त अवस्था में पड़े उस शक्ति, उपचार और तरक्की के प्रदीप्त स्रोत के बारे में इस पुस्तक में बड़ी ही कुशलता के साथ बताया है। इस पुस्तक को पढ़ने और इसमें बताई गई बातों को हृदय की गहराई तक समझकर उपयोग में लाने से हरेक को लाभ मिलेगा। आप उस शक्ति का अनुभव करके चमत्कृत होंगे, जो आपकी उँगलियों के पोरों में निहित है अर्थात आपके बिलकुल समीप है।"

– जॉन पी. रोशॉन, भूतपूर्व अध्यक्ष और सीईओ,
मैरी के. कॉस्मेटिक्स, इंक.

"पारंपरिक ज्ञान और समकालीन शोधों को आधार बनाकर लिखी गई पुस्तक *आपके अवचेतन मन की शक्ति से आगे* हमें अपनी आत्मा की शक्ति की खोज के रास्ते बताती है। हममें से हरेक व्यक्ति मानवीय सीमा के इस महानतम, साहसिक और रोमांचक कार्य में हिस्सा ले सकता है।"

– माइकल मर्फ़ी, एसेलेन इंस्टीट्यूट के संस्थापक
और *द फ़्यूचर ऑफ़ द बॉडी* पुस्तक के लेखक

"महानतम सीमा आकाश या समुद्र नहीं है। हमारे चमत्कारिक स्व की शक्ति का साक्षात्कार ही महानतम सीमा है। और इसका प्रारंभ करने के लिए यह पुस्तक आपके सामने है। जेनसन की पुस्तक क्रियान्मुख 21वीं सदी के सर्वथा योग्य है। डॉ. मर्फ़ी के आधारभूत कार्य इस पुस्तक के लिए मंच तैयार करते हैं। पुरानी पीढ़ी के कई विशेषज्ञ चिन्तक प्रमुख बिन्दुओं को स्पष्ट और

सुदृढ़ करते हैं। उसके बाद जिम बताते हैं कि अपने जीवन के महानतम सिद्धांत का उपयोग किस तरह किया जाए। पुस्तक को पढ़कर ऊर्जान्वित होने के लिए तैयार हो जाएँ।"

– स्टैन फ्राइमथ, सेवानिवृत्त अध्यक्ष और सीईओ, रागन मेकेन्ज़ी, इंक.

"यह पुस्तक अद्वितीय है और इसे इस प्रारूप में लिखा गया है कि इसे एक बार पढ़कर व्यक्ति अपने जीवन में उतार सकता है और तत्काल इससे आने वाले सकारात्मक परिवर्तनों को भी देख सकता है। मेरा सुझाव है कि सबसे पहले आत्मज्ञान पर आधारित अंतिम अध्याय को पढ़ा जाए और फिर पहले अध्याय को शुरू किया जाए। मैं जानता हूँ यह पुस्तक आपके जीवन को भी समृद्ध करेगी, जैसे कि इसने मेरे जीवन को किया है।"

– लायल एंडरसन, अध्यक्ष
द लॉयल ऐंडरसन कंपनी, एलएलसी

"पुस्तक के रूप में सिद्धांतों को अद्यतन करने और पुनरावृत्ति का बढ़िया प्रयास। आधारभूत सिद्धांत समय की कसौटी पर खरे उतरे हैं और जेनसन द्वारा जोड़ी गई बातों ने इस पुस्तक को बहुत महत्त्वपूर्ण बना दिया है। यह पुस्तक अपने जीवन को हमेशा के लिए बदलने का सशक्त तरीक़ा सुझाती है। हरेक उद्यमी के लिए आवश्यक रूप से पढ़ी जाने वाली पुस्तक है यह।"

– जो एब्राम्स, सह संस्थापक, इंटरमिक्स/माय स्पेस

"इस पुस्तक की तारीफ़ में यही कह सकता हूँ कि मैं चाहूँगा कि मेरे सारे बच्चे इस पुस्तक को पढ़ें और इसमें दी गई बातों को अपने जीवन में उतारें। मैं जानता हूँ कि यदि इस पुस्तक में बताए गए सिद्धांतों को हम गंभीरता से लें और उन्हें अपने जीवन में उतारें तो हमारे जीवन का रूप ही बदल जाएगा।"

– मार्क गाईस्ट, पूर्व सीईओ, मॉन्टगोमेरी ऐसेट मैनेजमेंट

"मानव मन की जटिलताओं के साथ व्यवहार करना सीखना किसी व्यक्ति के लिए सबसे चुनौतीपूर्ण कार्य है। मर्फ़ी और जेनसन द्वारा लिखी गई इस बढ़िया किताब को पढ़ते हुए आप गहन ज्ञान की अविश्वसनीय यात्रा पर निकल जाएँगे। आप कौन हैं, और रोज़मर्रा की ज़रूरतों को पूरा करने के लिए आप किस तरह से काम करते हैं यह आप समझ सकेंगे।"

– निक ब्यूनिक, न्यू यॉर्क टाइम्स बेस्ट सैलर पुस्तक *द मेसेंजर्स* के लेखक

"मैंने अभी ही इस जीवन को बदलने वाली पुस्तक को पूर्ण किया है और मैं आपको धन्यवाद और बधाई देना चाहता हूँ। मैंने हमारे जीवन के अनुभव क्यों और किस तरह घटते हैं, इसे सीखने के लिए इस विषय पर क़रीब 200 पुस्तकें पढ़ी हैं। आपने मुझे इस सन्दर्भ में सारे तथ्य और तरीक़े एक ही पुस्तक में समझा दिए हैं। यह सब इस पुस्तक में है! आपकी इस पुस्तक को पढ़ने से पहले मेरे अन्दर एक खालीपन था। ऐसा कैसे था, यह मैं नहीं ढूँढ पाया था।"

– बॉब मेस, संस्थापक/अध्यक्ष, द मैडिसन कंपनीज़

आपके अवचेतन मन की शक्ति से आगे

सी. जेम्स जेनसन

डॉ. जोसेफ़ मर्फ़ी की रचनाओं पर आधारित

प्रस्तावना और सहयोग : ली पुलोस, पीएच डी., एबीपीपी

अनुवाद: भारती पंडित

MANJUL

मंजुल पब्लिशिंग हाउस

MANJUL

मंजुल पब्लिशिंग हाउस

कॉरपोरेट एवं संपादकीय कार्यालय

• द्वितीय तल, उषा प्रीत कॉम्प्लेक्स, 42 मालवीय नगर, भोपाल-462003

विक्रय एवं विपणन कार्यालय

•सी-16, सेक्टर 3, नोएडा, उत्तर प्रदेश, 201301

वेबसाइट : www.manjulindia.com

वितरण केन्द्र

अहमदाबाद, बेंगलुरू, भोपाल, कोलकाता, चेन्नई,

हैदराबाद, मुम्बई, नई दिल्ली, पुणे

मूल अंग्रेजी संस्करण वॉटरसाइड प्रॉडक्शंस द्वारा प्रकाशित

सी. जेम्स जेनसन द्वारा लिखित मूल अंग्रेजी पुस्तक

बियॉन्ड द पावर ऑफ़ यॉर सबकॉन्शियस माइंड का हिन्दी अनुवाद

यह हिन्दी संस्करण 2015 में पहली बार प्रकाशित

चतुर्थ आवृत्ति 2020

ISBN 978-81-8322-585-4

हिन्दी अनुवाद : भारती पंडित

धरती के सारे जीवों में से मनुष्य ही अकेला ऐसा जीव है
जो अपने व्यवहार के तरीक़े में बदलाव ला सकता है।
मनुष्य अकेला ऐसा प्राणी है जो अपने भविष्य का
निर्माण स्वयं कर सकता है।
हमारी पीढ़ी की महानतम क्रांतिकारी घटना
इस बात की खोज है कि मनुष्य अपने
आंतरिक व्यवहार को बदलकर अपने जीवन के
बाहरी परिदृश्य को बदल सकता है।

– विलियम जेम्स

समर्पण

यह पुस्तक समर्पित है मेरे पोते-पोतियों, माया और टकर को, साथ ही इस दुनिया के सभी बच्चों को। हमारी सभ्यता का भविष्य तुम सबके हाथों में है। मानव प्रजाति की चेतना में विकास के द्वारा ही हम अपने आसपास शान्ति, प्रेम और सामंजस्य की दुनिया का निर्माण कर सकते हैं। जिस तरह 1800 के मध्य में अमेरिका में दास प्रथा की स्वीकार्यता समाप्त होती गई उसी तरह हमारी भावी पीढ़ी इस धारणा को भी मिटा डालेगी कि किसी भी ऐसे व्यक्ति का जीवन समाप्त किया जा सकता है जो हमसे धर्म, राजनीतिक विचार, विचारधारा और विश्वासों में भिन्नता रखता है।

हम सब मिलकर हमारी वास्तविकता का निर्माण करते हैं।

-बोम्पा

विषय-सूची

परिचय

-सी. जेम्स जेनसन

डॉ. जोसेफ़ मर्फ़ी आत्मछवि मनोविज्ञान के प्रणेता थे। मैंने उनकी शिक्षा के बारे में सबसे पहले 1969 में जाना। इससे पहले मैंने उनका नाम पहले कभी नहीं सुना था, न ही मैं यह जानता था कि उन्होंने 1963 में आपके (अवचेतन मन की शक्ति) नामक पुस्तक लिखी है।

अक्टूबर 1969 में मैंने और मेरी पत्नी जैरी ने कार्यकारी गतिकी (Executive Dynamics) नामक चार दिवसीय संगोष्ठी में हिस्सा लिया। इस संगोष्ठी को स्व. जॉन बॉयल ने संचालित किया था। (इसी संगोष्ठी को बाद में ओमेगा नाम दिया गया।) हम दोनों इस संगोष्ठी में बताई गई बातों से बेहद प्रभावित हुए चूँकि इससे पहले हमें इस तरह की बातें जानने का अवसर ही नहीं मिला था।

इन चार दिनों में हमने यह भी सीखा कि चेतन और अवचेतन मन के बीच का रिश्ता हमारे लिए कितना महत्त्वपूर्ण है। हमने यह भी जाना कि किस तरह अवचेतन मन केवल चेतन मन के निर्देशों का पालन करता है, चाहे वे सही हों या ग़लत। हम लगातार अपने आप से बातचीत करते रहते हैं (स्व संवाद), जिसके द्वारा हम अपने बारे में सतत आकलन करते रहते हैं कि हमें क्या पसंद है, क्या नापसंद, हम किसमें अच्छे हैं और किसमें अयोग्य हैं। इस पुस्तक से हम सीखेंगे कि किस तरह हमारा व्यवहार, विश्वास, मत और निर्णय हमें और हमारे व्यक्तित्व को आकार देते हैं। अधिकतर लोग अपने आप को इस तरह देखते चलते हैं कि वे जीवन के किसी क्षेत्र में तो बढ़िया प्रदर्शन करते हैं मगर किसी क्षेत्र में पीछे रह जाते हैं।

जॉन बॉयल से हमने यह भी सीखा कि हम स्वयं अपनी उन धारणाओं और विचारों को बदल सकते हैं या उन्हें पुनः आकार दे सकते हैं जो हमारे लिए उपयोगी नहीं हैं और इसके लिए विशेष तरीक़े होते हैं जिनके द्वारा बदलाव की इस प्रक्रिया को संचालित किया जाता है। इन तरीक़ों के बारे में इस पुस्तक में बताया गया है।

अगले 40 वर्षों तक मैं न केवल ओमेगा की संगोष्ठियों में नियमित रूप से भाग लेता रहा, वरन् मैं ओमेगा का उत्साही प्रशिक्षक भी बन गया। मैं अक्सर जॉन से ओमेगा की विषयवस्तु के बारे में पूछा करता था कि यह सब उसने कहाँ से सीखा। उसका उत्तर था कि यह सब उसने जोसेफ़ मर्फ़ी नामक व्यक्ति से सीखा। उस समय इंटरनेट प्रचलन में नहीं आया था अतः गूगल करके जोसेफ़ मर्फ़ी के

बारे में नहीं जाना जा सकता था। डॉ. मर्फ़ी ने इस पर एक पुस्तक भी लिखी है, यह जॉन ने मुझे नहीं बताया।

जैसे-जैसे मैं ओमेगा के सिद्धांतों को समझने लगा और उन्हें धाराप्रवाह रूप से समझाने लगा, मैंने ओमेगा से बाहर होने वाली संगोष्ठियों और अन्य पुस्तकों की खोज करनी भी शुरू कर दी जिससे अवचेतन मन की शक्ति और हमारे निर्देशित विचारों की शक्ति के बारे में अपनी समझ को और अधिक पुख़्ता कर सकूँ। और धीरे-धीरे कई रास्ते एक ही लेखक की ओर जाते दिखने लगे, और वह लेखक थे डॉ. जोसेफ़ मर्फ़ी।

2005 में मेरा एक सहकर्मी टॉम पोपा मेरे दफ़्तर में आया और उसने मुझे एक पुस्तक दी जिसके बारे में उसका ख़्याल था कि मुझे उसे पढ़कर आनंद आएगा। यह पुस्तक थी (द पावर ऑफ़ योर सबकॉन्शियस माइंड) जिसे डॉ. मर्फ़ी ने लिखा था। मैंने सोचा, हे भगवान, क्या ये सचमुच वे ही जोसेफ़ मर्फ़ी हैं जिनके साथ जॉन बॉयल ने अध्ययन किया है? और ये वही थे।

जैसे-जैसे मैं वह पुस्तक पढ़ता गया, मुझे यह अहसास हुआ कि ओमेगा संगोष्ठी की समस्त विषयवस्तु इसी पुस्तक से ली गई थी और जॉन बॉयल की यह खूबी थी कि उन्होंने चार दिन की संगोष्ठी की रूपरेखा इस तरह से बनाई थी कि सहभागी इस अवधारणा को पूरी तरह से समझ सकें और उन तरीक़ों को जान सकें जिनके द्वारा वे अपने जीवन को मनचाही दिशा दे सकें।

जैसा कि परिचय में पहले भी कहा गया है कि डॉ. जोसेफ़ मर्फ़ी आत्मछवि मनोविज्ञान के पहले प्रणेताओं में एक थे। उनकी पुस्तक पहले 1963 में लिखी गई थी, आने वाले वर्षों में पुस्तक की विषयवस्तु के बारे में कई नवीन शोध हुए हैं। साथ ही आज हम जिस दुनिया में रहते हैं, वह दुनिया आज से पचास साल पहले की दुनिया से बिलकुल अलग है।

मेरे मन में पहले यह विचार आया था कि नवीन शोधों के आधार पर डॉ. मर्फ़ी की मूल पुस्तक को संशोधित किया जाए और उस पर संशोधित और संपादित प्रति लिखकर उसे मूल शीर्षक (आपके अवचेतन मन की शक्ति से आगे) के नाम से ही प्रकाशित किया जाए। मगर जैसे-जैसे मैं अपने शोधों और संपादित अंशों के साथ आगे बढ़ता गया, मुझे अधिकाधिक जानकारी मिलती गई जिसने मुझे डॉ. मर्फ़ी के काम को आज की 21वीं सदी के परिप्रेक्ष्य में प्रस्तुत कर सकने योग्य बनाया।

मैंने डॉ. मर्फ़ी की इस पुस्तक के संशोधित अंक में पाठकों को इस क्षेत्र में हुए नवीन शोधों से परिचित कराया है। मैंने कई ऐसे तरीक़ों को भी इसमें शामिल किया है जो मूल लेखन में नहीं थे।

इससे पाठक आसानी से डॉ. मर्फ़ी द्वारा लिखे गए मूल पाठ और मेरे द्वारा जोड़े गए पाठ में अंतर कर सकेंगे। मैंने इसे दर्शाने के लिए लेखन के अलग-अलग फॉंट्स का इस्तेमाल भी किया है।

मुझे विश्वास है कि यह संशोधित अंक कई लोगों के जीवन के लिए परिवर्तनकारी सिद्ध होगा क्योंकि इस पुस्तक में बताई बातें हमारे यहाँ किसी भी स्कूल या विश्वविद्यालय में नहीं सिखाई जातीं।

जैसा कि जेन रॉबर्ट्स की महान पुस्तक सेथ स्पीक्स *में लिखा है :*

> मैंने सुना है कि कई लोगों ने न्यू यॉर्क में रहने के बावजूद एम्पायर स्टेट बिल्डिंग को नहीं देखा है जबकि कई विदेशी यात्री इससे भली-भाँति परिचित हैं। आपके पास आपके शरीर के बारे में भौतिक सूचनाएँ हो सकती हैं मगर मैं तब भी आपके वास्तविकता के तंत्र के अन्दर कई चमत्कृत करने वाली मानसिक और मनोवैज्ञानिक संरचनाओं को बता सकता हूँ जिन्हें आप अब तक अनदेखा करते आए हैं।
>
> सच कहूँ तो मैं इससे भी अधिक कुछ करता हूँ। मैं आपको आपके अन्दर विद्यमान वास्तविकता के हर स्तर के भ्रमण पर ले जाता हूँ, आपकी उस यात्रा के लिए जिसमें आप अपने मानसिक संरचना के विविध आयामों के दर्शन करने वाले हैं, मैं आपका निर्देशन करता हूँ। आपकी चेतनता के हरेक क्षेत्र की खोज करने में, जिनके बारे में आप अब तक कुछ नहीं जानते, मैं आपका पथ प्रदर्शन करने वाला हूँ। इसलिए मुझे बिश्वास है कि यह पुस्तक न केवल व्यक्तित्व के बहुआयामी पक्ष को जानने में पाठकों की मदद करेगी, वरन् उनके अन्दर छिपी उस महानतम पहचान को जानने का मौक़ा भी प्रदान करेगी।

(अत्यधिक अनुशंसित आलेख, सेथ स्पीक्स, जेन रॉबर्ट्स)*

यही वह विश्वास है जो डॉ. मर्फ़ी और मैं आपको इस पुस्तक के अगले पृष्ठों के माध्यम से देने की इच्छा रखते हैं।

**रॉबर्ट्स, जेन,* सेथ स्पीक्स। *प्रेन्टिस हॉल, 1972*

प्रस्तावना

- ली पुलोस, पीएच.डी., एबीपीपी

यह मेरे लिए सचमुच सौभाग्य की बात है कि मुझे एक ऐसी पुस्तक की प्रस्तावना लिखने के लिए कहा गया है जिसे मैंने पहली बार आज से चालीस साल पहले पढ़ा था और मुझे उस समय अनुभव किए गए दृश्यावलोकन और मनोवैज्ञानिक रोमांच के क्षण अब तक याद हैं।

यह पुस्तक वह नहीं है जिसे मैंने पहली बार पढ़ा था, इसे जिम जेनसन ने कुशलता और बुद्धिमत्ता से संपादित किया है और कुछ अवधारणाओं को जो 1963 तक तो सही समझी जाती थीं मगर आज ठीक नहीं हैं, उन्हें आज के तंत्रिका विज्ञान, मनोवैज्ञानिक सिद्धांत और शोधों के सन्दर्भ में पुनः निरुपित किया है।

इस संपादन से *आपके अवचेतन मन की शक्ति से आगे* पुस्तक के मूल भाव पर कोई प्रभाव नहीं पड़ा है। हमारा अहंकार या चेतन मन वास्तविकता के ऊपरी स्तर पर ही विचरण करता है और इसकी जागरूकता और ध्यान केवल पाँच इन्द्रियों के सीमित अनुभव पर ही केन्द्रित रहते हैं। जो भी हो, हमारे मन के अनजाने और विशिष्ट पहलू जीवन की नीरसता में छिपे रह जाते हैं।

दुर्भाग्यवश आज अधिकतर वैज्ञानिक यह विश्वास रखते हैं कि मस्तिष्क में कुछ विशेष रहस्यमयी अणुओं की आपसी क्रियाओं द्वारा मन का प्रादुर्भाव होता है अर्थात मन का निर्माण पदार्थ से होता है। यह हम कौन हैं, इस बात का बड़ा ही सीमित और न्यूनकारी विवरण देते हैं - हम और हमारा अस्तित्व मानव क्षमता के ब्रह्मांडीय निराशावाद के प्रतीक हैं।

जो भी हो, हमारी बुद्धि की विविध सीमाओं और चेतना के गलियारों के बारे में जोसेफ़ मर्फ़ी की उत्कृष्ट अंतर्दृष्टि ने हज़ारों स्त्री-पुरुषों को यह खोजने में मदद की है कि हमारे मन और हृदय की गहराई में क्या छिपा है - वह सब जिसे हम भूल चले थे। यह कि हम अपने तार्किक मन से परे भी बहुत कुछ हैं।

यह पुस्तक कुछ पुरानी बुद्धिमत्ता और ज्ञान की बातें भी याद दिलाती है जैसे बुद्ध की, जिन्होंने कहा था, "मनुष्य अपने विचारों का ही उत्पाद होता है।" और इससे भी पुरातन परंपरा भगवद् गीता की, जो कहती है - "मनुष्य अपने विश्वासों से आकार लेता है। वह जिसमें विश्वास करता है, वैसा ही हो जाता है।"

हमारा तार्किक मन हमारी क्षमताओं का पूर्ण उपयोग करने में कई रुकावटें उत्पन्न करता है। यह एक भौतिक लक्ष्य पर सूक्ष्म ध्यानकेंद्रण द्वारा हमारी क्षमताओं को

सीमित करता है साथ ही दार्शनिक रूप से हमें अवचेतन मन जो हमारी शक्ति का सच्चा स्रोत है, के प्रयोगात्मक रंगमंच से दूर करता है। हमारे मन के विविध क्षेत्र जैसे हमारे पूर्वानुमान, हमारी असामान्य जागरूकता, हमारे सपने, कॉस्मिक सूचनात्मक क्षेत्र से हमारे संबंध, हमारा मनोवैज्ञानिक और आध्यात्मिक परिदृश्य, हमारा रहस्यवाद ये सभी हमारी शक्ति के सच्चे स्रोत हैं।

यह पुस्तक हर आयु वर्ग के लोगों के लिए है, क्योंकि यह पुस्तक कुछ विकासवादी साहसिक सुझाव देती है जिन्हें एक बारह वर्ष के बच्चे से लेकर उसके बूढ़े दादाजी तक सभी समझ सकते हैं और आसानी से व्यवहार में ला सकते हैं। यह आइंस्टीन के एक महत्त्वपूर्ण कथन का भी अनुसरण करती है जो कहते हैं, "हरेक बात को जितना सरल कर सको, उतना सरल करो मगर उसे सरलतम मत बनाओ।"

आपके अवचेतन मन की शक्ति से आगे इस पुस्तक को पढ़ते हुए मैं गहरे अक्षरों में लिखे हुए डॉ. मर्फ़ी और जेनसन के उन विचारों को पढ़कर बड़ा ही आनंदित हुआ जिनमें चमत्कार उत्पन्न करने की शक्ति है, जो यह बताते हैं कि अपने मन को किस तरह जागरूक करें कि वह शारीरिक और मानसिक उपचार में हमारी मदद करें, अपने सीमित विश्वासों और भयजनित व्यवहार के दायरे से बाहर आना, संपत्ति हेतु जागरूकता उत्पन्न करने की योग्यता विकसित करना, उपचार के स्वप्न निर्मित करना, सफलता के रास्ते में आ रही रुकावटों को दूर करना और किस तरह अपने अवचेतन मन को पुनः शिक्षित और पुनः क्रमादेशित करना ताकि वह हमारे लक्ष्यों की प्राप्ति में हमारी सहायता करें और हमारे लिए सर्वाधिक अनुकूल, स्नेह भरे, सफल, स्वस्थ भविष्य का निर्माण कर सकें। और हाँ, पुस्तक में इससे अधिक भी कई बातें हैं।

इस पुस्तक को पढ़ते हुए जो बात बार-बार मेरे मन में ध्वनित होती रही, वह यह है कि हमारा जीवन किस तरह हमारे विचारों और धारणाओं का प्रतिरूप है। हम जिस पर ध्यान केन्द्रित करते हैं, वही हमारे जीवन में घटता है और हमारे विश्वास और धारणाएँ ही उन बातों को तय करती हैं, जिन पर हम ध्यान केन्द्रित करते हैं। हमारे जीवन के अनुभव हमारे विश्वास, अपेक्षाएँ, ध्यान और इरादों का ही अनुसरण करते हैं। मर्फ़ी और जेनसन की अंतर्दृष्टि के निहितार्थ असीमित हैं, जिसमें यदि हम अपने सीमित विचारों पर काम नहीं करते तो ये विचार हमारे स्वास्थ्य, काम, रिश्ते, आर्थिक स्थिति या जीवन के अन्य क्षेत्रों को प्रभावित करने लगेंगे। सबसे महत्त्वपूर्ण यह है कि जोसेफ़ ऐसे तरीक़े और तकनीकें सुझाते हैं जो हमें हमारे मनोवैज्ञानिक अवरोधों से पार पाने में मदद करते हैं, जो परिवर्तन के रास्ते में बाधा बने रहते हैं।

जो भी हो, हरेक सफलता या असफलता की जड़ में आत्मविश्वास की बड़ी भूमिका होती है। हम अपने जीवन में किस तरह के अनुभवों को आमंत्रित करेंगे, इसका पूरा दारोमदार हमारे आत्मविश्वास पर ही होता है। आत्मविश्वास हमारे जीवन के पहिए की धुरी है जो हमारे जीवन के उन सभी तारों को एक साथ बाँधती है जो हमारे सपनों को आसानी से, बिना तनाव के और बिना संघर्ष के पूरा करने के लिए आवश्यक होते हैं।

अपने पास आने वाले हज़ारों मरीज़ों में मैंने कई तरह की समस्याएँ देखी हैं और मैं यह दावे से कह सकता हूँ कि उनमें से 95 प्रतिशत लोगों की समस्याएँ आत्मविश्वास की कमी के चलते ही पैदा हुईं थीं। आत्मविश्वास जो योग्यता या अयोग्यता की अनुभूति देता है जो प्रेम, सफलता, स्वास्थ्य और समृद्धि के लिए हमारे स्व योग्यता को मज़बूत करता है।

सरल शब्दों में कहें तो यह पुस्तक अवचेतन मन को स्वर देने के लिए तीन महत्त्वपूर्ण उपकरणों का उल्लेख करती है।

परिवर्तन के लिए पहला उपकरण है इच्छा करना। सभी परिवर्तन इच्छा के साथ ही शुरू होते हैं। यह क्षमता का शुद्धतम रूप है जो परिवर्तन की माँग करता है। इसकी तुलना किसी जानवर के पेट में लगी भूख की आग से की जा सकती है। यहाँ तक कि प्लेटो भी इच्छा के महत्त्व को मान्यता देते हैं। उनके शब्दों में "अपनी आत्मा को इच्छा के प्रति पागलपन की हद तक जाने दें।"

दूसरा उपकरण है अपेक्षा जो कि इच्छा का अनुसरण करती है। अपेक्षाएँ हमारे मन के छिपे हुए दैत्य अवचेतन मन को जगाती है। यह हमारे व्यवहार को हमारी आत्मा भविष्यवाणी को पूरा करने लायक बनाता है। हमारे जीवन के सभी लक्ष्यों को हासिल करने की जड़में अपेक्षा ही होती है। अपेक्षाओं में कमी करने का अर्थ है आप सफल नहीं होंगे।

अभिव्यक्ति का तीसरा उपकरण है कल्पना, अर्थात भविष्य में जिस बात को आप हासिल करना चाहते हैं उसे कल्पना में घटते हुए देखना और उसका मानसिक चित्र बनाना। कल्पना आपके लक्ष्यों में जीवन डालती है और यही वह मानसिक ऊर्जा है जो आपके शानदार और इष्टतम भविष्य का निर्माण करती है।

यह पुस्तक एक संपूर्ण मानसिक उपकरणों का संदूक है जिसमें युगों का ज्ञान लिया गया है और उसे इस तरह की शब्दावली में ढाला गया है जिसे हम आसानी से समझ सकते हैं और अपना सकते हैं कि कैसे हम अपने अतीत को भुलाकर अपनी सोच से अधिक की प्राप्ति कर सकते हैं। सबसे अधिक महत्त्वपूर्ण यह कि यह हमें मज़बूत आंतरिक स्व के साथ जोड़ती है और इस अनुभव को प्राप्त करने के लिए मन में उठने वाली तड़प ही इसका जादुई प्रभाव है।

ली पुलोस पीएच.डी., एबीपीपी
क्लीनिकल मनोवैज्ञानिक
द बायोलॉजी ऑफ़ एम्पावरमेंट और
द पावर ऑफ़ विज़ुएलाइज़ेशन के लेखक

आपके अवचेतन मन की शक्ति से आगे

यह पुस्तक कैसे आपके जीवन में चमत्कार ला सकती है

- डॉ. जोसेफ़ मर्फ़ी

मैंने सारी दुनिया के लोगों के जीवन में हर पड़ाव पर चमत्कार होते देखे हैं। ये चमत्कार आपके जीवन में भी घटित हो सकते हैं, यदि आप अपने अवचेतन मन की जादुई शक्ति का उपयोग करना शुरू कर दें। यह पुस्तक आपको यह बताने के उद्देश्य से लिखी गई है कि आपकी विचारधारा और कल्पनाशीलता आपके भाग्य को आपके मनोनुकूल ढालती है, आकार देती है और उसका निर्माण करती है। एक व्यक्ति अपने अवचेतन मन में स्वतः के लिए जो कुछ भी सोचता है, वह वैसा ही हो जाता है।

इस पुस्तक की विशेषता

इस पुस्तक की सबसे खास बात यह है कि यह पूर्ण रूप से व्यावहारिक अनुभवों के आधार पर लिखी गई है। इसमें आपके लिए सरल, उपयोग में लाए जाने लायक सूत्रों और तकनीकों को शामिल किया गया है जिनका उपयोग आप दैनिक जीवन में आसानी से कर सकते हैं। मैंने इन आसान तकनीकों को सारी दुनिया के स्त्री-पुरुषों को सिखाया है और हाल ही में लॉस एंजिल्स में हुए विशेष सेमीनार में मैंने इस पुस्तक की खास बातों को हज़ारों लोगों के समक्ष प्रस्तुत किया। यह पुस्तक आपको पसंद आएगी क्योंकि इसे पढ़ने के बाद आप यह जान सकेंगे कि क्यों अक्सर आप जो चाहते हैं, जिसकी इच्छा करते हैं, ठीक उसके उलट आपको मिलता है। यह पुस्तक इसके पीछे छिपे कारण को आपके समक्ष लाएगी। दुनिया के हर हिस्से के लोगों ने मुझसे हज़ारों बार पूछा है, "मैंने हज़ारों बार कोई प्रश्न, कोई प्रार्थना की है, मगर मुझे उसका उत्तर कभी नहीं मिला।" इस पुस्तक में आपको इस शिकायत का उत्तर मिलेगा। अवचेतन मन को अपने प्रभाव में लाने और सही उत्तर पाने के ढेरों तरीक़ों से युक्त होने के कारण यह पुस्तक एक उत्कृष्ट और क़ीमती पुस्तक बन पड़ी है जो किसी भी संकट या तकलीफ़ के समय आपकी सहायता को प्रस्तुत होगी।

सभी व्यक्तियों के भीतर एक ही मन होता है (एमर्सन)

आपके अवचेतन मन की शक्ति तो दुनिया में तबसे मौजूद है जब मैं और आप पैदा भी नहीं हुए थे। इसी विचार के साथ मैं इस पुस्तक के सभी अध्याय आपके सामने प्रस्तुत कर रहा हूँ जिससे आप अवचेतन मन की उस आश्चर्यजनक, जादुई और परिवर्तनकारी

शक्ति को पहचान सकें, उसे धारण कर सकें ताकि वह आपके मानसिक और शारीरिक ज़ख़्मों को भर सकें, मन को भयमुक्त कर सके और आपको ग़रीबी, असफलता, दुःख, कमी और निराशा के बंधन से पूरी तरह मुक्त कर सके। आपको सिर्फ़ इतना करना है कि आप मानसिक और भावनात्मक रूप से उन सभी अच्छी बातों के साथ एकरूप हो जाएँ, जिन्हें आप अपने जीवन में घटते देखना चाहते हैं। आपके अवचेतन मन की रचनात्मक शक्ति आपकी इच्छा के मुताबिक ही कार्य करेगी। तो आज से ही शुरू करते हैं, और आपके जीवन में चमत्कार घटते देखते हैं।

"सारे विचार प्रार्थनाएँ हैं, और सारी प्रार्थनाओं के उत्तर मिलते है" -सकारात्मक या नकारात्मक।

इसके बारे में सोचें। सारे विचार प्रार्थनाएँ हैं, और सारी प्रार्थनाओं के उत्तर मिलते हैं - सकारात्मक या नकारात्मक। इस पुस्तक का प्रमुख नियम ही यह है कि ***यदि कोई विचार हमारे चेतन मन में लगातार उपस्थित रहता है तो अवचेतन मन उसे वास्तविकता में ज़रुर लाता है, उसे साकार करता है।***

यदि हमारी चाह और अपेक्षाओं में साम्य नहीं हो तो हम जो चाहते हैं, हमें वह नहीं मिलता वरन् हम जिसकी अपेक्षा करते हैं, वह हमें मिलता है। हम भले ही चाहते हैं कि हम सफल वैवाहिक जीवन बिताएँ या व्यापार में सफलता की ऊँचाइयों को छुएँ मगर हमारे चेतन मन में चल रहे संवाद यदि इस तरह होंगे कि "मेरी शादी टूटने वाली है" या "मुझे व्यापार में घाटा हो रहा है" तो हमारा चेतन मन इन संवादों के द्वारा हमारे अवचेतन मन को ऐसा ही करने का आदेश दे रहा होता है और अवचेतन मन उसके आदेशों का पालन करता है।

डॉ. मर्फ़ी हमें यह दिखाना चाहते हैं कि जब आपके सामने कोई दूसरा रास्ता न हो तो साइबरनेटिक्स का उपयोग अर्थात चेतन और अवचेतन मन के बीच संवाद स्थापित करना वह कुँजी है जो हमारी इच्छाओं को वास्तविकता में बदल सकती है, साकार कर सकती है।

जीवन में आपको वह नहीं मिलता जिसकी आप इच्छा करते हैं... मगर आपको वही मिलता है जिसकी आप अपेक्षा रखते हैं।

अंततः दुनिया आपके साथ वैसा ही व्यवहार करती है जैसे व्यवहार की आप उससे अपेक्षा रखते हैं।

द *गो-गिवर्स** बर्ग और मान

**बर्ग, बॉब और डेविड मान, द गो-गिवर्स। पोर्टफ़ालियो हार्डकवर, 2007*

1

आपके भीतर छिपा ख़ज़ाना

आपके आसपास अथाह संपदा बिखरी पड़ी है, यदि आप अपने मन की आँखें खोलकर अपने अन्दर छिपी इस अथाह संपदा को, अपने भीतर के ख़ज़ाने को मन भर देख पाएँ। आपके भीतर ही सोने की खदान है जिसमें से आप चाहे जितना सोना निकाल सकते हैं और उसके द्वारा भव्य, आनंदित और साधन संपन्न जीवन बिता सकते हैं।

हममे से कई लोग अब तक गहरी नींद में है क्योंकि वे अपने भीतर छिपे असीम बुद्धिमत्ता और अथाह प्रेम के इस ख़ज़ाने के बारे में कुछ नहीं जानते। इस ख़ज़ाने से आप जो भी चाहते हैं, आसानी से पा सकते हैं। एक चुंबक का टुकड़ा अपने वज़न से बीस गुना अधिक भार उठा सकता है मगर यदि इस चुंबक की चुंबकीय शक्ति को नष्ट कर दिया जाए तो वह एक पंख सी हल्की वस्तु को भी नहीं उठा सकता। इसी तरह दुनिया में दो तरह के लोग होते हैं। कुछ लोग चुम्बकीय व्यक्तित्व के होते हैं, वे आत्मविश्वास और सकारात्मकता से भरे हुए होते हैं। वे यह जानते हैं कि वे सफल होने और जीतने के लिए ही पैदा हुए हैं। दूसरे तरह के लोग वे होते हैं जो चुंबकीय शक्ति रहित होते हैं अर्थात् भय, शंका और असुरक्षा की भावनाओं से भरे हुए होते हैं। अवसर आते हैं और वे कहते हैं, "हो सकता है मैं असफल हो जाऊँ या मैं अपना धन गँवा बैठूँ या लोग मुझपर हँसें।" इस तरह के व्यक्ति जीवन में कुछ भी हासिल नहीं कर पाते क्योंकि यदि वे आगे बढ़ने से डरते हैं तो वे वहीं रहेंगे जहाँ वे आज खड़े हैं। चुंबकीय शक्ति को अपने व्यक्तित्व का हिस्सा बनाएं और युगों से चले आ रहे सफलता के परम रहस्य को खोज लें।

सफलता का परम रहस्य

आपकी राय में युगों से चला आ रहा सफलता का परम रहस्य कौनसा होगा? आणविक ऊर्जा का रहस्य? परमाणु बम? दूसरे ग्रहों का प्रवास? नहीं, इनमें से कुछ भी नहीं। फिर यह परम रहस्य आखिर है क्या? हम इसे कहाँ ढूँढ सकते हैं और इसे कार्यरूप में कैसे बदला जा सकता है? इसका उत्तर बिलकुल साधारण, सरल है। यह परम रहस्य आपके भीतर छिपी वह चमत्कारी, अद्भुत शक्ति ही है जो आपके अवचेतन मन में निवास करती है, वह अंतिम स्थान जहाँ अधिकतर लोग इसे प्राप्त करना चाहते हैं।

आपके अवचेतन की अद्भुत शक्ति

आप अपने अवचेतन मन की शक्ति से संपर्क साधने और उस शक्ति को अपने शरीर में प्रवाहित करने की विधि को सीखकर अपने जीवन को अधिक शक्ति, संपत्ति, स्वास्थ्य, ख़ुशी और आनंद से भरपूर बना सकते हैं।

आपको इस शक्ति को अन्य कहीं से प्राप्त नहीं करना है, यह शक्ति तो आपके अंदर उपस्थित है। मगर आप यह सीखना चाहते हैं कि इस शक्ति का उपयोग किस तरह किया जाए। आप इस शक्ति को समझना चाहते हैं ताकि जीवन के हर क्षेत्र में इसका उपयोग किया जा सके।

जैसे ही आप इस पुस्तक में बताई गई सरल तकनीकों का प्रयोग करना शुरू करते हैं, आपको आवश्यक ज्ञान और समझ प्राप्त होने लगेगी। आप एक नई रोशनी से प्रेरित होने लगेंगे और आप स्वयं में ऐसी शक्ति उत्पन्न करेंगे जो आपको अपने विश्वास और सपनों को समझकर उन्हें वास्तविकता में बदलने में मदद करेगी। अब आप अपने जीवन को पहले से अधिक बड़ा, भव्य, धनी और महान बनाए।

आपके अवचेतन मन के भीतर अथाह बुद्धिमत्ता, अथाह शक्ति और सभी आवश्यक बातों का सतत प्रवाह मौजूद है जो विकसित होने और अभिव्यक्त होने की राह देख रह है। आपके मन की गहराई में छिपी इन क्षमताओं को पहचानें और वे आपकी दुनिया बदल देंगी।

आपके अवचेतन की शक्ति आपको सब कुछ प्रदान कर सकती है बस आपको हर घड़ी, हर समय, हर स्थान पर खुले व ग्रहणशील मन के साथ उपस्थित रहना है। आप नए विचार ग्रहण कर सकते हैं जो आपको नए आविष्कार करने, नई खोज करने, पुस्तक या नाटक लिखने के योग्य बनाते हैं। इसके साथ ही आपके अवचेतन मन की असीम शक्ति आपको अद्भुत प्रकार का मौलिक ज्ञान प्रदान करती है। यह आपमें समाहित होकर आपके जीवन में आदर्श अभिव्यक्ति और सही स्थान प्राप्त करने के रास्ते बनाती है।

अपने अवचेतन मन की बुद्धिमानी के द्वारा आप सही साथी, व्यापार में सही भागीदार को अपनी ओर आकर्षित कर सकते हैं। यह आपके घर के लिए सही ख़रीदार भी खोज सकती है और आपको धन प्रदान कर सकती है। आपको धन की दृष्टि से स्वतन्त्र बनाती है जिससे आप अपनी इच्छानुसार काम कर सकते हैं।

यह आपका अधिकार है कि आप अपने अन्दर छिपे इन विचारों, भावनाओं तथा प्रेम, शक्ति और सुंदरता की शक्ति की खोज करें। अदृश्य ही सही, यह शक्ति सर्वव्यापी है। अपने अवचेतन मन की सहायता से आप हर समस्या का हल खोज सकते हैं, हर प्रभाव के पीछे छिपे कारण को जान सकते हैं। चूँकि आप अपने भीतर छिपी शक्ति को बाहर ला चुके हैं अतः आप सुरक्षित, बहुतायत भरे, आनंदमय और प्रभुत्व संपन्न रास्ते पर आगे बढ़ने के लिए इन शक्तियों का यथायोग्य उपयोग कर सकते हैं।

मैंने अवचेतन मन की शक्ति द्वारा लोगों को लाचारी की अवस्था से बाहर आ समर्थ, संपूर्ण, ताक़तवर और महत्त्वपूर्ण बनकर दुनिया में सुख, स्वास्थ्य और आनंद का उपभोग करने के लिए जाते देखा है। आपके अवचेतन में एक चमत्कारी शक्ति बसती है जो परेशान दिमाग़ और टूटे हुए दिल का भी इलाज कर सकती है। यह मन की बंद कोठरियों के दरवाज़े खोलकर आपको स्वतन्त्र कर सकती है। यह आपको हर तरह के भौतिक और शारीरिक बंधन से स्वतन्त्र कर सकती है।

एक कार्यकारी आधार की आवश्यकता

किसी भी क्षेत्र में संतोषजनक प्रगति करना एक कार्यकारी आधार की अनुपस्थिति में असंभव है। यह कार्यकारी आधार सार्वभौमिक कार्य प्रणाली पर आधारित होना चाहिए। इस आधार के होने के बाद आप अपने अवचेतन मन को निर्देशित करने में दक्ष हो सकते हैं। आप इसकी शक्तियों का उपयोग इच्छित परिणामों की सही मात्र में प्राप्ति के लिए कर सकते हैं, साथ ही इसके नियमों को जानने के बाद आप उन्हें किसी खास लक्ष्य को प्राप्त करने के लिए भी उपयोग में ले सकते हैं।

आपके विचार फलीभूत होते हैं, उनका उत्तर आपको मिलता है क्योंकि आपका अवचेतन मन स्वयं एक सिद्धांत है, नियम है। यहाँ सिद्धांत शब्द से मेरा आशय है वह तरीक़ा जिसके अनुसार बातें घटती हैं। उदाहरण के लिए विद्युत धारा का नियम यह है कि वह कम क्षमता से अधिक क्षमता की ओर बहती है। विद्युत धारा का उपयोग करते समय आप इस नियम को बदल नहीं सकते मगर इस नियम के साथ सामंजस्य बैठाते हुए आप कई चमत्कारिक आविष्कार कर सकते हैं, खोजें कर सकते हैं जिनसे संपूर्ण मानवता को लाभ मिले।

आपके जीवन में घटने वाली सभी घटनाएँ, अनुभव, परिस्थितियाँ और आपके कार्य उन विचारों का परिणाम होते हैं जो आप चेतन मन में करते हैं और अवचेतन मन को प्रेषित करते हैं। याद रखें, यह किसी वस्तु पर विश्वास रखने की बात नहीं है वरन् यह उन धारणाओं, विश्वासों की बात है जो आपके मन में बसे हुए हैं, जिनसे आपको ऐसे परिणाम मिलते हैं। मानवों द्वारा पैदा की गईं झूठी धारणाओं, अंधविश्वासों, किसी के बारे में बनाई गई राय, और भय पर विश्वास करना बंद कर दें और जीवन की असीम संभावनाओं और सत्य पर विश्वास करना शुरू कर दें। ऐसा करते ही आप आगे बढ़ते जाएँगे, उन्नति करते जाएँगे।

ब्रूस एच. लिप्टन ने अपनी उल्लेखनीय पुस्तक स्पॉन्टेनियस इवॉल्यूशन *में लिखा है,**

हमारा अवचेतन मन हमारे व्यवहार के 95 प्रतिशत हिस्से को और हमारी संज्ञानात्मक गतिविधियों को नियंत्रित करता है और नियंत्रण की यह प्रक्रिया

**लिप्टन ब्रूस एच. और स्टीव बेरमैन,* स्पॉन्टेनियस इवॉल्यूशन : *हे हाऊस, 2009*

प्रारंभिक रूप से हमारे विश्वासों, हमारी धारणाओं पर आधारित होती है। जब हम अपनी भावनाओं और धारणाओं पर व्यक्तिगत तथा संयुक्त रूप से नियंत्रण पाना सीखा लेते हैं, अपने जीवन पर हमारा नियंत्रण होने लगता है।

जो भी इस पुस्तक को पढ़ता है और इसमें दिए गए अवचेतन मन के सिद्धांतों का व्यावहारिक जीवन में उपयोग करता है, वह स्वयं के और दूसरों के बारे में वैज्ञानिक रूप से, प्रभावशाली तरीक़े से सोचना सीख लेता है। आपके विचारों/प्रश्नों का उत्तर क्रिया-प्रतिक्रया के सार्वभौमिक नियम के मुताबिक मिलता ही है। विचार वास्तव में क्रिया का ही प्रारंभिक रूप है। इस क्रिया की प्रतिक्रिया वास्तव में आपके अवचेतन मन की प्रतिक्रिया है जो आपके विचारों के अनुरूप उत्तर देती है। अपने मन को सद्भाव, स्वास्थ्य, शान्ति और सद्भावना के विचारों से पूर्ण रखें, आपके जीवन में चमत्कार घटित होने लगेंगे।

चेतन और अवचेतन मन

आपके मन के दो कार्यों से परिचित होने का सबसे अच्छा तरीक़ा है कि अपने मन को किसी बगीचे की तरह समझें। आप उस बगीचे के माली हो और आप उस बगीचे में सारा दिन बीज (विचार) बोते रहते हो। ये विचार आपकी विचारधारा पर आधारित होते हैं। आप जो कुछ अपने अवचेतन मन में बोते हैं, वही आपको अपने शरीर और वातावरण के लिए प्राप्त होता है।

जब आप सही दिशा में सोच पाते हो, जब आप सत्य को समझते हो, जब आपके अवचेतन में जमा विचार रचनात्मक, समरूपी और शान्तिदायक होंगे, आपके अवचेतन मन की कार्य शक्ति उसी के अनुसार प्रतिक्रया देगी और आपके चारो ओर रचनात्मक और शांतिपूर्ण वातावरण का निर्माण करेगी। जब आप अपनी विचार प्रक्रिया को नियंत्रित करते हैं, आप अपने अवचेतन मन की शक्ति का उपयोग किसी भी संकट का सामना करने, किसी भी परेशानी का हल निकालने में कर सकते हैं। दूसरे शब्दों में ऐसा करके आप वास्तव में उस सार्वभौमिक शक्ति और सर्वशक्तिमान सिद्धांत के साथ होशपूर्वक सामंजस्य बैठा रहे होते हैं।

चेतन और अवचेतन मन के बीच संवाद का ज्ञान आपके अपने जीवन को पूरी तरह से बदलने के योग्य बनाता है। बाहरी परिस्थितियों को बदलने के लिए आपको उनके कारणों को बदलना होगा। अधिकांश लोग परिस्थिति बदलने के लिए उनके साथ काम करते हैं, जूझते हैं। मतभेद, संशय, हीनता और सीमाओं को समाप्त करने के लिए उनके कारण को समाप्त करना होगा और इसका कारण है चेतन मन को निर्देश देने का आपका तरीक़ा। दूसरे शब्दों में वह तरीक़ा जिसके आधार पर आप सोचते हैं और अपनी इच्छाओं को मन में चित्रित करते हैं।

यह जानना निहायत ही मज़ेदार और लुभावना होगा कि आप किस तरह अधिकार भाव से अपने अंतर्मन के साथ संवाद स्थापित करते हैं, जो आपके मन में शान्ति, एकता और मौन लाता है। अवचेतन मन चेतन मन के अधीन है इसलिए इसे अवचेतन कहा जाता है।

चेतन और अवचेतन मन के प्रमुख अंतर और उनके संचालन के तरीक़े

दोनों का मुख्य अंतर नीचे दी गई बातों से स्पष्ट होगा। चेतन मन शरीर रूपी जहाज़ का कप्तान होता है। वह इंजिन कक्ष में बैठे व्यक्तियों को सिग्नल देने और आगे बढ़ने के लिए निर्देशित करता है। इंजिन कक्ष के व्यक्ति उसके निर्देशों के अनुसार सारे उपकरणों जैसे बॉयलर, गेज़ आदि को चलाते हैं। इंजिन कक्ष में बैठे व्यक्ति यह नहीं जानते कि वे कहाँ जा रहे हैं। वे केवल आदेश का पालन करते हैं। यदि कप्तान अपने उपकरणों (कम्पास, सेक्स्टेंट) के संकेतों से भ्रमित होकर उन्हें ग़लत निर्देश देगा तो वे जहाज़ को चट्टान से भी टकरा सकते हैं। इंजिन कक्ष में बैठे लोग उसकी बात मानते हैं क्योंकि वह जहाज़ का कप्तान है और उसका आदेश मानना उनका फर्ज़ है। जहाज़ के कर्मचारी कप्तान से सवाल-जवाब नहीं करते, वे केवल उसकी बात मानते हैं।

कप्तान जहाज़ का मालिक होता है और उसके आदेश माने जाते हैं। इसी तरह आपका चेतन मन आपके जहाज़ का कप्तान है जो आपके शरीर, वातावरण और आपके समस्त कार्यों को दिखाता है। आपका अवचेतन मन केवल इन आदेशों का पालन करता है और ये आदेश आपका चेतन मन आपकी धारणाओं और विश्वास के आधार पर देता है।

आइए, इसे अधिक निकटता से परखते हैं। यह बड़ा ही प्रभावशाली रूपक है। हमारा चेतन मन जहाज़ के कप्तान के सामान है जो जहाज़ के कर्मचारियों या अवचेतन मन पर अपने आदेश बरसाता रहता है। जहाज़ के कर्मचारी नीचे की ओर पानी की सतह के क़रीब रहते हैं। ऊपर क्या हो रहा है, जहाज़ कहाँ जा रहा है न तो वे यह देख सकते हैं, न ही उन्हें इसकी परवाह होती है। वे केवल कप्तान के आदेशों का पालन करते हैं, बिना इसकी चिंता किए कि जहाज़ किसी दूसरे जहाज़ से या किसी बर्फ़ की चट्टान से टकरा जाएगा या सही-सलामत किनारे पर लग जाएगा। कर्मचारी (अवचेतन) कोई भी निर्णय लेने की क्षमता नहीं रखते। यह कप्तान (चेतन मन) से न तो कोई प्रतिप्रश्न करता है, न ही सुझाव देता है। यह केवल दिए गए आदेशों का पालन करता है। हमारा अवचेतन दासत्व भावना से भरपूर होता है जिसका उद्देश्य चेतन मन की सेवा में हाज़िर रहना मात्र होता है।

इसलिए उदाहरण के लिए यदि हम लगातार स्वयं से यह कहते रहें कि "मैं लोगों के नाम याद नहीं रख पाता" तो आपका अवचेतन मन इसका पालन करेगा और धीरे-धीरे आपकी स्मृति कमज़ोर होती जाएगी, आप लोगों के नाम

भूलने लगेंगे। आपका अवचेतन मन जान-बूझकर आपकी स्मृति को धुँधला करता जाएगा जिससे आप उन नामों को याद नहीं रख पाएँगे। वह ऐसा इसलिए करता है क्योंकि आपके चेतन मन से उसे यही निर्देश बार-बार मिल रहा है कि "मैं नाम याद नहीं रख सकता।"

अवचेतन मन बहुत शक्तिशाली उपकरण है और आगे हम यह सीखेंगे कि किस तरह इसे जान-बूझकर व्यस्त रखा जा सकता है और सावधानीपूर्वक ऐसे निर्देश दिए जा सकते हैं जो हमारे मन की इच्छाओं को पूरा करने में हमारी सहायता करें और हम मनचाही ज़िन्दगी प्राप्त कर सकें।

मुझे याद आता है कई सालों पहले मैं एक सेमीनार में गया था। वहाँ एक शादीशुदा जोड़े ने अपनी आपबीती सबके साथ साझा की। उन्होंने बताया कि उनके परिवार के हर सदस्य को जून के महीने में जुकाम की शिकायत हो जाती है और यह क्रम पिछले बीस सालों से चलता आ रहा है। उन्होंने यह भी बताया कि किस तरह से जुकाम की यह घटना उनके परिवार के सेल्फ़ टॉक अर्थात् स्वयं से संवाद का हिस्सा बन गई थी। वे अपने आप से कहते थे, "जून में हमेशा मुझे जुकाम हो जाता है।" ऐसा वे सालों तक करते रहे और उनके अवचेतन मन ने इसे ग्रहण करते हुए इसे वास्तविकता में बदला और वे सालों साल, हर साल जुकाम से पीड़ित होते रहे। यदि उन्होंने इस चक्र को तोड़ना न चाहा होता तो यह उनके जींस का हिस्सा बन जाता और इसी तरह के परिणाम देता रहता। इस कहानी में मज़ेदार बात यह है कि इस पुस्तक में सिखाई गई तकनीकों का प्रयोग करके परिवार ने स्व संवाद की दिशा बदलकर अपनी विचारधारा को बदला। दो साल बाद मुझे उनका पत्र मिला जिसमें उन्होंने मुझे सूचित किया था कि स्व संवाद की दिशा बदलते ही उन्हें जुकाम से छुटकारा मिला गया है और पिछले दो सालों से परिवार के किसी भी सदस्य को जुकाम नहीं हुआ जबकि वे उसी शहर, उसी घर और उसी वातावरण में रह रहे हैं। हाँ, उन्होंने चेतन मन में बने अपने स्वास्थ्य के चित्र को पुनः बनाया है जो जून के ही नहीं, किसी भी महीने में जुकाम को उनके पास फटकने नहीं देता।

जब आप लोगों से लगातार कहते हैं, "मैं उतना ख़र्च नहीं कर सकता" तो आपका अवचेतन मन इसे ऐसे ही ग्रहण करता है और इस बात का ध्यान रखता है कि आप कभी भी इस स्थिति में न आ पाओ कि मनचाही वस्तु ख़रीदने पर होने वाले ख़र्च को बर्दाश्त कर सको। जब तक आप इस तरह की बातें कहते हैं, कि मैं कार नहीं ख़रीद सकता, यूरोप घूमने नहीं जा सकता, नया घर नहीं ख़रीद सकता, आदि तो आपका अवचेतन मन आपके आदेश का पालन करेगा और आप जीवनभर इन वस्तुओं की कमी को महसूस करते रहेंगे।

एक और सरल विवरण है कि जब आप कहते हैं कि "मुझे मशरूम पसंद नहीं हैं" और अचानक किसी समारोह में आपकी थाली में मशरूम सॉस या सलाद के साथ

परोसा जाता है तो निश्चित ही उसे खाकर आपका हाज़मा ख़राब हो जाएगा क्योंकि आपका अवचेतन मन यह जानता है कि उसका बॉस यानि चेतन मन मशरूम पसंद नहीं करता है। आपके चेतन मन और अवचेतन मन की क्रियाविधि और उनके संचालन के तरीक़े में अंतर बताने का यह मनोरंजक उदाहरण है।

एक महिला कह सकती है कि "यदि मैं रात में कॉफ़ी पीऊँगी तो सुबह तीन बजे मेरी नींद खुल जाएगी।" तो जिस रात वह कॉफ़ी पीएगी, उसका अवचेतन मन उसे तीन बजे उठा देगा, यह सोचकर कि बॉस (चेतन मन) चाहता है कि आप अल सुबह उठ जाएँ।

आपका अवचेतन दिन में चौबीस घंटे काम करता है और आपके विचारानुसार प्रतिक्रया देकर आपको लाभ पहुँचाने की कोशिश में रहता है।

याद रखने योग्य बातें

1. ख़ज़ाना आप ही के भीतर छिपा हुआ है। अपने प्रश्नों के उत्तर पाने के लिए या अपनी इच्छाओं की पूर्ति के लिए आपको अपने भीतर झाँकना होगा।
2. सभी युगों में जो महान पुरुष हुए हैं उनकी महानता का राज़ यहीं था कि उन्होंने अपने अवचेतन मन की शक्ति को समझकर उससे संपर्क करने और उसका उपयोग करने की योग्यता अपने भीतर विकसित की थी। आप भी ऐसा कर सकते हैं।
3. आपके अवचेतन मन के पास आपकी हर समस्या का समाधान है। यदि आप सोने से पहले मन में विचार करते हैं कि "सुबह मुझे 6 बजे उठना है" तो आपका अवचेतन मन आपको सही समय पर उठा देगा।
4. आपका अवचेतन मन आपके शरीर का निर्माता है और आपको स्वस्थ रख सकता है। रोज़ रात को इस विचार के साथ सोने की आदत डालें कि आपका शरीर पूर्ण रूप से स्वस्थ है, आपका अवचेतन मन आपके आज्ञाकारी सेवक की तरह आपके आदेश पर चलते हुए आपको पूर्ण स्वास्थ्य प्रदान करेगा।
5. आपके मन का हरेक विचार कारण है और हरेक परिस्थिति उसका प्रभाव है अर्थात् उस विचार पर अवचेतन मन द्वारा दी गई प्रतिक्रिया है।
6. यदि आप कोई पुस्तक लिखना चाहते हैं, बढ़िया नाटक लिखना चाहते हैं, श्रोताओं के समक्ष प्रभावशाली भाषण देना चाहते हैं तो अपने इस विचार को कोमलता से, भावनात्मक तरीक़े से अपने अवचेतन मन को बताएं। वह इसी के अनुसार काम करेगा।
7. आप किसी जहाज़ के कप्तान की तरह हो। उसे अपने क्रू या कर्मचारियों को सही आदेश देना चाहिए और उसी तरह आपको भी अपने अवचेतन मन को सही आदेश (सही विचार और चित्र) देना चाहिए जो आपके सभी अनुभवों को नियंत्रित और निर्देशित करता है।

8. कभी भी "मैं नहीं कर सकता" या "मैं इतना ख़र्च बर्दाश्त नहीं कर सकता" जैसे वाक्यों का उपयोग न करें। आपका अवचेतन मन इसे आपका आदेश मानकर काम करेगा और यह सुनिश्चित करेगा कि आपके पास कभी भी अपनी मनचाही वस्तुएँ ख़रीदने के लिए धन न हो। इसके स्थान पर सकारात्मक भाव से यह कहें कि अपने अवचेतन की शक्ति के बल पर मैं सब कुछ कर सकता हूँ।
9. जीवन का नियम वास्तव में धारणाओं पर आधारित होता है। धारणा आपके मन के विचार ही हैं। कभी भी ऐसी बातों में विश्वास न करें जिनसे आपको नुक़सान हो सकता है। यह विश्वास रखें कि आपके अवचेतन मन की शक्ति आपको स्वास्थ्य सुधार करने, प्रेरणा देने, ताक़तवर और समृद्ध बनाने में मदद करेगी।
10. अपने विचारों की दिशा बदलें और आप अपना भाग्य बदल सकते हैं।

आइए, अब सेल्फ़ टॉक या स्व संवाद की बात करते हैं। स्व संवाद वह सूक्ष्म ध्वनि है जो निरंतर आपके दिमाग़ में ध्वनित होती रहती है। अब आप पूछेंगे, कैसी सूक्ष्म ध्वनि? तो हम उसी ध्वनि के बारे में बात करने वाले हैं। जैसे आप ये शब्द पढ़ रहे हैं, आप इन्हें ग्रहण कर रहे हैं, स्वयं से इसके बारे में संवाद कर रहे हैं। आप इनसे सहमत या असहमत हो सकते हैं, आप इसका उत्तर देने के लिए एक मेल लिखने के बारे में सोच सकते हैं या यह भी सोच सकते हैं कि आप रात के खाने में क्या लेने वाले हैं। यहाँ आपके भीतर की सूक्ष्म ध्वनि आपसे प्रश्न करती है और वही ध्वनि आपको उत्तर भी देती है। यह सचमुच अनोखा है और कई बार यह इस वार्तालाप में बहुत व्यस्त हो जाता है।

मगर वह हमारा चेतन मन है जो इस वार्तालाप में लगा रहता है और इस तरह के वार्तालाप करते समय यह ध्यान रखना चाहिए कि यह वार्तालाप हमारे अवचेतन मन को कुछ विचार, कुछ निर्देश दे रहा है। जैसे-जैसे हम इसके बारे में सचेत होते जाते हैं, यह जानने लगते हैं कि यह वार्तालाप, ये विचार हमारे भविष्य का निर्धारण करते हैं तो हम अपने विचारों की गुणवत्ता के प्रति सचेत हो जाते हैं, उनका सतत निरीक्षण करते हैं और कमज़ोर या ख़राब विचारों को निकाल बाहर करते हैं। एक अच्छी बात यह है कि हम एक बार में केवल एक ही विचार पर केन्द्रित रह सकते हैं अतः हम आसानी से अपने विचारों पर नियंत्रण पा सकते हैं। जब हम अभिपुष्टि या समर्थन की अवधारणा की बात करेंगे, स्व संवाद के बारे में आपका ज्ञान और बढ़ेगा। अध्याय 3 में स्व संवाद नामक महत्त्वपूर्ण विषय पर विस्तार से बात की जाएगी।

2

आपका अपना मन कैसे काम करता है

आपके पास मन है और आपको यह मालूम होना चाहिए कि इसका उपयोग किस तरह किया जाए। आपके मन के दो स्तर होते हैं – एक चेतन मन या तार्किक स्तर और दूसरा अवचेतन या अतार्किक स्तर।

आप अपने चेतन मन की सहायता से सोचते हैं और जो कुछ आप सोचते हैं वह आपके अवचेतन मन में संचित होता जाता है। अवचेतन मन आपकी भावनाओं की अभिव्यक्ति का स्थान है और यह रचनात्मक मन है अतः जो कुछ आप सोचते हैं यह उसी के मुताबिक काम करता है। यदि आप अच्छा सोचेंगे तो यह अच्छा ही करेगा और यदि आप बुरा सोचेंगे तो बदले में बुरा ही होगा। इस तरह आपका मन काम करता है।

यहाँ एक मुख्य बात ध्यान रखने योग्य है, वह यह कि एक बार अवचेतन मन किसी बात को स्वीकार कर लेता है तो वह तुरंत उसके अनुसार काम करना शुरू कर देता है। यह एक रोचक और सूक्ष्म तथ्य है कि अवचेतन मन का सिद्धांत अच्छे और बुरे दोनों तरह के विचारों के लिए एक सा काम करता है। जब यह नियम नकारात्मक दिशा में काम करता है तो जीवन में असफलता, निराशा और दुःख हाथ आता है। जो भी हो जब आप रचनात्मक और सुसंगत तरीक़े से सोचने के आदी हो जाते हैं तो आप जीवन में स्वास्थ्य, सफलता और समृद्धि का अनुभव करते हैं।

जब आप सही दिशा में सोचना शुरू करते हैं तो मानसिक शान्ति और स्वास्थ्य लाभ मिलना तय है। आप जो भी सोचते हैं, जिसे पाने की इच्छा करते हैं, आपका अवचेतन मन उसे स्वीकार करता है और उसे वास्तविकता में लाकर आपका अनुभव बनाता है। आपको केवल इतना करना है कि अपने अवचेतन मन को उस विचार को स्वीकार करने के लिए बाध्य करें, फिर अवचेतन का सिद्धांत स्वयं ही उसे आगे ले जाएगा और आपको स्वास्थ्य, शान्ति, पद आदि का लाभ देगा। आप आदेश या आज्ञा देते हैं और आपका अवचेतन मन विश्वसनीय रूप से उस विचार को सच करने में जुट जाता है। आपके मन का सिद्धांत कहता है कि आपके चेतन मन में जिस प्रकार के विचार होंगे, आपका अवचेतन मन उसी के अनुरूप व्यवहार करेगा, प्रतिक्रिया देगा।

मनोवैज्ञानिक और मनोचिकित्सक स्पष्ट करते हैं कि जब विचार अवचेतन मन की ओर भेजे जाते हैं तो मस्तिष्क की कोशिकाओं में उनकी छाप बन जाती है। जैसे ही आपका अवचेतन मन किसी विचार को ग्रहण कर लेता है, यह उस पर तुरंत काम करना शुरू कर देता है। यह विचारों के समूहन द्वारा काम करता है और आपके

द्वारा जीवन भर इकट्ठे किए गए ज्ञान को इस विचार को साकार करने के लिए प्रयोग में लाता है।

यह आपके अन्दर की शक्ति, ऊर्जा और बुद्धि का प्रयोग करता है, यह अपने रास्ते बनाने के लिए प्रकृति के सारे नियमों को पंक्तिबद्ध कर देता है। कभी-कभी यह आपकी कठिनाइयों का समाधान तुरंत कर देता है मगर कई बार इसमें दिन, सप्ताह या इससे भी अधिक समय लग जाता है।

चेतन और अवचेतन मन का विभाजन

आपको याद होगा कि हमारे शरीर में वास्तव में दो मन नहीं होते वरन् एक ही मन को उनके कार्यों के आधार पर अलग-अलग गोलार्धों में बाँटा जाता है। आपका चेतन मन तार्किक मन होता है। यह मन का वह चरण है जो जीवन में चुनाव करता है। जैसे आप किसी पुस्तक को पढ़ने के लिए चुनते हैं, अपना घर, जीवन साथी चुनते हैं। आप अपने चेतन मन की सहायता से सारे निर्णय लेते हैं। और दूसरी तरफ़ कुछ क्रियाएँ जैसे आपके दिल का धड़कना, पाचन, रक्त प्रवाह आदि पर आपके चेतन मन का नियंत्रण नहीं होता। इन क्रियाओं को आप चुनते नहीं हैं मगर ये फिर भी होती रहती हैं। ये क्रियाएँ आपके अवचेतन मन के द्वारा होती हैं और आपके चेतन मन के नियंत्रण से दूर होती हैं।

आपका अवचेतन मन उन सब छापों को, उन विचारों को ग्रहण करता है जिन पर आप विश्वास रखते हैं। यह न तो आपके चेतन मन की तरह विचारों को जाँचता-परखता है, न ही आपसे तर्क करता है। आपका अवचेतन मन उस मिट्टी की तरह है जो अच्छे या बुरे हर तरह के बीजों को स्वीकार करती है। नकारात्मक, विनाशकारी विचार आपके मन में नकारात्मक रूप से काम करते हैं और समय आने पर वे हमारे जीवन में घटित होने लगते हैं।

एक चीनी कहावत है :

> कल के सारे फूलों या खरपतवार की गुणवत्ता आज बोए गए बीजों में निहित है।

आप किसे खाद-पानी देना चाहेंगे?

याद रखें आपका अवचेतन मन इसकी जाँच नहीं करता कि आपके विचार सही हैं या ग़लत, सच्चे हैं या झूठे। वह केवल आपके विचारों और सुझावों के अनुसार काम करता है। उदाहरण के लिए यदि आप विश्वास करते हैं कि कोई बात सच है, भले ही वास्तव में वह बात झूठ हो, आपका अवचेतन मन उसे सच ही मानेगा और उसके अनुसार काम करके परिणाम देने का प्रयत्न करेगा। वह आपके द्वारा चेतन रूप में बनाई गई धारणा का पालन करेगा।

सुझावों की ज़बरदस्त शक्ति

आप अब तक यह जान गए होंगे कि आपका चेतन मन आपके दरवाज़े पर खड़े चौकीदार की तरह है जो किसी भी ग़लत छाप को आपके अवचेतन मन तक पहुँचने से रोकता है। आप अब मन का एक आधारभूत सिद्धांत भी जान चुके हैं। वह यह कि आपका अवचेतन मन हर तरह के सुझावों के लिए आज्ञाकारी की भूमिका निभाता है। अवचेतन मन किसी तरह की तुलना, कोई विरोधाभास, तर्क या सुझाव नहीं देता। यह काम तो चेतन मन का होता है। अवचेतन मन एक या अनेक कार्यों के बीच चुनाव भी नहीं कर पाता। यह केवल इस पर छोड़ी गई विचारों की छाप के अनुसार काम करता है।

शब्दकोश में सुझाव शब्द का अर्थ है किसी व्यक्ति के मन में या मानसिक प्रक्रिया में किसी विचार को इस तरह डालना कि वह उसे समझे, स्वीकारे और प्रभाव में लाए।

ली पुलोस (पीएच.डी. - एबीपीपी) जिन्होंने इस पुस्तक की प्रस्तावना लिखी है, वे कनाडा के वैनकुवर बी.सी. में मनोवैज्ञानिक चिकित्सक और सम्मोहन चिकित्सक हैं। मैं उनके साथ एक कार्यशाला में उपस्थित था। ली ने एक प्रतिभागी को पास बुलाया और उसे सम्मोहन की अवस्था में लाते हुए उसके हाथ में एक पिन चुभोनी शुरू की और उससे कहते रहे, "आपका हाथ एकदम सुन्न होता जा रहा है।" वह यह बात प्रतिभागी से लगातार तब तक कहते रहे जब तक उसने यह कहना शुरू नहीं किया कि उसका हाथ वाकई में सुन्न हो गया है और उसे कुछ भी अनुभव नहीं हो रहा है। उसके कथन की वास्तविकता को परखने के लिए ली ने उसे तेज पिन चुभोई मगर उसे कुछ भी अनुभव नहीं हुआ। फिर उस प्रतिभागी को स्वयं अपने हाथ में पिन चुभोने के लिए बुलाया गया और उसे कहा गया," इस पिन के चुभोने से आपको बिलकुल दर्द नहीं होगा, खून नहीं निकलेगा और किसी तरह का संक्रमण भी नहीं होगा।" प्रतिभागी ने उस सामान्य पिन को अपने हाथ में चुभोया और उसके अवचेतन मन को दिए गए निर्देशों की ताक़त के कारण उसे न तो दर्द हुआ, न ही उस स्थान से खून निकला, न ही कोई संक्रमण हुआ। यह सचमुच आश्चर्यजनक है। मैं यह इतने विश्वास से इसलिए कहा पा रहा हूँ कि वह प्रतिभागी मैं ही था।

सम्मोहन के प्रयोग के समय प्रतिभागी को चॉक के टुकड़े को सिगरेट कहकर परिचित कराया गया। फिर सम्मोहनकर्ता ने उसे उसके हाथ की त्वचा पर लगाया। प्रतिभागी ने तड़पकर हाथ हटा लिया मानो सचमुच असली सिगरेट उसके हाथ से छुआ दी गई हो। मगर यह इतना ही नहीं था... आगे जो हुआ उसपर विश्वास करना कठिन है। उस व्यक्ति के हाथ पर एक चकत्ता पड़ा गया था जो वास्तविक छाले जैसा ही था जबकि उस व्यक्ति के हाथ पर केवल चॉक के चपटे सिरे को छुआया गया था।

आपमें से कई लोगों ने आग पर चलते लोगों को देखा होगा। इस प्रक्रिया में भी आग पर चलने वाले लोगों के अवचेतन मन को सतत सुझाव देकर उनके पाँवों

की त्वचा को आग का प्रतिरोधी बना दिया जाता है। फलस्वरूप वे नंगे पाँव जलते हुए कोयले पर चलते हैं मगर उनके पाँव जलते नहीं हैं। मैंने खुद ने फ़िजीवासियों को यह अनुष्ठान करते कई बार देखा है जिसमें वे तपती हुई सफ़ेद चट्टानों पर कई सेकेंड तक खड़े रहते हैं मगर न तो उन्हें जलन का अहसास होता है, न ही किसी तरह के जलने के निशान उनके पैरों में दिखते हैं।

इसी संदर्भ में अपवाद के रूप में यह भी देखने में आया है कि इस प्रक्रिया में किसी प्रतिभागी को वास्तव में जलन का अनुभव हुआ और पैरों में छाले भी आ गए। ऐसे हर अनुभव में प्रतिभागी ने यह स्वीकार किया कि उनके मन में यह शंका थी कि आग पर चलने के बाद वे सुरक्षित रहेंगे या नहीं।

उन्मुक्तता से यह कल्पना करना कि कोई शक्ति है जो हमें अपने लक्ष्य की प्राप्ति तक ले जाएगी या हमें वह सब कुछ देगी जिसकी प्राप्ति की आशा हम रखते हैं। यह कल्पना हमें चेतन मन की उस आवाज़ से दूर रखती है जो हमें चेतावनी देती रहती है, हमें शंकित करती रहती है, डराती रहती है। कल्पना करें कि कोई शक्ति बराबर हमारे साथ है जो हमारे अच्छे स्वास्थ्य और हमारी भलाई के लिए सतत काम करती है। इस काम की दिशा में आगे बढ़ने के लिए इसी विचार का प्रधान होना ज़रुरी है।

अवचेतन मन चेतन मन की तरह तर्क नहीं करता

आपका अवचेतन मन किसी तरह का विरोधाभासी तर्क नहीं करता। इसलिए यदि आप इसे ग़लत सुझाव देगें, तब भी यह उन्हें सही मानकर आगे काम शुरू कर देगा और उसी के अनुसार आपकी परिस्थिति, अनुभव और घटनाओं को निर्मित करेगा। आपके साथ जो भी घटा है, वह केवल आपके विश्वासों और धारणाओं के माध्यम से अवचेतन मन पर पड़ी छाप की प्रतिक्रया है। इससे बाहर आने की सटीक विधि है चेतन मन में सतत रचनात्मक, सुसंगत विचारों को स्थान देना जिन्हें आपका अवचेतन मन ग्रहण करता है। अर्थात् आपके अवचेतन मन के लिए अच्छे विचार करने की आदत को जीवन में स्थान देना ही एकमात्र उपाय है।

सुझावों की निर्माणात्मक और विघटनात्मक शक्ति

हेट्रोसजेशन या दूसरों के द्वारा दिए गए सुझाव - हर कालखंड में, हर देश में मनुष्य के जीवन के हर हिस्से में सुझाव एक महत्त्वपूर्ण भूमिका निभाते हैं। कई देशों में तो ये धर्म का एक नियंत्रणात्मक भाग होते हैं।

सुझाव स्वयं को अनुशासित और नियंत्रित करने के लिए तो उपयोग में लाए जाते ही हैं मगर इनका उपयोग उन लोगों को, जो मन के सिद्धांतों के बारे में नहीं जानते, निर्देशित व शासित करने के लिए भी किया जाता है। अपनी रचनात्मक अवस्था में सुझाव चमत्कारी और शानदार परिणाम देते हैं। वहीं अपने नकारात्मक रूप में ये भारी

विघटनकारी साबित होते हैं और मन के विचार करने की दिशा को बदल देते हैं जिससे दुःख, असफलता, तकलीफ़, बीमारी और दुर्घटना जैसे परिणाम सामने आते हैं।

एक वयस्क होने के नाते जब तक हम अपने अवचेतन मन पर पड़ी छापों को सुधारने के लिए सकारात्मक सुझावों का सहारा नहीं लेते तब तक पुरानी छापों के परिणामों को ख़त्म करना संभव नहीं हो सकता। अतीत में आपके अवचेतन पर बने चित्र आपके व्यक्तिगत और सामाजिक जीवन में असफलता का कारण बन सकते हैं। स्व सुझाव आपको नकारात्मकता के घेरे से निकालकर सकारात्मकता की ओर ले जाते हैं अन्यथा ये आपके जीवन के स्वरूप को बाधित करके अच्छी आदतों, विचारों के पनपने में बाधा उत्पन्न करते हैं।

स्व सुझाव के लिए दूसरा शब्द समर्थन या अभिपुष्टि है। अभिपुष्टि को इस तरह से समझाया जा सकता है :

"तथ्यों या धारणाओं पर आधारित ऐसा कथन (सकारात्मक या नकारात्मक) जो आपको आपके इच्छित परिणाम तक ले जाता है।"

यहाँ दो बातें महत्त्वपूर्ण हैं :

1. *तथ्यों या धारणाओं पर आधारित यह कथन पूर्णतया सही हो सकता है या पूरी तरह से ग़लत भी, जिसे सही माना जा रहा हो। ड़ॉ. मर्फ़ी इसके बारे में उल्लेख करते हैं कि :*

आपका अवचेतन मन आपसे बहस या तर्क नहीं कर सकता। इसलिए यदि आप इसके सामने कोई ग़लत तथ्य भी रखते हैं तो वह उसे सही मानकर उसके अनुसार परिस्थितियाँ, अनुभव और घटनाएँ निर्मित करने में जुट जाता है। आज तक आपके साथ जो कुछ भी घटता आया है वह आपके विचारों द्वारा आपके अवचेतन मन पर छोड़े गए प्रभाव का ही परिणाम है।

कोई भी वाक्य जिसमें "मैं हूँ........................." यह शब्द आता है वह एक अभिपुष्टि है। यदि आप कहते हैं कि मैं घटिया आदमी हूँ तो यह आपके अवचेतन मन के लिए एक निर्देश है जिसे वह वास्तविकता में बदलेगा। उसी तरह "मैं बहुत अच्छा हूँ........................." यह वाक्य भी अवचेतन को इसे वास्तविकता में बदलने के लिए निर्देश देगा।

जैसा कि ब्रूस एच. लिप्टन, पीएच.डी. अपनी पुस्तक स्पॉन्टेनियस इवॉल्यूशन में लिखते हैं :*

**लिप्टन, ओपी. सिट., पी. 3।*

हमें दुनिया से मिलने वाले अनुभवों को हमारा मन सक्रिय रूप से पुनर्निर्मित करने का प्रयास करता है। उसी तरह यदि हम अपने विचारों को बदल डालें, तो अपने आसपास की दुनिया को भी बदल सकते हैं।

क्वांटम मैकेनिक्स की सबसे गहरी अंतर्दृष्टि यह है कि प्रेक्षक का मन प्रयोग के परिणामों को प्रभावित करता है अर्थात् भौतिकी की यह नवीन शाखा इस बात को मानती है कि हम केवल निष्क्रिय प्रेक्षक नहीं हैं वरन् हम इसके सक्रिय भाग हैं। क्वांटम फ़िज़िक्स ने इस बात को सिद्ध किया है कि हमारे मन द्वारा दी गई सूचनाएँ हमारे आसपास की दुनिया पर प्रभाव डालती हैं।

यह बहुत ही गहरी बात है। 1963 में जब डॉ. मर्फ़ी ने यह पुस्तक लिखी तो उनके पाठकों को यह चुनना पड़ता था कि वे उनकी कही बातों पर विश्वास करें या न करें। हालाँकि मर्फ़ी जानते थे कि वे जो सिखा रहे हैं वह सही है मगर इसे वे किसी वैज्ञानिक आधार पर सत्यापित नहीं कर पाते थे। इसलिए इस पर विश्वास न करने वाले लोग अपनी पुरानी मान्यताओं को छोड़ नहीं पाए और वे लोग जिन्होंने इसका अभ्यास किया और अच्छे परिणाम प्राप्त किए, उन्हें आशावादी या भाग्यवान कहा गया।

आज के विद्यार्थी इन बातों पर अविश्वास की बात नहीं करते क्योंकि उनकी खोजी प्रवृत्ति पहले ही इसके वैज्ञानिक प्रमाण ढूँढ लेती है।

धन्यवाद, डॉ. ब्रूस लिप्टन

2. ***अपेक्षाओं का नियम :*** *हर व्यक्ति की अपेक्षाएँ बढ़ती ही जाती हैं। पहले पढ़ी बात को याद करें कि "अभिपुष्टि तथ्यों या धारणाओं पर आधारित ऐसा कथन (सकारात्मक या नकारात्मक) है जो आपको आपके अपेक्षित परिणाम तक ले जाता है।" यहाँ यह नहीं कहा गया है कि उस परिणाम तक जो आप चाहते हैं। हमें वह नहीं मिलता जिसे हम चाहते हैं वरन् हमें वह मिलता है जिसकी हम अपेक्षा करते हैं। अपने-अपने क्षेत्र में बहुत अच्छा प्रदर्शन करने वाले लोग अपने मन में उच्च अपेक्षाएँ विकसित करते हैं और उन्हें चित्र के रूप में अपने मन में स्थायी रूप से बिठा लेते हैं जिससे यह अपेक्षित चित्र सत्य में बदल जाता है।*

आप वही देखते और सुनते हैं जिसकी आप अपेक्षा करते हैं। यह दुनिया आपकी अपेक्षाओं का ही चित्र है। यह दुनिया जिसे मानव प्रतिस्पर्धा की दुनिया कहा जाता है वह भी लोगों की अपेक्षाओं का ही नतीजा है।

*द नेचर ऑफ़ पर्सनल रियलिटी,** जेन रॉबर्ट्स

*रॉबर्ट्स, जेन. द नेचर ऑफ़ पर्सनल रियलिटी। *एम्बर–ऐलन पब्लिकेशन, न्यू वर्ल्ड लाइब्रेरी, 1994*

यदि आप अपने प्रदर्शन को बेहतर बनना चाहते हैं या जीवन के किसी क्षेत्र में अपने व्यवहार को बदलना चाहते हैं तो इसके लिए आपको धीरे-धीरे अपने मन में उस इच्छित परिस्थिति का चित्र बनाना चाहिए और उस चित्र को अपनी अपेक्षा के अंतिम परिणाम के रूप में स्थिरता से बनाए रखना चाहिए।

कभी भी निचले स्तर की या कम अपेक्षाओं को अपने चित्र का हिस्सा न बनने दें क्योंकि वे आपको नीचे ले जाएँगी और नए लक्ष्यों के लिए किए जाने वाले प्रयत्नों को कमज़ोर करेंगी।

आप नकारात्मक कथनों को प्रभावहीन बना सकते हैं

किसी भी दिन का अख़बार उठाएं तो आप उसमें ऐसी दर्जनों ख़बरें पढ़ सकते हैं जो आपके मन में डर, चिंता, निरर्थकता आदि भावनाओं का संचार करती हैं। यदि आप इन्हें स्वीकार कर लेते हैं तो भय का यह विचार आपके जीवन की इच्छा को ख़त्म कर सकता है। यदि आप जानते हैं कि आपके अवचेतन मन को कुछ सकारात्मक सुझाव देकर इन नकारात्मक कथनों को सकारात्मक बनाया जा सकता है तो इसका अर्थ यह है कि आप जानते हैं कि इन नकारात्मक कथनों को किस तरह प्रभावहीन किया जा सकता है।

आपके आसपास के लोगों द्वारा आपको दिए जा रहे नकारात्मक सुझावों की जाँच करें। आपको किसी भी बाहरी नकारात्मक सुझाव से प्रभावित नहीं होना है।

दूसरों द्वारा दिए गए सुझावों में तब तक कोई भी शक्ति नहीं होती जब तक कि आप उन्हें समर्थन देकर और अपने विचारों का हिस्सा बनाकर पुष्ट न करें। इसके लिए आपको अपने मन को सहमति देनी होगी, उन्हें अपने विचारों का हिस्सा बनाना होगा। तभी वह आपका विचार बन जाएगा और आप उसी दिशा में सोचने लगेंगे। याद रखें, आपमें सही विचार चुनने की क्षमता है। ज़िन्दगी को चुनें! प्यार को चुनें! स्वास्थ्य को चुनें!

अवचेतन मन तर्क या वाद-विवाद नहीं करता

आपका अवचेतन मन बहुत बुद्धिमान है और आपके सारे प्रश्नों के उत्तर उसके पास होते हैं। वह न तो आपसे बहस करता है, न ही पलटकर जवाब देता है। वह नहीं कहता कि, "तुम्हें मुझे इस ग़लत विचार से प्रभावित नहीं करना चाहिए।" उदाहरण के लिए जब आप कहते हो, "मैं यह नहीं कर सकता," "मैं अब बूढ़ा हो गया हूँ," "मैं इस कर्तव्य की पूर्ति नहीं कर सकता," "मैं सही राजनीतिज्ञ को नहीं जानता," तो इन विचारों द्वारा आप अपने अवचेतन मन को प्रभावित कर रहे होते हैं और वह इसी के अनुरूप व्यवहार करता है, प्रतिक्रिया देता है। वास्तव में आप स्वयं अपनी भलाई के रास्ते में व्यवधान उत्पन्न कर रहे हो और कमी, निराशा और क्षमताहीनता को आमंत्रित कर रहे हो।

जब आप किसी समस्या का उत्तर चाहते हैं तो आपका अवचेतन मन उसका उत्तर अवश्य देगा मगर यह पहले आपके चेतन मन द्वारा ही किसी निर्णय पर पहुँचने की अपेक्षा रखता है।

आपको यह स्वीकार करना चाहिए कि उत्तर आपके अवचेतन मन में ही होते हैं। फिर भी यदि आप कहते हैं, "मुझे नहीं लगता, कोई रास्ता हो सकता है या मैं बहुत भ्रमित हूँ या मुझे कोई उत्तर क्यों नहीं मिल रहा है?" तो यह कहकर आप अपनी इच्छा को प्रभावहीन बना रहे हैं।

अपने मन के चक्र को स्थित करें, आराम की अवस्था में आएँ, बातों पर अधिक ध्यान न दें (जाने दें), और शान्ति से सकारात्मक भाव से कहें, "मेरा अवचेतन मन इसका उत्तर जानता है। अब वह मुझसे बात कर रहा है। मैं उसे धन्यवाद देता हूँ क्योंकि मैं अवचेतन मन की बुद्धिमानी और शक्ति को जानता हूँ। यह सब कुछ जानता है और मुझे मेरे प्रश्नों के सटीक उत्तर देने वाला है।"

ध्यान रखने योग्य बिंदु

1. अच्छा सोचें, अच्छा ही होगा। बुरा सोचेंगे, तो बुरा ही घटेगा। आप दिन भर में जो कुछ सोचते हैं, वही आपके साथ घटता है।
2. आपका अवचेतन मन आपके साथ विवाद नहीं करता। आपका चेतन मन जो भी कहता है, वह उसे स्वीकार कर लेता है। यदि आप कहते हैं "मैं इस ख़र्च को बर्दाश्त नहीं कर सकता" हो सकता है यह सही हो मगर इसे इस तरह न कहें। बल्कि कहें, "मैं इसे ख़रीद लूँगा, मैं जानता हूँ।"
3. आपमें चुनाव करने की शक्ति है। स्वास्थ्य और ख़ुशी को चुनें। आप दोस्ताना व्यवहार भी चुन सकते हैं और इसके उलट भी। सहयोगी, ख़ुशहाली, स्नेही, प्रेममय व्यवहार को चुनें और सारी दुनिया आपको इच्छित प्रतिक्रिया देगी। एक बेहतरीन व्यक्तित्व निर्माण का यह सबसे अच्छा तरीक़ा है।
4. आपका चेतन मन दरवाज़े पर खड़े चौकीदार की तरह है। इसका प्रमुख काम आपके अवचेतन मन को ग़लत सूचनाओं से दूर रखना है। इस विश्वास को चुनें कि कुछ अच्छा घटने वाला है और घट रहा है। इस चुनाव की शक्ति ही आपकी महानतम शक्ति है। प्रसन्नता और संपन्नता को चुने।
5. दूसरों के विचार और सुझाव तब तक आप पर असर नहीं कर सकते जब तक आप उन्हें न स्वीकारें। आप उन विचारों को खारिज करने का विकल्प चुन सकते हैं और अच्छे सुझावों को स्थान दे सकते हैं। आपके पास यह चुनने की भी शक्ति है कि आप उन विचारों के प्रति क्या प्रतिक्रिया देंगे।

यह बहुत ही महत्त्वपूर्ण है। अक्सर हम कुछ व्यक्तियों को जो हमारी भलाई के लिए सोचते हैं उन्हें आदर्श रूप में अपने जीवन में स्थापित कर लेते हैं। मगर ऐसा करके

हम उनके शब्दों की शक्ति को कम करके आंकते हैं। विशेषतः जब हम छोटे बच्चे होते हैं। एक पालक जब परेशान होकर कहता है, "क्या बात है तुम्हारे साथ? हो क्या गया है तुम्हे?" ऐसा कहते हुए वे अपने शब्दों के बच्चों पर पड़ने वाले प्रभाव को आँक ही नहीं पाते।

जैसे ही हम पूरी तरह से डॉ. मर्फ़ी की सलाहों को समझकर अपनाना शुरू करते हैं, हम अपने जीवन को सही दिशा दे सकते हैं और अपने अवचेतन मन को दूसरों की नकारात्मक टिप्पणियों के प्रभाव से दूर रख सकते हैं। हम केवल मुस्कुराकर कह सकते हैं, "मैं किसी भी नकारात्मक टिप्पणी को स्वीकार नहीं करता क्योंकि मैं सच जानता हूँ।" (और फिर हम स्वास्थ्य और सुखी जीवन के लिए चुनी हुई अपनी परिस्थिति को ध्यान में ले आते हैं)

वास्तविकता में दूसरों के शब्दों में हमें प्रभावित करने की शक्ति नहीं होती। यह सिर्फ़ हमारे ऊपर निर्भर होता है कि हम अपने स्व संवाद के दौरान उन शब्दों की किस प्रकार व्याख्या करते हैं जो हमारे अवचेतन को प्रभावित या निर्देशित करती है।

6. आप जो कहते हैं उसका निरीक्षण करें। आपको अपने हर शब्द का हिसाब रखना होगा। कभी भी यह न कहें, "मैं असफल हो जाऊँगा," "मेरी नौकरी चली जाएगी," "मैं किराया नहीं दे पाऊँगा" आपका अवचेतन मन किसी मज़ाक़ को नहीं समझता। वह इन सारी बातों को वास्तविकता में लाने में जुट जाता है।
7. आपके मन में कोई बुराई नहीं है। प्रकृति की कोई भी शक्ति बुरी नहीं होती। यह आप पर निर्भर करता है कि आप उस शक्ति का उपयोग किस तरह करते हो। अपने मन को दूसरों के लिए दुआ देने, इलाज करने और अपने आसपास के सभी लोगों को प्रेरित करने के काम में उपयोग लेना चाहिए।
8. कभी यह न कहें, "मैं नहीं कर सकता।" इस भय को दूर करने के लिए यह कहें, "मैं अपने अवचेतन मन की शक्ति पर भरोसा करता हूँ और मैं इसके सहारे सब कुछ कर सकता हूँ।"
9. जीवन के सिद्धांतों और सार्वभौमिक सत्य के दृष्टिकोण से सोचना शुरू करें न कि डर, अनभिज्ञता और अंधविश्वास के दृष्टिकोण से। दूसरों को आपके लिए सोचने का मौक़ा न दें। अपने विचार स्वयं चुनें और अपने निर्णय स्वयं लें।
10. आप अपने अवचेतन मन के कप्तान और अपने भाग्य के निर्माता हैं। याद रहे, आपके पास चुनने की शक्ति है। जीवन को चुनें! प्रेम को चुनें! स्वास्थ्य चुनें! ख़ुशी को चुनें!
11. आपका चेतन मन जो कुछ भी सोचता है और विश्वास रखता है, आपका अवचेतन मन उसे स्वीकार करता है और उसे वास्तविक बनाता है। सुखद भविष्य, दिव्य मार्गदर्शन, सही कार्य और जीवन में मिले आशीर्वादों में विश्वास रखें।

3

अपने आप से संवाद

हमारे व्यवहार और प्रभाव को सबसे अधिक यदि कोई प्रभावित करता है तो वह है हमारा स्वयं से किया गया संवाद अर्थात् स्व संवाद। हमारे स्व संवाद की शक्ति हमारे प्रयासों के परिणामों को तय करती है चाहे वे नकारात्मक हों या सकारात्मक।

हम स्वयं के साथ एक मिनिट में 150-300 शब्द बोलते हैं या दिन भर में 50,000 विचार हमारे मन में आते हैं।

हम या तो दिन भर अपने मन में नकारात्मक विचार ढोते जा सकते हैं जिससे तनाव उत्पन्न करने वाले हार्मोन स्रावित होते हैं या मन में सकारात्मक विचारों को स्थान देकर डोपेमाइन, सेरेटोनिन और बीटाएंडोर्फ़िन जैसे प्रसन्नता का अनुभव कराने वाले हार्मोन्स के स्राव में मदद दे सकते हैं।

बचपन में हम अपने आप से तेज़ आवाज़ में बातें करते हैं। मुझे एक बार की बात याद आती है। घर लौटने के बाद मैं अपने सबसे छोटे बेटे के कमरे में गया ताकि सोने से पहले उसे देख लूँ। उसके कमरे के दरवाज़े पर जाते ही मुझे कमरे से कुछ आवाज़ें आती महसूस हुईं। मुझे लगा कमरे में उसके कुछ दोस्त भी हैं मगर जैसे ही दरवाज़ा खोलकर अन्दर गया तो देखा वह मेरी ओर पीठ करके ज़मीन पर बैठा है और अपने खिलौनों के जानवरों से खेल रहा है। वह उनके साथ संवाद का खेल उत्साह से खेल रहा था जिसमें सभी जानवर कुछ बोल रहे थे और कुछ गतिविधि कर रहे थे मगर हर जानवर के पीछे की आवाज़ मेरे बेटे की ही थी। वह अपने जानवर दोस्तों के साथ जीवन का वास्तविक आनंद ले रहा था।

वयस्क होने के नाते हमने इन सारे संवादों को अपने आप में समेटकर रखना सीख लिया है हालाँकि कई बार मन में चलते विचार तेज़ी से ज़बान पर भी आ जाते हैं, भले ही हम अकेले ही क्यों न हों और जिन पर हमें बाद में हैरानी होती है। हम अक्सर कार में अकेले बैठे व्यक्तियों को देख सकते हैं जो स्वयं के साथ बातचीत में व्यस्त होते हैं। हालांकि यह संवाद सेल फ़ोन के आने से पहले ज़्यादा अच्छे से देखा जा सकता था।

जब हम दूसरों से बातचीत करते हैं तो उस बातचीत के साथ-साथ एक संवाद हमारे भीतर भी चलता रहता है जो हमें सामने वाले की बात का अर्थ ग्रहण करने में मदद करता है। भले ही हम प्रकट में उस व्यक्ति की बात सुन रहे होते हैं मगर हमारा मन उसकी बात का जवाब तैयार कर रहा होता है।

जो भी हो, सबसे शक्तिशाली संवाद वह होता है जो हम एकांत में स्वयं से किया करते हैं। यह संवाद निर्णय और आकलन का होता है जहाँ हम किसे अच्छे काम के लिए स्वयं की पीठ थपथपाते हैं या किसी ग़लत काम के लिए अपने कान खींचते हैं।

इस अध्याय की शुरुवात में मैंने कहा था कि "हमारे व्यवहार और प्रभाव को सबसे अधिक यदि कोई प्रभावित करता है तो वह है हमारा स्वतः से किया गया संवाद अर्थात् स्व संवाद।" यह कैसे होता है?

हमारा स्व संवाद ही हमारी अवधारणाओं को बनाता है और बनाता रहता है।

लेखक एकहार्ट टॉल अपनी पुस्तक द पावर ऑफ़ नाउ में स्व संवाद के बारे में एक अध्याय "स्वयं को अपने मन के बंधन से दूर करना"*

में कहते हैं कि

> विचारक का अवलोकन करना से आपका क्या तात्पर्य है? जब कोई किसी चिकित्सक के पास जाता है और कहता है, "मैं अपने मस्तिष्क के भीतर एक आवाज़ सुनता हूँ।" ऐसा कहने पर उसे किसी मनोचिकित्सक के पास भेज दिया जाएगा। वास्तविकता यह है कि उस व्यक्ति की तरह हम सभी को एक या अनेक आवाज़ों की उपस्थिति अपने मस्तिष्क में महसूस होती है। कई बार हम इसे महसूस करते हैं और कई बार नहीं। ये विचार सतत चलते रहते हैं और आपको यह अहसास ही नहीं होता कि आप इन विचारों को रोक भी सकते हैं। यह संवाद सतत चलता है, एक तरफ़ा या दो तरफ़ा।
>
> आपने अक्सर सड़क पर घूमते पागल व्यक्तियों को देखा होगा जो स्वयं से ही बातें करते रहते हैं या बुदबुदाते रहते हैं। यह उसी तरह की क्रिया है जो हम और आप जैसे लोगों के मस्तिष्क में सतत चलती रहती हैं, उससे भिन्न नहीं। बस फ़र्क़ यह है कि हमारा संवाद ज़ोर से नहीं होता। हमारे भीतर की आवाज़ भी अनुमान लगाती है, जाँचती है, तुलना करती है, शिकायत करती है, पसंद और नापसंद करती है। हो सकता है यह आवाज़ आपकी वर्तमान स्थिति की बात न करती हो, यह हाल ही में घटी या पुरानी किसी बात को लेकर संवाद करती हो या भविष्य की कल्पना करती हो। यहाँ यह अक्सर चीज़ों को ग़लत होता देखती है जिसे चिंता कहते हैं। कई बार इस ध्वनि के साथ कुछ चित्र भी बनते हैं जिसे मानसिक चित्र कहते हैं। यदि यह आवाज़ आपकी वर्तमान स्थिति के बारे में भी हो फिर भी यह भूतकाल की बात करती नज़र आती है। ऐसा इसलिए होता है क्योंकि यह आवाज़ आपके किसी स्थिति विशेष के लिए अनुकूलित हुए मन

**टॉल एकहार्ट।* द पावर ऑफ़ नाओ, न्यू *वर्ल्ड लाइब्रेरी, 2004*

से निकलती है और यह अनुकूलन किसी भूतकाल की घटना के चलते और आपके वातावरण द्वारा बनी हुई मानसिकता के कारण ही हुआ होता है। इसलिए आप वर्तमान को भी भूतकाल की नज़रों से देखते हैं और इसका एकदम विकृत रूप हमारे सामने आता है। यह आवाज़ किसी दुश्मन की आवाज़ के समान ही हानिकारक होती है। कई मनुष्य अपने मन में सतत एक सताने वाले को पोषित करते रहते हैं जो लगातार उनपर आक्रमण करता है, उन्हें सताता है और उनके शरीर के सारी ऊर्जा खींच लेता है। यह अनकही परेशानियों, दुखों और बीमारियों का कारण होता है।

अच्छी ख़बर यह है कि आप अपने मन की पकड़ से मुक्त हो सकते हैं। यह सच्चे अर्थों में बंधन मुक्त होना होगा। आप अभी इस दिशा में पहला क़दम बढ़ा सकते हैं। अपने मन में गूँजती आवाज़ को जितना अधिक हो सके, सुनाने का प्रयास करें। किसी विचार में लगातार हो रहे दोहराव को भी जाँचे। हो सकता है कुछ पुराने विचार अब तक आपके मन में जड़ें जमाए बैठे हों। विचारों का अवलोकन करने से मेरा तात्पर्य यही है।

बच्चों के जीवन में महत्त्वपूर्ण स्थान रखने वाले व्यक्ति (पालक, शिक्षक, प्रशिक्षक, बड़े भाई-बहन) होने के नाते बच्चों के निराशाजनक प्रदर्शन करने पर प्रतिक्रया स्वरूप कहे गए हमारे शब्दों पर हमें सोचना चाहिए। यह निराशा पियानो बजाने, परीक्षा, खेल आदि किसी भी क्षेत्र के प्रदर्शन से हो सकती है। बच्चे अपने पालकों आदि की बातों को ज्यों का त्यों अपने दिल पर लेते हैं। उनके पालक उनके प्रदर्शन के बारे में जो भी कहते हैं वह उन्हें सच ही लगता है।

एक पालक, शिक्षक, प्रशिक्षक, बड़े भाई-बहन होने के नाते हमें क्या करना चाहिए जब हमारा बच्चा हमारी आशानुरूप प्रदर्शन नहीं करता या उसका प्रदर्शन सामान्य से नीचे रहता है? हमें उनके मन में ऐसा चित्र बनाना चाहिए जो उस अपेक्षा के अनुरूप हो जो हम उनसे करते हैं। जैसे, "बेटा, आज का यह खेल तुम्हारा सर्वश्रेष्ठ खेल नहीं था। मुझे याद है एक बार का तुम्हारा खेल। क्या बढ़िया खेला था तुमने। तुम सचमुच बहुत बढ़िया खिलाड़ी हो और अगले सप्ताह होने वाले खेल में तुम अपना सर्वश्रेष्ठ प्रदर्शन करने वाले हो।"

या "बेटा, तुमने घर में वह गीत बहुत ही बढ़िया बजाया था। और मुझे विश्वास है तुम सबको यह बताने के लिए कि तुम कितना अच्छा बजाते हो, अगले सप्ताह तक का इंतज़ार नहीं करोगे।"

बचपन में हमारा स्व संवाद हमारे बड़ों द्वारा हम पर डाले गए प्रभावों पर आधारित रहता है। उसमें भी जिन्हें हम अपने जीवन में महत्त्वपूर्ण मानते हैं और बहुत प्रेम करते हैं उनके विचारों का हम पर बहुत प्रभाव पड़ता है।

जब हम वयस्क होते हैं तब तक हमारे मन में अपने प्रति एक स्थायी राय बन

चुकी होती है कि हममें क्या अच्छा है, क्या बुरा, हमें क्या अच्छा लगता है, क्या बुरा, कैसे लोग हमें अपने आसपास अच्छे लगते हैं, किन्हें हम पसंद नहीं करते वगैरह वगैरह। हम यह स्वीकार कर लेते हैं कि हम ऐसे ही हैं। एक अर्थों में हम अपने मन में उपस्थित सूचनाओं के गुलाम बन जाते हैं और चूँकि हममें से अधिकतर लोगों ने कभी भी यह सोचा ही नहीं होता कि हम अपने व्यवहार को, अपने विचारों को बदल सकते हैं, हम अपने जीवन को मनचाही दिशा में ले जा सकते हैं अर्थात् हम अपने जीवन के चालक बन सकते हैं।

सारांश यही है कि हमारा स्व संवाद हमारी अवधारणाएँ बनाता है और ये अवधारणाएँ हमारे प्रदर्शन के स्तर को तय करती हैं। चूँकि हम अपनी अवधारणाओं के आधार पर एक-सा प्रदर्शन करते हैं और हर प्रदर्शन के बाद स्वयं से संवाद करते हैं और इस तरह पूर्व की अवधारणाओं को मज़बूत करते हैं यानि हमारा प्रदर्शन उसी स्तर पर रहे, अनजाने ही यह तय करते हैं।

स्व संवाद हमारे मन के रेडियो स्टेशन जैसा है। क्या हम सही स्टेशन सुन रहे हैं? क्या हमें स्टेशन बदलना चाहिए? क्या हमें पता है कि हम स्टेशन कैसे बदल सकते हैं? अपना इरादा मज़बूत रखें।

अब हम यह देखेंगे कि हमारा स्व संवाद किस तरह हमारी धारणा का निर्माण करता है।

4

हमारा स्व-संवाद किस तरह हमारी अवधारणाओं को बनाता है

इस अध्याय में हम पढ़ेंगे कि हमारी अवधारणाएँ किस तरह बनती हैं और उनका हमारे निर्णयों और उन निर्णयों के परिणामों पर क्या प्रभाव पड़ता है अर्थात हमारी अवधारणाएँ उन्हें किस तरह प्रभावित करती हैं। इन अवधारणाओं का निर्माण हमारी इस समझ के साथ शुरू होता है कि हम स्व अवधारणाओं की शक्ति को जानते हैं और यह भी समझते हैं कि ये अवधारणाएँ वास्तव में हमारे जीवन को निर्देशित करने वाला तंत्र है जो जीवन के किसी भी क्षेत्र में हमारे प्रदर्शन को सकारात्मक या नकारात्मक रूप से प्रभावित करता है।

हम बेहद जटिल और बहुआयामी प्राणी हैं। हम जीवन में कई सुविधाओं का उपभोग करते हैं और हमारे लिए इन सुविधाओं को प्राप्त करने के कई अन्य तरीक़े और तकनीक होती हैं जिनके बारे में हमें किसी स्कूल में नहीं पढ़ाया जाता। इसलिए हममें से अधिकतर लोग सारा जीवन अनभिज्ञता में ही काट देते हैं और यह जान ही नहीं पाते कि हम आज जो हैं वो कैसे बने हैं और इससे भी महत्त्वपूर्ण यह कि हम आज जो हैं उस स्थिति में रचनात्मक बदलाव लाकर जीवन के उन क्षेत्रों में सफलता प्राप्त कर सकते हैं जो हमारी दृष्टि से कमज़ोर रह गए हैं मगर जिनमें सफल होने की इच्छा हमारे मन में है। सरल रूप से कहा जाए तो अधिकांश लोग यह नहीं जानते कि बदलाव किस तरह लाया जाए और इस कारण से वे अपने मन में इस मंत्र को जपते रहते हैं कि "मैं ऐसा ही हूँ" और इसके लिए वे ईश्वर के आशीर्वाद का आभार भी मानते हैं मगर वे यह नहीं जानते कि वे अपनी कमियों को ढँकने की कोशिश कर रहे होते हैं और वे सारा जीवन इसी तरह से काट देते हैं।

जैसे ही हम स्वयं को अपने नकारात्मक विचारों और सीमित सांस्कृतिक दायरों की मूर्छा और सम्मोहन से बाहर लाते हैं, और स्वयं को पुनः नए विश्वासों से सम्मोहित करते हैं, हम अपने मस्तिष्क का दायरा बढ़ा सकते हैं और यह दायरा हमारे पुराने दायरों की तुलना में वृहद और विस्तृत होगा।

तो आइए, जरा पीछे चलें और जाँचे कि हम जैसे हैं वैसे हम बने किस तरह।

हमारे पहले दो साल

हम सभी असीमित क्षमता के साथ जन्मे थे। यह कहने से मेरा आशय है कि उस समय हमारे पास ऐसा कोई विचार नहीं होता कि हम यह नहीं कर सकते। पहले दो वर्ष हमारे जीवन के और विकास के सबसे महत्त्वपूर्ण वर्ष होते हैं। चूँकि उस समय हम बोल नहीं पाते अतः हमारे पालक हमें यह नहीं कहते कि हम क्या नहीं कर सकते हैं या हम अधिक तेज़ी से विकास कर रहे हैं। इन दो सालों में हम चलना, कपड़े पहनना, खाना आदि सीखते हैं और भाषा सीखते हैं। हालाँकि उस समय हमारे पास सीमित शब्दकोश होता है फिर भी हम यह समझने लगते हैं कि माता-पिता हमसे बात कर रहे हैं, कुछ कह रहे हैं।

हमारा मस्तिष्क पाँच विद्युतीय भाषाएँ बोलता है

मैंने डॉ. ली पुलोस से उनकी कार्यशाला में निम्न बातें सीखीं :

> *जन्म से लेकर 2 वर्ष की आयु तक हमारे मस्तिष्क की तरंगें डेल्टा तरंगें (1.5 से 4 हर्ट्ज़) होती हैं। दो साल से छह साल तक ये तरंगें थीटा तरंगों में (4 से 8 हर्ट्ज़) बदलती हैं। छह से बारह वर्ष के बीच ये तरंगें अल्फ़ा तरंगों में (8 से 12 हर्ट्ज़) बदलती हैं और बारह साल से ये बीटा तरंगों में (12 से 40 हर्ट्ज़) बदलती हैं।*

जब किसी व्यक्ति को सम्मोहित किया जाता है तो क्या होता है? उसके मस्तिष्क की तरंगों की गति धीमी हो जाती है (थीटा से अल्फ़ा के बीच)। सम्मोहित अवस्था में मस्तिष्क तरंगों की गति 7.3 हर्ट्ज़ होती है।

इसका अर्थ है दो वर्ष से लेकर बारह वर्ष तक की अवस्था में हम सबसे अधिक सम्मोहित किए जाने वाली अवस्था में रहते हैं। क्यों? क्या यह वह अवस्था नहीं होती जहाँ हमारे विश्वास आकार ले रहे होते हैं और आत्मसम्मान और स्व अवधारणाएँ बन रही होती हैं? अतः जैसे ही हम अपने आप को अपने अन्दर जमे नकारात्मक विचारों के सम्मोहन से मुक्त करते हैं और सकारात्मक सुझावों को स्थान देते हैं हम अधिक शक्तिशाली विचार तैयार करते हैं।

पाँचवी विद्युतीय भाषा गामा तरंगें होती हैं जो प्रदर्शन का उच्च स्तर (40 से 200 हर्ट्ज़) होता है।

हम दो स्रोतों से सीखते हैं

जब हम छोटे बच्चे होते हैं तो हम मुख्यतः दो स्रोतों से सीखते हैं,

1. *हम अपने पालकों के अनुकरण द्वारा सीखते हैं। क्यों? हमारे पालक हमारे लिए प्रेम का पहला स्रोत हैं। बचपन में हम अपने पालकों से ढेर सा प्यार चाहते हैं और*

इसके लिए हम वे सारे काम करते हैं, ऐसा व्यवहार करते हैं जिनसे उन्हें ख़ुशी हो। जब हम अपने पालकों को खुश करते हैं तो हमें किसी तरह का पुरस्कार मिलता है।

2. हम सुविधा की ओर जाते हैं और असुविधा से दूर भागते हैं।

आधारभूत बात यह है कि हम जब इस दुनिया में आते हैं तो हम किसी खाली बर्तन के समान होते हैं। हमारी जिज्ञासाएँ अनंत होती हैं और सीखने की इच्छा प्रबल होती है। दो साल के होते-होते हम कुछ शब्द सीख लेते हैं और धीरे-धीरे प्राथमिक रूप से भाषा का आधार निर्माण होने लगता है। हमें मिलने वाली सारी सूचनाएँ या इनपुट हमें अपने पालकों या भाई-बहनों से मिलती हैं।

वे हमसे अपनी राय साझा करते हैं कि क्या अच्छा है और क्या बुरा, क्या सही है और क्या ग़लत, हमें अच्छा बच्चा/बच्ची बनाने के लिए कैसा व्यवहार करना चाहिए? या ऐसा क्या नहीं करना चाहिए जो हमें गंदा बच्चा/बच्ची बनाए? छह साल के होते-होते हम एक मज़बूत राय बना चुके होते हैं कि हम कौन हैं, हमारी दुनिया (पालक और मित्र) कैसी है और इस समय तक हमारे मन में इन विचारों की भी नींव पड़ने लगती है कि हम किन क्षेत्रों में अच्छे हैं और किनमें अच्छे नहीं हैं।

महत्त्वपूर्णः इन सब बातों का इससे कोई लेना-देना नहीं होता कि हम वास्तव में कौन हैं। सारी बात इस पर आकर टिक जाती है कि हमें किसके जैसा बनना है।

हम किसी भी ऐसे विचार के साथ दुनिया में नहीं आते कि हम कैथोलिक बनेंगे या प्रोटेस्टेंट, गणतांत्रिक बनेंगे या प्रजातांत्रिक, चिकित्सक बनेंगे या वकील। इनमें से अधिकांश आँकड़े या सूचनाएँ हम अपने पालकों, भाई-बहनों, शिक्षकों, प्रशिक्षकों और वे सब लोग जो उस समय हमारे जीवन में प्रमुख स्थान रखते हैं या जो हमारे लिए जीवन के आदर्श होते हैं, जिनसे हमें भय होता है, से ग्रहण करते हैं। चूँकि हमारे पास इसके विरोध में कोई सूचनाएँ नहीं होती इसलिए वे हमें जो कुछ भी बताते हैं हम उसे सत्य मान लेते हैं। इसके बाद हम स्कूल में जाते हैं जहाँ हमें शिक्षक और प्रशिक्षक मिलते हैं जो हमें और स्पष्ट रूप से बताते हैं कि हम कौन हैं, हम किसमें अच्छे हैं और किसमें बुरे।

हम पहले ही स्व संवाद के विचार का उल्लेख कर चुके हैं अतः हमारा स्व संवाद उनके द्वारा बनाई गई इन धारणाओं को या हमारे अनुभवों द्वारा बनी धारणाओं को पुष्ट करता है।

हमारा स्व संवाद ही हमारी स्व अवधारणाओं को बनाता और तय करता है। अतः हमारी स्वयं के प्रति अवधारणाएँ हमारे माता-पिता या अन्य लोगों द्वारा हमारे लिए कही गई बातों से नहीं बनती वरन् हम उन सूचनाओं का क्या अर्थ लेते हैं और उनके बारे में क्या अनुभव करते हैं, इसके आधार पर बनती हैं।

जैसे, हम सीखेंगे कि भाषा का उद्देश्य हमारे मन में कुछ चित्रों को बनाना होता है। वे चित्र कुछ भावनाओं के साथ जुड़ते हैं अतः हमारा आंतरिक संवाद किसी तरह का चित्र और उसके साथ जुड़ी भावनाएँ अवचेतन मन में बनाता है और ये चित्र भविष्य में हमारे व्यवहार को प्रभावित करते हैं। अध्याय 7 में हम इन पर और गहराई से बात करेंगे।

नीचे लिखी गई पंक्तियाँ नेपोलियन हिल द्वारा लिखी गई पुस्तक आउट विटिंग द डेविलः द सीक्रेट टू फ़्रीडम ऐंड सक्सेस से ली गई हैं -*

> क्या आपने कभी एक पालक को अपने बच्चे के वाक्य को पूरा करते सुना है? या किसी पालक को अपने बच्चे का गृहकार्य पूरा करते देखा है? स्कूल में होने वाले वे विज्ञान मेले याद हैं जहाँ बच्चों के विज्ञान के प्रकल्प (प्रोजेक्ट) बनवाने में पालक मदद करते हैं? माता-पिता ने भले ही उसे नन्हा समझकर उसकी मदद की हो मगर कहीं भीतर उन्हें ऐसा लगता है कि उनका बच्चा उनकी मदद की प्रशंसा करता है और बच्चे की मदद करने से वे उसकी नज़रों में अच्छे माता-पिता बन जाएँगे। मगर वास्तविकता कुछ और ही होती है। बच्चा सोच रहा होता है कि, "माता-पिता को ऐसा लगता है कि मैं अकेले यह काम नहीं कर सकता इसलिए वे मेरी मदद करते हैं... तो चिंता क्यों की जाए!" पालकों की यह अवांछित मदद धीरे-धीरे बच्चे का आत्मविश्वास ख़त्म कर देती है। बच्चों के काम पर विश्वास रखकर और उन्हें अपना काम स्वयं करने की छूट देकर पालक उनमें अपने लिए सोचने की आदत विकसित कर सकते हैं!

सामान्य रूप से यह समझाने की कोशिश करें कि हमारा स्व संवाद ही हमारी स्व अवधारणाएँ बनाता है। स्व अवधारणाओं से क्या तात्पर्य है? स्व संवाद हमारे द्वारा स्वयं को देखने का तरीक़ा है।

> *पारिभाषिक रूप से कहें तो स्व संवाद उन सारे मूल्य आधारित निर्णयों का औसत होता है जो आपके ऊपर आपके पालकों और अन्य व्यक्तियों द्वारा तब थोपे जाते हैं जब आप बच्चे होते हो। विशेषतः जब आप छोटे बच्चे होते हो तो इस तरह के निर्णय सभी क्षेत्रों में आपके आस-पास के लोगों द्वारा आप पर थोपे जाते हैं।*

हमारे मन में अपने प्रति जो अवधारणा बनती है वह उन सब एकल अवधारणाओं का योग या औसत होती है जो आपके आस-पास उपस्थित लोगों द्वारा हमारे बारे में बनाई जाती है।

**हिल, नेपोलियन। शैरन एल. लेच्टर द्वारा व्याख्यायित।* आउटविटिंग द डेविल : द सीक्रेट टू फ़्रीडम ऐंड सक्सेज। *स्टर्लिंग. 2011*

व्यक्तिगत स्व अवधारणा

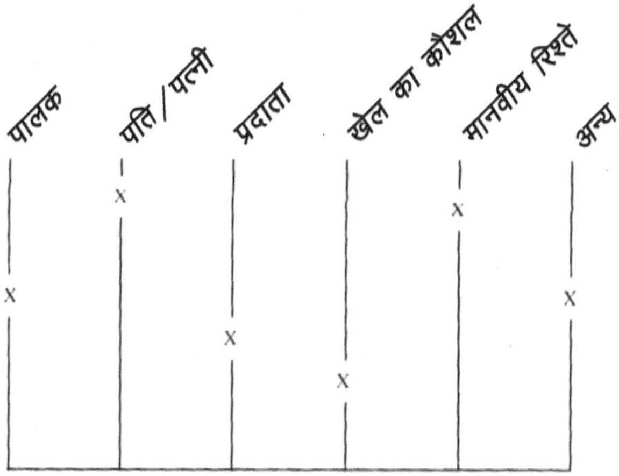

हमारे पास हज़ारों एकल अवधारणाएँ आती हैं। किसी खेल के क्षेत्र में हमारी अवधारणा के अनुसार हम स्कीइंग में अच्छे और गोल्फ़ में ख़राब खिलाड़ी हो सकते हैं।

मूलभूत कार्यकारी सिद्धांत के अनुसार स्व अवधारणा वह नियमन तंत्र है जो जीवन के हर क्षेत्र में हमारे प्रदर्शन के स्तर को निर्धारित करता है।

हमारी स्व अवधारणा और हमारे प्रदर्शन के बीच हमेशा सीधा संबंध होता है।

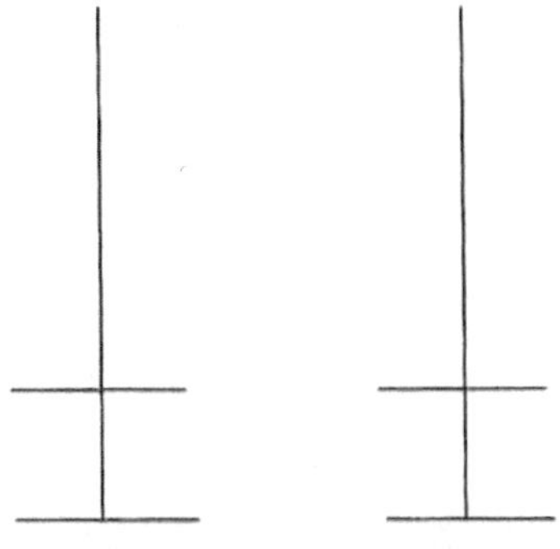

स्व अवधारणा　　*प्रदर्शन का स्तर*

हममें से अधिकांश लोगों को यह सिखाया जाता है कि कड़ी मेहनत करने से ही प्रदर्शन का स्तर बढ़ाया जा सकता है। एक बार हमारा प्रदर्शन अच्छा हो जाता है तो फिर हम जीवन के उस क्षेत्र में आगे उन्नति के बारे में सोच सकते हैं। या हम अपनी स्व अवधारणाओं को आगे बढ़ने की अनुमति दें। सौभाग्य से यह इस तहर काम नहीं करता। यहाँ हम निर्देशों, प्रशिक्षण और अभ्यास के महत्त्व को कम नहीं आँकना चाहते मगर कारण और प्रतिक्रिया में मुख्य रिश्ता यही है कि आपकी स्व अवधारणा ही आपके प्रदर्शन का स्तर निर्धारित करती है।

मैं आपको एक उदाहरण देता हूँ जिससे इस बिंदु को विस्तार से समझा जा सकेगा।

1954 से पहले दुनिया के सभी श्रेष्ठ धावक इस बात को सत्य मानते थे कि किसी आदमी के लिए चार मिनिट से कम समय में एक मील की दूरी तय करना असंभव है। इसके पीछे का कारण यह था कि आदमी द्वारा स्टॉप वाच के आविष्कार के बाद पिछले दशकों में हुई हज़ारों दौड़ में किसी भी व्यक्ति ने छह मिनिट से कम समय में एक मील की दूरी तय नहीं की थी। कई लोग सेकेंड के दसवें हिस्से के पास आ गए मगर समय चार मिनिट से कम न हो सका।

और उसके बाद क्या हुआ?

1954 में ब्रिटेन के एक मेडिकल के विद्यार्थी रॉजर बैनिस्टर इतिहास का पहला व्यक्ति बना जिसने एक मील की दौड़ चार मिनिट के अन्दर पूरी कर ली। तो क्या? तो इसके बाद यह कि अगले तीन सालों में क़रीब 16 लोगों ने चार मिनिट से कम समय में यह दौड़ पूरी की। दौड़ने की मूलभूत प्रक्रियाओं या साधनों जैसे जूते, रेसिंग ट्रेक आदि में कोई बदलाव नहीं हुआ था, तकनीक या प्रशिक्षण में भी कोई बदलाव नहीं था। केवल इस स्व अवधारणा को हटाया गया था कि यह दौड़ चार मिनिट में पूरी नहीं की जा सकती।

खेल गतिविधियों में हिस्सा लेने वाले खिलाड़ियों का एक सा या बेहतर होता प्रदर्शन स्व अवधारणा का बढ़िया उदाहरण है।

बेसबाल के खेल में हिटर या बल्लेबाज के बैटिंग का एक औसत होता है और पिचर या रन बनाने वाले का एक औसत होता है। और अधिकतर इन खिलाड़ियों के खेल के परिणाम एक से ही रहते हैं, ऐसा उनकी स्व अवधारणा के कारण होता है। जब वे अपने औसत से अच्छा प्रदर्शन करते हैं तो उन्हें कहा जाता है कि वे अपने फार्म में हैं या बेहतर समय में हैं और जब उनका प्रदर्शन औसत से कम हो जाता है तो कहा जाता है मंदी में है या फॉर्म में नहीं हैं। ऐसा ही कुछ गोल्फ़ के खिलाड़ियों के साथ होता है। खेल की सारी बाधाओं के साथ उनका प्रदर्शन भी एक सा रहता है।

हम जब अपनी स्व अवधारणा से अधिक अच्छा प्रदर्शन करते हैं तो हम उसे अच्छा समय या फार्म बताकर उसके महत्त्व को कम क्यों करते हैं? क्योंकि जैसे

कि हमने पहले भी कहा कि हमारी स्व अवधारणा हमारे लिए नियामक कारक होती है और वह हमारे प्रदर्शन को तय करती है।

याद रहे हमारी स्व अवधारणा का अर्थ है कि हम स्वयं को जीवन के किसी क्षेत्र में किस तरह देखते हैं। जैसे ही यह चित्र सकारात्मक या नकारात्मक रूप से बदलता है, हमारी अवधारणा बदलती है और उसी के अनुरूप हमारे प्रदर्शन का स्तर भी सकारात्मक या नकारात्मक रूप से बदलता है।

यदि हम अपने प्रदर्शन को बेहतर बनाना चाहते हैं तो हमें अपनी स्व अवधारणा को बदलना होगा।

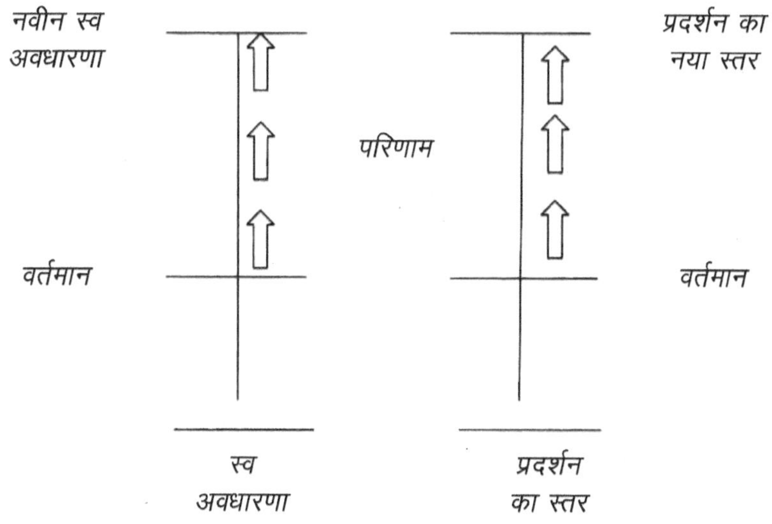

हम अपने अन्दर इस तरह की प्रतिक्रियाएँ विकसित कर लेते हैं जो हमें उस स्तर तक पहुँचाने में, जो हम वास्तव में हैं, हमें वह बनाने में बाधा उत्पन्न करती है। जैसे-जैसे हम इस पुस्तक के साथ आगे बढ़ेंगे, हम आपको वे तकनीकें बताएँगे जिनके आधार पर आप स्वयं के बारे में संपूर्ण सूचनाएँ एकत्र कर पाएँगे कि आपको अपने अन्दर क्या अच्छा लगता है, क्या ख़राब, आप स्वयं किस क्षेत्र में अच्छा व किसमें कमज़ोर मानते हैं? साथ ही व्यवहार के कुछ तरीक़े भी जान सकेंगे जिन्हें आप बदलना चाहेंगे। जैसे ही हम उन बातों के बारे में जान पाएँगे जिन्हें हम बदलना चाहते हैं या उनमें भिन्नता लाना चाहते हैं, फिर हम धीरे-धीरे उन तरीक़ों और तकनीकों के बारे में जानेंगे जो हमें इन सभी परिवर्तनों को बहुत थोड़े से प्रयास से ला पाना संभव बनाएँगी जिसकी हमने कल्पना भी नहीं की होगी।

परिवर्तन किसी भी तरह से बुरा शब्द नहीं है और इसके साथ आपको असहज महसूस होने की कत्तई आवश्यकता नहीं है जैसा कि हम हमेशा सोचते हैं।

आइए अब हमारे अवचेतन मन की शक्ति को और गहराई से देखने-समझने का प्रयास करते हैं और चेतन तथा अवचेतन मन के आपसी संबंध पर गहरी समझ बनाने का प्रयास करते हैं।

5

आपके अवचेतन की चमत्कारी शक्ति

आपका अवचेतन असीमित शक्ति रखता है। यह आपको प्रेरित करता है, निर्देशित करता है। यह स्मृति रूपी गोदाम के द्वारा आपके नाम, जीवन से जुड़े तथ्यों और दृश्यों का पता करता है। आपका अवचेतन मन आपके हृदय की धड़कन को शुरू करता है, रक्त के संचरण को नियंत्रित करता है, आपके शरीर में पाचन, अवशोषण और उत्सर्जन की प्रक्रियाओं को नियमित करता है। जब आप रोटी का एक टुकड़ा खाते हो तो आपका अवचेतन मन उसे रक्त के रूप में आपके शरीर के ऊतकों, मांसपेशियों, रक्त और हड्डियों में संचारित करता है। यह प्रक्रिया किस तरह होती है इसका वास्तविक ज्ञान दुनिया के सबसे बुद्धिमान व्यक्ति जो दुनिया को चलाता है, को भी नहीं है। आपका अवचेतन मन आपके शरीर की समस्त आवश्यक प्रक्रियाओं को नियंत्रित करता है और आपके हर प्रश्न का उत्तर जानता है।

आपका अवचेतन मन कभी भी सोता नहीं है, कभी भी आराम नहीं करता। यह हमेशा अपने काम पर हाज़िर रहता है। आप स्वयं अवचेतन मन की इस चमत्कारिक शक्ति का अनुभव कर सकते हैं। हर रात सोने से पहले अपने अवचेतन मन को कहें कि आप किसी खास वस्तु को प्राप्त करना चाहते हैं। आपको जानकर प्रसन्नता होगी कि ऐसा करते ही आपके अन्दर की सारी ताक़त पुनर्जीवित हो जाती है और उस लक्ष्य की प्राप्ति में जुट जाती है। इस तरह से अवचेतन मन के पास वह शक्ति और ज्ञान है जो आपको उस शक्ति के क़रीब ले जा सकता है जो दुनिया को चलाती है, ग्रहों की चाल को नियंत्रित करती है और सूरज के चमकने का कारण बनती है।

आपका अवचेतन मन आपके आदर्श, आकाँक्षाओं और परोपकार के आग्रह का स्त्रोत है। अवचेतन मन की शक्ति द्वारा ही शेक्सपीयर जैसे साधारण व्यक्ति ने उन असाधारण सत्यों को दुनिया के सामने लाया जो सामान्य आदमी की नज़रों से छिपे हुए थे। निस्संदेह यह अवचेतन मन की शक्ति का ही परिणाम था कि ग्रीक मूर्तिकार फ़िल्डिया ने संगमरमर और कांसे से बनी मूर्तियों में सुंदरता, क्रम, सममिति और अनुपात का अद्‌भुत समन्वय किया। इसी अवचेतन की शक्ति ने इटली के कलाकार राफ़ेल को मेडोना जैसी कलाकृति बनाने में मदद की और बीथोवन सुन्दर धुनें तैयार कर सका।

आपका अवचेतन मन आपके जीवन की खुली किताब है

आप अपने अवचेतन मन पर जो भी विचार, धारणाएँ, सिद्धांत, नियम लिखते, उकेरते या उभारते हैं उन्हें आप अपने लक्ष्य के रूप में स्थापित करते हैं और आपका अवचेतन

मन उन्हें पूरा करने के लिए वैसी परिस्थिति, वातावरण और घटनाएँ सृजित करता है। आप जो कुछ भी अन्दर लिखोगे, बाहर भी वही अनुभव करोगे। आपके जीवन के दो पहलू होते हैं - दृश्य और अदृश्य, व्यक्तिपरक और समष्टिपरक, विचार और उसकी प्रतिक्रिया।

आपके विचार आपके मस्तिष्क द्वारा ग्रहण किए जाते हैं जो कि आपके चेतन तार्किक मन का हिस्सा है। जब आपका चेतन मन किसी विचार को पूरी तरह स्वीकार कर लेता है तो उसे मस्तिष्क के स्नायु गुच्छ में भेजा जाता है। वहाँ यह अवस्थित हो जाता है और आपके अनुभवों के रूप में आपके सामने आता है।

आपका अवचेतन मन किसी तरह का तर्क नहीं कर सकता। आप जो भी विचार इस पर उकेरते हो, यह उसी के अनुरूप काम करता है। यह आपके चेतन मन का निर्णय अंतिम मानता है। इसलिए कहा जा रहा है कि आप हमेशा अपने जीवन की किताब लिख रहे हैं क्योंकि आपके विचार आपके अनुभव बनते जा रहे हैं। अमेरिका के प्रसिद्ध निबंधकार राल्फ़ वॉल्डो इमर्शन कहते हैं, "मनुष्य अपने बारे में सारा दिन जैसा सोचता है, वह वैसा ही बन जाता है।"

अवचेतन मन पर जो भी लिखा जाता है वह बाहर अभिव्यक्त होता है

अमरीकी मनोवैज्ञानिक विलियन जेम्स ने कहा है कि आपके अवचेतन मन में दुनिया को हिलाने की शक्ति है। आपके अवचेतन में असीमित बुद्धिमता और अपार शक्ति है। इसे छिपे हुए ऊर्जा स्त्रोतों से शक्ति मिलाती है और इसे जीवन का नियम कहा जाता है। आप अपने अवचेतन मन पर जो भी लिखते हो, वह इसे सच बनाने के लिए धरती-आकाश को हिला सकता है। अतः आपको अवचेतन मन पर सही धारणाओं और रचनात्मक विचारों को ही उकेरना चाहिए।

आज दुनिया में इतनी अशांति और दुखों का एक ही कारण है कि लोग अपने चेतन मन और अवचेतन मन के बीच के संवाद को नहीं समझते। जब ये दोनों मन दो सिद्धांतों के रूप में आपसी सहमति, एकता, शान्ति और समन्वय के साथ एक दूसरे से मिलकर काम करते हैं तो हमारे जीवन में स्वास्थ्य, सुख, आनंद और शान्ति लाते हैं। जब चेतन और अवचेतन मन एक दूसरे के साथ समन्वय और शान्ति से काम करते हैं तो किसी प्रकार की तकलीफ़ या कलह की संभावना नहीं रहती।

आपके अवचेतन मन पर जो भी लिखा जाता है वह अंतरिक्ष के परदे पर अभिव्यक्त होता है। यही सच्चाई मोज़ेस, अल्लाह, ईसा, बुद्ध, ज़ोरोआस्टर, लाओत्ज़ू और सभी संतों ने युगों-युगों से कही है। आप जो भी सत्य के रूप में अनुभव करेंगे, वह आपके सामने परिस्थिति, अनुभव और घटना के रूप में आएगा। गति और भावनाओं का संतुलन होना ज़रुरी है। यह जीवन का महान नियम है।

प्रकृति के हर काम में क्रिया-प्रतिक्रिया का, आराम और काम का सिद्धांत लागू होता है। यदि इन दोनों में संतुलन स्थापित रह सके तो जीवन सुख व सामंजस्य से भरपूर रहता है। आपके जीवन में इन सिद्धान्तों का लयात्मक और सुसंगत संतुलन बना रहना ज़रुरी है। प्रवेश और निर्गम दोनों ही बराबर होना चाहिए। प्रभाव और अभिव्यक्ति समान होनी चाहिए। आपकी निराशा का कारण अपूर्ण इच्छाएँ हैं और अतृप्त इच्छाएँ निराशा पैदा करती हैं।

आप अपने बारे में क्या विचार करते हैं? आपका हर हिस्सा उन विचारों को अभिव्यक्त करता है। आपकी जीवन शक्ति, शरीर, आर्थिक स्थिति, मित्र और सामाजिक स्तर उन विचारों को संपूर्णता से अभिव्यक्त करते हैं जो आप अपने बारे में रखते हैं। आपके अवचेतन मन पर क्या उकेरा गया है और जीवन के हर पड़ाव पर क्या अभिव्यक्त हो रहा है यह इसका श्रेष्ठ उदाहरण है।

हम स्वयं को नकारात्मक विचारों से आच्छादित कर लेते हैं और उन्हें बढ़ावा भी देते हैं। कितनी ही बार आप गुस्सा होकर, डरकर, ईर्ष्या करके और प्रतिशोध भावना से ग्रस्त होकर अपने आप को कितनी हानि पहुँचाते हैं। ये भावानाएँ ज़हर के सामान होती हैं जो आपके अवचेतन मन में प्रवेश करती हैं। आपने इस नकारात्मकता के साथ जन्म नहीं लिया था। अपने अवचेतन मन को जीवनदायी विचारों से भर लें तो आपके मन के सारे नकारात्मक पैटर्न समाप्त हो जाएँगे। जब आप इसका सतत अभ्यास करेंगे तो आपका भूतकाल अवचेतन द्वारा पूरी तरह से भुला दिया जाएगा, याद नहीं रखा जाएगा।

अवचेतन मन किस तरह हमारे शरीर के सारे कामों को नियंत्रित करता है?

जब आप जागृत अवस्था में होते हो या गहरी नींद सोते रहते हो, आपका अवचेतन मन हर समय आराम से, शान्ति से काम करते हुए चेतन मन की सहायता के बिना आपके शरीर के महत्त्वपूर्ण कामों को नियंत्रित करता रहता है। उदाहरण के लिए जब आप सोते रहते हो तब भी आपका दिल धड़कता रहता है, फेफड़े श्वास-निश्वास का काम करते रहते हैं जिससे रक्त ताज़ी वायु को अवशोषित करता है और आपके जागने पर भी यह काम उसी गति से चलता रहता है। आपका अवचेतन मन आपके पाचन और ग्रंथियों के स्राव के साथ-साथ शरीर की अन्य रहस्यमयी क्रियाओं को भी नियंत्रित करता है। आपके शरीर पर स्थित बाल भी आपके जागृत या सुप्त अवस्था में होने पर भी बढ़ते रहते हैं।

वैज्ञानिकों के अनुसार जागृत अवस्था की बजाय हम जब नींद में होते हैं तो त्वचा से अधिक पसीना निकलता है। आपकी आँखें, कान, नाक आदि सभी इन्द्रियाँ सोते समय भी काम करती रहती हैं। कई वैज्ञानिकों के उनके जटिल प्रश्नों या समस्याओं के उत्तर तब मिले हैं जह वे गहरी नींद में थे और उन्हें दिखे किसी सपने में उसके सवाल

का जवाब छिपा था। (इस बार में हम अध्याय 13 में विस्तार से चर्चा करेंगे।

लेखक नॉर्मन डोइज़, एमडी अपनी न्यू यॉर्क टाइम्स बेस्ट सेलर पुस्तक द ब्रेन दैट चेंज़ेस इटसेल्फ़** में लिखते हैं कि:*

> मस्तिष्क पर हुए हाल ही के शोध और लिए गए स्कैन से पता चलता है कि हम जब निद्रा अवस्था में होते हैं तो हमारे मस्तिष्क का भावनाओं, लैंगिक व्यवहार और उग्र व्यवहार के लिए उत्तरदायी हिस्सा अधिक सक्रिय रहता है। इसकी तुलना में प्री फ्रंटल वाला हिस्सा जो कि हमारी भावनाओं और वृत्तियों को बाधित करता है, वह कम सक्रिय होता है। इस स्थिति में जब अवरोध कम सक्रिय और वृत्तियाँ अधिक सक्रिय होते हैं तो नींद में आने वाले सपनों में जागरूकता और वास्तविकता की अधिकता होगी।
>
> शोध यह भी बताते हैं कि नींद हमारे मस्तिष्क में स्नायु तंत्रीय परिवर्तन करती है जिसके द्वारा हमारे सीखे गए कौशल और स्मृति मज़बूत होती है। यदि दिन में हम कोई कौशल सीखते हैं और रात में सोते समय उस दिन सीखी गई बातों को ध्यान में रखते हुए सोते हैं तो दूसरे दिन हमारा प्रदर्शन और बेहतर हो जाता है। किसी समस्या को साथ लेकर सोना अक्सर जागने पर उस समस्या के हल के रूप में सामने आता है।

अक्सर आपका चेतन मन आपके हृदय, फेफड़े, आमाशय आदि की सामान्य गति से चिंता, भय, परेशानी और दुख के साथ संवाद करता है। ये विचार आपके अवचेतन मन के लयात्मक कार्य की प्रक्रिया को असंतुलित करते हैं। जब मानसिक अस्वस्थता का अहसास हो रहा हो, उस समय सबसे अच्छा उपाय होता है बातों को थोड़ी देर के लिए भूलना, शांत रहना और अपने विचारों को स्थिर करने का प्रयास करना। अपने अवचेतन मन से संवाद करते हुए उसे कहें कि उसे अपनी शान्ति, लय और संतुलन को क़ायम रखना है। आप थोड़े ही देर में अपने आप को सहज होता महसूस करेंगे और आपके शरीर की प्रक्रियाएँ भी सामान्य हो जाएँगी। यह याद रखें कि अवचेतन मन से संवाद करते समय पूर्ण अधिकार और दृढ़विश्वास से बात करें, आपका अवचेतन मन आपकी बात को ज़रूर मानेगा।

आपका अवचेतन मन आपको स्वस्थ रखने और आपके जीवन को सुखी बनाने के लिए प्रतिबद्ध है। यह आपको अपने बच्चों से प्रेम करने की प्रेरणा देता है जो जीवन को सुखी बनाने का ही प्रयास है। मान लें आपने ग़लती से ख़राब खाना खा लिया तो आपका अवचेतन मन उसे बाहर निकालने में आपकी मदद करेगा।

यदि आप अनजाने में विष का सेवन कर लेते हो तो आपके अवचेतन की शक्ति इसके असर को उदासीन करने के लिए तत्पर हो जाएगी। यदि आपको इस चमत्कारी

**डोइज़, नॉर्मन।* द ब्रेन दैट चेंजेस इटसेल्फ़ : स्टोरीज़ ऑफ़ पर्सनल ट्रीउम्फ फ्रॉम द फ्रनटियर ऑफ़ ब्रेन साइंस. *2007*

शक्ति पर विश्वास हो गया तो आप निश्चित रूप से स्वास्थ्य का लाभ उठा सकेंगे।

अपने अवचेतन मन की ओर पूर्ण स्वास्थ्य का विचार कैसे प्रेषित करें

अपने अवचेतन मन को पूर्ण स्वास्थ्य का सन्देश भेजने का सबसे बेहतर तरीक़ा है वैज्ञानिक या अनुशासित कल्पना करना। मैंने एक लकवे से पीड़ित व्यक्ति को अपने मन में ऐसा स्पष्ट चित्र बनाने को कहा जिसमें वह अपने दफ़्तर में चल-फिर रहा है, टेबल को छू रहा है, टेलीफ़ोन पर बात कर रहा है और वे सारे काम कर रहा है जो वह करता यदि वह स्वस्थ होता। मैंने उसे बताया कि यह विचार और पूर्ण स्वास्थ्य का मानसिक चित्र उसके अवचेतन मन द्वारा स्वीकार किया जाएगा।

उसने मेरे कहे अनुसार काम किया और वास्तव में यह महसूस करना शुरू किया कि वह दफ़्तर में है। वह जानता था कि वह अपने अवचेतन मन को ऐसा विचार दे रहा है जिसपर वह काम करना शुरू करेगा। उसका अवचेतन मन वह स्थान था जहाँ पूर्ण स्वास्थ्य का चित्र उकेरा जा रहा था। मानसिक चित्र और विचार प्रेषण के कई हफ़्तों के सतत अभ्यास के बाद एक दिन एक योजना के तहत उसकी पत्नी और नर्स कमरे से बाहर थे और टेलीफ़ोन ने सतत बजना शुरू किया। टेलीफ़ोन उस व्यक्ति के बिस्तर से बारह फुट की दूरी पर था मगर उसने किसी तरह उठकर उसका उत्तर दिया। उस घंटे में वह ठीक हो गया। उसके अवचेतन मन की उपचार शक्ति ने उसके मानसिक चित्र के अनुसार प्रतिक्रिया दी और उपचार शुरू हो गया।

उस व्यक्ति के दिमाग़ में कुछ अवरोध था जिसकी वजह से निर्देश पाँवों तक नहीं पहुँच पाते थे और वह कहता था कि वह चल नहीं सकता। जैसे ही उसने अपना ध्यान उस अवरोध पर केन्द्रित किया और मानसिक चित्र बनाना शुरू किया, उपचार शक्ति उसके अनुसार काम करने लगी और उसे चलने योग्य बना दिया ।

ध्यान रखने योग्य बिंदु

1. आपका अवचेतन मन शरीर की सभी महत्त्वपूर्ण क्रियाओं को नियंत्रित करता है और आपकी हर परेशानी का हल जानता है।
2. सोने से पहले अपने अवचेतन मन को अपनी किसी इच्छा के बारे में बताना शुरू करें और इसकी चमत्कारी शक्ति को उस इच्छा की पूर्ति के लिए काम करता देखें।
3. आप अपने अवचेतन मन पर जो कुछ भी उकेरते हो, उसका प्रभाव अंतरिक्ष के परदे पर आपकी परिस्थिति, अनुभव और घटनाओं के रूप में सामने आता है। इसलिए आपको अपने चेतन मन में चल रहे हर विचार और कल्पना को जाँचना चाहिए।
4. क्रिया-प्रतिक्रिया का नियम सार्वभौमिक है। आपका विचार क्रिया है और उन विचारों पर आपके अवचेतन मन द्वारा किया गया काम प्रतिक्रिया है। अपने विचारों को परखें।

5. जीवन में सारी निराशा इच्छाओं के पूरा न होने के कारण होती है। यदि आपका ध्यान रुकावटों, देरी और कठिनाइयों पर ही केन्द्रित रहता है तो आपका अवचेतन मन आपके ध्यान का अनुसरण करते हुए आपके रास्ते बंद करता चलेगा।
6. जीवन का सिद्धांत आपमें लय और सुसंगति से प्रवाहित होगा यदि आप सचेत रहकर लगातार कहते हैं, "मैं जानता हूँ कि मेरे अवचेतन मन ने मुझे जो इच्छा दी है, वह मेरे माध्यम से उसे पूरा भी करवाएगा।"
7. आप चिंता, डर आदि भावनाओं को मन में लाकर अपने हृदय, फेफड़ों आदि की सामान्य क्रियाविधि में रुकावट डालते हैं। अपने अवचेतन को शान्ति, स्वास्थ्य और सामंजस्य के विचारों से पोषित करें, आपके शरीर की सारी क्रियाएँ सामान्य हो जाएँगी।
8. अपने चेतन मन को सर्वश्रेष्ठ पाने के विचारों में लगाएँ, आपका अवचेतन मन किसी आज्ञाकारी सेवक की तरह आपकी इच्छा का प्रतिफल देगा।
9. कल्पना में अपनी परेशानी का सुखद समाधान होते देखें। प्राप्ति के आनंद को महसूस करें। आप जो भी कल्पना और अनुभव करेंगे, आपका अवचेतन मन उसे स्वीकार करेगा और उसे वास्तविकता में लाएगा।

6

आदतों के प्रतिमान : पहले हम आदतें बनाते हैं, फिर आदतें हमें बनाती हैं

मैं एक बार फिर इस अध्याय के शीर्षक को दोहराता हूँ, "पहले हम आदतें बनाते हैं, फिर आदतें हमें बनाती हैं।" स्व अवधारणाओं की ही तरह जब हम जन्म लेते हैं तो हमारे भीतर किसी भी आदत का विकास नहीं हुआ होता है। हमारी सारी आदतें विकसित की जाती हैं और एक बार ये आदतें विकसित हो जाती हैं तो उनमें से कुछ अधिक विकसित आदतें हमारे मूल व्यवहार में शामिल हो जाती हैं और वातावरण के प्रति हमारी प्रतिक्रिया और आंतरिक धारणा का रूप ले लेती हैं। यह जानना महत्त्वपूर्ण है कि किसी आदत के साथ जुड़े रहना यह हमारे चुनाव पर निर्भर होता है। ऐसी आदतें जो हमारे लिए उपयोगी हैं और हमें सहायता करती हैं उन्हें सोद्देश्य अभ्यास में लाया जाना चाहिए और उन पर ध्यान देना चाहिए। उसी तरह यह भी ध्यान में रखना चाहिए कि जो आदतें हमारे लिए उपयोगी नहीं रह जातीं, उन्हें बदलने या त्यागने की क्षमता भी हमारे भीतर ही है।

हमारी आदतों के दो प्रकार होते हैं - सकारात्मक और नकारात्मक। सकारात्मक आदतों में चलना, बात करना, कार चलाना, खाना आदि जैसी हज़ारों बातों को लिया जाता है। नकारात्मक आदतों में हमेशा डर का भाव छिपा रहता है। इस अध्याय में हम इसके बारे में और विस्तार से बात करेंगे।

आदतों के प्रतिमान या पैटर्न बढ़िया होते हैं क्योंकि वे हमें एक साथ कई काम करने की अनुमति देते हैं। चूँकि हम अपने चेतन मन में एक बार में एक ही विचार को धारण कर सकते हैं अतः आदतों के प्रतिमान न होने पर हम एक साथ या एक के बाद एक कई काम नहीं कर सकते।

उदाहरण के लिए कार चलाने की बात करें। जब आपने पहली बार कार चलाना सीखा था तो आपने कार में कूद कर चाबी लगाकर कार चालू करके और ब्रेक से पाँव हटाकर कार आगे नहीं बढ़ाई थी। आपको क्या करना है यह पता नहीं था। अतः अपने माता-पिता की सलाह लेकर और ड्राइविंग के सारे नियम जानने के बाद ही आपने कार चलाना सीखा। मगर इसमें भी कुछ समय लगा, कई ग़लतियाँ हुई और ध्यानपूर्वक इसे सीखने की ज़रुरत पड़ी। पहली बार कार चलाते हुए मोबाइल पर बात करते समय या किसी किताब को टेप पर सुनते हुए भी आपको दिक़्क़तों का सामना करना पड़ा होगा। यह सब करते समय आपको

ओवरस्टीयरिंग, ज़ोर से ब्रेक लगाना, ढलान पर कार पार्क करने में ग़लती आदि से बचने के लिए बहुत प्रयास व अभ्यास की ज़रुरत पड़ी होगी। (मेरी बेटियाँ जूली और जिल अब भी मेरे द्वारा कराए गए उन अभ्यासों से नाराज़ होंगी।)

चलिए आपको मेरी बात की दिशा समझ में आ गई। हम आदतों को विकसित करने के लिए निम्न बातों का अनुसरण करते हैं :

1. *संबंधित जानकारी (डेटा इनपुट)*
2. *अभ्यास या दोहराव*

स्नायुतंत्रीय दृष्टि से इसका अर्थ समझाने के लिए लेखक डैनियल कोएल अपनी पुस्तक द टैलेंट कोड में कहते हैं कि :*

> टेलेंट कोड क्रांतिकारी वैज्ञानिक खोज के आधार पर निर्मित होता है जिसमें मायलिन नामक एक तंत्रिकीय विसंवाहक (न्यूरल इन्सुलेटर) शामिल रहता है। इसे कुछ तंत्रिकातंत्र विशेषज्ञ कौशल प्राप्ति का अचूक साधन मानते हैं। इसीलिए मनुष्य द्वारा अर्जित कोई भी कौशल चाहे वह बेसबाल खेलना हो या बाख़ का खेल हो, इसके लिए तंत्रिका तंतुओं की एक महीन श्रृंखला तैयार होती है जिसमें सूक्ष्म विद्युतीय आवेग उपस्थित रहते हैं-ठीक वैसे ही जैसे किसी विद्युत परिपथ से कोई संकेत प्रवाहित हो रहा हो। मायलिन का कार्य सारे तंतुओं को एक दिशा में जोड़े रखना है (जैसे कि हम किसी रबर टेप द्वारा ताँबे के तारों को जोड़ने का काम करते हैं।) ताकि विद्युत आवेग का रिसाव न हो और सारे संकेत (सिग्नल) शक्तिशाली और तीव्र बने रहें। हम किसी कौशल का जितना अधिक अभ्यास करते हैं अर्थात किसी परिपथ को जितना अधिक संचारित करते हैं, हमारा मायलिन उस परिपथ के चारों ओर आवेगों को जोड़ने का काम करता रहता है। ये आवेग जितने अधिक होंगे, हमारा कौशल उतना ही अधिक बढ़ेगा। हरेक आवेग कुछ और कौशल को जोड़ता जाएगा। मायलिन जितना अधिक सघन होगा, उतना ही वह रोधक होगा। इसी के कारण हमारे विचार और कामों में गति आती जाएगी।

कोएल आगे कहते हैं :

> यह परिवर्तन तीन साधारण तथ्यों पर आधारित होता है - 1. मानव का हरेक विचार, कार्य और भावना वास्तव में तंत्रिका तंतुओं के परिपथ से निकालने वाली न्यूरान की श्रृंखला होती है। 2. मायलिन किसी इन्सुलेटर की तरह कार्य करता है जो तंत्रिका तंतुओं को आपस में जोड़कर उनकी

**कोएल डैनियल, द टैलेंट कोड। बैन्टम. 2007*

शक्ति, गति और सटीकता को बढ़ाने का काम करता है। 3. हम इस परिपथ को जितना अधिक सक्रिय बनाते हैं, मायलिन की परत मोटी होती जाती है और परिपथ बड़ा हो जाता है। परिणामस्वरूप हमारे विचार और कार्य अधिक तीव्र, तेज़ और शक्तिशाली हो जाते हैं।

हमारे वाहन चालन के उदाहरण में डाटा इनपुट के रूप में वे सारे निर्देश थे जो हमें अपने पालकों, प्रशिक्षक, बड़े भाई-बहनों या मित्रों से मिले थे।

दोहराव का कारण स्वयं वर्णित है। हम लगातार अभ्यास करते रहते हैं और समय के साथ यह हमारी आदत बन जाती है। हमें कैसे पता चलेगा कि कोई काम अब आदत बन गई है? जब वह काम करते समय हमें उसके बारे में सचेत होकर सोचना नहीं पड़ेगा, तब हम मानेंगे कि वह आदत बन गई है। हमें मिली सूचनाएँ अभ्यास के द्वारा हमारे अवचेतन में संग्रहित हो जाती हैं। अर्थात हम अब एक साथ कई काम कर सकते हैं अर्थात बिना निर्देशों के कार चला सकते हैं, साथी से बात कर सकते हैं, फ़ोन पर बात कर सकते हैं और रेडियो पर कोई कार्यक्रम सुन सकते हैं। आप कभी ऐसे रेस्टोरेंट में गए हैं जहाँ पियानो वादन होता है? आपने देखा होगा कि पियानो वादक अपने ग्राहक से बात करते समय भी सुन्दर धुन बजा रहा होता है। वादक स्वयं किसी व्यक्ति से बातचीत में मशगूल है मगर उसकी उंगलियाँ पियानो के की बोर्ड पर बिना कोई ग़लती किए फिसलती जा रही हैं। यह कहने की ज़रुरत ही नहीं है कि पियानो वादक ने यह कौशल पहले ही प्रयास में अर्जित किया होगा। उसने धुन को गहराई से समझा होगा, सुना होगा (बिना किसी से बात किए) और इसका लगातार अभ्यास तब तक किया होगा जब तक वह उस धुन को प्रवाह में बजा न ले और उसे बजाने के लिए उसे सोचना न पड़े। तब यह उसकी आदत में आ चुका होगा।

इसी उदाहरण में यदि उसे कोई ऐसी धुन दी जाए जिसे उसने पहले न बजाया हो तो वह उस धुन को पढ़कर, देखकर पियानो पर बजा लेगी मगर उस समय वह किसी से बात नहीं कर सकेगी क्योंकि उसका पूरा ध्यान उस धुन को पढ़ने में होगा।

यही कुछ टायपिंग सीखते समय भी होता है। पहले हम निर्देशों के अनुसार टायपिंग सीखते हैं, उसका अभ्यास करते हैं और फिर हम टाइप करने लगते हैं।

पहले कही बात को पुनः दोहराते हैं कि आदतों के प्रतिमान हमें एक साथ कई काम करने की अनुमति देते हैं, वह भी बिना किसी सचेत विचार के। पर अब हम विचार करेंगे कि कुछ आदतें विशेषतः नकारात्मक आदतें किस तरह आपके व्यवहार को नकारात्मक रूप से प्रभावित कर सकती हैं और कुछ निर्देश हमारे लिए किस तरह हानिकारक हो सकते हैं।

मुझे बुरी आदतों के बारे में एक टिप्पणी करने दें। बुरी आदतें बस बुरी आदतें होती हैं जिन्हें समय के साथ व्यक्ति विकसित करता है और अब उन्हें चाहकर भी

दूर नहीं कर पाता है। पेशेवर लोग इसे लत या व्यसन भी कहेंगे। मगर अपने आप को किसी बुरी आदत की पकड़ से छुड़ाने के लिए भी हम वही तरीक़े और तकनीकें इस्तेमाल करते हैं जिन्हें इस पुस्तक में अध्याय 8 में अभिपुष्टि और इसकी तकनीकें शीर्षक में दिया गया है। आधार यह है कि अब आपको किसी भी पुराने या बेकार विश्वास, व्यवहार या आदत, जिसके आप अब तक आदी थे, का गुलाम बने रहने की आवश्यकता नहीं है। आप जल्दी ही जानेंगे कि स्वयं को इस बोझ या कबाड़ से दूर कैसे करें जिसे आप अपने जीवन के अब तक के सफ़र में इकट्ठा कर लाए हैं। यह काम ऐसा कठिन नहीं है जिसे आप कर ही नहीं सकते या जिसे करने के लिए आपको तिब्बत की गुफ़ाओं में तपस्या कर रहे किसी साधु के मार्गदर्शन की आवश्यकता होगी।

अब नकारात्मक आदतों के नमूनों पर आते हैं।

हम पहले भी कह चुके हैं कि नकारात्मक आदतों के नमूनों में डर का तत्व शामिल रहता है। और अधिकांश मामलों में हमारे भीतर की नकारात्मक आदतें हमारे अन्दर तब से डाली जाती हैं जब हम 6 वर्ष से कम आयु के होते हैं। हम इस आदत में कैसे पड़े, यह हमारी स्मृति से धुँधला चुका होता है। चूँकि हमें यह नहीं पता होता कि ये डर की आदतें हमने कैसे विकसित कीं, अतः हमारे भविष्य के निर्णय और व्यवहार इससे प्रभावित होते हैं। 6 वर्ष की आयु के बाद हो सकता है हमारे मन में किसी खास वस्तु या व्यक्ति के प्रति डर उत्पन्न हो जाए। मगर इस डर का कारण या घटना की स्मृति बिलकुल ताज़ा ही होगी। ऐसी स्थिति में हमारी परिभाषा के अनुसार यह आदत नकारात्मक आदत के नमूने की श्रेणी में नहीं आएगी।

नकारात्मक आदतों के दो नमूने या प्रतिमान होते हैं - आवेशपूर्ण (Inhibitive) और बाध्यकारी (Compulsive)

आवेशपूर्ण (Inhibitive) आदतों के नमूने

आवेशपूर्ण आदतों में यह भाव उपस्थित रहता है कि "मैं .... नहीं कर सकता" या "मेरे साथ कुछ ग़लत होने वाला है।" अधिकांश मामलों में वयस्क अवस्था में मन में छिपे डर वास्तव में बचपन में घटी किसी घटना से उत्पन्न हुए अभिघात का ही परिणाम होते हैं जिन्हें दबाया जाता है। उदाहरण के लिए एक बच्चे को तैरना सीखते समय तरण ताल में गिरने के अनुभव से मन में डर बैठ गया। तैरना सीखने से पहले ही तरण ताल में डूबने का अनुभव किसी भी आयु के व्यक्ति के लिए डरावना हो सकता है। मगर छह साल की आयु के बाद भी उसके मन में इस घटना की स्मृति बनी रहती है और धीरे-धीरे यह एक डर में बदल जाती है जिसके तहत वह तैरना या यहाँ तक कि पानी के पास तक जाने से डरने लगता है। इस तरह इस छोटे बच्चे के मन में उस प्राणघातक घटना का डर हमेशा के लिए बैठ जाता है।

जब यह बच्चा वयस्क होता है तब भी यह डर उसके मन में मौजूद रहता है और वह पानी से डरता है, भले ही उसे इसका कारण न मालूम हो कि यह डर बचपन में घटी किसी घटना का परिणाम है। उसके मन में पानी को लेकर आवेशपूर्ण नकारात्मक विचार व्याप्त रहते हैं और जैसे ही वह पानी के पास जाता है, ये विचार उसे पानी से दूर रहने की हिदायत देते हैं :

"मैं पानी में नहीं जा सकता" या "पानी में जाते ही मेरे साथ कोई दुर्घटना हो जाएगी।"

एक वयस्क जो छोटी जगहों में जाने से डरते हैं उसके पीछे बचपन की कोई घटना ज़िम्मेदार होती है, हो सकता है कभी दुर्घटनावश या जान-बूझकर अपने शयन कक्ष में या कोठरी में बंद हो जाए, या किसी ख़राब हो रहे एलीवेटर में अटक जाए। किसी छोटे बच्चे के लिए ये सारी घटनाएँ बहुत ही भयावह हो सकती हैं। वयस्क होने तक बचपन की स्मृति दब जाती है या वयस्क व्यक्ति को भीड़भरी या सँकरी जगहों पर जाने में असहज सा महसूस हो सकता है या डर सा लगता है।

"मैं उस अँधेरे, सँकरे कक्ष में नहीं जाना चाहता" या "वहाँ जाने पर मेरे साथ कुछ ग़लत घट जाएगा।"

ये आवेशपूर्ण नकारात्मक आदतों के कुछ उदहारण हैं जिनमें भय का अंश समावेशित रहता है और इस भय के पीछे बचपन की कुछ घटनाओं की स्मृति छिपी रहती है।

डॉ. मर्फ़ी ने इस पुस्तक के अध्याय 21 में इस तरह के डर से बाहर निकलने के कुछ तरीक़े सुझाए हैं।

बाध्यकारी (Compulsive) नकारात्मक आदतों के नमूने

बाध्यकारी नकारात्मक आदतें कहती हैं, "मुझे कुछ करना चाहिए" या "मेरे साथ कुछ बुरा घटने वाला है।"

बाध्यकारी नकारात्मक आदतों के यूँ तो कई प्रकार होते हैं मगर उनमें से तीन सामान्य तौर पर अक्सर देखे जाते हैं :

1. *बाध्यकारी समयनिष्ठता*
2. *बाध्यकारी आदेशपालन*
3. *बाध्यकारी सक्रियता*

याद रखें अधिकाँश आदतें हमारे अन्दर छह साल की आयु तक ही बो दी जाती हैं। अतः देखें कि कोई व्यक्ति किस तरह बाध्यकारी समयनिष्ठता का शिकार होता है अर्थात हमेशा यह सोचता है कि, "मुझे समय पर पहुँचना ही होगा अन्यथा............." चूँकि ये आदतें हमारे अन्दर छह साल की आयु में डाल दी जाती हैं तो ज़ाहिर है कि ये आदतें हमें अपने माता-पिता या अभिभावकों से ही मिलती

हैं। यह भी जानना महत्त्वपूर्ण है कि जिन पालकों ने हमारे अन्दर इन आदतों को डाला होता है, वे स्वयं भी इस आदत के शिकार होते हैं।

अब देखते हैं कि जिमी नामक बच्चा किस तरह छह साल से पहले ही बाध्यकारी समयनिष्ठता या कंपल्सिव पंक्चुअल का शिकार होता है। जैसा कि स्पष्ट है, उसके पिता सनक की हद तक समयनिष्ठ थे। वह सारे घर में तूफ़ान उठा देते थे और कहते थे, "यदि तुम समय पर नहीं आ सकते, तो जल्दी आ जाया करो।" बेचारे जिमी को कोई मौक़ा नहीं मिला। एक बार चार वर्ष की आयु में वह अपने पड़ोस के घर में खेल रहा था, खेलते-खेलते समय का ध्यान ही न रहा और वह रात के खाने के लिए 15 मिनिट देर से पहुँचा। पहली बार उसे पिता का भाषण सुनने को मिला। दूसरी बार उसे धमकाया गया जैसे, उसे उसके कमरे में भेज दिया जाएगा, या वह सब जो एक अच्छे, प्यार करने वाले मगर सनकी पिता कर सकते हैं। तीसरी बार पिता अपना आपा खो बैठे, और इसके बाद जिमी को उनकी बात समझने में देर नहीं लगी। उसने अपने भीतर नकारात्मक आदत विकसित कर ली जो कहती थी, "मुझे समय पर पहुँचना है, नहीं तो.............." और इस रिक्त स्थान को भरना चार साल के बच्चे के लिए अच्छा नहीं था।

यह इस बात का बढ़िया और स्पष्ट उदाहरण है कि किस तरह छह साल से कम की आयु में किसी के भीतर नकारात्मक आदत को डाली जा सकती है जो आगे जाकर भय पैदा करने लगती है। आप कहेंगे, तो क्या! यह मुझे बड़े होने के बाद कैसे प्रभावित कर सकती है? इसका उत्तर है : उसी तरह जैसे इसने जिमी के पिता को प्रभावित किया। वे इस आदत के चलते जिमी के देर से आने पर समझदारी से काम न ले सके।

ओमेगा के संस्थापक जॉन बॉयल ने सेन डिएगो के पुलिस विभाग के साथ बहुत काम किया। उन्होंने सीखा कि सेन डिएगो में होने वाली वाहन दुर्घटनाओं में 80 प्रतिशत दुर्घटनाएँ केवल इसलिए होती हैं कि वाहन चालक बहुत जल्दी में रहते हैं या अपने तय समय से देर से चल रहे होते हैं। देखें कि किस तरह बाध्यकारी समयानिष्ठता की यह आदत व्यक्ति को उसके प्रमुख ग्राहक से मिलने के लिए यह महसूस कराती है कि उन्हें देर न हो जाए। वह बेवजह के भय की गिरफ़्त में आ जाता है कि कहीं उसका ग्राहक विमुख न हो जाए, ऐसा हुआ तो उसका मालिक उसे नौकरी से निकाल देगा और पत्नी उसे तलाक़ दे देगी वगैरह-वगैरह। वह तात्कालिक रूप से नासमझ बन जाता है, वाहन बहुत तेज़ चलाता है, लाल बत्ती को भी पार करता है और दुर्घटना का शिकार बन जाता है।

इस आदत की पकड़से निकालने के लिए एक अभिपुष्टि करनी होगी, वह यह कि, "समय पर पहुँचना अच्छा है, मगर हर हालत में पहुँचना ही है, यह ज़रुरी नहीं।"

अब हम अन्य दो आदतों, बाध्यकारी आदेशपालन और बाध्यकारी सक्रियता की बात करेंगे। चार साल की मैरी की माँ साफ़-सफ़ाई की सनक से पीड़ित है।

वह लगातार घर को व्यवस्थित करती रहती है, उसे यही चिंता रहती है कि कहीं कोई वस्तु अपनी जगह से हिली तो नहीं या अव्यवस्थित तो नहीं। भगवान न करें यदि नन्हीं मैरी किसी दिन अपना बिस्तर समेटना भूल जाती है और अपनी रात को पहनने वाली पोशाक (नाइटी) भी बिस्तर पर पटक जाती है क्योंकि शायद उसके पिता सारे बच्चों पर चिल्ला रहे हों कि जल्दी चलो नहीं तो स्कूल के लिए देर हो जाएगी। माँ मैरी के कमरे की हालत देखकर सारा दिन गुस्से में तमतमाई रही कि कब मैरी आए और कब वह उस पर इस काम के लिए बरसे। अब आगे की सारी बात आप खुद समझ जाएँ। बाध्यकारी सक्रियता की आदत उन पालकों द्वारा डाली जाती है जो स्वयं सारा समय किसी न किसी काम में व्यस्त रहते हैं। वे न तो कभी आराम करते हैं, न ही थोड़ा समय अपने लिए निकालते हैं। उनके घर में संवाद कुछ इस तरह होता है, "क्या तुम दिन भर खाली बैठी बस टीवी पर कार्टून देखने वाली हो? तुम वे पुस्तकें क्यों नहीं पढ़ती, जो मैं तुम्हारे लिए लाया था? (पिता अपनी रौ में शायद यह भूल जाते हैं कि चार साल का जिमी या मैरी अभी तक पढ़ना नहीं सीखे हैं।) या फिर तुम खेल का अभ्यास क्यों नहीं करती? और इस तरह से आदेश का क्रम चलता रहता है।

अपनी नकारात्मक आदतों के नमूनों को पहचानने के दो चरण हैं :

1. *अपने भीतर की बाध्यता को दूर करने का प्रयास करें और समझदार की तरह व्यवहार करते हुए उस आदत में से जो कुछ भी सनक या बाध्यता है उसे समझें।*
2. *अपने परिवार में चली आ रही परंपरा को तोड़ें अन्यथा जब आपके बच्चे होंगे या हैं तो आप इन आदतों को अपने बच्चों में भी विकसित करेंगे।*

अब तक हम थोड़ा बहुत इस बारे में जान चुके हैं कि हमारी स्व अवधारणाएँ किस तरह बनती हैं, वे कैसे हमारे प्रदर्शन को प्रभावित करती हैं, सकारात्मक आदतों का महत्त्व और उनके लाभ तथा नकारात्मक आदतों द्वारा हमारी राह में लाए जाने वाले अवरोध किस तरह काम करते हैं।

अब हमारे चेतन और अवचेतन मन क्या हैं, उनका संवाद कैसे होता है और वे इस संवाद द्वारा किस तरह हमारे कार्यों के चुनाव को तय करते हैं, इस बारे में अपनी समझ को गहरी करने का प्रयास करेंगे। इस संक्रमण के हिस्से के रूप में मैं चार्ल्स टी. टार्ट, पीएच.डी. की पुस्तक हू एम आय-द बिलीफ़्स एक्सपीरिएंस का एक अनुच्छेद यहाँ लेना चाहूँगा। ड़ॉ. टार्ट लिखते हैं कि :

> हम कौन हैं इसे लेकर हमारे मन में कई धारणाएँ होती हैं जो धीरे-धीरे सिद्धांतों का रूप ले लेती हैं, जैसे, "मैं ईसाई हूँ", "मैं बौद्ध हूँ" "मैं पापी हूँ" आदि। इनका दूसरा दृष्टिकोण भी हो सकता है। यदि हम इन सिद्धांतों को केवल सिद्धांत मानकर चलें और कहें कि "मेरे मन में कुछ धारणाएँ हैं, मैं नहीं जानता वे सही हैं या ग़लत। हाँ, मैं कभी-कभी उनके अनुसार

काम करता हूँ।" तो जीवन उतना बुरा नहीं रहेगा। दिक़्क़त यह है कि ये सिद्धांत हमारे बचपन में ही हमारे मन में बिठा दिए जाते हैं और हमारी स्वयं को और दुनिया को देखने की दृष्टि ही बदल दी जाती है। यहाँ हमें उन सिद्धांतो पर कभी-कभी चलने या उनमें से चुनने की छूट नहीं होती। संस्कृतिकरण की प्रक्रिया में न केवल सांस्कृतिक ज्ञान एक से दूसरे में भेजा जाता है वरन् सारे प्रतिबन्ध भी साथ आते हैं।

हमारी अपरीक्षित धारणाएँ हमारी जीवन शैली को नियंत्रित करने लगती हैं। जब हम इस प्रश्न पर आते हैं कि एक अच्छा जीवन जीने के लिए हमें क्या करना चाहिए... तो सबसे पहले यह देखें कि आपको किन सिद्धांतों द्वारा अनुकूलित किया गया है, उन पर अपना दृष्टिकोण विकसित करें और फिर उन पर वयस्क के समान निर्णय लें कि आप उन्हें और आगे ले जाना चाहते हैं या उनका पालन नहीं करना चाहते। अपने आप से पूछें, "क्या मैं इस बात पर विश्वास करना चाहता हूँ कि मैं ऐसा हूँ?" उन सिद्धांतों को भी परखें जो आपके बारे में हैं और जिनका अब तक आपके जीवन में महत्त्वपूर्ण स्थान रहा है। आप स्वयं सोचें कि आप क्या हैं और सीधे अवलोकन से जानने का प्रयास करें। जैसा कि मैंने कहा, स्वयं को विश्वास दिलाएँ कि मुझ पर थोपे गए या जबरन विकसित किए गए दृष्टिकोण से मैं अपना व्यक्तित्व निर्धारित नहीं करूँगा। मैं कोई वस्तु नहीं हूँ बल्कि एक प्रक्रिया हूँ जिसमें बदलाव संभव है।"*

धन्यवाद, डॉ. टार्ट

टार्ट चार्ल्स टी. "वॉट डेथ टेल्स अस अबाउट लाइफ़," डेथ : विंडो टू द इन्फ़ाइनाइट, नं. - 17 (2007-2008) : 30-35, IONS, शिफ़्ट इन ऐक्शन

7

चेतन और अवचेतन मन के रिश्ते को समझना

अध्याय 5 में डॉ. मर्फ़ी ने लिखा है :

> आज दुनिया में इतनी अशांति और दुखों का एक ही कारण है कि लोग अपने चेतन मन और अवचेतन मन के बीच के संवाद को नहीं समझते। जब ये दोनों मन दो सिद्धांतों के रूप में आपसी सहमति, एकता, शान्ति और समन्वय के साथ एक दूसरे से मिलकर काम करते हैं तो हमारे जीवन में स्वास्थ्य, सुख, आनंद और शान्ति लाते हैं। जब चेतन और अवचेतन मन एक दूसरे के साथ समन्वय और शान्ति से काम करते हैं तो किसी प्रकार की तकलीफ़ या कलह की संभावना नहीं रहती।

आइए अब चेतन और अवचेतन मन के बीच संवाद को गहराई से समझाने का प्रयास करें जिसके बारे में डॉ. मर्फ़ी बात कर रहे हैं और यह भी समझने की कोशिश करें कि किस तरह हमारे अवचेतन मन में संग्रहित सूचनाएँ हमारे व्यवहार और निर्णयों को प्रभावित करती हैं।

हम किस तरह सोचते हैं, किस तरह सृजन करते हैं और किस तरह चेतन और अवचेतन मन की सहायता से कोई निर्णय लेते हैं इसके लिए हमारे मन में तीन स्तर होते हैं। ये हैं चेतन, अवचेतन और अतिचेतन मन। ये तीन विभिन्न मन नहीं है बल्कि हमारे एक मन के तीन विविध स्तर हैं।

जब मैं 1969 में पहली बार ओमेगा (एक्जीक्यूटिव डायनेमिक्स) के सेमीनार जिसका उल्लेख इस पुस्तक की प्रस्तावना में किया गया है, में शामिल हुआ था तो मुझे याद है जॉन बॉयल ने श्यामपट्ट पर तीन गोले बनाए थे जो आगे दिए गए हैं।

मैंने उनसे तीनों मन के संवाद के बारे में जो समझा वह मैं आपके साथ साझा कर रहा हूँ।

हम अवचेतन मन से शुरुवात करते हैं। अवचेतन मन का पहला काम होता है प्राप्त सूचनाओं को संग्रहित करना। यह हमारे मन का वहा हिस्सा है जो संग्रह और स्मृति के लिए ज़िम्मेदार है। कम्प्यूटर की शब्दावली में इसे हमारे शरीर की हार्ड ड्राइव कहा जा सकता है। और उल्लेखनीय बात यह है कि हमारे जन्म से लेकर आज तक हमने जो कुछ भी देखा है, सुना है, अनुभव किया है और अब

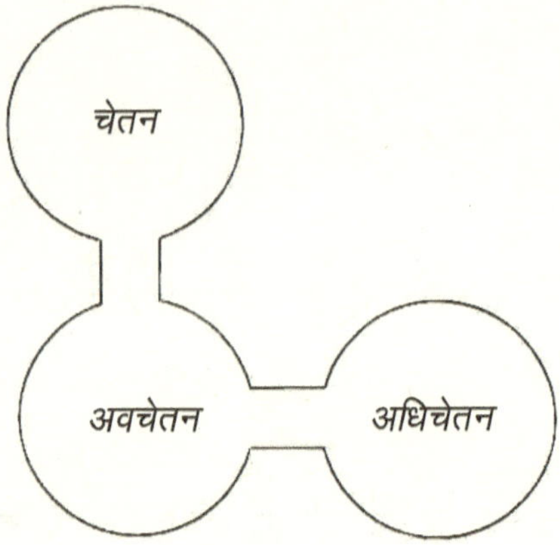

हम उनके बारे में क्या महसूस करते हैं वह सब इसमें ज्यों का त्यों अंकित रहता है। अर्थात दूसरे शब्दों में यह हमारा स्मृति कोश है और हम जो कुछ भूल जाते हैं वह भी कुछ रसायनों की मदद से या सम्मोहन से याद दिलाया जा सकता है। कई मनोचिकित्सक सम्मोहन का प्रयोग बचपन में लगे उन मानसिक आघातों को जानने के लिए करते हैं जो बड़े होने के बाद भी किसी व्यक्ति के डर या नकारात्मक व्यवहार की वजह बने हुए होते हैं। शक्तिशाली डर के बीज बचपन में ही पड़ते हैं जो बड़े होने पर जड़ जमा लेते हैं। मगर उस समय हम यह नहीं समझ पाते कि यह डर आया कहाँ से है। हाँ, हम यह जानते हैं कि कुछ परिस्थितियाँ हमें उत्तेजित करती हैं, आवेशित करती हैं और हमारा व्यवहार बदल जाता है।

साथ ही हमारी नकारात्मक आदतों के नमूने हमारे अवचेतन मन में ही एकत्रित रहते हैं अतः अवचेतन मन का मानसिक चित्र कुछ इस तरह का होगा।

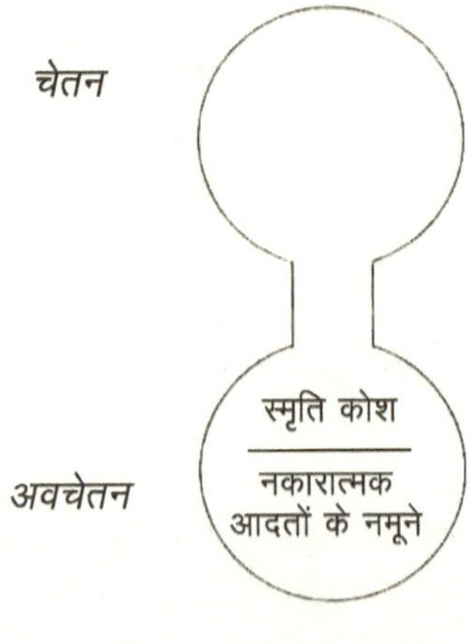

अब हम यह जानते हैं कि हमारे अवचेतन मन में जो सूचनाएँ संग्रहित होती हैं, हमारा व्यवहार भी उन्हीं के आधार पर तय होता है क्योंकि हममें से हरेक व्यक्ति के अनुभव अलग हैं, क्योंकि हमारे अवचेतन में संग्रहित सूचनाएँ अलग हैं और इसलिए दो व्यक्तियों से एक जैसे व्यवहार की अपेक्षा भी नहीं की जा सकती। ऐसा अक्सर होता है कि हम किसी परिस्थिति में एक व्यक्ति को वैसा व्यवहार करते देखते हैं जो हमारे लिए अनोखा या विचित्र है अर्थात हम यदि उस परिस्थिति में होते तो हमारा व्यवहार अलग होता। अतः हम सोचते हैं कि उनकी दिमाग़ी हालत ठीक नहीं है या वे आपा खो बैठे हैं। हमारा व्यवहार पूर्णतः उन सूचनाओं पर आधारित होता है जिन्हें हम जीवन के विविध पड़ावों पर एकत्र करते चलते हैं और उन्हीं से हमारी प्रतिक्रियाएँ निर्धारित होती हैं।

चेतना के स्तर पर चार आधारभूत घटनाएँ होती हैं :

1. *हम अपनी इन्द्रियों से उद्दीपन ग्रहण करते हैं*
2. *हम तुलना या पहचान की प्रक्रिया से गुजरते हैं*
3. *हम पहचानी हुई वस्तु का विश्लेषण करते हैं*
4. *हम किसी क्रिया, प्रतिक्रिया या निष्क्रियता का निर्णय लेते हैं*

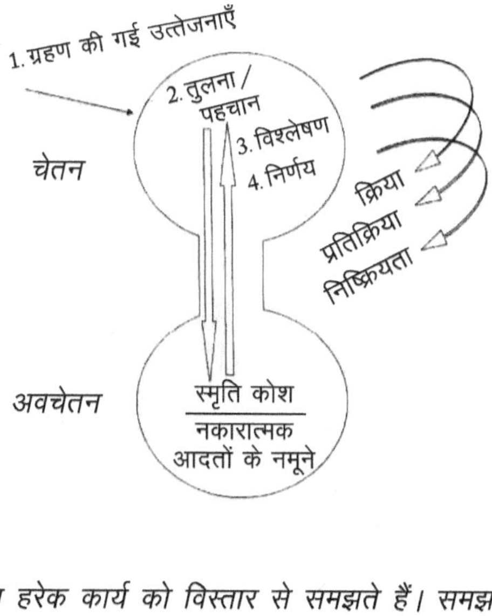

आइए अब हरेक कार्य को विस्तार से समझते हैं। समझने में सहायता के लिए ऊपर दिए गए चित्र की मदद ले सकते हैं।

1. ***धारणा या अनुभूति :*** *हम इन्द्रियों से प्राप्त उद्दीपनों को चेतन मन में धारण करते हैं। हम देखते हैं, सुनते हैं, महसूस करते हैं, सूँघते हैं और चखते हैं। (स्कूल में*

पढ़ाई गई पाँच इन्द्रियों के अलावा भी हमारे पास कुछ अन्य इन्द्रियाँ होती हैं जैसे अंतर्ज्ञान, संतुलन की शक्ति आदि।)

2. ***तुलना :*** *हम धीरे-धीरे अपने अवचेतन में जाकर पहचानने का प्रयत्न करते हैं कि हम किसकी अनुभूति कर रहे हैं। क्या वह एक कार है? हवाई जहाज़ है? नाव है? पक्षी है? हाथी है? किसी तरह का भोजन है? कोई दोस्त है? कोई दुश्मन है? या यह कोई ऐसी वस्तु है जिसके बारे में हमारे पास कोई भी सूचना नहीं है?*

3. ***विश्लेषण :*** *एक बार हम सूचनाओं को पुनः प्राप्त कर लेते हैं कि हमने किसकी अनुभूति की है फिर हम अपने आप से पूछते हैं, "क्या यह अच्छी चीज है? बुरी चीज है? क्या कुछ ऐसा है जो हमें ख़ुश रखेगा? दुःखी बनाएगी? सहज? असहज? आदि।*

   जैसे कि हमने पहले लिखा था, छोटे बच्चे प्राथमिक रूप से दो स्रोतों से सीखते हैं :

   - *अपने पालकों का अनुसरण करके (चूँकि हमारे पालक हमारे लिए प्रेम का एकमात्र स्रोत होते हैं अतः हम उन्हें प्रसन्न रखने का प्रयास करते हैं।)*
   - *उस वस्तु की ओर बढ़कर जो हमें सहज महसूस कराती है या उस वस्तु से दूर जाकर जो हमें असहज बनाती है।*

4. ***निर्णय :*** *एक बार हम स्व विश्लेषण कर लेते हैं तो फिर हम सक्रिय होने, निष्क्रिय रहने या प्रतिक्रिया देने के लिए अपना निर्णय लेते हैं।*

अतः मुख्य बात यह है कि हम सारे निर्णय अपने पूर्वानुभवों के आधार पर लेते हैं भले ही ये अनुभव सच हो या न हो। हमारी स्व अवधारणाओं में हमारे वे सारे विश्वास, हमारे व्यवहार और राय भी शामिल रहती है जो जन्म से आज तक हम संचित करते आए हैं। उनमें से कई आज पुराने भी हो चुके होते हैं। हममें से अधिकतर लोग अपनी सूचनाओं के गुलाम बन जाते हैं। हमारे अनुभव या सूचनाएँ हमारे शरीर का हार्डवेयर होता है जो हमें संचालित करता है। हममें से कई लोग नई सूचनाएँ शामिल करते हैं मगर बहुत से लोग हमेशा पुरानी सूचनाओं (विश्वास प्रणाली) को जमा करके रखते हैं जो वर्तमान में उपयोगी नहीं होती।

एरिक हॉफ़र जो अमरीकी लेखक हैं और स्वतंत्रता का राष्ट्रपति पुरस्कार जीत चुके हैं, के अनुसार :

> परिवर्तन के समय में सीखने वाले धरती के वारिस बनते हैं जबकि विद्वान लोग अपने आप को उस जगत के साथ व्यवहार करने में समर्थ पाते हैं जो कि अस्तित्व में ही नहीं है।

हम उन लोगों को जानते हैं जो अपने जीवन में कोई रहस्य या शंका नहीं रखते। उनके जीवन में सब कुछ काला और सफ़ेद ही होता है अर्थात उनकी धारणाएँ बड़ी ही स्पष्ट होती हैं और अपने विश्वास से इतर किसी राय पर जिसके कारण उनकी अपनी राय में परिवर्तन होने की संभावना हो, उस पर विचार करना नहीं चाहते।

सीखने वाले लोग जो धरती के वारिस बनते हैं वे शिक्षा को एक सतत् और जीवनभर चलने वाली प्रक्रिया के रूप में देखते हैं। वे सतत नई सूचनाओं की तलाश में रहते हैं, अपनी धारणाओं को चुनौती देकर अपने अवचेतन के संग्रह का विश्लेषण करके उसे नवीनकृत करना चाहते हैं ताकि किस सूचना को अद्यतन (अपडेट) करने की आवश्यकता है यह जान सकें। साथ ही यह भी जानना चाहते हैं कि ऐसी कौन-सी सूचनाएँ हैं जो पुरानी हो चुकी हैं और ग़लत निर्णयों का कारक बनती हैं। उनका अहंकार नियंत्रण में रहता है और सही साबित होने की बजाय वे सच साबित होने को महत्त्व देते हैं।

आइए अब देखें कि तीन विभिन्न व्यक्ति एक ही स्थिति में किस तरह भिन्न आचरण करते हैं। यह आचरण वास्तविकता या सत्य पर आधारित नहीं रहता वरन् उसके पूर्वानुभावों पर आधारित रहता है। कल्पना करें कि मैं उस विषय पर भाषण दे रहा हूँ जिस पर मैं अभी लिख रहा हूँ। मैं तीन व्यक्तियों को मंच पर आमंत्रित करता हूँ। तीन महिलाएँ मैरी, सैली और जेन मंच पर आईं। मैंने उन्हें एक गोल टेबल के इर्द-गिर्द बैठने के लिए कहा। मैंने उनसे कहा कि हम साँपों के बारे में एक चर्चा करने वाले हैं। हम गार्टर नामक साँप के बारे में बातचीत करेंगे। मैंने उन्हें बताया कि गार्टर साँप के दाँत नहीं होते, यह काटता नहीं है और यह कीड़ों को खाता है, आदमियों को नहीं। मैं कहता गया कि गार्टर साँप से डरने के पीछे कोई भी तार्किक कारण नहीं है। वे तीनों ही इस बात को मान गईं। अब मैंने उनसे कहा, "अब जब आप मान गई हो कि साँप से डरने का कोई कारण नहीं है तो अब मैं आपको अपने पालतू लैरी से परिचित करवाता हूँ।" कहकर मैंने एक गार्टर साँप निकालकर टेबल पर रख दिया।

साँप टेबल पर रखने से पहले ही मैरी के चेहरे पर हवाइयाँ उड़ गईं। वह ज़ोर से चीख़ी और मंच से लगभग भागते हुए सभागार से बाहर निकल गई और फिर दिखाई न दी।

ऐसा क्यों हुआ? चलिए उन चार बातों को फिर से जाँचते हैं जिनकी चर्चा हमने अभी की थी।

1. **धारणा :** *मैरी ने अपनी इन्द्रियों द्वारा वस्तु की सूचना प्राप्त की। इस मामले में मैरी की आँखों ने उसे सूचना दी कि कोई जीवित, बेलनाकार और लंबी वस्तु टेबल पर है जो आड़ी-तिरछी चाल के साथ गति करती है।*

2. ***तुलना*** *: आँखों से प्राप्त सूचना की तुलना मैरी ने अवचेतन मन में संग्रहित स्मृति से की। वहाँ उसे तुरंत यह सूचना मिली कि यह वस्तु साँप है।*
3. ***विश्लेषण*** *: जब मैरी ने उस वस्तु के बारे में यह जानना चाहा कि यह वस्तु उसे आनंद प्रदान करेगी, सहज बनाएगी या तकलीफ़ देगी तो उसे यह जानने में केवल कुछ नैनो सेकेंड का समय लगा और उसके अवचेतन मन में बचपन की पुरानी घटना उभर आई जब नन्हा जिमी जैन्सन सीढ़ियों पर उसके पीछे भाग रहा था और उसके हाथ में गार्टर साँप था। उसने वह साँप मैरी की पीठ पर फेंक दिया। उस समय मैरी ने जीवन भर के लिए यह निर्णय ले लिया कि वह कभी भी साँप के क़रीब नहीं जाएगी। यहाँ तक कि यदि वह कोई फ़िल्म देख रही हो और उसमें साँप आ जाए तो भी वह या तो अपनी आँखें बंद कर लेगी या कमरे से बाहर चली जाएगी। इस बात को समझने की कोशिश करें कि केवल जीवित वस्तु ही नहीं वरन् किसी पत्रिका में छपा चित्र या फ़िल्म का कोई दृश्य भी असहजता और भय का कारण बन सकता है। और यह डर भी किसी तात्कालिक परिस्थिति के कारण (साँप टीवी से बाहर निकलकर मैरी पर झपटने की तैयारी में हो) नहीं वरन् भूतकाल में घटी किसी घटना के कारण अवचेतन में बनी अवधारणा के चलते उत्पन्न होता है। मैरी के व्यवहार की आलोचना करने से पहले हम सब यह भी विचार करें कि हमारे मन में भी साँप किसी अवधारणा के रूप में बसा है और हम भी किसी परिस्थिति में ऐसा व्यवहार कर सकते हैं जो दूसरों को असहज या अस्वाभाविक सा लगे।*
4. ***निर्णय*** *: यह बिलकुल स्पष्ट है। अपने विश्लेषण के आधार पर मैरी यह निर्णय लेती है, ठीक है साथियों, मैं यहाँ से बाहर जा रही हूँ। और वह हल्की से चीख के साथ 40 फ़ीट के गलियारे में लगभग दौड़ती हुई चली जाती है और इमारत से बाहर या बाहर किसी पब में जाकर रुकती है।*

अब देखते हैं कि इसी परिस्थिति में सैली किस तरह प्रतिक्रिया देती है। सैली का बचपन खेतों में बीता। वहा जानवरों के साथ ही पली-बढ़ी। उसे जानवरों से प्यार है और आप जानते हो उसका प्रिय जानवर कौन है? हाँ, बिलकुल सही, साँप। सैली के पास ब्राज़ील का अजगर है जिसे वह बेखौफ़ अपने घर में रखती है।

अतः सैली भी मैरी की तरह ही निर्णय लेने के पहले उन सब प्रक्रियाओं से गुज़री :

1. *उसने अपनी इन्द्रियों द्वारा उस वस्तु को* ***धारण*** *किया।*
2. ***तुलना*** *द्वारा उसने पहचाना कि यह साँप है।*
3. *उसके द्वारा किया गया त्वरित* ***विश्लेषण*** *उसे यह बताने में सफल रहा कि इस* ***वास्तु*** *से उसे प्रसन्नता और प्रेम की अनुभूति होगी।*
4. *इस आधार पर उसने* ***निर्णय*** *किया, वह आगे बढ़ी और उसने साँप को उठा*

लिया, सहलाया, उसे चूमा और वह सब किया जो साँपों से प्यार करने वाले लोग करते हैं।

अब जेन की बात करें। जेन इस सारे वाकये से भौचक थी और शायद सोच रही थी कि वह मंच पर क्यों आई। उसने न तो साँप को देखकर उत्सुकता या प्रेम का प्रदर्शन किया, न वह साँप से डरी। वह सारा समय निष्क्रिय सी खड़ी रही।

इस तरह हमारे पास तीन भिन्न व्यक्तियों के उदाहरण हैं जिन्होंने एक ही परिस्थिति में अलग-अलग व्यवहार किया और उनका यह व्यवहार वास्तविक परिस्थिति पर आधारित नहीं था वरन् उन अनुभवों पर आधारित था जो उनके अवचेतन मन में पहले से संचित थे। संक्षेप में कहें तो आप और हम आज जो निर्णय ले पा रहे हैं वे इसलिए नहीं कि हम असाधारण क्षमता के मालिक हैं वरन् हम अपने उन पूर्वानुभावों के आधार पर ही कोई निर्णय लेते हैं जिन्हें हमने भूतकाल के अनुभवों या घटनाओं के माध्यम से प्राप्त किया है। ऐसा कितनी बार हुआ होगा कि आपने अपनी धारणाओं, विचार, व्यवहार आदि का अध्ययन और विश्लेषण किया हो और उनमें से किसी के बारे में भिन्न रूप से सोचने की या किसी को बदलने की चेष्टा की हो? दिक़्क़त यह है कि अधिकांश लोग यह जानते ही नहीं हैं कि यह बदलाव कैसे लाया जा सकता है। वे अपना स्व आकलन करते समय स्वीकार करते हैं कि "मैंने फलाँ के साथ अच्छा व्यवहार किया या उसके साथ बुरा व्यवहार किया।" और अपने व्यवहार में बदलाव किए बिना एक से रास्ते पर चलते हुए थके से जीवन बिताते जाते हैं। उनका व्यवहार किसी रोबोट या यंत्र मानव के समान होता है जिसका हर काम पूर्व निर्देशित हो यानि चेतन मन सतत अवचेतन मन को निर्देश देता रहता है।

हमारा अवचेतन मन हमारे सेवक के समान आचरण करते हुए सप्ताह के सातों दिन और 24 घंटे हमारी सेवा में लगा रहता है और हमारे चेतन मन द्वारा दिए गए निर्देशों का पालन करता है। अभी हमने जो कहा, उसे फिर दोहराते हैं। हमारा अवचेतन मन हमारा सेवक होता है जो दिन-रात हमारी सेवा में उपस्थित रहता है। यह निरपेक्ष होता है और हमें यह नहीं बताता कि हमारा निर्णय सही है या ग़लत।

यह केवल अपने मालिक अर्थात चेतन मन द्वारा दिए गए निर्देशों का पालन करता रहता है। (अध्याय 1 में जहाज़ के कप्तान और उसके चालक दल का उदाहरण याद करें)

यदि अवचेतन मन का सही तरह उपयोग किया जाए तो यह किसी भी तरह के सकारात्मक परिवर्तन को लाने का सबसे बढ़िया उपकरण है। हमें स्व संवाद की ताक़त को समझकर हम अवचेतन मन से क्या निवेदन कर रहे हैं इसका ध्यान रखना होगा।

इसे कैसे करना है, यह पुस्तक आपको बताएगी।

अति चेतन मन की बात करने से पहले हमने अब तक जो कहा उसे सारांशित करते हैं। हमारे आज के निर्णय हमारे भूतकाल के अनुभवों और सूचनाओं पर निर्भर रहते हैं। हम आपको यह बताएँगे कि आप अवचेतन मन में संचित जिन सूचनाओं को बदलना चाहते हैं उन्हें कैसे बदला जा सकता है। हमें यह समझना होगा कि हमें भी कुछ बातों को व्यक्तिपरक ढंग से ही देखने के लिए अनुकूलित किया जाता है। और हमारे पूर्वाग्रह यहीं से आते हैं।

एक बार जब हमें वह उपकरण मिल जाए जिसके द्वारा हम अपने जीवन में सकारात्मक परिवर्तन ला सकते हों और उनका उपयोग कैसे किया जाए यह भी हमें पता लग जाए तो हमें अपने अवचेतन मन का परीक्षण करने और उसमें किस तरह की सूचनाएँ संग्रह हेतु देनी हैं और कौनसी अनुपयोगी सूचनाएँ इसमें से हटानी हैं, इसे जानने का एक सुअवसर हमें मिलता है।

यहाँ एक महत्त्वपूर्ण बात समझनी होगी और वह यह कि जब हम किसी ऐसी सूचना को धारण करते हैं और पहचानते हैं जो किसी नकारात्मक आदत को दिखाती है तो इसका प्रभाव हमारे विश्लेषक पर पड़ता है और हम इस स्थिति में उसी तरह प्रतिक्रिया देते हैं जिसके लिए हमें अनुकूलित किया जाता है। ऐसे समय हम पूरी तरह अतार्किक व्यवहार करते हैं।

एक बार जब हम अपने भीतर की नकारात्मक आदतों के नमूने को पहचान लेते हैं तो हम अपने अवचेतन में नई सूचना संग्रहित कर सकते हैं जो हमें इच्छित प्रतिक्रिया की प्राप्ति में मदद करें। यह हमें उस नकारात्मक आदत के बंधन से भी मुक्त करता है।

मन की तीसरी अवस्था अति चेतन मन है जिसे सुप्राकांशस कहते हैं। जिसका अर्थ है चेतना के परे।

इसे ध्यान रखें कि डॉ. मर्फ़ी अतिचेतन मन का सन्दर्भ नहीं देते। इस क्षेत्र में अधिकांश काम 1963 के बाद हुआ है जब मर्फ़ी अपनी पुस्तक लिख चुके थे। अतिचेतन मन आपके जीवन में बड़ा महत्त्वपूर्ण स्थान रखता है अतः रचनात्मक रूप से समस्या समाधान की इस चर्चा में उसका उल्लेख करना बहुत ज़रुरी हो जाता है। अध्याय 13 में हम इसके बारे में क़दम दर क़दम सविस्तार बात करेंगे और मन के इस क्षेत्र को समझने का प्रयास करेंगे।

अतिचेतन मन हमारी समस्त रचनात्मकता का स्रोत है। यह वह स्थान है जहाँ से हमें अत्यधिक प्रेरणा और रचनात्मक समाधान मिलते हैं। यह वह स्थान है जहाँ हमारी सारी समस्याओं के हल छिपे रहते हैं। प्रतिभाशाली व्यक्ति अपने मन के इस हिस्से का बखूबी प्रयोग करना जानते हैं।

जब हम सकारात्मक ढंग से अभिप्रेरित होते हैं तो अति चेतन मन हमारी प्रेरणा और मुक्त ऊर्जा का अप्रतिम स्रोत बनकर काम करता है। अगले अध्यायों में हम इसके बारे में विस्तृत चर्चा करेंगे।

सारांशित करें तो हमारे मन के तीन हिस्से-चेतन, अवचेतन और अतिचेतन होते हैं जो सतत आपस में संवाद करते रहते हैं। मगर जब तक हम इनके बारे में संपूर्ण जानकारी नहीं रखते और ये आपस में संवाद किस तरह करते हैं यह नहीं जान पाते तब तक हमारा जीवन उसी बँधे-बँधाए ढर्रे पर चलता रहता है जिसमें हम कुछ क्षेत्रों में अच्छा प्रदर्शन करते हैं, कुछ क्षेत्रों में ख़राब प्रदर्शन करते हैं और इस तरह हमारा जीवन कहीं अन्यत्र से नियंत्रित होता रहता है और हम एक जैसी ग़लतियाँ लगातार दोहराते जाते हैं। मगर इस पुस्तक का यह वादा है कि एक बार आपने यदि इन तीनों मनों के आपसी रिश्तें और संवाद की प्रक्रिया को समझ लिया, साथ ही अपने पुराने विचारों और अनुपयोगी धारणाओं को दूर करने तथा अपने लक्ष्यों को प्राप्त करने के लिए आवश्यक विचारों को इस संवाद में शामिल करने के लिए दिए गए उपकरणों और तरीक़ों के प्रयोग को भी समझ लिया तो यह तय है कि आप अपने जीवन का नियंत्रण स्वयं कर सकेंगे और इसे अपनी इच्छानुसार दिशा दे सकेंगे। आपको किसी असहाय की तरह जीवन बिताने की आवश्यकता नहीं होगी।

> "हम अपने चेतन मन में उपस्थित धारणाओं के द्वारा अपने, दूसरों के बारे में और दुनिया के बारे में अपनी वास्तविकता का, अपनी राय का निर्माण करते हैं। हम अवचेतन की दया पर निर्भर नहीं हैं, न ही किसी रहस्यमयी बल के अधीन हैं। हमारा चेतन मन ही हमारे अवचेतन मन की सभी गतिविधियों को नियंत्रित करता है और हमारी आंतरिक शक्ति पर इसका नियंत्रण रहता है। यह शक्ति वास्तविकता के प्रति हमारी राय, हमारे विचारों के अनुसार जागृत होती है।"

यदि आपको अपने अनुभव सही नहीं लगते तो आपको अपने चेतन मन के विचारों और अपनी अपेक्षाओं में बदलाव लाना होगा। जो सन्देश आप अपने विचारों के द्वारा अपने शरीर को, अपने मित्रों और सहयोगियों को भेजते हैं, आपको उनमें परिवर्तन लाना होगा।

द नेचर ऑफ़ पर्सनल रियलिटी *जेन रॉबर्ट्स

और अब चलते हैं उपकरणों और तकनीकों पर।

**रॉबर्ट्स, ओपी, सिट., पी. 13*

8

अभिपुष्टि और इसके तरीक़े

अध्याय 2 में डॉ. मर्फ़ी ने स्व सुझाव का परिचय देते हुए यह बताया था कि किस तरह सम्मोहन द्वारा लोगों को सशक्त सुझाव दिए जा सकते हैं। सम्मोहन की अवस्था में होने से वह व्यक्ति इन्हें सही मान लेता है और उसकी प्रतिक्रिया असाधारण होती है, जो उन्हीं सुझावों के आधार पर तय होती है। यहाँ असाधारण शब्द का प्रयोग किसी खास स्थिति के लिए किया जा रहा है जहाँ व्यक्ति के अवचेतन मन में साधारण अवस्था में किए गए प्रदर्शन के लिए ज़िम्मेदार सूचनाओं को सम्मोहन द्वारा हटाकर नए सुझाव दिए जाते हैं और व्यक्ति का प्रदर्शन सामान्य से बेहतर हो जाता है।

हममें से अधिकतर लोग अपने से बड़े या आधिकारिक लोगों द्वारा सम्मोहित होते हैं और उनकी हमारे बारे में जो भी धारणा होती है, भले ही वे सही न हो मगर हम उन्हें ही सही मानते हैं। और उन्हीं के सच को सच सिद्ध करने के लिए हम वैसा ही व्यवहार करते हैं, वैसी प्रतिक्रिया भी देते रहते हैं।

सम्मोहन विशेषज्ञ ली पुलोस, पीएच.डी. ने बताया कि युवाओं के साथ काम करने में उनके सामने जो सबसे बड़ी चुनौती होती है वह है उनके अवचेतन मन में बचपन से उनके पालकों या अन्य बड़ों द्वारा भरी गई हानिकारक सूचनाओं के सम्मोहन से उन्हें मुक्त करवाना। वे सूचनाएँ जो बचपन में उन्हें दी गई थीं और उनके लगातार दोहराव से वे अवचेतन में जड़ें जमा चुकी होती हैं। और ये ही उनके सदमे का कारण बनती हैं।

अब देखते हैं कि अभिपुष्टि किस तरह हमारे अवचेतन मन की पूर्व सूचनाओं को हटाने और नई सूचनाएँ डालने में मदद कर सकती है। इसके द्वारा हम ऐसी सूचनाएँ अवचेतन में डाल सकते हैं जो सही हों, अद्यतन हों और प्रासंगिक हों तथा कल हम जो थे उस पर आधारित न होकर भविष्य में हम क्या होना चाहते हैं इस पर आधारित हों। डॉ. मर्फ़ी ने स्व सुझाव के लिए ही दूसरा शब्द अभिपुष्टि दिया है।

हमने पहले भी अभिपुष्टि की व्याख्या की है जिसके अनुसार अभिपुष्टि ऐसा सकारात्मक या नकारात्मक कथन होता है जो कि आपको अपने इच्छित लक्ष्य या परिणाम की ओर ले जाता है। यह कथन या विचार वास्तव में सत्य न हो या सत्य हो, मगर हमारे विचार से यह सच है और हम इसी के अनुसार काम करते हैं। साथ ही यह भी हो सकता है कि अंतिम परिणाम जो अपेक्षित है, वह आपकी इच्छानुसार न हो। मगर जब आप कहते हैं कि "मैं इसमें कभी भी अच्छा नहीं रहा"

तो आप स्वयं इस सत्य के सामने हार मान लेते हैं और अपने अवचेतन मन को इस बारे में सतत यही सूचना देते रहते हैं और उसके विश्वास को पुख्ता करते जाते हैं। आपका अवचेतन इसे सही मान लेता है और आपके इस विचार के सहयोग में काम करने लगता है।

हम और आप जीवन भर अभिपुष्टि का प्रयोग करते रहते हैं। कोई भी वाक्य जो मैं या मैं हूँ से प्रारंभ होता है, वह अभिपुष्टि है।

नीचे दिए गए सारे कथन अभिपुष्टि की श्रेणी में आते हैं।

- मैं एक अच्छा पति हूँ।
- मैं एक बेकार पति हूँ।
- मैं एक स्नेहिल और धैर्यवान अभिभावक हूँ।
- मैं बच्चों के सामने अपना आपा खो बैठता हूँ। मुझे लगता है मैं एक अच्छा अभिभावक नहीं हूँ।
- मैं कुशल और सुनियोजित व्यक्ति हूँ।
- मैं बहुत ही गंदा/अभागा व्यक्ति हूँ और मुझे कोई भी वस्तु समय पर नहीं मिलती।
- मैं एक अच्छा वक्ता हूँ।
- मैं किसी समूह के सामने बोलते समय घबराहट और बेचैनी का शिकार हो जाता हूँ।

याद है, हमने कहा था कि अभिपुष्टि सकारात्मक या नकारात्मक कथनों का एक समूह है और ये कथन भले ही वास्तव में सत्य न हो, मगर हम इन्हें सच मानकर चलते हैं।

हम जन्म के साथ बुरे या अच्छे गुणों के साथ नहीं जन्मे थे। हम अच्छी या बुरी वक्तृत्व कला के साथ नहीं जन्मे थे। हमारा व्यवहार, मत और स्व अवधारणाएँ (सकारात्मक या नकारात्मक) विकसित की जाती हैं। हमें ये सूचनाएँ हमारे बड़ों के द्वारा दी जाती हैं जो भले ही सच न हों मगर हम उन्हें सच मानकर चलते हैं। सालों साल ये सूचनाएँ हमारे विचार, राय और व्यवहार बनकर हमारे साथ चलते रहते हैं और हमारे विश्वास के साथ ये सत्य बनती जाती है। अतिरेक की अवस्था में ये विश्वास इतने पुख़्ता हो जाते हैं कि हम इसके लिए मरने-मारने तक को तैयार हो जाते हैं।

क्या आप विश्वास करेंगे कि मानव सभ्यता के अब तक के इतिहास में धार्मिक भावनाओं व विश्वास के चलते जितने लोग मारे गए हैं उतने किसी भी अन्य एकल या सामूहिक कारण से नहीं मारे गए। कितने आश्चर्य की बात है कि दुनिया में समझदार लोग भी धार्मिक विश्वासों में अंतर या मतभेद के चलते एक-दूसरे को मारने पर उतारू हो जाते हैं। यह निरा पागलपन है।

मैंने यह उदाहरण केवल यह बताने के लिए दिया है कि अभिपुष्टि काम करती है, चाहे सकारात्मक हो या नकारात्मक। हम इस दुनिया में धर्म, ईश्वर या ऐसी किसी मान्यता को साथ लेकर नहीं आए थे। मगर कुछ सिद्धांतों के बार-बार दोहराए जाने से हमारा स्व संवाद भी उन्हें दोहराने लगता है और अनजाने में ही हम उन विचारों और धारणाओं को अपने मन में आकार देने लगते हैं। यह सब अभिपुष्टि के द्वारा ही होता है। "मैं विश्वास करता हूँ..........," "मैं .... कर सकता हूँ" और इसी तरह के कुछ विचार। यह प्रक्रिया हमारी स्व अवधारणाओं को बनाती है।

अतः हम जानते हैं कि अभिपुष्टि काम करती है।

जब हम यह जानते हैं कि अभिपुष्टि काम करती है तो इसका प्रयोग हम अपने व्यवहार को बदलने और उसके द्वारा जीवन में सकारात्मक परिवर्तन लाने में क्यों नहीं करते? इसी के समर्थन में मैं अपना एक अनुभव आपके साथ साझा करना चाहूंगा।

अभिपुष्टि की शिक्षा और तकनीक से मेरा औपचारिक परिचय 1969 में हुआ जब मैं ओमेगा सेमिनार में शामिल हुआ जिसे ओमेगा के संस्थापक जॉन बॉयल द्वारा संबोधित किया गया। (परिचय का अध्याय देखें)

जब मैंने पहली बार अभिपुष्टि का प्रयोग करना शुरु किया तो मैं आशंकित था कि क्या केवल एक नया विचार मन में आरोपित कर देने से मैं अपने जीवन में जो कुछ बदलना चाहता हूँ, उसे बदला जा सकेगा? दूसरे लोग जो ओमेगा के कई सेमिनारों में हिस्सा ले चुके थे और लंबे समय से अभिपुष्टि को व्यवहार में ला रहे थे, उन्होंने अपनी सफलता के कई उदाहरण सामने रखें। उनके कथनानुसार अभिपुष्टि के सोद्देश्य और ईमानदार प्रयोग ने उनके जीवन के कई हिस्सों को सकारात्मक रूप से प्रभावित किया।

वे लोग जो जीवन में अभिपुष्टि का सतत प्रयोग कर रहे थे उन्हें रिश्ते, बच्चों का पालन-पोषण, स्वास्थ्य समस्याएँ, व्यापारिक और आर्थिक समस्याएँ आदि क्षेत्रों में अत्यधिक बदलाव (सकारात्मक) का अनुभव हुआ। तब मैंने सोचा कि यदि यह इनके लिए काम कर सकता है तो मेरे लिए क्यों नहीं।

आज 40 साल बाद भी मैं अभिपुष्टि का उपयोग कर रहा हूँ। इसका अर्थ यह नहीं है कि मुझे जीवन में असफलता का सामना नहीं करना पड़ा मगर यह अवश्य हुआ कि अभिपुष्टि के अभ्यास से मेरे विचारों की गुणवत्ता में सुधार हुआ और इसके परिणामस्वरूप मैं अपना जीवन किस तरह गुजारना चाहता हूँ, इस विचार में गुणात्मक परिवर्तन हुआ। मैंने कहीं सुना था, "हम वही सीख देते हैं, जिसे सीखने की आवश्यकता हमें सबसे ज़्यादा होती है।" और मैं निश्चित रूप से कह सकता हूँ कि अभी मेरे सामने कई पड़ाव हैं, जिन्हें मैं अभिपुष्टि के द्वारा प्राप्त करने के लिए तत्पर हूँ।

अब हम इस बात पर आते हैं कि अभिपुष्टि का प्रयोग किया कैसे जाए।

मान लीजिए आपके पास अपने जीवन में तय किए गए लक्ष्यों की एक सूची है। आप अभिपुष्टि का प्रयोग उन लक्ष्यों को प्राप्त करने की दिशा में एक सहयोगी की तरह कर सकते हो। अपने लक्ष्यों को अभिपुष्टि द्वारा बार-बार दोहराने से, उसके साथ मानसिक चित्र तैयार करने से और भावनात्मक रिश्ता जोड़ने से आप अपने अवचेतन मन को अपने लक्ष्यों को पूरा करने के लिए अनुकूलित (या प्रतिकूलित) करते हो।

जब आप अभिपुष्टि का अभ्यास करते हैं, उसे लिखते हैं, तो अपना वाक्य मैं से शुरु करते हुए उसे वर्तमान काल में बनाएँ और ऐसा मानें कि आपका इच्छित परिणाम आपको आज मिल चुका है।

दूसरे शब्दों में आप ऐसा न कहें कि, "फलाँ के साथ मेरे रिश्ते सुधरेंगे" या "मेरा व्यापार आगे बढेगा" (यानि भविष्य के लिए आशा रखना) वरन् आपके वाक्य इस तरह के हों जैसे यह सब हो चुका है या हो रहा है "मैं फलाँ के साथ बढ़िया रिश्तों का आनंद ले रहा हूँ" , या "मैं बहुत कामयाब व्यापारी हूँ और हर दिन अपने व्यापार को आगे बढ़ाने के लिए रास्ते पाता जा रहा हूँ।"

मान लीजिए आप अपने स्वास्थ्य की प्राप्ति के लिए अभिपुष्टि का प्रयोग करना चाहते हैं जैसे वज़न कम करना। यदि आज के अनुसार आपका वज़न 225 पौंड है और आप इसे 195 तक लाना चाहते हो तो आपकी अभिपुष्टि इस प्रकार होगी, "मेरा वज़न 195 पौंड हो गया है और मैं बहुत हल्का और प्रसन्न महसूस कर रही हूँ।" आप अभिपुष्टि में यह नहीं कहेंगे कि मेरा वज़न सामान्य से अधिक नहीं है क्योंकि इस कथन में अधिक वज़न पर ही ज़ोर दिया जा रहा है जिसे आप वास्तव में पाना नहीं चाहते वरन् उससे मुक्ति पाना चाहते है।

आप इसके सहयोग के लिए अन्य अभिपुष्टियाँ भी ले सकते हैं जैसे "मैं अपने वज़न को 195 तक क़ायम रखने के लिए वैसा ही भोजन कर रही हूँ" या "मुझे रोज़ कसरत करने में मज़ा आ रहा है और मैं इसमें एक भी दिन कोताही नहीं बरतती।"

याद रहे अभिपुष्टि केवल हमारे व्यवहार में बदलाव लाने के उद्देश्य से की जाती है। आपकी अभिपुष्टि कि "मैं अच्छी दिखना चाहती हूँ या अच्छी दिख रही हूँ" आपके व्यवहार में बदलाव लाएगी मगर आपके बिस्तर के पास फ़्रिज़ को नहीं लाएगी।

अभिपुष्टि के संबंध में एक बात महत्त्वपूर्ण है कि आप जब भी अभिपुष्टि करें, उसके साथ मन में उस अंतिम अवस्था का चित्र बनाएं जिसे आप प्राप्त करना चाहते हैं। उदाहरण के लिए यदि आप कहते हैं कि मैं फलाँ के साथ अच्छे रिश्तों का आनंद ले रहा हूँ तो इसके साथ आपको उस व्यक्ति के साथ अपने आप को देखते हुए ऐसा मानसिक चित्र बनाना होगा जिसमें आप साथ-साथ बैठे हैं, बातचीत कर रहे हैं और वास्तव में अच्छे रिश्तों का आनंद ले रहे हैं। यह चित्र भूतकाल के अनुभवों से भी लिया जा सकता है या काल्पनिक भी हो सकता है।

जब इस चित्र के साथ आपकी भावनाएँ जुड़ जाती हैं तो हरेक चित्र चाहे वह वास्तविक हो या काल्पनिक, आपके अवचेतन मन में दर्ज़ हो जाता है और वह उसे सत्य मानकर स्वीकार कर लेता है।

यहाँ भावनात्मक सहयोग की बात बड़ी महत्त्वपूर्ण है। अधिक आयु के लोग जब प्रतिगमन सम्मोहन का अनुभव करते हैं अर्थात पुरानी यादों में खोए रहते हैं तो वे भले ही उस अनुभव को पूरी तरह देख न पाएं, याद न कर पाएं मगर उस अनुभव से जुड़ी भावनाएँ उन्हें बखूबी याद आती रहती हैं। यदि यह अनुभव सुखद है तो वे हँसना शुरु कर सकते हैं और यदि दुखद है तो हो सकता है उनकी आँखों में आँसू आ जाएँ। यहाँ यह जानना ज़रुरी है कि भाषा का प्रयोग किसी काल्पनिक चित्र के लिए किया जाता है। किसी अनुभव को याद करते हुए हमें शब्द याद नहीं आते बल्कि उससे जुड़े चित्र याद आते हैं। इसलिए अभिपुष्टि का प्रयोग करते समय कल्पना को शब्दों और भावनाओं का साथ मिलना आवश्यक है। इस अध्याय में हम इस पर और बात करेंगे।

संक्षिप्त में अभिपुष्टि की प्रक्रिया में तीन मुख्य बातें शामिल रहती हैं :

1. *अपने आप से संवाद करें, अपना लक्ष्य स्वयं को सुनाएँ।*
2. *अभिपुष्टि के समर्थन के लिए अपने भूतकाल के या वर्तमान के अनुभव को कल्पना में चित्र के रूप में देखें।*
3. *अपने चित्र में सकारात्मक और सुखदायक भावनाओं को शामिल करें।*

हर अभिपुष्टि का समय 10 से 15 सेकेंड का हो और उसे दो या तीन बार दोहराया जाए। लक्ष्यों की बात करें तो एक बार में 15 से अधिक लक्ष्य तय न करें।

सुबह उठते ही और रात को सोते समय हमारा मन इन अभिपुष्टियों के प्रति सबसे अधिक ग्रहणशील होता है। मैं ऐसे कितने ही लोगों को जानता हूँ जिन्होंने अपने लक्ष्य किसी कागज़ पर या मोबाइल आदि में लिखकर रख लिया है और रात को सोते समय तथा सुबह उठते ही उन्हें दोहराते हैं। इसी पुस्तक के अध्याय 14 में डॉ. मर्फ़ी द्वारा कही गई बात का यहाँ उल्लेख करना ज़रुरी लगता है। डॉ. मर्फ़ी कहते हैं :

> आप अपनी इच्छाओं और कल्पनाओं के बीच के द्वंद को समाप्त करने के लिए उनींदी अवस्था में चले जाते हैं जहाँ हमारे सारे प्रयास बिलकुल कम हो जाते हैं। उनींदी अवस्था में हमारा चेतन मन कहीं दूर चला जाता है। उस समय हमारे लिए अवचेतन मन को प्रभावित करना आसान हो जाता है। हमारे अवचेतन मन को अपने विचारों से भरने के लिए सबसे अच्छा समय सोने से पहले का होता है। इसका कारण यह है कि सोने से पहले और उठने के ठीक बाद में अवचेतन मन से पुरानी बातें खुरचकर

बाहर निकालना आसान हो जाता है। इस समय चेतन मन के सक्रिय न होने से नकारात्मक विचार और कल्पनाएँ आपकी अभिपुष्टि को निष्फल करने के लिए मौजूद नहीं रहते। जब आप अपने लक्ष्य की कल्पना करते हैं और उसका चित्र बनाते हैं तो आपका अवचेतन मन आपके इस चित्र को वास्तविकता में बदलने के लिए प्रयत्नशील हो जाता है।

अभिपुष्टि का नियमित अभ्यास किसी व्यक्ति के जीवन में चमत्कार की हद तक परिवर्तन ला सकता है। मगर उनके लाभ या उन्हें करने की विधि जानना एक बात है और उन्हें काम में लाना अलग बात है। अभिपुष्टि का रोज़ अभ्यास करने से यह आपकी आदत का हिस्सा बन जाएगा और किसी दिन इसमें चूक होने पर आपको अपराधी सा महसूस होगा।

अपनी बात कहूँ तो मैं अपनी अभिपुष्टि को भी अभिपुष्ट करता हूँ। मेरे पास एक लिखित बयान है जिसे मैं अपनी अभिपुष्टि के पहले पढ़ता हूँ -

> *"मैं सुबह सबसे पहले और रात को सोने से पहले अपनी अभिपुष्टि दोहराता हूँ और उसे करने में आनंद महसूस करता हूँ। अभिपुष्टि के मेरे नित्य अभ्यास ने जिसमें कल्पनाचित्र और सशक्त भावनाएँ शामिल हैं उनके द्वारा मेरे अवचेतन मन में मूल्य, लक्ष्य और व्यवहार की वे सूचनाएँ उकेरी जा रही हैं जिन्हें मैं अपने जीवन की समृद्धि के लिए ज़रुरी समझता हूँ।"*

*हमारे पास नकारात्मक विचारों को निकाल बाहर करने का विकल्प होता है। पर्सनल रियलिटी के अनुसा।**

यहाँ आपके विश्वासों और धारणाओं के बारे में एक सूची दी जा रही है :

1. मैं बीमार महसूस करता हूँ और हमेशा करता रहूँगा।
2. धन अपने साथ कुछ दिक़्क़तें लेकर आता है। जिनके पास धन होता है वे ग़रीबों की तुलना में लालची होते हैं, अध्यात्म पर विश्वास नहीं करते । वे सदा असंतुष्ट, दुःखी और मूढ़ होते हैं।
3. मैं रचनात्मक नहीं हूँ। मुझमें कल्पनाशक्ति का अभाव है।
4. मैं जो कुछ करना चाहता हूँ, उसे मैं कभी भी नहीं कर सकता।
5. लोग मुझे नापसंद करते हैं।
6. मैं मोटा हूँ।
7. मेरी किस्मत ही ख़राब है।

रॉबर्ट्स, ओपी. सिट., पी. 13

अधिकांश लोगों की अपने बारे में इसी तरह की धारणाएँ होती हैं और इन्हीं के कारण उन्हें जीवन में ऐसे ही अनुभवों का सामना करना पड़ता है। अक्सर ऐसी धारणाओं को शारीरिक सूचनाओं से भी बल मिलता जाता है और आपकी धारणाएँ सत्य में बदलती जाती हैं। आपको यह ध्यान में रखना होगा कि आपके अपने बारे में बने विचारों को कोई और बदल नहीं सकता, न ही ऐसे विश्वासों को आपकी मर्जी के बिना आप पर कोई थोप सकता है। केवल आप ही उन विचारों को अपने ज्ञान और अनुभव के आधार पर बदलने में सफल हो सकते हैं।

मुझे विश्वास है कि आपने अब तक जो भी पढ़ा और आगे भी जो कुछ इस पुस्तक में पढ़ेंगे, उससे आपको अपने अवचेतन मन की शक्ति और सामर्थ्य के बारे में बहुत कुछ जानने को मिला है और मिलेगा। और अभी पढ़े गए अध्याय से आपको इस शक्ति का उपयोग अपने लाभ के लिए करने की तकनीक और तरीक़ों की जानकारी मिली है।

आगे हम अपने लक्ष्य और इच्छाओं का कल्पनाचित्रण करने और उन्हें अपने चेतन मन में पूरी स्पष्टता से रेखांकित करने की शक्ति को समझने का प्रयास करेंगे।

9

सोद्देश्य : मानसिक चित्रण की छिपी हुई शक्ति

हमने पिछले अध्याय - अभिपुष्टि और उसके तरीक़े में पढ़ा कि :

1. *आप अपनी अभिपुष्टि वर्तमान काल में और स्वयं को कर्ता मानते हुए करते हो। जैसे :*

   "मैं वज़न घटने पर अच्छा दिख रहा हूँ और मुझे अच्छा महसूस हो रहा है।"

   "मैं........को पसंद करता हूँ और उसके साथ अच्छे रिश्तों का आनंद ले रहा हूँ।"

2. *अपने मन में एक चित्र बनाते हैं जिसमें स्वयं को अपने लक्ष्य को प्राप्त किया देखते हैं।*
3. *उस लक्ष्य को प्राप्त करते हुए आपको कितना आनंद हो रहा है, उस भावना को भी उसके साथ जोड़ते हैं।*

प्रतिभाशाली लोगों के मन में अपने लक्ष्य को लेकर बहुत स्पष्ट तस्वीर होती है कि वे कहाँ जाना चाहते हैं और वे कहाँ जा रहे हैं। यह चित्र बहुत ही स्पष्ट होता है। यदि वे घर बनाना चाहते हैं तो उनके मन में घर की तस्वीर पूरी तरह से बनी होती है कि घर कैसा दिखेगा, कितने कमरे होंगे, तरणताल कैसा होगा, पड़ोस कैसा होगा, घर की क़ीमत कितनी होगी आदि। जो लोग अक्सर अपने लक्ष्यों से पिछड़ जाते हैं उनके पीछे रह जाने का कारण लक्ष्य का स्पष्ट चित्र उनके मन में न होना ही होता है। यदि आपकी अभिपुष्टि है "मैं अच्छा घर चाहता हूँ" मगर उस अभिपुष्टि को आपके मानसिक चित्र का सहयोग नहीं मिलता (घर कैसा होगा, कहाँ होगा आदि) तो उसपर लगने वाली मानसिक ऊर्जा कम हो जाएगी और इस लक्ष्य को पूर्ण होने में बाधा उत्पन्न करेगी।

जब मैं बच्चा था तो अपने हाथ में लेंस लेकर उसे सूरज की रोशनी में किसी कागज़ पर रखता था। कुछ ही सेकेंड में कागज़ जल जाता था। वही लैंस जब मैं यूँ ही अपनी बाँह पर घुमाता था, तो मुझे कुछ नहीं होता था मगर जब उसे बाँह पर एक स्थान पर केन्द्रित करता था तो बाँह पर एक सेकेंड से भी कम समय में फफोला उभर आता था यदि मैं जल्दी से लैंस अपने हाथ से न हटाता। क्यों?

इस बारे में ध्यान से सोचें। सूरज जो ऊर्जा का स्रोत है, वह तो स्थिर है। लैंस को जब सही तरह से केन्द्रित किया जाता है तो वह सूरज की ऊर्जा को कई गुना बढ़ा देता है। जब हमारे सामने हमारे लक्ष्य बिलकुल स्पष्ट होते हैं और हम हर हालत में उन्हें पाने के विचार में रहते हैं तो इस लक्ष्य का एक स्पष्ट चित्र हमारे दिमाग़ में होता है और इस चित्र के साथ हमारी भावनाएँ भी जुड़ती जाती हैं। हम इस चित्र की स्पष्टता और तीव्रता को बनाए रखते हुए अपने अवचेतन मन को इसे वास्तविकता में बदलने के लिए निर्देश देते रहते हैं। अध्याय 13, जिसका शीर्षक है "अति चेतन मन और रचनात्मक तरीक़े से समस्या समाधान" में हम उन सामान्य नियमों के बारे में पढ़ेंगे जो बताते हैं कि कोई भी विचार चाहे सकारात्मक हो या नकारात्मक, यदि लगातार चेतन मन में दोहराया जाता रहे तो उस विचार को अति चेतन मन के द्वारा वास्तविकता में लाने का हर संभव प्रयास किया जाता है।

जैसे-जैसे हम इस अध्याय को पढ़ेंगे, इस विचार के समर्थन में सटीक उदाहरण दिए जाएँगे।

यहाँ एक महत्त्वपूर्ण बात समझना ज़रुरी है कि हमारे अवचेतन मन में हमारे विचार शब्द रूप में अंकित नहीं होते वरन् उन विचारों द्वारा अवचेतन मन में बने चित्र और उन चित्रों के साथ जुड़ी भावनाएँ अवचेतन मन में अंकित होती हैं। यह बात अब मॉन्ट्रियल के मनोवैज्ञानिक डॉ. वाइल्डर पेनफ़ील्ड ने भी शोध के द्वारा प्रमाणित की है। इसके लिए डॉ. पेनफील्ड ने एक व्यक्ति को सामान्य निश्चेतक दिया। वह व्यक्ति जागा हुआ है। इसके बाद डॉ. पेनफील्ड ने उस व्यक्ति की खोपड़ी को खोलकर वहाँ दिमाग़ का वह हिस्सा देखना शुरु किया जहाँ स्मृति का संग्रह होता है। उन्होंने दिमाग़ की जाँच शुरु की और उस व्यक्ति ने अपने जीवन के अनुभव इस तरह बताना प्रारंभ कर दिया मानो वे अभी घट ही रहे हों। किसी अच्छी घटना को बताते समय व्यक्ति हँसने लगता और किसी बुरी घटना को बताते समय वह निराश और दुःखी हो जाता, रोने लगता। डॉ. पेनफील्ड जिस हिस्से को जाँचते, टटोलते उस हिस्से में संचित स्मृति को व्यक्ति इस तरह बताने लगता जैसे उसके दिमाग़ के रिकार्डर में रिवाइंड का बटन दबा दिया गया हो।

इस बारे में हम अध्याय 7 में भी पढ़ चुके हैं कि हम अपने जीवन में जो कुछ भी अनुभव करते हैं, उन अनुभवों से जो भी चित्र और भावनाएँ जन्म लेती हैं वे सब हमारे अवचेतन मन की स्मृति में संचित हो जाती हैं और हमारे व्यवहार को नियंत्रित करने लगती हैं।

दृश्यावलोकन किस तरह हमारे प्रदर्शन पर प्रभाव डालता है, इसे एक वैज्ञानिक उदाहरण से स्पष्ट करते हैं -

डॉ. अल्वारो पैस्कुअल लिओने जो हार्वर्ड चिकित्सा विद्यालय के चिकित्सा केन्द्र बेथ इज़रायल डिकनेस में तंत्रिका विज्ञान की प्राध्यापक हैं।

डॉ. डोइज़ की पुस्तक द ब्रेन दैट चेंज़ेस इटसेल्फ़ में डॉ. डोइज़ बताते हैं

कि पैस्कुअल लियोने ने किस तरह पेनफील्ड द्वारा विकसित की गई तकनीक का प्रयोग टीएमएस के द्वारा किया। जैसे कि डॉ. डोइज़ लिखते हैं :

> वाइल्डर पेनफील्ड ने मनुष्य की खोपड़ी को खोलकर विद्युतीय जाँच यंत्र को मस्तिष्क में डालकर मस्तिष्क के संवेदी कॉर्टेक्स को उत्तेजित करने का प्रयोग किया। जब डॉ. पैस्कुअल लिओनी ने टीएमएस मशीन शुरु करके मेरी उँगली को घुमाया तो मुझे ठीक वैसा ही महसूस हुआ जैसा डॉ. पेनफील्ड को अपने प्रयोग के दौरान उस व्यक्ति की खोपड़ी खोलकर उसमे इलेक्ट्रोड डालने पर हुआ होगा।

डॉ. पैस्कुअल को टीएमएस तकनीक द्वारा अंधे व्यक्तियों की ब्रेल सीखने की क्षमता को बढ़ाने में खासी मदद मिली।

डॉ. डोइज़ सीधे दृश्यीकरण और उसकी शक्ति के हमारे प्रदर्शन पर प्रभाव को बताने में डॉ. पैस्कुअल लिओने को मिली सफलता की बात करते हुए कहते हैं कि :

> उनके नए प्रयोग "हमारे विचार हमारे मस्तिष्क की भौतिक संरचना में परिवर्तन ला सकते हैं" ने पिछली सारी खोजों को पीछे छोड़कर नए प्रतिमान तय किए हैं।
>
> उन्होंने टीएमएस द्वारा विचार प्रक्रिया में होने वाले बदलाव का अध्ययन पियानो सीखने वाले व्यक्तियों पर प्रयोग के दौरान किया। पैस्कुअल लिओनी का नायक अर्थात प्रसिद्ध स्पेनिश न्यूरो एनॉटॉमिस्ट और नोबल पुरस्कार विजेता सैन्टियागो रमोन ई काहल जिसने अपना सारा जीवन मस्तिष्क के लचीलेपन का अध्ययन करने में बिता दिया ने बताया कि हमारे विचारों के लिए उत्तरदायी अंग अर्थात मस्तिष्क कुछ हद तक लचीला होता है, उसमें बदलाव लाए जा सकते हैं और ये बदलाव विशिष्ट रूप से नियोजित की गई मानसिक गतिविधियों द्वारा संभव हो सकते हैं। 1904 में उन्होंने कहा कि जिन विचारों को मस्तिष्क द्वारा मानसिक अभ्यास के रूप में बार-बार दोहराया जाता है, वे न्यूरोन के बंधों को मज़बूत करते हैं और नए बंध बनाते हैं। उन्होंने यह भी विचार दिया कि अभ्यास की यह प्रक्रिया पियानो वादक जो लगातार अभ्यास करते हैं की उँगलियों की गति को नियंत्रित करने वाले न्यूरोन्स के द्वारा दोहराई जाती है।
>
> रमोन ई काहल ने अपनी कल्पना के प्रयोग से मस्तिष्क के लचीलेपन का एक चित्र बनाया था मगर वे इसे किसी उपकरण द्वारा सिद्ध करने में सफल न हो सके। पैस्कुअल लिओनी ने टीएमएस नामक उपकरण से यह सिद्ध करने का प्रयास किया कि मानसिक अभ्यास और कल्पना मस्तिष्क में किसी तरह के भौतिक परिवर्तन को संभव बना सकते हैं या नहीं।

इस प्रक्रिया की क्रियाविधि साधारण थी और काहल के पियानो के विचार पर ही आधारित थी। पैस्कुअल लिओनी ने ऐसे व्यक्तियों के दो समूहों को पियानो सिखाने की शुरुवात की जिन्होंने पहले कभी भी पियानो नहीं बजाया था। इस प्रक्रिया में उन्होंने दोनों समूहों को एक धुन सुनाई, उसे किन उँगलियों का किस तरह प्रयोग करके बजाया जाएगा, यह बताया और उन्हें उस धुन को सुनाने के लिए कहा। पहले समूह को जिसे मानसिक अभ्यास समूह का नाम दिया गया था, उन्हें एक विद्युत् संचालित पियानो के की बोर्ड के सामने पाँच दिन रोज़ दो घंटे बिठाया गया और उन्हें यह कल्पना करने के लिए कहा गया कि वे पियानो पर उस धुन को बजा रहे हैं और उस धुन को सुन भी पा रहे हैं। दूसरा समूह जिसे शारीरिक अभ्यास समूह का नाम दिया गया उसने वास्तव में पियानो पर उस धुन को बजाने और उसे सुनने का अभ्यास किया। हरेक समूह के सदस्यों के दिमाग़ की संरचना का अध्ययन अभ्यास शुरु होने से पहले, हर दिन अभ्यास के दौरान और अभ्यास के बाद नियमित किया गया। इसके बाद दोनों समूहों को उस धुन को बजाने के लिए कहा गया और कम्प्यूटर ने उनके प्रदर्शन के स्तर को मापा।

पैस्कुअल लिओनी ने देखा कि दोनों ही समूहों ने पियानो पर वह धुन बजाना सीख ली थी और दोनों के ही मस्तिष्क की संरचना में समान परिवर्तन हुए थे। यह भी आश्चर्यजनक था कि मानसिक अभ्यास ने भी शारीरिक अभ्यास के मुक़ाबले ही मानसिक प्रक्रिया में बदलाव किए थे। पाँचवे और अंतिम दिन मानसिक अभ्यास समूह के मस्तिष्क की संरचना में हुए बदलाव और शारीरिक अभ्यास समूह के मानसिक संरचना के बदलाव एकदम मिलते-जुलते थे। यही नहीं, प्रयोग के तीसरे दिन तक मानसिक अभ्यास करने वाले वादक भी शारीरिक अभ्यास करने वालों के समान ही प्रवीणता हासिल कर चुके थे। हालाँकि पाँचवे दिन मानसिक अभ्यास समूह का स्तर शारीरिक अभ्यास समूह से कम था मगर जैसे ही उन्हें दो घंटे का शारीरिक अभ्यास का स्त्र दिया गया, उनका स्तर भी शारीरिक अभ्यास समूह के बराबर आ गया। इस उदाहरण से यह स्पष्ट होता है कि मानसिक अभ्यास वह तरीक़ा है जिसके द्वारा कम से कम शारीरिक अभ्यास द्वारा भी प्रदर्शन के उच्च स्तर को प्राप्त किया जा सकता है।

डॉ. डोइज़ आगे बताते हैं,

मानसिक अभ्यास का सबसे बेहतर उदाहरण शतरंज का खेल मानसिक रूप से खेलना है। यह खेल बिना किसी बोर्ड या गोटियों के खेला जाता है। खिलाडी बोर्ड और गोटियों की कल्पना मात्र करता है और कल्पना में ही शतरंज खेलता है। सोवियत रूस के मानवाधिकार

एक्टिविस्ट एनातोली शारंस्की ने जेल में बंद रहते हुए अपने मानसिक संतुलन को बनाए रखने के लिए मानसिक शतरंज का इस्तेमाल किया। शारंस्की जो एक कम्प्यूटर विशेषज्ञ थे, उन्हें 1977 में अमेरिका के लिए जासूसी करने के अपराध का झूठा आरोप लगाकर जेल में रखा गया था और उन्होंने जेल में 9 साल का समय बिताया। कुल 400 दिन उन्होंने जेल की पाँच गुणा छह की अंधेरी काल-कोठरी में क़ैद रहकर बिताए। राजनीतिक क़ैदियों को पूरी तरह से अन्य लोगों से अलग रखा जाता है अतः अक्सर वे मानसिक रूप से विक्षिप्त हो जाते हैं क्योंकि उनके पूर्व जीवन में मस्तिष्क जिस प्रकार की गतिविधियों और बाहरी अभिप्रेरणा का अभ्यस्त होता है, वह उसे नहीं मिल पाती। संवेदनाओं के अभाव की इस अवधि में शारंस्की ने महीनों मानसिक शतरंज खेला जिसने उनकी दिमाग़ी हालत को गिराने और क्षतिग्रस्त होने से बचाया। वे खेल को दिमाग़ में रचते हुए काली और सफ़ेद दोनों ही गोटियों से शतरंज खेलते थे। दूसरे पक्ष की ओर से खेलना मस्तिष्क के लिए बड़ी चुनौती होती है। शारंस्की ने मुझसे मज़ाक में कहा कि इस तरह शतरंज खेलते समय उनके दिमाग़ में शायद यह बात आती थी कि ऐसा करने से उन्हें कभी न कभी विश्व विजेता का खिताब हासिल हो सकेगा। जब पश्चिमी मुल्कों के दबाव के बाद उन्हें रिहा किया गया तो वे इज़राइल गए और कालांतर में वहाँ केंद्र सरकार में मंत्री बने। जब शतरंज के विश्व विजेता गैरी कास्पारोव ने प्रधानमंत्री और अन्य मंत्रियों के साथ शतरंज खेला तो उसने अन्य सभी को हरा दिया मगर शारंस्की को न हरा सका।

केवल कल्पना करने से ही दिमाग़ की संरचना में बदलाव क्यों होते हैं, इसे अगर तंत्रिका विज्ञान के दृष्टिकोण से समझा जाए तो कल्पना करना और कोई कार्य वास्तविकता में करना इसमें अधिक भिन्नता नहीं है। जब लोग अपनी आँखें बंद करके किसी वस्तु को कल्पना में देखते हैं जैसे अक्षर ए तो प्राथमिक दृश्य चित्रण के लिए उत्तरदायी कॉर्टेक्स काम शुरु कर देता है, ठीक उसी तरह जैसे वास्तविकता में उस अक्षर को देखने पर शुरु करेगा। मस्तिष्क का स्कैन यह दिखाता है कि वास्तविक रूप से देखने और कल्पना में देखने दोनों ही प्रक्रियाओं में मस्तिष्क के समान हिस्से सक्रिय होते हैं। यही कारण है कि दृश्यावलोकन हमारे प्रदर्शन के स्तर को बढ़ाता है।

*धन्यवाद, डॉ. डोइज़**

अब मैं आपको अपने जीवन का वास्तविक अनुभव बताता हूँ जो मानसिक चित्रण की ताक़त को स्पष्ट करेगा।

**डोइज़, ओपी. सिट., पी. 31*

1975 में लॉस एंजिल्स से अपने घर पोर्टलैंड, तक की हवाई यात्रा करते समय मैंने डब्ल्यू. टिमथी गॉल्वे की पुस्तक द इनर गेम ऑफ़ टेनिस *पढ़ी। मैं टिम के लेखन से इतना अधिक प्रभावित हुआ कि यात्रा समाप्त होते ही मैंने उन्हें ढूँढ निकाला और पोर्टलैंड में मेरी कंपनी के प्रबंधक और द यंग प्रेसिडेंट संस्था की ओरेगॉन शाखा के अन्य सदस्यों से बातचीत करने के लिए आमंत्रित किया।*

उस आयोजन के बाद मेरे और टिम के बीच मित्रता और सहयोजन के बंध गहराने लगे और तब से ही मैंने मान लिया कि टिम मेरे जीवन में आए अच्छे शिक्षकों और गुरुओं में से एक हैं। उन्होंने मुझे जीवन के किसी भी क्षेत्र में अपने प्रदर्शन को बेहतर बनाने के लिए आंतरिक खेल सिखाया जिसके लिए वे टेनिस के रूपक का उपयोग करते हैं। 1976 में जिम ने मुझे मेरी पत्नी और जैरी सहित कॉपर माउन्टेन समूह कोलोरॉडो *में शामिल होने का निमंत्रण दिया। टिम का कॉपर माउन्टेन स्कीइंग का यह अनुभव उनकी नई पुस्तक* इनर स्कीइंग *का आधार बनने वाला था, जिसे वे सहयोगी लेखक बॉब क्रिज़ेल के साथ लिखने वाले थे।*

मैं और मेरी पत्नी बचपन से ही स्कीइंग करते आ रहे थे और इसमें पारंगत थे। मैं हाई स्कूल में स्कूल की स्कीइंग टीम में था और आयु के 50 वे वर्ष तक नौसिखियों के साथ स्पर्धा करता रहा और जीतता रहा। यहाँ तक कि जब मैं यह विवरण लिख रहा हूँ तो मैं और मेरी पत्नी सन वैली, इदाहो में स्कीइंग माह का आनंद ले रहे हैं। यहाँ मैं यह स्पष्ट करना चाहता हूँ कि स्कीइंग मेरे लिए कोई अनोखा खेल नहीं है मगर मैं स्कीइंग का पारंपरिक प्रशिक्षक भी नहीं हूँ।

हम क़रीब 30 लोग कॉपर माउन्टेन पर एक सप्ताह के लिए इनर स्कीइंग का अनुभव लेने के लिए एकत्र हुए। आपमें से जो लोग स्कीइंग के अनुभवी हैं वे जानते हैं कि स्कीइंग के पारंपरिक प्रशिक्षक एक जैसे तकनीकी निर्देश देते हैं जिसमें प्रशिक्षक आपके कुछ स्की-टर्न को देखता है और निर्देश देता है, घुटने झुकाओ, डाउनहिल स्की पर वज़न डालो आदि। यह सारी प्रक्रिया बहुत ही मशीनी होती है।

कॉपर माउन्टेन पर ऐसा कुछ भी नहीं हुआ और फिर भी हमारी स्कीइंग की दक्षता में अपने आप वृद्धि हुई। जिस होटल में हम ठहरे थे वहाँ के बॉलरूम में नाश्ते के बाद हम सब इकट्ठे होते थे। हम स्कीइंग की पोशाक में होते थे और हमें बालरूम के कारपेट पर लेटने के लिए कहा जाता था। हमें विश्राम का एक व्यायाम करवाया जाता था और फिर हमें आँखे बंद करके स्वयं को कल्पना में स्कीइंग करते हुए देखने को कहा जाता था। हमें स्कीइंग की विविध ढलानों जैसे चिकनी, समतल व अन्य स्थितियों आदि का वर्णन किया जाता था और उन्हें दृश्यीकृत करने के लिए कहा जाता था। हर स्थिति को बताने के बाद हमें कहा जाता था कि स्वयं को उस स्थिति में स्कीइंग करता देखें। हम यह अभ्यास 30 से 45 मिनिट तक करते थे। फिर हम वहाँ से विलग होकर अपने अलग-अलग समूहों में बँट जाते थे और स्कीइंग के लिए तैयार हो जाते थे।

एक बार पहाड़ पर हमारे प्रशिक्षक जिसे वास्तव में सुविधादाता कहा जाना

चाहिए, ने हमें बताया कि वह पहाड़ से नीचे की ओर 10 से 15 बार स्कीइंग करेगा और हममें से सभी क्रम से उसका अनुसरण करेंगे। जब हम यह कर चुके तो उसने केवल एक प्रश्न पूछा, आपका यह अनुभव सुबह की कल्पना या दृश्यावलोकन की तुलना में कैसा था? स्कीयर कहता था, "मुझे लगता है मैं कमर से जरा ज़्यादा ही झुक गया था या मेरे शरीर का ऊपरी हिस्सा अधिक गतिमान था।" इस पर प्रशिक्षक केवल इतना कहता था, "बढ़िया, सुबह के अपने दृश्यावलोकन के प्रति अधिक सजग रहें।"

वहाँ हमारे स्व आकलन को लेकर किसी तरह की असहमति या सहमति नहीं दिखाई जा रही थी। किसी तरह के सुधारात्मक निर्देश भी नहीं दिए जा रहे थे। केवल अपनी कल्पना में देखे गए दृश्य के प्रति अधिक सजग होने की बात की जा रही थी।

महत्त्वपूर्ण टिप्पणी :

जब आप स्वयं को कोई गतिविधि करते हुए देखते हैं तो कल्पना में उस गतिविधि को करते समय आप ग़लतियाँ नहीं करते वरन् पूर्ण कुशलता के साथ उसे संपन्न करते हैं। स्कीइंग का दृश्यावलोकन करते हुए भी आप स्वयं को किसी तरह की ग़लती करता नहीं देखते वरन् बिना किसी चूक के स्वयं को स्कीइंग करता देखते हैं। यदि आप स्वयं को गोल्फ़ खेलता हुआ देखते हैं तो आप स्वयं को गेंद गोल से कहीं दूर या ग़लत तरीक़े से मारते हुए नहीं देखते वरन् उसे सीधे गोल में या पिन के पास के हरे हिस्से में मारते हैं। यदि आप स्वयं को कल्पना में पियानो बजाता हुआ देखते हैं तो आप स्वयं को किसी ग़लत स्वर पर उँगली चलाते नहीं देखते बल्कि सही धुन बजाते हुए देखते हैं।

दृश्यावलोकन के साथ यह महत्त्वपूर्ण तथ्य जुड़ा हुआ होता है कि ऐसा करते हुए हम स्वयं को पूर्ण कुशलता के साथ प्रदर्शन करता हुआ देखते हैं। यह चित्र हमारे अवचेतन मन के पटल पर अंकित हो जाता है और हमें कैसा प्रदर्शन करना है, यह निर्देश उसे देता है।

जैसे हम स्कीइंग करते हुए 10 से 15 मोड़ पार करते, प्रशिक्षक हमसे पूछता, यह मोड़ कैसा था? हम कहते, "मैं कमर से उतना झुक नहीं पाया और मेरे शरीर का ऊपरी हिस्सा अधिक गतिमान था।" जवाब में प्रशिक्षक अच्छा या बुरा नहीं कहता था वरन् उसका उत्तर होता था, "बढ़िया, सुबह के अपने दृश्यावलोकन को ध्यान में रखना।"

अभ्यास के साथ लगातार हमारे प्रदर्शन में बेहतरी आती जा रही थी, वह भी बिना किसी निर्देश के। यहाँ हम ही स्वयं के निर्देशक थे।

एक दिन डबल डायमंड रन के दौरान बहुत ही प्रभावशाली घटना हुई। डबल डायमंड रन को स्कीइंग में सबसे कठिन और चुनौती भरा माना जाता है। हमारे प्रशिक्षक ने अपने जूते ढीले कर लिए और हमसे भी ऐसा ही करने के लिए कहा। फिर वह तेजी से नीचे गया और हमें भी एक-एक करके अपने पीछे आने के लिए कहा। वह कुशलता से अपनी स्कीइंग छड़ की सहायता से तेजी से पहाड़ी के नीचे की ओर गया, वहाँ वह अचानक रुका, अपनी छड़ बर्फ़ में धँसा दी और पाँव अपने जूतों से बाहर निकालकर बर्फ़ में धँसा दिए। हम उसके इस करतब को हैरत भरी नज़रों से देखते रहे।

जब मेरी बारी आई तो मैं ऊपर से नीचे की और आया और कुछ कठिन मोड़ लिए, तभी मेरे अन्दर से कोई चिल्लाया, "मैं अपने आप को मार डालने वाला हूँ।" हालाँकि अपने सप्ताह भर के अभ्यास में हम यह जान चुके थे कि हमें भय और निराशा की इस आवाज़ (जिसे टिम सेल्फ़ 1 कहता है) को चुप करवाना होगा तथा आत्मविश्वास और आशा भरी आवाज को (जिसे टिम सेल्फ़ 2 कहता है) जगाए रखना होगा। यानि हमें सेल्फ़ 1 को दूर रखते हुए सेल्फ़ 2 को जगाए रखना होगा।

अतः मैंने अपने भीतर की भय भरी आवाज़ को चुप करवाया और सेल्फ़ 2 पर विश्वास दिखाते हुए स्कीइंग करना जारी रखा। मैंने कई कठिन मोड़ पार किए। यहाँ तक कि अंत में अपने खुले जूतों के साथ कुछ मोड़ तो एकदम किसी विशेषज्ञ की तरह से पार किए। ऐसा करना किसी भी सामान्य प्रशिक्षण या सामान्य निर्देशों के जरिए संभव नहीं हो पाता। हमारा सेल्फ़ 1 हमेशा ध्यानाकर्षण का प्रयास करता रहता है। यह वह नन्ही सी आवाज़ होती है जो हर बात की जाँच करती रहती है। यह आवाज़ कितनी हानिकारक और विध्वंसकारक हो सकती है इसका पता चलने के बाद अब जब यह मेरे द्वार पर दस्तक देती है तो मैं उसे चुप रहने का निर्देश देकर अपने वर्तमान पर ध्यान केन्द्रित कर सकता हूँ।

आप दृश्यावलोकन के द्वारा जो कुछ भी अपने अवचेतन मन पर अंकित करते हैं, वह वास्तविकता में बदलता ही है।

इस विचार को विराम देते हुए अभी मैं विसलर, ब्रिटिश कोलंबिया के विंटर ओलंपिक देख रहा हूँ और उसमें वीसा एक विज्ञापन दिखा रहा है जिसमें अल्पाइन की स्कीयर स्वर्ण पदक विजेता जूलिया मैनकुसो बताती है कि जब वह 9 साल की थी, तबसे स्वयं को महिला स्कीइंग की प्रतियोगिता में स्वर्ण पदक जीतते हुए देखा करती थी। उस आयु से ही वह इस चित्र को लगभग रोज़ देखती थी। 2006 के ओलंपिक में 21 साल की आयु में जूलिया ने स्वर्ण पदक जीता।

क्या और भी कुछ कहने की आवश्यकता है?!

अंत में यही कि हम जो कुछ अपने बारे में देखते, सोचते हैं और विश्वास करते हैं, वही साकार होता है।

10

निजी शक्ति को अर्जित करना

- ली पुलोस पीएच.डी., एबीपीपी

इस पुस्तक की भूमिका में ली पुलोस लिखते हैं कि :

> अपने अब तक के चिकित्सीय अनुभव में मैंने हज़ारों मरीज़ों से बातचीत की है। मैं एक मोटा सा अनुमान लगा सकता हूँ कि उनमें से क़रीब 95 प्रतिशत मरीज़ अपने आत्मविश्वास व आत्मसम्मान की कमी के चलते बीमारी से ग्रस्त थे। उनमें किसी तरह का अपराध बोध, योग्य या अयोग्य होने का भाव पनप रहा था जो प्रेम, सफलता, स्वास्थ्य और समृद्धि को प्राप्त करने की और उनकी योग्यता को प्रभावित कर रहा था।

आत्मसम्मान की जीवन में आवश्यकता और इस पुस्तक के साथ उसके महत्त्वपूर्ण संबंध को समझते हुए मैंने ली से निवेदन किया कि पुस्तक का यह अध्याय वे स्वयं लिखें, जिसे उन्होंने सहर्ष स्वीकार किया।

ली लिखते हैं :

आत्मसम्मान मन और आत्मा के लिए प्रतिरोधी तंत्र के समान काम करता है। आत्मसम्मान हमारा वह अनुभव है, जिसके चलते हम स्वयं को दुनिया की चुनौतियों से मुक़ाबला करने के क़ाबिल पाते हैं, स्वयं को योग्य समझते हैं और ख़ुशी का अनुभव करते हैं, साथ ही स्वयं को इसका अधिकारी भी मानते हैं। जिन लोगों में आत्मसम्मान की भावना अधिक होती है, वे इस बात को समझते हैं कि वे अपने जीवन का काम कर रहे हैं। वास्तविक आत्मसम्मान वह होता है जब लोग उसे तब भी धारण करते हैं जब उनके जीवन में कुछ सही नहीं हो रहा होता है।

स्व सम्मान का संबंध एक व्यक्ति के रूप में हमारे मूल्यों से है यानि आंतरिक निश्चितता, आनंद का अनुभव, जीवन में सफलता की आशा, स्वयं को दूसरों को आकर्षित करने योग्य समझाना और अपने जीवन में प्रेम को प्रवेश करने की अनुमति देना। ऐसे लोग जिनमें आत्मविश्वास कम होता है, वे प्रेम पाने से ज़्यादा प्रेम देने में विश्वास रखते हैं। उनके लिए प्रेम देना आसान होता है।

यदि आपका प्रतिरोधी तंत्र मज़बूत है तो क्या इसका अर्थ यह है कि आप कभी भी बीमार नहीं पड़ेंगे? नहीं, बिलकुल नहीं। इसका अर्थ यह नहीं है। मगर आपके बीमार पड़ने की संभवानाएँ अन्य व्यक्तियों की तुलना में कम हो जाएँगी और बीमारी की चपेट से बाहर आना आपके लिए आसान होगा। इसी तरह से आत्मविश्वास के बढ़े-चढ़े होने का यह अर्थ हरगिज नहीं है कि आप कभी दुःखी, निराश या अतिरेकी नहीं होंगे।

इसका अर्थ यह है कि आप में औरों के मुक़ाबले मानसिक आघातों को सहने की शक्ति अधिक है और यही आत्मविश्वास से भरपूर रहने का लाभ है। यदि आपके सामने कोई लक्ष्य है तो आप दृढ़निश्चय के साथ उस लक्ष्य को प्राप्त करने में जुटे रहेंगे। ऐसा नहीं कि आप असफल नहीं होंगे, मगर सतत प्रयास में जुटे रहेंगे और आपकी सफलता का प्रतिशत असफलता से अधिक रहेगा। मैं एक संगोष्ठी को संबोधित कर रहा था, वहाँ एक प्रबंधक ने सारे समूह को बताया, "मैंने पाँच बार असफलता का मुँह देखा, मगर छठी बार सफलता प्राप्त कर ही ली।" किसी कंपनी के प्रमुख कार्यकारी अधिकारी सफलता के शिखर पर पहुँचने से पहले औसतन 3.2 बार असफल हो चुके होते हैं।

आत्मविश्वासहीन व्यक्ति लक्ष्य की प्राप्ति हेतु प्रयास तो करेगा मगर उसके प्रयासों में वह विश्वास और दृढ़ता नहीं होगी अतः असफलता की संभावना अधिक होगी। हमारा आत्मविश्वास हमारे भीतर एक खास तरह की अपेक्षाओं, प्रत्याशाओं और संभावनाओं को जन्म देता है जो हमारे द्वारा पूरी की जाने वाली भविष्यवाणियाँ बन जाती हैं। यूँ तो हमारा आत्मविश्वास जीवन के हर क्षेत्र में झलकता है मगर रिश्तों और प्रेम के क्षेत्र में यह अधिक तीव्रता से दिखाई देता है। यदि कोई व्यक्ति आत्मविश्वास की कमी के चलते स्वयं को प्रेम करने के लायक नहीं समझता है तो वह इस बात पर विश्वास ही नहीं कर सकेगा कि कोई अन्य व्यक्ति उसे प्रेम करता है और इसके कारण वह रिश्तों में दरार लाने या उन्हें ख़त्म करने का हर संभव प्रयास करता रहेगा। क्या आपने कभी ऐसा अनुभव किया है कि किसी व्यक्ति को जो स्वयं को प्रेम करने लायक नहीं समझता हो, उसे प्रेम का विश्वास दिलाना बहुत कठिन हुआ हो? आप उसे अपने प्रेम का विश्वास दिलाने के लिए कुछ नहीं कर सकते।

जीवन के विभिन्न क्षेत्रों में हमारे आत्मविश्वास का स्तर अलग-अलग हो सकता है और उसी के अनुसार उस क्षेत्र में हमारा प्रभाव, प्रदर्शन का स्तर और सफलता तय होती है। उदाहरण के लिए यदि एक मैनेजर के रूप में संवाद करते समय आपका आत्मविश्वास बहुत बढ़ा-चढ़ा होगा तो आपका प्रदर्शन और प्रभाव शीलता इसी के अनुसार तय होगा। मशीनों के साथ काम करते समय या उपकरणों का रख-रखाव करते समय आपका आत्मविश्वास कम रह सकता है और आपके मित्र आपको प्यार से उस क्षेत्र में अनाड़ी की उपाधि दे सकते हैं। एक पालक या साथी के रूप में आपका आत्मविश्वास मध्यम श्रेणी का हो सकता है और आपका प्रदर्शन भी उसी के अनुसार होगा।

यदि आप अपने जीवन के सभी क्षेत्रों को लेकर उनमें अपने प्रदर्शन के उच्च और निम्न स्तर को ग्राफ़ के रूप में अंकित करें तो आप इसे एक वक्राकार आकृति के

समान देखेंगे। मनोवैज्ञानिक इसे एक औसत स्तर के आत्मविश्वास अर्थात जी फ़ैक्टर का नाम देंगे।

अपने जीवन के कुछ क्षेत्रों में अपने प्रदर्शन को बेहतर बनाने और अपने आत्मविश्वास को बढ़ाने के लिए हमें कुछ अभ्यास करना होगा जिसके द्वारा हमें अभिपुष्टि द्वारा अपने अवचेतन मन में अंकित सूचनाओं को फिर से देखना होगा व नई सूचनाएँ अंकित करनी होंगी।

इस तरह हमारा आत्मविश्वास हमारे मन में अपने लिए बनाया गया स्थान है। हमारी स्व अवधारणा आत्मविश्वास से अधिक वृहद होती है। यह वास्तव में एक छाते की तरह होती है जिसमें हमारे विश्वास, धारणाएँ और हमारी शारीरिक छवि सम्मिलित रहती है जो कि हमारी स्व अवधारणा का महत्त्वपूर्ण हिस्सा होती है। इसमें हमारी ज़िम्मेदारियाँ, संपत्ति, सीमाएँ और क्षमताएँ निहित रहती हैं। आत्मविश्वास इसका ही एक हिस्सा होता है।

आत्मविश्वास के महत्त्व पर सभी का ध्यान क़रीब 40 साल पहले आकर्षित हुआ जब कॉस्मेटिक चिकित्सक डॉ. मैक्सवेल माल्ट्ज़ ने सायको साइबरनेटिक्स* पुस्तक को प्रकाशित किया। अपनी पुस्तक में वे लिखते हैं कि किस तरह उन्होंने एक सुबह गंभीर अपराध हेतु जेल में बंद क़ैदियों की एक सप्ताह तक कॉस्मेटिक चिकित्सा करने का निर्णय लिया । दो साल बाद जेलर ने डॉ. माल्ट को अपने दफ़्तर में बुलाया और बताया कि ऐसे क़ैदी जिनके चेहरे किन्ही आघातों में बिगड़ गए थे और उनकी कास्मेटिक चिकित्सा करने के बाद क़ैदियों द्वारा आत्महत्या करने के मामलों में कमी आई है। चिकित्सा से लौटने के बाद क़ैदी शान्ति से अपनी सज़ा समाप्ति की राह देखते हैं। डॉ. माल्ट को इस बात का अहसास हुआ कि उनकी शारीरिक छवि सुधारने से उनका आत्मविश्वास बढ़ गया। यह मैंने पहले भी बताया है। स्वतः की छवि सुधरने से क़ैदी स्वयं के बारे में अपनी राय बदल पाएँ। वह आत्मविश्वास का वर्णन करते हुए इसे बीसवीं सदी की सबसे महत्त्वपूर्ण खोज कहते हैं। जो भी हो, हो सकता है यह बात हरेक मामले में सही नहीं हो।

डॉ. माल्ट आगे दो महिलाओं के बारे में लिखते हैं जिनके चेहरों की शल्य चिकित्सा की गई थी। जब चेहरों से पट्टियाँ हटाई गईं और उन्होंने अपना चेहरा दर्पण में देखा तो वे अवसाद से भर उठीं और कहने लगीं, मुझे स्वयं में कोई अंतर दिखाई नहीं दे रहा है। मैं अभी भी अपने बारे में पहले जैसा ही महसूस कर रही हूँ। इस घटना के बाद डॉ. माल्ट को अहसास हुआ कि लोगों के मन में स्वयं की छवि बाहरी सुंदरता पर निर्भर नहीं होती वरन् यह उनके मन में बनी आंतरिक छवि होती है।

इन पंक्तियों से मुझे एलिजाबेथ टेलर का एक साक्षात्कार याद आ रहा है जिसमें वे अपने बारे में बहुत स्पष्ट राय रखते हुए ख़ुद को एक स्थूल, नाटी और भयानक दिखने वाली महिला कह रही थीं। वह कह रही थी "मैं अपनी नाक को पसंद नहीं करती, मेरी

**मॉल्ट्ज, मैक्सवेल, सायको सायबरनेटिक्स,* अ न्यू वे टू गेट मोर लिविंग आडर ऑफ़ लाइफ़। *पॉकेट. 1989*

आँखें बहुत दूर-दूर हैं, मुझे अपने चेहरे का आकार भी पसंद नहीं है। काश मैं अपना स्वरूप बदल सकती।" यह दुनिया की सबसे खूबसूरत मानी जाने वाली महिलाओं में से एक का बयान है। कोई आश्चर्य नहीं है यदि उसके व्यवहार में वे सारी बातें दिखाई दें जो उसे हानि पहुँचाएँ जैसे नशे की वस्तुएँ, शराबखोरी, कई दुर्घटनाएँ और कई शल्य चिकित्साएँ, आठ शादियाँ और इसी तरह की बहुत सारी घटनाएँ। आत्मविश्वास अंतर्मन का ही कार्य है।

अब मैं आत्मविश्वास कम होने या आत्मविश्वासहीनता के कुछ लक्षणों को विस्तार से बताना चाहूँगा। जब हम इन लक्षणों को जान लेंगे तो स्वयं में क्या बदलाव लाया जाना है इसके प्रति जागरुक हो सकेंगे। हममें से सभी में ऐसे कुछ लक्षण होते हैं जिनके साथ हम जीवन के जहाज़ को खेते चलते हैं।। यहाँ यह अवसर है कि उन लक्षणों को पहचाना जाए और उन्हें बदलने की पहल की जाए।

पहला लक्षण है स्वयं को हालात का शिकार समझना। ऐसे लोगों का स्वयं पर बिलकुल विश्वास नहीं होता। वे अपने लिए बहुत दुःखी होते हैं और उन्हें हमेशा ऐसा लगता है कि जीवन के हर पड़ाव पर उन्होंने ग़लतियाँ ही की हैं। उन्हें हमेशा ऐसा लगता है कि उनकी कोई प्रशंसा नहीं करता, उन्हें कोई समझता ही नहीं है या उनके साथ हमेशा अन्याय हुआ है। वे स्वयं को किसी बात के लिए ज़िम्मेदार मानना नहीं चाहते। वे यह चाहेंगे कि आप उनके लिए हर काम करें। ऐसे लोग हमेशा अपराध बोध से भरे रहते हैं और उससे बाहर निकालने के लिए किसी न किसी का सहारा तलाशते हैं और इसके लिए वे हर तरह की तिकड़म भिड़ा सकते हैं। इतना सब करने के बाद भी वे अपने अपराध बोध से बाहर नहीं आ पाते, सफल नहीं हो पाते और इसके लिए वे हमेशा अपने क़रीबी लोगों को या अपनी परिस्थितियों को ही दोषी ठहराते हैं।

ये लोग अपने भूतकाल को बदलने की बात करते रहते हैं और उसी में शक्ति का अनुभव करते हैं जैसे "यदि मैंने किसी और घर में जन्म लिया होता, यदि मेरे पिता के पास अधिक धन होता..." केवल दूसरों पर दोषारोपण, दोषारोपण जो कि ताक़त का कमतर (सस्ता) प्रदर्शन है। यही एक ताक़त उनके पास होती है और वे इसे दूसरों पर आरोपित करते रहते हैं।

यहाँ एक दूसरे पहलू पर भी विचार करें। अक्सर लोगों को लगता है कि आत्मविश्वासहीनता का भाव उन लोगों में प्रमुखता से पाया जाता है जो अपने जीवन में बहुत निचली पायदान पर ही रह गए हैं, आगे नहीं बढ़ पाए हैं। मगर ऐसा नहीं है। दो साल पहले मेरे केबिन में एक महिला रोग़ी आई जिसने चमड़े के कपड़े पहने थे, गले में ज़ंजीर पहनी थी और उसके चेहरे पर गुस्से और नीचता के भाव थे। जब मैंने उसका इतिहास जानना चाहा तो उसने बताया कि वहा एक रखैल है। यह सुनते ही मेरा दिमाग़ चक्कर खा गया। वह बताती गई कि लोग उसे इस बात के लिए नौकरी पर रखते हैं कि वह उन्हें अपमानित करे, उनसे गाली-गलौज करे। मैं हतप्रभ था। क्या ऐसे भी लोग हैं जो स्वयं को अपमानित करने के लिए किसी महिला को नौकरी पर रखें? उसने मुझे

विश्वास दिलाया कि उसका काम किसी तरह अनैतिक संबंधों पर आधारित नहीं है, उसका अपने ग्राहकों से किसी तरह का यौन संबंध नहीं है। मैं आश्चर्यचकित था कि ऐसे भी लोग हैं जो स्वयं को अपमानित करवाने के लिए धन देते हैं। उसने बताया कि उसका एक ग्राहक सुप्रीम कोर्ट का न्यायाधीश है, दो सफल व्यापारी हैं और एक प्रसिद्ध वकील है। इस बात ने मुझे गहरा धक्का पहुँचाया। उस महिला ने आगे बताया कि उसके ग्राहक इम्पोस्टर सिंड्रोम मनोरोग़ से पीड़ित हैं जिसके कारण अपने व्यवसाय में प्रसिध्दि और ऊँचाई हासिल करने के बाद भी वे स्वयं को उससे जुड़ा हुआ नहीं महसूस करते। उसके शब्दों में,"वे आत्मविश्वासहीनता से जकड़े हुए हैं और मेरे पास आते हैं ताकि मैं उन्हें अपमानित करके उन्हें उस निचाई तक लाऊँ, जहाँ वे स्वयं को महसूस करते हैं। यह घटना मेरी आँखें खोलने के लिए पर्याप्त थी और वह एक ऐसा दिन था जब मेरा मरीज़ मेरा शिक्षक बन गया था।

अब आत्मविश्वासहीनता के दूसरे लक्षण पर विचार करते हैं। इसमें व्यक्ति स्वयं को शहीद बनाने पर तुल जाता है। यूँ भी हमारी मान्यताएँ, संस्कृति और धार्मिक मूल्य जिनके साथ ही हम बड़े हुए हैं, हमें यह बताते रहते हैं कि बिना कष्ट के कुछ पाया नहीं जा सकता। हमारी संस्कृति में भी कष्ट और संघर्ष को पूजा जाता है, और हरेक धर्म शिक्षक उनके संघर्ष, त्याग और कठोर श्रम के चलते ही उदाहरणों का हिस्सा बन सके हैं। यह धारणा इस तरह से हमारे चेतन मन का हिस्सा बन चुकी है कि कुछ लोग बिना कष्ट पाए, बिना संघर्ष किए या असफलता का स्वाद लिए बिना सफल होने को ठीक नहीं समझते। मगर हमें इन विशेषताओं को अधिक स्पष्टता से देखना होगा जिससे हम उन्हें पहचान सकें और यदि वे हम पर भी लागू होती हैं तो उन्हें निकाल बाहर करने का प्रयास कर सकें।

शहीद भावना का पहला लक्षण है स्वयं को नाचीज़ समझना या ऐसा समझना कि आपकी भरपूर मेहनत के बाद भी लोग आपकी प्रशंसा नहीं करते जैसेः मैंने जितने कष्ट झेले हैं, किसी और ने क्या झेले होंगे, कोई भी मुझसा कठोर श्रम नहीं करता, तुम नहीं समझते कि मुझे आगे बढ़ने के लिए कितनी कठिनाइयों और अवरोधों का सामना करना है आदि।

ऐसे लोगों को हमेशा ऐसा भी लगता है कि उन्हें ग़लत समझा जा रहा है उनके साथ अन्याय हो रहा है। उनमें हमेशा निराशा और लाचारी का भाव विद्यमान रहता है और हमेशा स्वयं को ग़लत समझे जाने की बात करते हैं।

आत्मविश्वासहीनता का एक और लक्षण है स्वयं को अयोग्य महसूस करना जो आपको बार-बार भूतकाल में घसीटता है और आगे बढ़ने से रोकता है। स्वयं को अयोग्य मानने से भविष्य में मिलने वाली सफलता भी हाथ से फिसल जाती है और यह विचार आपकी गति को धीमा कर देता है। यह विचार बजाय आगे बढ़ाने के आपको वापस वहीं ले जाता है जहाँ से आपने शुरु किया था।

आपके लिए यह बहुत ज़रुरी है कि आप अपने अंतर्मन में झाँककर योग्यता के

मुद्दे पर गहन विचार करें क्योंकि इस मुददे ने कई लोगों को समय-समय पर उनके लक्ष्य से नीचे ला पटका है और उनकी पहल करने की योग्यता, क़ाबिलियत और जुटे रहने की लालसा को ख़त्म किया है। अक्सर लोगों के इतिहास की जानकारी लेते समय मेरे कानों में ये शब्द अक्सर पड़ते हैं कि "मैं तो इसके लायक ही नहीं हूँ," "मैं इसके योग्य नहीं हूँ," आदि। और ये बातें अक्सर पढ़े-लिखे, अच्छी नौकरी और सुखी परिवार वाले लोगों के मुँह से उच्चरित होते हैं।

आत्मविश्वासहीनता का अगला लक्षण है शर्मिंदगी महसूस करना। कोई भी भावना आपको इतना नुक़सान नहीं पहुँचाती जितनी शर्मिंदगी पहुँचाती है। यह कई इंसानी झगड़ों की जड़ है। जिन लोगों का दूसरों के द्वारा अवमानना, उपहास, तिरस्कार, विश्वासघात या परित्याग किया जाता है या जिन्हें बचपन में कड़ी सज़ा दी जाती रही हो, वे लोग सतत अपमानित सा महसूस करते रहते हैं और हीनता बोध से भर जाते हैं। ऐसा उन बच्चों और वयस्कों के साथ भी होता है जिनकी कभी भी तारीफ़ नहीं की जाती या उन्हें समानुभूति नहीं मिलती, वे हमेशा अपने जीवन के लिए ही अपराधी महसूस करते हैं और क्षमा माँगते रहते हैं। इस शर्मिंदगी की गहराई को महसूस करके ही यह जाना जा सकता है कि यह समस्या किसी व्यावसायिक चिकित्सक के पास जाने से सुलझेगी या किसी अन्य उपाय से।

अपने आप पर विश्वास न होने और शंकाग्रस्त रहने की कारण लोग अस्थिर प्रवृत्ति के हो जाते हैं और सतत अपने आप के लिए, अपने अस्तित्व के लिए या अपनी राय के लिए क्षमा की गुज़ारिश करते रहते हैं और किसी भी तरह की अस्वीकृति या तिरस्कार से बचने के लिए किसी भी हद तक झुकने के लिए तैयार रहते हैं। इसी तरह जो लोग स्वयं को कमतर मानते हैं वे बदलाव से डरते हैं। उनका सुविधा क्षेत्र छोटा सा होता है और वे शायद ही कभी उस क्षेत्र से बाहर निकलकर किसी ऐसे व्यक्ति से बहस करना चाहते हैं या उसे चुनौती देना चाहते हैं जिसके विचार उनसे न मिलते हो।

प्रकृति का नियम है कि एक से स्वभाव एक दूसरे को आकर्षित करते हैं। इसी तरह से आत्मविश्वासहीन लोगों के आसपास उन्हीं की तरह के लोग जमा हो जाते हैं। आप को शायद ही ऐसा देखने को मिलेगा कि किसे आत्मविश्वासी व्यक्ति ने आत्मविश्वासहीन व्यक्ति को भागीदार या जीवनसाथी बनाया हो। रिश्ते कई बार इसी वजह से टूटते हैं कि दोनों में से एक साथी आगे बढ़ने और अधिक पाने का निश्चय करता है जिसके लिए वह पुस्तकें पढ़ता है, किसी पाठ्यक्रम में दाखिला लेता है या संगोष्ठी में हिस्सा लेता है। जैसे ही दोनों एक-दूसरे के साथ अधिक समय बिताते हैं और एक-दूसरे को जानने लगते हैं तो उसे पता लगता है कि उसके साथी के साथ उसका रिश्ता अधिक नहीं चल सकेगा क्योंकि वह तो सुविधा क्षेत्र रूपी अपने खोल से बाहर आना ही नहीं चाहता... और वे अलग हो जाते हैं।

जैसा कि पहले भी बताया है कि आत्मविश्वासहीन लोग अपने आप को योग्य साबित करने के लिए लोकप्रिय होने का और लोगों की ख़ुशामद करने का प्रयास करते

हैं। वे अपनी योग्यता साबित करने के लिए ढेर सारे खिलौने और इसी तरह के भौतिक साधन जुटाने, चिकित्सा द्वारा अपना चेहरा सुन्दर बनाने, यौन उत्पीडन या लड़ाई-झगड़े करने जैसे हथकंडे अपनाते हैं। हो सकता है ऐसा करके उन्हें अपने बाहरी छवि सुधारने और उसके द्वारा अपना आत्मविश्वास बढ़ाने में कुछ मदद मिले मगर यह अस्थायी होगी। आत्मविश्वास अंदरुनी छवि को बदलने से बढ़ता है न कि बाहरी छवि मात्र सुधारने से।

मैं विश्वास के साथ कह सकता हूँ कि इस दुनिया के हर व्यक्ति के मन में अपने आत्मविश्वास को लेकर कुछ दुविधा, मुद्दे और प्रश्न हमेशा बने रहते हैं। अब तक की गई बातों का सार यही है कि आप स्वयं इस बात को जानने का प्रयास करें कि आप अपने भीतर क्या बदलना चाहते हैं, क्या बंद करना चाहते हैं या क्या पढ़ना चाहते हैं जिससे आपका आत्मविश्वास बढ़े और आप स्वयं को योग्य मान सकें। याद रहे, भले ही हमारी धारणाएँ हमारे जीवन की राहों को निर्धारित करती हैं मगर हमारी धारणाओं से भी अधिक महत्त्वपूर्ण यह है कि हम क्या चुनते हैं। हम अपने सँकरे सुविधा क्षेत्र में रहना पसंद करेंगे या असुविधाओं का सामना करने की तैयारी करके अपने जीवन के प्रक्षेप वक्र को अलग तरीक़े से बनाएँगे। यह तय है कि आपने इस पुस्तक को पढ़ने का निर्णय लेकर यह तय कर लिया है कि जीवन में पुराना कुछ छोड़ना है और कुछ नया शामिल करना है।

हमारी कोशिकाओं के 70,000 रिसेप्टर किन्हीं खास आवृत्ति के संकेतों को ग्रहण करने के लिए प्रशिक्षित होते हैं, इसके बारे में संक्षेप में पुनः बताना चाहता हूँ। इनमें से कुछ रिसेप्टर तो बाहरी वातावरण से संकेत ग्रहण करने के अभ्यस्त होते हैं मगर अधिकांश रिसेप्टर हमारे विश्वास और व्यवहार के अनुनाद और आवृत्ति से उत्पन्न संकेतों को ग्रहण करते हैं। यदि हम संघर्ष और कष्ट द्वारा प्राप्ति जैसे विचारों को छोड़ देंगे तो उनसे संबंधित रिसेप्टर तनाव पैदा करने वाले हारमोंस के स्राव को उत्तेजित करना छोड़ देंगे। जैसे ही हम जीवन के प्रति अपना दृष्टिकोण बदलते हैं और यह मानने लगते हैं कि दुनिया अधिक स्नेहिल, क्षमाशील और कम निर्णायक है तो हमारे रिसेप्टर भी इन नई आवृतियों के अनुसार काम करने लगेंगे और ऐसे हारमोंस के स्राव को उत्तेजित करेंगे जो हमें अच्छा महसूस कराते हैं, संबल प्रदान करते हैं, हमारी समस्या का निदान करते हैं। इसके परिणामस्वरूप हमारा आत्मविश्वास आश्चर्यजनक रूप से बढ़ता है और हम अपने जीवन में इच्छित परिवर्तन करने का साहस कर पाते हैं।

आइए अब उन लक्षणों के बारे में जानते हैं जो आत्मविश्वासी लोगों में पाए जाते हैं, उनमें थोड़ी-बहुत भिन्नता हो सकती है।

पहला लक्षण यह है कि आत्मविश्वासी लोग सतत अपने निर्धारित लक्ष्य को प्राप्त करने के लिए किसी न किसी चुनौती का इंतज़ार करते हैं, चुनौती का सामना करने की इच्छा रखते हैं। सभी मानव जनित गतिविधियों का उद्देश्य किसी लक्ष्य की प्राप्ति ही होता है। जीवन के सभी लक्ष्य हासिल कर लेना संभव नहीं है मगर अपनी क्षमता का

अधिकाधिक उपयोग करके अधिक लक्ष्यों की प्राप्ति को संभव बनाया जा सकता है। लक्ष्य हमारे सपनों की तरह होते हैं मगर अधिकतर लोग अपने सपनों को स्वयं देखने की बजाय उन्हें किसी और के सपनों में पूरा होते देखने लगते हैं। हमारे सामने दो विकल्प होते हैं: पहला यह कि अपना लक्ष्य निर्धारित करें और उसके अनुसार अपने भविष्य का निर्धारण करें। दूसरा यह कि जीवन के राह में जो कुछ भी सामने आ रहा है, उसे स्वीकार करें। दोनों ही क्रमादेशित हैं, दोनों ही काम करते हैं। आत्मविश्वासी लोग अपने लक्ष्य को स्वयं निर्धारित करते हैं और उसे अपना भविष्य बनाने का सपना भी स्वयं देखते हैं।

आत्मविश्वासी लोग यह जानते हैं कि भौतिक सुख-सुविधाएँ जैसे गाड़ी, बंगला आदि सफलता के लक्षण तो हो सकते हैं मगर यह वास्तविक सफलता नहीं है। वास्तविक सफलता तो आपके स्वयं से, परिवार से और समाज से किए जा रहे व्यवहार में गुँथी हुई होती है।

स्वयं को योग्य समझने वाले लोग सचेत रहकर जीते हैं और समस्या का समाधान करने की योग्यता रखते हैं। किसी से बात करते समय तथ्यों, सच्चाई, वर्तमान स्थिति आदि का ध्यान रखते हुए बोलने वाले के प्रति सम्मान का भाव रखते हैं। स्वयं के प्रति जागरूकता, ईमानदारी से स्वयं का आकलन करना और बाहरी दुनिया के साथ-साथ अपनी भीतरी दुनिया के बारे में जागरुक रहना उनका शौक होता है। किसी तरह का इनकार मिलने पर भी वे नशे या अन्य किसी आदत के गुलाम नहीं बनते।

सबसे महत्त्वपूर्ण बात यह कि वे स्वयं को और दूसरों को तुरंत क्षमा कर देते हैं। वे अपने अतीत को भूलकर वर्तमान में जीने में विश्वास रखते हैं। वे अतीत के मनमुटाव और शिकायतों को मन में नहीं रखते, न ही किसी तरह के बदले की आकांक्षा को मन में पालते हैं।

वे यह मानते हैं कि जेल में सर्वाधिक समय क़ैदी नहीं वरन् जेलर बिताते हैं। यदि आप किन्ही भावनाओं के अधीन हैं तो इसका अर्थ है आप जेल के क़ैदी ही हैं। हर तरह का शारीरिक और मानसिक उपचार क्षमा से ही शुरू होता है।

ऐसे लोगों की एक और विशेषता यह है कि जो लोग स्वयं को महत्त्वपूर्ण मानते हैं वे दूसरों का भी सम्मान करते हैं। स्वयं के बारे में अच्छा महसूस करने वाले लोग कभी भी दूसरों के लिए जातिवादी, लिंगभेदी या आयु संबंधी टिप्पणियाँ नहीं करते। वे जाति, धर्म, लिंग, उम्र आदि की सीमाओं के परे जाकर लोगों का सम्मान करते है, उन्हें प्रेम देते हैं।

जैसा कि पहले भी कहा गया है कि आत्मविश्वासी लोगों के रिश्ते स्वस्थ होते हैं, दूषित नहीं। उनकी अभिव्यक्ति स्पष्ट और सरल होती है और वे किसी डर को मन में बिठाए बिना सीधी बात करने में विश्वास करते हैं। यदि किसी के बारे में अपनी राय दे रहे हों तब भी वे किसी एक व्यक्ति को दोषी ठहराने की बजाय अपनी बात इस तरह से शुरू करते हैं,"जो घटना हुई है, उसके बारे में मुझे ऐसा लगता है कि..."

दूसरा घटक विनम्रता है। इसका अर्थ झूठी नम्रता या अपने अस्तित्व के लिए खेद महसूस करना नहीं है। इसका अर्थ है कि आप किसी आदमी के बारे में अपनी राय बनाने से पहले उसे कितने मौक़े देते हैं। जैसे बजाय यह तय करने के कि फलाँ व्यक्ति गपबाज है या फलाँ व्यक्ति अधिकार जताता है, वे व्यक्ति को एक मौक़ा और देते हैं यह सोचकर कि शायद इस बार वह अलग व्यवहार करें। विनम्रता का अर्थ है किसी तरह की अंतिम राय बनाने की बजाय व्यक्ति को अधिक अवसर देना।

परोपकार का गुण भी आत्मविश्वासी व्यक्ति की विशेषता है। किसी की मदद करने का भाव इनमें विद्यमान रहता है, भले ही वह मदद सेवा के नाम पर की जाए, बड़े भाई-बहन होने के नाते की जाए या अपनी ख़ुशी के लिए की जाए। इस काम को करके वे प्रसन्नता का अनुभव करते हैं। एक सहायता कार्यक्रम में भाग लेने वाली महिलाओं ने बताया कि वृद्धाश्रम में रहने वाले लोगों की सेवा करके उन्हें आंतरिक संतोष की अनुभूति हुई है, ऊपर उठने का अहसास हुआ है, निराशा कम हुई है, अपनी नज़रों में ऊँची उठी हैं और शरीर के दर्द कम हुए हैं।

ऐसे लोग जिनका आत्मविश्वास बढ़ा-चढ़ा रहता है, उनमें जवाबदेही का भाव भी अधिक रहता है। इसके लिए एक उदाहरण देता हूँ। थोड़े समय पहले मेरे मित्र ने मुझे फ़ोन करके कहा कि वह मुझे दोपहर के खाने पर बुलाना चाहता है और मुझसे बात करके यह बताना चाहता है कि जब उसकी पत्नी उसके मित्र के साथ भाग गई तो उसका जीवन किस तरह तहस-नहस हो गया। मुझे लगा वह दोषारोपण करके स्वयं को दया का पात्र बनाना चाहता है। मगर उससे मिलकर मेरी विनम्रता पर प्रश्न खड़े हो गए। अपनी पीड़ा के बावजूद वह बोला, “ली, तुम मुझे लंबे समय से जानते हो और तुम मेरे और मेरी पत्नी के साथ कई समारोहों में शामिल हुए हो। मुझसे ऐसे क्या ग़लती हुई? मैंने ऐसा क्या किया जिससे उसे भागने पर मजबूर होना पड़ा?” उसकी तकलीफ़ को समझकर मेरी आँखें भर आई थीं। मगर बजाय पत्नी को दोषी ठहराने के या अपनी शक्ति को स्वयं को बेचारा सिद्ध करने में लगाने के, वह सारे मामले में स्वयं की जवाबदेही तय कर रहा था। दूसरे शब्दों में वह यह मान रहा था कि उसके जीवन की इस वास्तविकता के लिए वह ही ज़िम्मेदार है। और जब वह चुप हुआ, तब तक समय के साथ उसने अपने बारे में बहुत कुछ सीख लिया था।

आत्मविश्वासी लोग आंतरिक आध्यात्मिक अनुभूति के प्रति भी संवेदनशील होते हैं। वे सभी जीव-जंतुओं और मनुष्यों के साथ बंधुत्व का भाव रखते हैं और यह मानते हैं कि कोई सर्वोच्च शक्ति है जो सभी की उत्पत्ति के पीछे है और उस शक्ति के संपर्क से अपनी क्रियात्मकता को बढ़ाया जा सकता है। उनमें धरती और पर्यावरण के प्रति अधिक झुकाव होता है और वे हमेशा यह सोचते हैं कि वे अधिक स्नेहिल, अधिक उदार कैसे बन सकते हैं। यह तय है कि आध्यात्मिकता का अर्थ अलग-अलग लोगों के लिए अलग-अलग होता है और मुझे विश्वास है आप अपने लिए भी कोई अर्थ निकाल ही लेंगे।

आत्मविश्वासी लोग अपनी भव्यता को स्थापित करने के लिए तर्क करते हैं और

दूसरों की क्षमताओं को सीमित मानने की बजाय उनमें भी भव्यता को देखते हैं।

मगर हम अपने अंतर्मन को सुदृढ़ बनाने के लिए बिना मनोचिकित्सा लिए क्या कर सकते हैं? क्या ऊपर बताई गई विशेषताओं को परिष्कृत और सरल किया जा सकता है? नीचे आत्मविश्वास की चार सरल विशेषताएँ लिखी गई हैं जिन्हें सचेत रहकर प्रबंधित और नियंत्रित किया जा सकता है। यही विशेषताएँ मैं अपने रोगियों को बताता हूँ।

आत्मविश्वासी व्यक्ति अपनी सीमाएँ जानते हैं। वे रेत पर लकीर खींचकर अपनी सीमा निर्धारित कर सकते हैं और जो बात उन्हें ठीक नहीं लगती, उसे नहीं कहना जानते हैं। दूसरे शब्दों में वे स्वयं की क्षमताओं, आवश्यकताओं और धारणाओं का आकलन स्वयं ही करते हैं, दूसरों को अपनी क्षमताओं का आकलन करने का अवसर नहीं देते।

दूसरी और सबसे महत्त्वपूर्ण बात यह कि आत्मविश्वासी लोग दूसरों के बारे में किसी तरह के अंतिम निर्णय पर पहुँचने से बचते हैं। सही है, जब आप किसी के बारे में निर्णय ले रहे होते हैं तो आप उनमें उपस्थित अपने व्यक्तित्व के उस हिस्से का निरीक्षण कर रहे होते हैं जो आपको अच्छा नहीं लगता। निर्णय आपके एक हिस्से को अतीत में स्थिर कर देता है और वास्तविकता से दूर धकेलता है। इसीलिए सारे निर्णय अपने बारे में लिए गए निर्णय ही होते हैं। स्वयं से प्रेम करना और दूसरों से प्रेम करना दोनों ही गुण साथ-साथ चलते हैं।

तीसरी बात जो कि मैं पहले भी कह चुका हूँ, दिनभर हमारे दिमाग़ में स्व-संवाद चलता रहता है जिसकी गति एक मिनिट में 150 से 300 शब्द या एक दिन में 40,000 से 50,000 शब्द होती है। चूँकि आपका अवचेतन मन निर्णय नहीं ले सकता अतः सारे ही विचार उसके द्वारा प्रार्थना के समान ही देखे जाते हैं तो आप दिन भर कैसी प्रार्थना करना चाहेंगे?

आत्मविश्वासी लोग अपने स्व संवाद का सावधानीपूर्वक निरीक्षण करते हैं और देखते हैं कि वे अपने अवचेतन मन को अच्छे विचारों द्वारा सम्मोहित कर रहे हैं या बुरे विचारों द्वारा। क्या हम अपने अवचेतन मन में फूल वाले पौधों के बीज लगा रहे हैं?

और चौथी विशेषता यह कि आत्मविश्वासी लोग स्वयं को किसी से लेने और किसी को देने दोनों ही बातों के योग्य पाते हैं। आत्मविश्वासहीन व्यक्ति दूसरों को प्रसन्न करने में लगे रहते हैं और अपनी बात या अपनी इच्छा सामने नहीं रखते हैं। उन्हें इनकार का, अस्वीकृति का बड़ा भय होता है। उन्हें किसी से कुछ लेने का केवल एक ही तरीक़ा सूझता है, वह यह कि स्वयं को बीमार दिखाया जाए या किसी दुर्घटना का शिकार हुआ जाए ताकि लोगों की सहानुभूति प्राप्त की जा सके।

अच्छी बात यह है कि इन सब बातों पर आसानी से नियंत्रण किया जा सकता है, बस मन के दरवाज़े खोलकर, दूसरों को और स्वयं को गले से लगाकर और योग्य समझाने का भाव मन में विकसित करने से ही यह संभव हो जाएगा।

नकारात्मक और हमारी क्षमता को बाँधने वाले विचार हमारे सबसे बड़े शत्रु हैं। वे हमारी इच्छाशक्ति, हमारे मन, हमारे स्व के अहसास और सबसे बड़ी बात यानि हमारे आत्मविश्वास को ख़त्म करते हैं।

लोग अक्सर मुझसे पूछते हैं, क्या आत्मविश्वास और स्वयं को योग्य समझने का सिद्धांत आधुनिक समय की खोज है? लगभग 2000 साल पहले मानवता के किसी महान शिक्षक ने कहा था, अपने पड़ोसी से भी उतना ही प्रेम करो, जितना आप अपने आप से करते हो। आप यदि स्वयं से प्रेम नहीं करते तो आप दूसरों से प्रेम कर ही नहीं सकते। जो आपके पास है ही नहीं उसे आप लोगों को कैसे देंगे?

यहाँ इस अध्याय को लिखने में मेरे मित्र ली पुलोस का सहयोग समाप्त होता है। ली, इतनी सहजता से इतनी महत्त्वपूर्ण बातों को बताने के लिए बहुत-बहुत धन्यवाद।

आत्मविश्वासी लोग लगातार इस पर काम करते हैं। वे इसके सिद्धांतों को समझते हैं और आत्मविश्वास बढ़ाने के लिए इस पुस्तक में दिए गए तरीक़ों का भी प्रयोग करते हैं।

आत्मविश्वास बढ़ाने के लिए दो सर्वोत्तम अभिपुष्टियाँ है :

"मैं स्वयं को निःस्वार्थ प्रेम करता हूँ।"
"मैं घातक आलोचना करके स्वयं को कमतर नहीं आँकता।"

11

आधुनिक युग में मानसिक स्वास्थ्य

पिछले चालीस वर्षों से मानसिक विज्ञान संस्थान ने प्रमुख दवाओं की खोज और मानसिक विज्ञान संबंधी शोधों को आगे बढ़ाने में किसी उत्प्रेरक के जैसे काम किया है। उपचार में चेतना की भूमिका विषय पर किए गए हमारे अनुसंधानों ने मन किस तरह स्वास्थ्य को प्रभावित करता है इसकी वैज्ञानिक समझ विकसित करने में महती भूमिका निभाई है। हमारे इस काम ने इस किनारे पर पड़े विचार को कि मन और शरीर के संबंध ही उपचार का आधार हैं, आगे बढ़ाने और केवल अमेरिका के स्वास्थ्य केन्द्रों में ही नहीं, इसे सारी दुनिया में लोकप्रिय बनाने में खासी मदद की है। करुणा और ध्यान विषय पर आधारित हमारे मौलिक शोध ने नई वैज्ञानिक दृष्टि और नई विधियों को जन्म देने का काम किया है जिनके द्वारा हम अपनी क्षमता कैसे सर्वोच्च तक ले जा सकते हैं, इसे जाना जा सकता है। समय और स्थान के परस्पर जुड़ाव ने पारंपरिक तथ्य वास्तविकता की प्रकृति (नेचर ऑफ़ रियलिटी) को चुनौती दी है और अब यह भौतिकी की मुख्यधारा में अपना स्थान बनाता जा रहा है। प्रकृति के चिरस्थायी रहस्यों जैसे पूर्वानुभूति, मृत्यु के बाद जीवन, प्रार्थना और उपचार तथा परिवर्तनकारी अनुभवों पर की गई हमारी अग्रणी खोजों ने वैज्ञानिक जाँच के ढेरों रास्ते खोल दिए हैं। संक्षेप में कहा जाए तो आयओएनएस ने मानव के बारे में और वास्तविक जगत के बारे में हमारी समझ के दायरे को लगातार विस्तृत किया है।

– मैरीलिन मंडाला श्लिट्ज़, पीएच.डी.
अध्यक्ष/कार्यकारी अधिकारी
मानसिक विज्ञान संस्थान

हम मन और चेतना के बारे में पढ़ते आ रहे हैं। मानसिक अवस्था किस तरह शारीरिक उपचार के लिए काम करती है, इस विषय में वैज्ञानिक प्रमाणों की संख्या बढ़ती ही रहेगी। आइए डॉ. मर्फ़ी के अध्याय "आधुनिक युग में मानसिक स्वास्थ्य" का मज़ा लें। इस अध्याय के अंत में मैं स्व उपचार का अपना अनुभव आपके साथ साझा करूँगा जिसे मैंने 1981 में अनुभव किया था। वह अनुभव डॉ. मर्फ़ी की बातों का पूर्ण समर्थन करेगा।

हर व्यक्ति शरीर की उपचार प्रणाली और उससे जुड़े मानवीय मामलों को अवश्य जानना चाहता है। ऐसा क्या है जो उपचार करता है? यह उपचार शक्ति कहाँ छिपी रहती है?

ये प्रश्न अक्सर सभी के द्वारा पूछे जाते हैं। इनका एक ही उत्तर है - उपचार की वह शक्ति जो सभी व्यक्तियों के अवचेतन मन में पाई जाती है। जैसे ही बीमार व्यक्ति की मानसिकता बदलती है, शरीर में इस शक्ति का प्रवाह होने लगता है और मरीज़ स्वास्थ्य की ओर अग्रसर होता है।

आज तक किसी भी मानसिक या धार्मिक विज्ञान चिकित्सक, मनोवैज्ञानिक या मनोचिकित्सक ने मरीज़ को स्वयं ठीक नहीं किया। मनोचिकित्सक और मनोवैज्ञानिक मरीज़ के मानसिक अवरोधों को दूर करने का प्रयास करते हैं ताकि उपचार शक्ति के प्रवाह द्वारा व्यक्ति अपनी पूर्वावस्था अर्थात पूर्ण स्वास्थ्य को प्राप्त कर सके। इसी तरह एक शल्य चिकित्सक (सर्जन) भी मरीज़ के शारीरिक अवरोधों को दूर करके शरीर में उपचार तरंगों के प्रवाह को नियमित करता है। कोई भी धार्मिक या वैज्ञानिक व्यवसायी, मनोवैज्ञानिक या मनोचिकित्सक यह दावा नहीं करता कि उसने मरीज़ को ठीक किया है। इस उपचार शक्ति को प्रकृति, ईश्वर, रचनात्मक बुद्धि और अवचेतन की शक्ति जैसे नामों से पुकारा जाता है।

मानसिक, शारीरिक और भावनात्मक अवरोधों को दूर करने के लिए कई विधियाँ अपनाई जाती हैं। ये अवरोध उपचार शक्ति को आपकी ओर आने से रोकते हैं। आपके मन में निवास करने वाली उपचार शक्ति को यदि सही दिशा दी जाए तो यह निश्चित रूप से मन और शरीर की हरेक बीमारी का उपचार कर सकती है और करती है। आपके हाथ पर जलने या कटने से हुआ घाव भी आपके अवचेतन मन की उपचार शक्ति द्वारा ठीक हो सकता है, भले ही आप नास्तिक हों, ईश्वर की सत्ता पर विश्वास न रखते हों।

आधुनिक मानसिक उपचार विधियाँ इस सत्य पर विश्वास करती हैं कि आपकी असीम बुद्धि और अवचेतन मन की उपचार शक्ति आपके विश्वास के अनुसार काम करती है। मस्तिष्क विज्ञानी मन की बंद कोठरी में जाकर उसके दरवाज़े बंद कर देता है ताकि बाहरी हलचल का प्रभाव उस पर न पड़ पड़े। इसके बाद वह मन को शांत और स्थिर रखकर अपने शरीर में उपस्थित असीम उपचार शक्ति के बारे में विचार करता है। वह बाहर घटने वाली सभी घटनाओं से स्वयं को पृथक करते हुए शान्ति से, ध्यानपूर्वक अपने प्रश्नों, अपनी इच्छाओं को अवचेतन मन के समक्ष रखता है, इस विश्वास के साथ कि उसकी मानसिक बुद्धि सभी प्रश्नों के उत्तर उसकी ज़रुरत के मुताबिक देगी।

इसमें एक अनोखी बात जो जानने योग्य है, वह यह कि अपनी इच्छा को आप जिस अंतिम रूप में देखना चाहते हैं, उसकी कल्पना करें और उसे वास्तविकता में घटता हुआ अनुभव करें, फिर असीम जीवन सिद्धांत आपके जागरुक चुनाव और जागरुक इच्छा का प्रतिसाद देगा। यही वह विश्वास होगा जो आपको अवचेतन मन द्वारा मिलेगा और मिलता रहेगा। आधुनिक मनोविज्ञानी इसी का उपचार प्रक्रिया में उपयोग करते हैं।

उपचार की एकमात्र प्रक्रिया

प्रकृति के हरेक प्राणी-बिल्ली, कुत्ता, घास, पेड़, हवा, पृथ्वी सभी के लिए उपचार का एक ही सिद्धांत काम करता है। यह जीवन सिद्धांत जानवर, शाक-सब्ज़ियों और तत्वों के लिए वृत्ति और वृद्धि के नियम के रूप में काम करता है, जिसका अहसास उन्हें नहीं होता मगर मानव इस जीवन सिद्धांत की जानकारी रखता है और वह इसे मनचाही दिशा में निर्देशित करके इससे अनेकानेक लाभ प्राप्त कर सकता है।

इस सार्वभौमिक शक्ति के उपयोग के कई दृष्टिकोण, तकनीकें और तरीक़े हो सकते हैं मगर उपचार का एक ही तरीक़ा हो सकता है, वह है आस्था और विश्वास।

विश्वास का नियम

दुनिया के सभी धर्म विश्वास के विविध रूपों का प्रतिनिधित्व करते हैं और ये रूप विविध तरीक़ों से प्रदर्शित किए जाते हैं। विश्वास ही जीवन का आधार है, जीवन का सिद्धांत है। अपने बारे में, जीवन के बारे में और दुनिया के बारे में आपका विश्वास क्या कहता है?

विश्वास वास्तव में आपके मन में उपस्थित एक विचार है जो कि आपके अवचेतन मन की शक्ति को दिशा देता है। आपकी सोच या विचारधारा इसे जीवन के हर चरण में निर्देशित करती है अर्थात आपके मन का विश्वास और कुछ नहीं बल्कि आपका विचार ही है।

किसी भी ऐसी बात में विश्वास रखना जो हमें हानि या चोट पहुँचाती हो, सरासर मूर्खता है। याद रखें, आपको किसी वस्तु से नुक़सान नहीं होता है, वरन् आपके मन का विचार या आपकी धारणा आपको नुक़सान रूपी परिणाम तक पहुँचाती है। आपके जीवन के सारे अनुभव, सारी क्रिया-प्रतिक्रियाएँ और समस्त घटनाएँ और स्थितियाँ और कुछ नहीं वरन् आपके विचारों के ही प्रतिबिंब और प्रतिक्रियाएँ हैं।

अभिपुष्टि और निर्देशित मानसिक चित्रण चेतन और अवचेतन मन के संयुक्त कार्य हैं जिन्हें वैज्ञानिक प्रक्रिया द्वारा निर्देशित किया जाता है

अभिपुष्टि या समर्थन (सकारात्मकता) चेतन और अवचेतन मन के एकरूपी, सुसंगत और बुद्धिमत्तापूर्ण कार्य हैं जिन्हें किसी विशिष्ट उद्देश्य की पूर्ति के लिए निर्देशित किया जाता है। वैज्ञानिक प्रार्थना या अभिपुष्टि में आपको यह जानना ज़रूरी है कि आप क्या कर रहे हैं और क्यों कर रहे हैं। इस प्रक्रिया में आप उपचार शक्ति पर विश्वास रखते हैं। इसी अभिपुष्टि को मानसिक चिकित्सा या दूसरे शब्दों में वैज्ञानिक प्रार्थना भी कहा जाता है।

इस प्रक्रिया में आप होशो-हवास में किसी विचार को चुनते हैं, उस विचार का एक मानसिक चित्र बनाते हैं। या कोई योजना बनाते हैं जिसका अनुभव लेने का आप निर्णय कर चुके हैं। आप उस स्थिति का मानसिक चित्र बनाते हैं, उसके साथ भावनाएँ संयोजित करते हैं और इस चित्र को अपने अवचेतन मन को भेजते हैं। जब आप अपने

मानसिक व्यवहार के प्रति विश्वास बनाए रखते हैं तो आपके प्रश्नों के उत्तर अवश्य मिलते हैं। अभिपुष्टि की प्रक्रिया एक निश्चित मानसिक प्रक्रिया है जिसका एक निश्चित उद्देश्य होता है। (देखें अध्याय 8)

कल्पना करते हैं कि आप किसी तकलीफ़ का उपचार अभिपुष्टि द्वारा करने का निर्णय लेते हैं। आप यह जानते हैं कि आपकी तकलीफ़ वास्तव में नकारात्मक विचारों के कारण जन्मी है और आपके डर ने उसे पुष्ट किया है, आपके अवचेतन में दर्ज किया है। और यह भी कि यदि आप इन विचारों को अपने अवचेतन मन से निकाल बाहर करने में कामयाब हो जाते हैं तो उपचार की प्रक्रिया भी आरंभ हो जाएगी।

इसलिए आप अपनी उपचार प्रक्रिया को अपने अवचेतन मन की ओर मोड़ देते हैं और अपने आप को अवचेतन की असीम शक्ति और बुद्धिमता के बारे में सचेत करते हैं और विश्वास दिलाते हैं कि अवचेतन मन हर स्थिति में उपचार करने की क्षमता रखता है। जब आप इन विचारों को मन में स्थान देंगे, तो आपका डर दूर होता जाएगा और ये विचार आपके मन में जमी हानिकारक धारणाओं को भी ख़त्म करेंगे।

आप उस उपचार शक्ति का धन्यवाद करते हैं जो आप तक पहुँचने वाली है और आप अपना ध्यान तकलीफ़ से तब तक हटाए रखते हैं जब तक आपको अवचेतन मन से पुनः अभिपुष्टि का कोई निर्देश नहीं मिलता। अभिपुष्टि करते समय आप किसी भी नकारात्मक विचार को अपने पास फटकने भी नहीं देते, न ही उपचार प्रक्रिया पर किसी तरह का संदेह अपने मन में पालते हैं। यह व्यवहार चेतन मन और अवचेतन मन को एक सूत्र में ले आता है जिसके कारण उपचार शक्ति का प्रवाह प्रारंभ होता है।

विश्वास और उपचार, इसका अर्थ क्या है, और अंधा विश्वास किस तरह काम करता है

विश्वास और उपचार में जिस विश्वास की बात की जाती है वह विश्वास बाईबल या किसी धार्मिक पुस्तक में वर्णित किए गए विश्वास के समान नहीं है जिसके अनुसार चेतन और अवचेतन मन के संवाद को जाना जाता है। विश्वासजनित उपचार वह उपचार है जो उपचार में लगने वाले बल और शक्ति की किसी वैज्ञानिक समझ के बिना किया जाता है। वह व्यक्ति यह कह सकता है कि उसे उपचार की ताक़त उपहार के रूप में प्राप्त हुई है और बीमार व्यक्ति का अंधा विश्वास इच्छित परिणाम ला सकता है।

दक्षिण अफ्रीका के वूडू (जादू) के चिकित्सक मंत्रों द्वारा इलाज की बात कह सकते हैं या किसी संत की हड्डियों को छुआने मात्र से व्यक्ति स्वस्थ हो सकता है या ऐसी किसी भी वस्तु से उपचार संभव है जिसके कारण मरीज इस प्रक्रिया में ईमानदारी से विश्वास करने लगे।

ऐसी कोई भी विधि जो आपको भय और चिंता से विश्वास और अपेक्षाओं की तरफ़ ले जाती हो, वह उपचार का काम करेगी ही। ऐसे कई लोग हैं जो यह दावा करते हैं कि उनकी मौलिक विधि ने इच्छित परिणाम दिए हैं अतः वही विधि सही है। जैसा कि

इस अध्याय में कहा जा चुका है, ऐसा मान लेना सही नहीं है।

अंधा विश्वास किस तरह काम करता है, आइए देखते है : वियना के चिकित्सक फ्रांज़ एंटोन मेस्मर ने 1776 में बीमार शरीरों पर चुंबक के प्रयोग से उनका उपचार करने में सफलता प्राप्त की और दावा किया कि यही उपचार की एकमात्र विधि है। फिर उसने अपने चुंबक फेंक दिए और अपने अनुभव के आधार पर जीवों में चुंबकत्व का सिद्धांत विकसित किया।

इसके लिए उसने बताया कि यूँ तो चुंबकत्व एक द्रव के रूप में सारे ब्रहांड में व्याप्त है मगर मनुष्य के शरीर में इसका अंश अधिक सक्रिय होता है। उसने दावा किया कि जब वह अपने मरीज़ों का इलाज करता है तो यह द्रव उसके शरीर से मरीज़ों के शरीर में प्रवेश करता है जिससे उपचार होता है। लोगों का हुजूम उसकी ओर दौड़ा और कई महत्त्वपूर्ण उपचार प्रभावित हुए।

मेसमर उसके बाद पेरिस गया जहाँ सरकार ने उसके चुंबकीय द्रव सिद्धांत का परीक्षण करने के लिए एक समिति गठित की जिसमें कई चिकित्सक और विज्ञान एकेडमी के सदस्य शामिल थे। इसमें बैंजामिन फ्रेंकलिन भी एक सदस्य के रूप में शामिल थे जिन्हें इस सिद्धांत से होने वाले उपचार की जाँच करनी थी। समिति की रिपोर्ट में मेसमर द्वारा दिए गए तथ्यों को तो सही माना मगर यह भी कहा कि ऐसे कोई प्रमाण नहीं मिलते हैं जिनसे यह कहा जा सके कि उपचार चुंबकीय द्रव द्वारा ही हुए हैं। इसमें यह भी कहा गया कि मरीज़ों के स्वास्थ्य में सुधार उनकी अपनी कल्पना के कारण हुआ है।

इसके तुरंत बाद मेसमर को एकांतवास के लिए भेज दिया गया। 1815 में उसकी मृत्यु हो गई। इसके बाद मेनचेस्टर के डॉ. ब्रेड ने इस सिद्धांत का अध्ययन करके यह साबित किया कि उपचार प्रक्रिया से चुंबकीय द्रव का कोई लेना-देना नहीं है। डॉ. ब्रेड ने बताया कि किसी जलती हुई मोमबत्ती पर ध्यान लगाने को कहकर किसी मरीज़ को आसानी से सम्मोहित किया जा सकता है और सम्मोहन की उस अवस्था में मेसमर द्वारा बताए गए सारे दृश्य या तरीक़े निरुपित किए जा सकते हैं। डॉ. ब्रेड ने सम्मोहन को "आकर्षण या अवशोषण की शारीरिकी" का नाम दिया।

इस उदाहरण में आप आसानी से देख सकते हैं कि उपचार की सारी प्रक्रिया मरीज़ के अवचेतन को दिए गए स्वास्थ्य संबंधी सुझावों और उनके लिए मरीज़ द्वारा की गई कल्पनाओं के कारण ही संभव हो सकी थी। इसे ही अँधा विश्वास कहा जाता है क्योंकि उस समय यह पता ही नहीं था कि इस विधि से उपचार होने में कितना समय लगेगा।

अवचेतन मन की गतिज क्रियाएँ (काइनेटिक ऐक्शन)

मेरे एक मनोवैज्ञानिक मित्र ने मुझे बताया कि एक बार एक्स-रे में उसके फेफड़ों में संक्रमण का पता चला और वह संक्रमण तपेदिक का था। रात को सोने से पहले उसने अपने अवचेतन मन को सुझाव दिया, "मेरे शरीर की हर कोशिका, ऊतक, तंत्रिका का

अब पुनर्निर्माण हो रहा है और वे अब बिलकुल स्वस्थ अवस्था में हैं। मेरा सारा शरीर स्वास्थ्य और संतुलन को प्राप्त कर रहा है।"

ये उसके शब्द नहीं हैं मगर उसकी अभिपुष्टि का सार यही था। एक महीने तक यह सुझाव देने के बाद अनुकूल परिणाम सामने आए और महीने भर के समय में स्व उपचार की प्रक्रिया शुरू हो गई और एक्स-रे में यह प्रमाण के रूप में सामने आया।

मैं यह विधि जानना चाहता था इसलिए मैंने उससे पूछा कि उसने सोने से पहले ही वे शब्द क्यों दोहराए। उसका उत्तर था, "अवचेतन मन की गतिज क्रियाएँ आपके सोते समय पूर्ण सक्रियता से चलती रहती हैं। इसलिए निद्रामग्न होने से पहले अपने अवचेतन मन को कुछ काम देना चाहिए।" यह बहुत बढ़िया जवाब था। संपूर्ण स्वास्थ्य और समरसता की बात करते हुए उसने अपनी बीमारी का नाम तक नहीं लिया था।

मैं यह ज़ोर देकर कहता हूँ कि आप अपनी बीमारी या तकलीफ़ का नाम भी न लें, न ही उसके बारे में बात करें। बीमारी को जब आपका ध्यान मिलता है और आप उससे भयभीत होने लगते हैं, तो इससे बीमारी को जीवन मिलता है। ऊपर दिए गए उदाहरण के मनोचिकित्सक के अनुसार स्वयं अपने मानसिक शल्य चिकित्सक बनें। इससे आपकी तकलीफ़ें ठीक वैसे ही आपसे दूर हो जाएँगी, जैसे कोई सूखी शाखा पेड़ से अलग हो जाती है।

यदि आप लगातार अपनी बीमारियों और उनके लक्षणों के बारे में बात करते रहते हैं तो आप अवचेतन की गतिज ऊर्जा को सक्रिय बनाते हैं जिसके कारण अवचेतन मन से उपचार शक्ति का स्राव शुरू होता है। आपके अपने मन के नियम के अनुसार ये कल्पनाएँ आकार लेने लगती हैं और आपका मन बीमारी के डर से ग्रस्त होने लगता है। अपने मन को जीवन के सत्य से भरें और प्रेम की रोशनी में आगे बढ़ते जाएँ।

ली पुलोस जोड़ते हैं :

आधुनिक समय में अधिकांश चिकित्सकों का यह मानना है कि हरेक बीमारी के पीछे कोई न कोई भाव होता है जिसे या तो जबरन दबाया जाता है या जिसकी ओर ध्यान ही नहीं दिया जाता। ऐसे कौन से भाव हो सकते हैं (गुस्सा, तनाव, चिंता, ईर्ष्या आदि) जिन पर ध्यान नहीं दिया जाता?

रोग़ के लक्षण वास्तव में अपने शरीर या मन के द्वारा दिए गए संकेत होते हैं कि आपको जीवन में कुछ बदलने की आवश्यकता है। पहले शरीर हौले से फुसफुसाता है, फिर बताता है, तब भी न सुना जाए तो यह चिल्लाता है, और तब भी अनसुना किया जाए तो यह चीख़ता है, "अब बहुत देर हो गई है।"

स्वास्थ्य प्राप्ति में आपके सहयोग का सारांश

1. पता लगाओ कि ऐसा क्या है जो आपका उपचार कर सकता है। आपके अवचेतन मन को सही निर्देश देने पर वह आपके मन और शरीर का उपचार कर सकता है, इस बात को ध्यान में रखें।
2. अपने अवचेतन मन तक अपनी प्रार्थना या इच्छाएँ पहुँचाने के लिए सही योजना बनाएँ।
3. अंत की कल्पना करें और उसकी वास्तविकता का अनुभव करें। इसका अनुसरण करें और आपको निश्चित ही इच्छित परिणाम प्राप्त होंगे।
4. तय करें कि धारणा आखिर है क्या। धारणा आपके मन के विचार हैं और आप जैसा सोचते हो, वहीं आप बनते हो।
5. बीमारी में या ऐसी किसी बात में विश्वास रखना जो आपको हानि पहुँचाएँ, मूर्खता है। पूर्ण स्वास्थ्य, समृद्धि, शान्ति, संपत्ति और ईश्वरीय निर्देशन में विश्वास रखें।
6. जब आप अच्छे और आदर्श विचार मन में धारण करने के आदी हो जाते हैं तो वे कार्य रूप में बदलने लगते हैं।
7. अपने जीवन में प्रार्थना की उपचार शक्ति का प्रयोग करें। कोई भी योजना, विचार या मानसिक चित्र चुनें। उस विचार के साथ मानसिक और भावनात्मक रूप से जुड़ जाएँ। जब आप अपने मानसिक व्यवहार पर विश्वास करने लगेंगे, आपकी प्रार्थना सुनी जाने लगेगी।
8. हमेशा याद रखें, यदि आप सचमुच उपचार शक्ति को प्राप्त करना चाहते हैं तो आप इसे विश्वास के द्वारा ही प्राप्त कर सकते हैं। इसका अर्थ है अपने चेतन और अवचेतन मन की कार्य प्रणाली को जानना। समझ के साथ ही विश्वास जन्म लेता है।
9. अंधे विश्वास का अर्थ "बिना किसी वैज्ञानिक समझ के व्यक्ति को स्व उपचार द्वारा इच्छित परिणाम प्राप्त हो जाना" है।
10. आपके क़रीबी लोग जो बीमार हैं, उनके लिए भी प्रार्थना करें। अपने मन को शांत करें। आपके स्वास्थ्य, जीवन शक्ति और पूर्णता के विचार आपके मन के द्वारा पुनर्नियोजित किए जाएँगे और आपके क़रीबियों के मन तक पहुँचेंगे।

1974 से मैंने और मेरी पत्नी ने ध्यान करना शुरू किया और तब से लेकर अब तक हम ध्यान करने के कई फ़ायदों का आनंद ले रहे हैं। ध्यान की गहराई में जाते ही मैं अपनी अभिपुष्टि को दोहराता हूँ क्योंकि मैंने सीखा है कि ध्यान की इस अवस्था में अवचेतन मन बहुत ही सक्रिय होता है और चेतन मन आराम की अवस्था में चला जाता है। इस अध्याय में अवचेतन मन की शक्ति को शारीरिक और मानसिक उपचार के संबंध में विस्तृत रूप से बताया गया है। मैं आपके साथ एक घटना साझा करता हूँ जिसका कोई वैज्ञानिक विश्लेषण मेरे पास नहीं है।

सन 1981 में जब हम सनवैली, इदाहो में रहते थे, मैं मौसमी बीमारी से ग्रस्त हो गया। गले में संक्रमण हो गया जिसके जल्दी ठीक होने के आसार नज़र नहीं आ रहे थे। (यह घटना मेरे लिए सामान्य नहीं थी) मैं अपने एक चिकित्सक मित्र के पास गया जिसने मेरी जाँच की और बताया कि मुझे मोनोन्युक्लिओसिस नामक बीमारी ने चपेट में ले लिया है। उसने ज़ोर देकर मुझे अस्पताल में भर्ती हो जाने के लिए कहा जिससे मुझे कुछ इंजेक्शन और अन्य उपचार दिया जा सके। उसने बताया कि मुझे पूरी तरह ठीक होने में लगभग एक माह का समय लग सकता है। मुझे यह स्वीकार नहीं था क्योंकि मुझे नई नौकरी पर उपस्थित होना था और उसके लिए हम सीएटल में बसने वाले थे। मेरे चिकित्सक मित्र ने मुस्कुराकर कहा, जिम, मैं तुम्हारे सकारात्मक नज़रिए की तारीफ़ करता हूँ मगर तुम्हारी लाल रक्त कणिकाएँ और सफ़ेद रक्त कणिकाएँ... वह मुझे बताता रहा कि मुझे ठीक होने में इतना समय क्यों लगने वाला है।

मैंने उस रात अपने शरीर को स्वयं उपचारित करने का निर्णय लिया।

मैंने स्वयं को ध्यान में स्थित किया और कल्पना की कि सफ़ेद प्रकाश के एक पुंज से निकलती किरणें मेरे शरीर पर गिर रही हैं और मेरे शरीर की लाल और सफेद रक्त कणिकाएँ अपनी सामान्य अवस्था को प्राप्त करती जा रही हैं। मुझे नहीं लगता कि मैं निद्रामग्न हो गया था, मगर वह ध्यान की गहनतम अवस्था थी (थीटा अवस्था) जहाँ मुझे पूरी तरह से आराम का अनुभव हो रहा था। पता नहीं कितनी देर मैं उसी अवस्था में स्थित रहा।

दूसरे दिन सुबह उठने पर मैंने अपने आप को एकदम तरोताज़ा महसूस किया। मैंने अपनी पत्नी को फ़ोन करके उसे मेरे जूते, शॉर्ट्स और टी शर्ट लाने के लिए कहा। मैंने नर्स से अपने शरीर में लगी नलियों को हटाने के लिए कहा और ड्यूटी पर हाजिर चिकित्सक को बताया कि मैं दौड़ने जाना चाहता हूँ। चिकित्सक कत्तई नहीं चाहता था कि मैं अस्पताल से बाहर जाऊँ। उसने मुझसे कहा कि मैं 100 फुट की दूरी भी तय नहीं कर पाऊँगा। मैंने दौड़ने का निश्चय किया और आप विश्वास नहीं करेंगे कि मैंने आठ मील के सनवैली का चक्कर जिसे लोग लूप कहते हैं, पूरा किया। मुझे बहुत अच्छा महसूस हो रहा था।

जब मैं अस्पताल वापिस लौटा तो मेरा चिकित्सक मित्र वहीं था। उसने मुझे कहा कि मैं पागलों की तरह व्यवहार कर रहा हूँ। मैंने उसे कहा कि वह मेरे खून का नमूना लेकर पुनः जाँच करे और नतीजा आने पर मुझे घर पर सूचना दे दे। मैं घर चला आया। बाद में उसने मुझे अस्पताल में बुलाया और एक बार फिर रक्त की जाँच कराई। उस जाँच में मोनोन्युक्लिओसिस बीमारी के लक्षण दिखाई नहीं दिए।

चिकित्सक मित्र हैरान था। उसने जीवन में ऐसा पहले कभी नहीं देखा था। जो कुछ हुआ था उसका कोई भी वैज्ञानिक प्रमाण नहीं था मगर दिल की गहराई में मैं यह जानता था कि यह चमत्कार अटूट विश्वास के साथ उस रात किए गए

ध्यान और उसके द्वारा प्रेरित की गई उपचार विधि द्वारा ही संभव हुआ है। मैंने इसका अधिक प्रोपेगंडा नहीं किया और ईश्वर को धन्यवाद देकर अपने काम पर लौट गया।

आज जब लगभग 30 साल बाद मैं डॉ. मर्फ़ी के शब्द पढ़ता हूँ, तो मुझे ऊपर लिखी गई घटना के पीछे का रहस्य समझ में आता है और अपने अवचेतन मन की शक्ति का भी अहसास हो जाता है।

इस सारी चर्चा से यह स्पष्ट होता है कि उपचार की सारी प्रक्रिया एक तथ्य को स्वीकारने पर टिकी होती है: यह पदार्थ उन आंतरिक शक्तियों द्वारा बना हुआ है जो इसे जीवन देती हैं, यह संरचना किन्ही अपेक्षाओं के अनुरूप काम करती है और इसकी संरचना चेतन मन की रचनात्मकता को सक्रिय बनाकर परिवर्तित की जा सकती है।

द नेचर ऑफ़ पर्सनल रियलिटी, जेन रॉबर्टस*

रॉबर्ट्स, ओपी, सिट., पी. 13

12

अवचेतन मन की प्रवृत्ति जीवन की ओर ले जाने वाली है

अध्याय 7 में मैंने अतिचेतन मन के बारे में बताते हुए लिखा था कि :

> *अतिचेतन मन हमारी समस्त रचनात्मकता का स्रोत है। यह वह स्थान है जहाँ से हमें अत्यधिक प्रेरणा और रचनात्मक समाधान मिलते हैं। यह वह स्थान है जहाँ हमारी सारी समस्याओं के हल छिपे रहते हैं। प्रतिभाशाली व्यक्ति अपने मन के इस हिस्से का बखूबी प्रयोग करना जानते हैं।*

मैंने यह भी लिखा था कि डॉ. मर्फ़ी ने अतिचेतन मन के बारे में कुछ नहीं लिखा है क्योंकि इस क्षेत्र में अधिकांश काम मर्फ़ी द्वारा 1969 में इस पुस्तक को लिखने के बाद ही शुरू हुआ था।

इस पुस्तक में आगे बढ़ते हुए मैं डॉ. मर्फ़ी ने जहाँ भी अवचेतन मन की बात की है, वहाँ मैं अतिचेतन मन शब्द का प्रयोग करूँगा यदि वहाँ सन्दर्भ से ऐसा ध्वनित हो रहा हो तो। (अध्याय 13 में अतिचेतन मन के कार्य और विशेषताओं को विस्तार से लिखा गया है।)

आपके जीवन में 90 प्रतिशत हिस्सा अवचेतन मन का होता है अतः जो स्त्री-पुरुष अवचेतन मन की शक्तियों का लाभ उठाना नहीं जानते वे अपना सारा जीवन सँकरी सीमाओं के बीच बिता देते हैं।

आपके अवचेतन मन की प्रक्रियाएँ हमेशा जीवन की ओर गति देने वाली और रचनात्मक होती है। आपका अवचेतन मन आपके शरीर का निर्माता है और इसके जीवन के कार्यों को नियमित करता है। यह 24 घंटे हमारी सेवा में लगा रहता है और कभी भी आराम नहीं करता। यह हमेशा हमारी मदद करने और हमें नुक़सान से बचाने का प्रयास करता है। आपका अतिचेतन मन असीम जीवनशक्ति और असीम बुद्धि के संपर्क में रहता है और इसके आवेग तथा सुझाव हमेशा जीवनदायी होते हैं। जीवन के प्रति महान आकांक्षा, प्रेरणा और एक शानदार तथा महान जीवन की दृष्टि अतिचेतन मन के द्वारा ही प्राप्त होती है। आपके गहरे विश्वास जिनकी कोई तार्किक विवेचना आप नहीं कर सकते क्योंकि वे आपके चेतन मन से नहीं आते। आपका अतिचेतन मन आपके पूर्वानुभावों में, आवेगों में, अंदाजों में, सूचनाओं में, आवश्यकताओं में, और

विचारों में बोलता है और ऊँचाई प्राप्त करने की दिशा में बढ़ता है। प्रेम प्राप्ति की इच्छा, दूसरों का जीवन बचाने की इच्छा यह आपके अतिचेतन मन से ही आती है।

उदाहरण के लिए 18 अप्रैल 1906 में सेन फ्रांसिस्को में आए भीषण भूकंप में वहाँ के अपंग और अयोग्य माने जाने वाले लोगों ने भी बहादुरी का काम करते हुए लोगों की जान बचाई थी। उनके भीतर एक तीव्र आकांक्षा जाग उठी थी किसी भी क़ीमत पर लोगों का जीवन बचाने की, और उनके अतिचेतन मन ने उसी तरह प्रतिक्रिया दी।

महान कलाकार, कवि, संगीतज्ञ, वक्ता और लेखक अपने अतिचेतन मन के सतह ही तारतम्य स्थापित करते हैं और उन्हें वहीं से प्रेरणा और मार्गदर्शन प्राप्त होता है। उदाहरण के लिए रॉबर्ट लुईस स्टीवेंसन सोने से पहले अपने अतिचेतन मन को अपने लिए किसी कहानी के कथानक के बारे में सोचने का कार्य देता थे। वह अपने *अतिचेतन मन* से अच्छे और बिकने वाले कथानक के लिए कहते थे। स्टीवेंसन कहते हैं कि उसका अतिचेतन मन अपनी बुद्धिमत्ता के द्वारा उन्हें कोई कहानी टुकड़ों-टुकड़ों में उपलब्ध कराता था, किसी धारावाहिक की तरह। इससे पता चलता है कि आपका अतिचेतन मन किस तरह से वे सब बुद्धिमानीपूर्ण बातें आपके माध्यम से कह सकता है, जिसके बारे में आपके चेतन मन को ख़बर ही नहीं होती।

मार्क ट्वेन ने कई मौक़ों पर दुनिया के सामने यह स्वीकार किया है कि उन्होंने अपने जीवन में कभी काम नहीं किया। उनके द्वारा लिखे गए सारे हास्य कथानक और लेख इस तथ्य का परिणाम हैं कि उन्होंने अपने अतिचेतन मन की कभी न चुकने वाली क्षमता का उपयोग करना सीख लिया था, उसके क्षेत्र में प्रवेश कैसे किया जाए, यह जान लिया था।

डॉ. मर्फ़ी द्वारा दिए गए रॉबर्ट स्टीवेंसन के अतिचेतन मन की क्षमता के उपयोग करने के उदाहरण में यह बात महत्त्वपूर्ण है कि अतिचेतन मन से हमारे पास जो कुछ भी आता है, वह अपने आप में संपूर्ण होता है। वे समाधान संपूर्ण होते हैं। जब स्टीवेंसन अपनी कहानी का अगला अध्याय या अगला भाग लिखते थे, तो वे जो कुछ भी एक बार कागज़ पर लिख देते थे, उन्हें उसे संपादित नहीं करना पड़ता था, न ही उसका पुनर्लेखन करना पड़ता था। वह अक्सर मज़ाक़ में कहते थे," मेरे सपनों में ब्राउनिज़ आकर कहानियाँ लिख जाती हैं।"

अन्य प्रसिद्ध रचयिता भी अपनी रचना का श्रेय अतिचेतन मन को देते हैं। मोज़ार्ट ने संगीत की धुनें बनाना तीन साल की उम्र से शुरू कर दिया था। उसका पहला संग्रह छह साल की आयु में प्रकाशित हुआ। वह स्वयं को संगीतकार नहीं मानता था। वह कहता था," संगीत स्वयं मेरे पास आया। मैं केवल उस संगीत का वाहक हूँ, उसे बनाने वाला नहीं।"

वह संगीत के सुरों का अनुभाग समझकर उसे लिख लेता था। उसके बाद वह ब्रास, पियानो और अन्य वाद्यों को सुनता था और उसने जो सुना था, उसे उतारता था। और वह जो भी उतारता था, वह एकदम सही होता था। हम यहाँ

अमाडिउस सिनेमा की घटना भी याद कर सकते हैं, जिसमें मोजार्ट को झूठा और मक्कार साबित करने का प्रयास इस आधार पर किया जाता है कि किसी भी संगीतकार के लिए संगीत की रचना एक बैठक में कर लेना, वह भी बिना किसी बदलाव के, संभव ही नहीं है।

बीथोवन कहते थे, "उन खास क्षणों में संगीत मेरे पास आता है।" बाद में जब वे पूरी तरह से बहरे हो गए थे, तब भी उन्होंने कुछ महान धुनों की रचना की, जो उनके श्रेष्ठतम कार्य में गिनी जाती हैं।

स्राविन्स्की ने कहा था, "मैं सुनता हूँ, और जो सुना उसे लिख लेता हूँ। मैं संगीत का केवल एक माध्यम मात्र हूँ।"

रैल्फ़ वॉल्डो इमर्सन स्व लेखन का इस्तेमाल करते थे। "मैं अपनी मेज पर बैठता हूँ, हाथ में कलम लेता हूँ और कोई अनजानी शक्ति मेरे हाथों को लिखने के लिए प्रेरित करती जाती है और मैं लिखता जाता हूँ। प्रायः मैं अपने लिखे को जब ग़ौर से पढ़ता हूँ तो पता चलता है कि इन बातों को तो मैं जानता ही नहीं था।"

कल्पना ज्ञान से अधिक महत्त्वपूर्ण है।

– एल्बर्ट आइन्स्टाइन

मन की क्रियाविधि को शरीर किस तरह से प्रदर्शित करता है

आपके चेतन और अवचेतन मन के बीच के संवाद को आगे बढ़ने के लिए तंत्रिकाओं के बीच संवाद की आवश्यकता होती है। सेरिब्रो स्पाइनल तंत्र चेतन मन का अंग है और सिम्पेथेटिक तंत्र अवचेतन मन का अंग है। सेरिब्रो स्पाइनल तंत्र वह माध्यम है जिसके द्वारा आप अपनी पाँचों इन्द्रियों द्वारा प्राप्त सूचनाओं को ग्रहण करते हैं और अपने शरीर की गतिविधियों को नियंत्रित करने के लिए अभ्यास करते हैं। इस तंत्र की तंत्रिकाएँ दिमाग़ में फैली रहती हैं जो आपकी इच्छाशक्ति और चेतन मानसिक कार्यों का माध्यम बनती हैं।

सिम्पेथेटिक तंत्र जिसे अक्सर अनैच्छिक तंत्रिका तंत्र कहा जाता है, का केंद्र पेट के पिछले हिस्से में स्थित गैंगलियोनिक मास या सोलर प्लेक्सस में स्थित रहता है और इसे कई बार पेट में स्थित दिमाग़ कहा जाता है। यह उन मानसिक कार्यों का माध्यम बनता है जो निश्चेतावस्था में शरीर के जैविक कार्यों को करता है। इसलिए हम अक्सर कहते हैं, "तुम्हारा पेट तुम्हें क्या कहता है?"

ये दोनों ही तंत्र अलग-अलग भी काम कर सकते हैं और सामंजस्य रखते हुए भी। न्यायाधीश थॉमस ट्रोवार्ड* कहते हैं, "वेगास तंत्रिका सेरिब्रल क्षेत्र से निकलकर ऐच्छिक तंत्र के हिस्से के रूप में गुजरती है और इसके द्वारा यह ध्वनि अंगों को नियंत्रित

*द एडिनबर्ग लेक्चर्स ऑन मेंटल साइंस। *न्यू यॉर्क : रॉबर्ट मैकब्राइड ऐंड कम्पनी, 1909।*

करती है।" उसके बाद थोरैक्स की ओर जाती है और हृदय और फेफड़ों में अपनी शाखाएँ भेजती है। अंत में यह डायफ्राम से गुज़रते हुए अपनी ऊपरी सतह जो इसे स्वैच्छिक तंत्रिका के रूप में परिचित कराती है उसे त्यागकर सिम्पेथेटिक तंत्रिका के रूप में पहचानी जाती है अर्थात इन दोनों को जोड़ने वाली शाखा के रूप में काम करती है और मनुष्य को भौतिक रूप से एक इकाई बनाती है।

"इसी तरह से दिमाग़ के अलग-अलग क्षेत्र वस्तुपरक और व्यक्तिपरक क्रियाओं के साथ दिमाग़ के रिश्ते को दिखाते हैं और सामान्य तौर पर बात करते समय हम फ्रंटल हिस्से को अग्र भाग और पोस्टीरियर हिस्से को पश्च भाग कह सकते हैं और मध्य भाग दोनों ही हिस्सों के गुण रखता है।"

एक बुद्धिमत्ता है जो शरीर का ध्यान रखती है

जब हम कोशिका तंत्र और अंगों की रचना के बारे में पढ़ते हैं जैसे आँखें, कान, हृदय, पित्ताशय, तिल्ली आदि तो हमें पता चलता है कि ये सभी कोशिकाओं के समूह के बने होते हैं और ये कोशिकाएँ स्वयं को एक बुद्धिमान समूह के रूप में अवस्थित करती हैं जो चेतन मन द्वारा दिए गए आदेशों को ग्रहण करके उसके अनुसार कार्य करती हैं।

एक कोशिकीय जीवों के अध्ययन द्वारा यह पता चलता है कि आपके शरीर में चल क्या रहा है। चूँकि एक कोशिकीय जीवों में अंग नहीं होते फिर भी उनके सामान्य कार्यों जैसे गति, उत्सर्जन, भोजन ग्रहण आदि में दिमाग़ की उपस्थिति द्वारा कार्य किए जाने का संकेत मिलता है।

कई लोग कहते हैं कि यदि आप अपने शरीर को अकेला छोड़ दें तो भी एक बुद्धिमत्ता है जो आपके शरीर का ध्यान रखती है। यह सच है मगर दिक़्क़त यह है कि हमारा चेतन मन हमारी इन्द्रियों द्वारा ग्रहण की गई सूचनाओं को हमारी धारणाओं, झूठे विश्वासों, डर और अन्य बातों के आधार पर प्रभावित करने का प्रयास करता रहता है। जब ये धारणाएँ, विश्वास और नकारात्मक बातें आपके भावनाओं के साथ अवचेतन मन में जमा हो जाती है तो अवचेतन मन के पास इसके सिवा कोई दूसरा रास्ता नहीं रहता कि वह आपके दिए हुए नमूने के अनुसार ही काम करें।

आपके अवचेतन मन की अपनी ज़िन्दगी है जो हमेशा समरसता, सामंजस्य, स्वास्थ्य और शांति की ओर गति करती है।

मनुष्य समरसता के कुदरती सिद्धांत में कैसे हस्तक्षेप करता है

सही और वैज्ञानिक तरीक़े से सोचने के लिए हमें सत्य का ज्ञान होना ज़रुरी है और सत्य को जानना यानि अवचेतन मन की उस असीम बुद्धिमत्ता और शक्ति के साथ समरस होना जिसकी गति हमेशा जीवनदायिनी होती है।

कोई भी विचार या कार्य जो समरसतापूर्ण नहीं हो चाहे वह अज्ञानवश हो या स्व निर्मित हो, उसका परिणाम विसंगति और परिसीमन के रूप में ही सामने आता है।

वैज्ञानिक यह सूचना देते हैं कि हम हर ग्यारह महीने में अपना शरीर पुनः बनाते हैं। इसका अर्थ है हम शारीरिक दृष्टिकोण से केवल ग्यारह माह की आयु के हैं। अब यदि यहाँ भी आप पुराने शरीर में उपस्थित विकृतियों जैसे गुस्सा, डर, ईर्ष्या, बीमारी आदि को साथ ले आएँगे तो आपकी इस स्थिति के लिए कोई और नहीं वरन् आप स्वयं ही दोषी होंगे।

आपके विचार ही आपके शरीर और मन के निर्माता हैं। आप नकारात्मक विचारों और कल्पनाओं को अपने से दूर रख सकते हैं। अँधेरे से मुक्ति का उपाय प्रकाश की ओर बढ़ना ही है। ठण्ड से बचने का उपाय गर्मी प्राप्त करना है। अच्छे की कामना करें, बुरा स्वयं ही दूर चला जाएगा।

क्यों ऐसा है कि स्वस्थ, जीवनशक्ति से भरपूर और प्रसन्न रहना सामान्य बात है, जबकि बीमार पड़ना असामान्य है

इस दुनिया में जन्मा बच्चा सामान्यतः पूरी तरह से स्वस्थ होता है। उसके शरीर के सारे अवयव ठीक से काम करते हैं। यह जीवन की सामान्य अवस्था है और यदि ऐसा है तो हम सभी को हमेशा ही स्वस्थ बने रहना चाहिए। आत्मरक्षा हमारी सामान्य वृत्ति है और यही किसी सर्वमान्य, सर्वत्र उपलब्ध सत्य के रूप में आपके स्वभाव का अंग बनती है। यदि आपके विचार, धारणाएँ और कल्पना आपके इस कुदरती प्राकृतिक स्वभाव के साथ (जो कि हमेशा आपको आगे बढ़ाने के बारे में ही सोचता है) सामंजस्य बैठाते हैं तो आप अपनी क्षमताओं का बेहतर प्रदर्शन कर पाते हैं। यह इसी सिद्धांत का अनुसरण करता है कि सामान्य अवस्था को आसानी से प्राप्त किया जा सकता है जबकि असामान्य अवस्था (बीमारी आदि) प्रयास द्वारा उत्पन्न की जाती है।

बीमार होना हमारे लिए असामान्य बात है। बीमार होने का सीधा-सा अर्थ है कि आप जीवनधारा के विपरीत जाकर नकारात्मक रूप से सोच रहे हैं। जीवन का नियम वास्तव में वृद्धि का नियम है। सारी प्राकृतिक वस्तुएँ शांतिपूर्वक इस नियम के अनुसार काम करती हैं और वृद्धि करती हैं। जहाँ वृद्धि और अभिव्यक्ति होती है, वहाँ जीवन होता है।

जहाँ जीवन होता है वहाँ सामंजस्य होता है और जहाँ सामंजस्य होता है, वहाँ संपूर्ण स्वास्थ्य होता है। यदि आपके विचार अवचेतन मन के सिद्धांतों के सामंजस्य में हैं तो आप जीवन के कुदरती नियमों से समरसता बनाए हुए हैं। यदि आप ऐसे विचारों को प्रश्रय देते हैं जो कुदरती सिद्धांत के साथ सामंजस्य में नहीं हैं तो ये विचार आपसे चिपकते हैं, आपको परेशान करते हैं, चिंता में डालते हैं और अंत में बीमार कर देते हैं। यदि तब भी इन विचारों को दूर नहीं किया जाए, तो ये आपको मृत्यु के द्वार तक ले जाते हैं।

किसी बीमारी के उपचार के लिए आपको अपने अवचेतन मन के द्वारा शरीर के सारे तंत्रों से जीवन शक्ति के प्रवाह और वितरण को बढ़ाने पर ध्यान देना होगा। इसके

लिए आपको अपने मन के हानिकारक नकारात्मक विचारों जैसे डर, घृणा, चिंता, ईर्ष्या जैसे सारे विचारों को दूर करना होगा जो आपको परेशान करके आपकी तंत्रिकाओं, ग्रंथियों और ऊतकों को, जो आपके शरीर से विषैले पदार्थों के उत्सर्जन में सहायता करते हैं, बरबाद करते हैं।

याद रखने योग्य बिंदु

1. आपका अवचेतन मन आपके शरीर का निर्माता है और यह 24 घंटे आपकी सेवा में हाज़िर रहता है। आप नकारात्मक विचारों को स्थान देकर इसकी प्राकृतिक क्रियाविधि में बाधा डालते हैं।
2. सोने से पहले अपने अतिचेतन मन को कोई काम दे अर्थात उसे किसी प्रश्न का उत्तर देने के लिए कहें। आपको उत्तर अवश्य मिलेगा।
3. अपने विचारों की जाँच करें। हर विचार जो आपके द्वारा सही मान लिया जाता है आपके दिमाग़ द्वारा सोलर प्लेक्सस या उदरीय दिमाग़ को भेजा जाता है और फिर वह विचार आपके जीवन का सत्य बन जाता है।
4. यह जानना ज़रुरी है कि आप अपने मन को एक नया ख़ाका देकर अपने आप में परिवर्तन ला सकते हैं।
5. आपके अवचेतन मन की प्रकृति जीवनदायी है। आपका मुख्य काम आपके चेतन मन के साथ है। अपने अवचेतन मन को सही विचारों से भरें। आपका अवचेतन मन हमेशा आपके मानसिक नमूने की तरह ही काम करेगा।
6. आप हर ग्यारह महीने में नया शरीर बनाते हैं। अपने विचारों को बदलकर अपने शरीर को बदलें और इस बदलाव को सतत प्रक्रिया बनाएँ।
7. स्वस्थ रहना मानव की सामान्य अवस्था है। बीमारी असामान्य प्रवृत्ति है। सामंजस्यता हमारे कुदरती गुणों में से एक है।
8. ईर्ष्या, डर, चिंता, घबराहट आदि विचार आपकी तंत्रिकाओं को और ग्रंथियों को नुक़सान पहुँचाते हैं और हर तरह की मानसिक और शारीरिक बीमारियों को जन्म देते हैं।
9. आप चेतन अवस्था में जो भी सोचते हैं और उसे सत्य समझते हैं उसे आपके मन, शरीर और कार्यों द्वारा वास्तविकता में बदला जाता है। अच्छा सोचें और खुशी की दुनिया में प्रवेश करें।

13

अतिचेतन मन और समस्या समाधान का रचनात्मक तरीक़ा

अतिचेतन मन हमारे स्व का अत्यंत आवश्यक हिस्सा है जो कि सामान्यतः चेतना द्वारा संचालित नहीं होता। अतिचेतन मन के संचालन के लिए ध्यान, अनासक्ति, स्व सुझाव, अनुष्ठान आदि को व्यवहार में शामिल करना चाहिए।

– विलिस हरमन*

अतिचेतन मन हमारे संपूर्ण व्यक्तित्व का अति महत्त्वपूर्ण हिस्सा है अतः इसे समस्या समाधान के लिए किए जा रहे हरेक संवाद या विमर्श में शामिल किया जाना चाहिए।

यह समझना ज़रुरी है कि चेतन, अवचेतन और अतिचेतन मन ये सभी हमारे एक ही मन के विविध हिस्से हैं। इनमें से सभी के अपने कार्य हैं। अध्याय 7 में चेतन और अवचेतन मन के कार्यों को विस्तार से बताया गया है। जैसा कि मैंने वादा किया था, अब हम अतिचेतन मन की गहराई से पड़ताल करने का प्रयास करेंगे और आपको समस्या समाधान में अतिचेतन मन को शामिल करने का तरीक़ा क़दम दर क़दम बताएँगे।

इससे पहले अतिचेतन मन के कार्य और विशेषताओं की बात करते हैं :

1. ***अतिचेतन मन सारी रचनात्मकता का स्रोत है।***
   - *मन का चेतन हिस्सा रचना नहीं कर सकता। यह या तो अवचेतन मन में संचित सूचनाओं को विस्तार देता है या अन्य स्रोतों जैसे, लोगों से, पुस्तकों से, कम्प्यूटर आदि से प्राप्त सूचनाओं का विश्लेषण करता है।*
   - *चेतन मन निगमन विधि द्वारा उस समय कुछ समस्याओं का हल सुझा सकता है, जब वह उन संचित सूचनाओं का अध्ययन करता है, जिनमें समाधान छिपा होता है।*

**हरमन, विलिस ऐंड राइनगोल्ड, हॉवर्ड।* हायर क्रियेटिविटी : लिबरेटिंग द अनकॉन्शियस फ़ॉर ब्रेकथ्रू इनसाइट्स *: टारचर, 1984।*

- *अतिचेतन मन उन सूचनाओं को भी विस्तारित कर सकता है या उपयोग में ला सकता है जो अवचेतन मन में संग्रहित नहीं हैं। सच कहा जाए तो यह सार्वभौमिक सूचनाओं का उपयोग कर सकता है जो कि चेतन और अवचेतन मन की क्षमताओं से परे जाकर संपूर्ण रचनात्मकता में परिलक्षित होती है। हमने पिछले अध्याय में कुछ कलाकारों, संगीतज्ञों आदि के उदाहरण दिए थे जिनके पास ये रचनात्मकता स्वयं चलकर आई, इसमें उनका कोई हाथ नहीं था।*

  निष्कर्ष : हमारे मन के विचार चेतन मन के स्तर पर ही आते हैं और उन पर मन आगे काम करता है और इच्छा करता है

  - *संगीतज्ञ के लिए संगीत*
  - *आविष्कारकों के लिए उपकरण*
  - *लेखकों के लिए कथानक*

2. अतिचेतन मन लक्ष्य आधारित अभिप्रेरण हेतु समर्थ होता है।

अभिप्रेरण दो तरह के होते हैं :

अ. रचनात्मक अभिप्रेरण - जब हम उस वस्तु या लक्ष्य की प्राप्ति के लिए जुट जाते हैं जिसे हम सचमुच पाना चाहते हैं।

ब. प्रतिबंधात्मक अभिप्रेरण - जब हम किसी अन्य की इच्छानुसार तय किए गए कार्यों को करने के लिए प्रेरित होते हैं जैसे हमारे अधिकारी, अभिभावक, शिक्षक आदि द्वारा तय किए गए लक्ष्य। इसमें हमारे मन की इच्छा शामिल नहीं होती मगर हम इन्हें पूरा करते हैं क्योंकि यह हमारी बाध्यता होती है।

अतिचेतन मन हमारे भीतर शक्ति का प्रवाह तभी आरंभ करता है जब हम रचनात्मक रूप से प्रेरित होते हैं, जब हम अपनी इच्छा के कार्य करते हैं तो हम उन्हें पूरा करने में थकते नहीं हैं मगर दूसरों की इच्छा के कार्यों को करने में हम थकते हैं क्योंकि उन्हें हम किसी बाध्यता के तहत करते हैं।

यह आवश्यक है कि हम अपने लक्ष्यों को रचनात्मक अभिप्रेरण के साथ ही एकरूप करें और जहाँ तक हो सके स्व संवाद करते समय भी "मुझे करना पड़ेगा" की बजाय "मैं करना चाहता हूँ" का अनुसरण करें ताकि प्रतिबंधित प्रेरणा को रचनात्मक प्रेरणा में बदलकर शक्ति के ह्रास को रोका जा सके।

3. अतिचेतन मन अचेतन स्तर पर काम करता है।

- *आप इसे देख नहीं सकते।*
- *इसे कहाँ देखा जाए, यह भी पता नहीं होता है।*

4. अतिचेतन मन के पास अपना कम्प्यूटर होता है जो चेतन मन के द्वारा इसके पास लाई गई हर समस्या का समाधान कर सकता है और उस समस्या का सबसे अच्छा हल सुझा सकता है।

वह समय महत्त्वपूर्ण है। यदि आप अतिचेतन मन द्वारा सुझाए गए समाधान का प्रयोग नहीं करना चाहते और आपकी समस्या में समय के साथ कुछ और परिवर्तन भी हुए हैं जिन्हें आप अतिचेतन मन के सामने रखना चाहते हैं तो इस स्थिति में अतिचेतन मन आपके सामने या तो वही समाधान पुनः रखता है या फिर आपकी समस्या के अनुरूप कुछ बदलाव के साथ समाधान सुझाता है।

आपको अपनी हर समस्या के लिए अतिचेतन मन का प्रयोग करने की आवश्यकता नहीं होती। आपकी 90 प्रतिशत समस्याओं को चेतन मन के द्वारा सुलझाया जा सकता है यदि उसके पास इस तरह की सूचनाएँ संग्रहित हों।

5. अतिचेतन मन अवचेतन मन में संग्रहित सभी सूचनाओं को परख सकता है और उसमें से उपयोगी तथा अनुपयोगी सूचनाओं को अलग भी कर सकता है।

याद रहे कि हमारे अवचेतन मन में संग्रहित सारी सूचनाएँ हमारे पूर्वानुभावों और उनसे जुड़ी भावनाओं की स्मृति होती हैं। इसमें वे सारे अनुभव भी शामिल होते हैं जो ग़लत सूचनाओं पर आधारित हों या हमारी वर्तमान स्थिति में पूरी तरह से अनुपयोगी हों। फिर भी ये ग़लत सूचनाएँ किसी वास्तविकता या समाधान के रास्ते में रुकावट बन सकती हैं।

ऐसे में अतिचेतन मन हमें सत्य की ओर ले जा सकता है।

6. यदि चेतन मन किसी समस्या से ग्रस्त हो तो अतिचेतन मन उस समस्या पर विचार नहीं कर सकता।

यदि चेतन मन के स्तर पर कोई समस्या हमारे लिए जीवन-मरण का प्रश्न बन जाती हैं और हम उसे सामान्य रूप से नहीं लेते तो हम अतिचेतन मन द्वारा समस्या के समाधान की प्रक्रिया में बाधा उत्पन्न करते हैं। इस अध्याय में हम यह विचार करेंगे कि किस तरह से समस्याओं को रचनात्मक समाधान के लिए अतिचेतन मन की ओर भेजा जाए।

चिंता करना समय का दुरुपयोग है। जब हम किसी समस्या का समाधान चेतन मन के स्तर पर प्राप्त नहीं कर पाते तो हम उसे अतिचेतन मन की ओर भेज देते हैं और यह विश्वास रखते हैं कि अतिचेतन मन द्वारा सही समाधान दिया जाएगा। ऐसा करने के बाद हम चेतन मन के स्तर पर अपने आप को उस समस्या से अलग कर लेते हैं।

अतिचेतन मन के द्वारा हमारी समस्याओं के उत्कृष्ट समाधान हमारे पास भेजे जाते हैं, तब जब हम मानसिक रूप से शांत अवस्था में होते हैं।

पुनः दोहराता हूँ कि यदि चेतन मन किसी समस्या से ग्रस्त हो तो अतिचेतन मन उस समस्या पर विचार नहीं कर सकता।

7. अतिचेतन मन के पास सारे प्रमुख परिपथ होते हैं।

एक ऐसे अनुभव की बात करते हैं जिससे आप सभी का सामना हुआ होगा। आप सामान्यतः सुबह 4 बजे नहीं उठते हैं मगर अगले दिन से आपकी छुट्टियाँ हैं और आपको फ़्लाईट पकड़ने के लिए सुबह 4 बजे उठना है। आप अलार्म लगाते हैं और शायद उस मित्र को भी फ़ोन करके समय पर उठाने के लिए कहते हैं जो आपके साथ जा रहा है। और बिस्तर पर करवटें बदलते समय भी आप यह सोच रहे हैं कि आपके लिए 4 बजे उठना कितना महत्त्वपूर्ण है। आपके चेतन मन द्वारा अवचेतन मन से संवाद द्वारा यह निवेदन किया जा रहा है कि आपको 4 बजे उठाया जाए। आप गहरी नींद में डूब जाते हैं और कुछ घंटों बाद अचानक आपकी नींद खुलती है। आपको महसूस होता है कि यह आपके जागने का नियमित समय नहीं है। आप करवट बदलकर घड़ी में देखते हैं और समय होता है 3:59। आप अलार्म के बारे में सोचते हैं और ठीक 4 बजे अलार्म बजता है। आप अलार्म बंद करके बिस्तर पर बैठ जाते हैं और अपनी छुट्टियों के बारे में सोचते हैं तभी आपके मित्र का फ़ोन आ जाता है जो आपको जागने के लिए कहता है। मगर आपको वास्तव में उठाया किसने था? आपको अतिचेतन मन ने जगाया था क्योंकि सोने से पहले आपने उसे ऐसा ही निर्देश दिया था।

अतिचेतन मन कभी भी सोता नहीं है। इसके पास सारे प्रमुख परिपथ होते हैं।

8. अतिचेतन मन हमारी स्व अवधारणाओं के अनुरूप हमारे कार्यों और उनके प्रभावों को एकरूप करता है।

यदि हमारी स्मृति में यह संचित है कि "मैं नामों को याद नहीं कर सकता" तो हमारा अतिचेतन मन लोगों के नामों से संबंधित हमारी स्मृति को अवरुद्ध कर देते हैं। अर्थात हमारी स्व अवधारणाओं के अनुरूप हमारे कार्यों और उनके प्रभावों को एकरूप करता है।

याद रहे हमारी स्व अवधारणाएँ जीवन में हमारे प्रदर्शन को प्रभावित करती हैं। (अध्याय 4 देखें)

यदि हम अवचेतन मन में अपने बारे में बनाए गए चित्र को बदलते नहीं हैं तो हम जीवन में उसी तरह से लगातार काम करते रहेंगे। इसे बदलने की एकमात्र कुंजी है अपने मानसिक चित्र को बदलना।

जैसा कि पहले कहा जा चुका है :

कोई भी विचार चाहे वह नकारात्मक हो या सकारात्मक, यदि सतत हमारे मन में विद्यमान रहे तो उसे अतिचेतन मन के द्वारा वास्तविकता में बदला ही जाता है।

– विलियम जेम्स

मारे जीवन में जो कुछ भी घटता है उसके लिए हम अकेले ही ज़िम्मेदार हैं।

दुर्घटनाएँ होती तो हैं मगर उनकी संख्या बहुत ही कम होती है। जब हम अपने जीवन की हर घटना की ज़िम्मेदारी स्वयं लेते हैं तो जीवन अधिक बेहतर हो जाता है।

समस्या समाधान के पाँच रचनात्मक तरीक़े

जब हम किसी समस्या में बुरी तरह से उलझ जाते हैं और चेतन स्तर पर उनका हल खोज पाने में असमर्थ रहते हैं तो अवचेतन मन हमारी सहायता कर सकते हैं। नीचे वे पाँच तरीक़े दिए जा रहे हैं जिनका उपयोग हम अपने अतिचेतन मन द्वारा किसी समस्या का समाधान प्राप्त करने के लिए करते हैं।

1. *समस्या को विस्तार से बताएँ।*
2. *सूचनाएँ एकत्रित करें।*
3. *चेतन मन के स्तर पर समस्या के समाधान का प्रयास करें।*
4. *यदि चेतन मन द्वारा समस्या का समाधान न मिले, तो समस्या को अतिचेतन मन की ओर प्रेषित करें।*
5. *अपने चेतन मन को अन्यत्र व्यस्त रखें।*

इस अद्‌भुत पुस्तक द इफ़ेक्टिव एक्जिक्यूटिव में लेखक पीटर ड्रकर क्षमता और प्रभावशीलता में अंतर बताते हुए कहते हैं कि क्षमता विविध कामों को करने की हमारी योग्यता होती है जबकि प्रभावशीलता सही कामों को चुनने व करने की क्षमता है। वह आगे कहते हैं कि यदि किसी अधिकारी को 100 मामलों में निर्णय लेने हों तो उनमें से केवल पाँच ही ऐसे होंगे जो उसके व्यापार के लिए लाभदायक होंगे।*

तात्पर्य यह है कि आपको किसी तरह के परिवर्तन लाने के लिए किसी सुपर कम्प्यूटर की ज़रुरत नहीं होती। उसी तरह हमारी हर समस्या के समाधान के लिए अतिचेतन मन की आवश्यकता नहीं होती।

*ड्रकर, पीटर एफ़, द इफ़ेक्टिव एक्ज़िक्यूटिव : गाइड टू गेटिंग द राईट थिंग्स डन, हार्पर पेपरबुक्स रिवाइज़्ड एडिशन, 2006

अतः किसी समस्या के रचनात्मक समाधान की प्राप्ति के लिए नीचे दिए गए पाँच क़दम उठाए जा सकते हैं :

1. समस्या का सविस्तार वर्णन करें।

- *समस्या को लिख लें।*
- *यह ध्यान रखें कि आपने समस्या को स्पष्ट कर दिया है और किस मुद्दे के समाधान की आवश्यकता है, इसे भी बता दिया है।*
- *प्रसिद्ध मनोचिकित्सक और अमेरिकन सोसायटी ऑफ़ सायकिकल रिसर्च के अध्यक्ष डॉ. गार्डनर मर्फ़ी ने कहा है कि "जब मैं अपनी समस्या को सही तरह से अतिचेतन मन के सामने प्रस्तुत करता हूँ तो मेरी 65 प्रतिशत समस्याओं के बिलकुल सही समाधान मिलते हैं और मुझे सबसे अच्छा रास्ता दिखाई दे जाता है।"*

2. सूचनाएँ संग्रहित करें।

- *यह आपके अवचेतन मन में संग्रहित सूचनाओं के रूप में भी हो सकता है।*
- *आप किसी "विशेषज्ञ" से परामर्श भी ले सकते हैं।*
- *शोध या पुस्तकों, कम्प्यूटर, रिपोर्ट आदि से प्राप्त सूचनाएँ भी शामिल की जा सकती हैं।*

इस सारी प्रक्रिया में अधिक समय नहीं लगना चाहिए। किसी दबाव के चलते सूचनाएँ संग्रहित करने वाले हमेशा किसी निर्णय से पहले अधिक से अधिक बातें जान लेना चाहते हैं। इसके कारण वे देर करने के आदी हो जाते हैं और ऐसी स्थिति हमेशा असफ़लता के भय के कारण उत्पन्न होती है।

3. चेतन मन के स्तर पर समस्या के समाधान का प्रयास करें।

हम चेतन मन के स्तर पर ही किसी समस्या के बारे में विचार करना शुरू करते हैं। कुछ ऐसी समस्याएँ होती हैं जिनका स्पष्ट समाधान होता है, वहीं कुछ समस्याओं के एक से अधिक समाधान सामने नज़र आते हैं। उन समाधानों में से सबसे अच्छे समाधान को चुनना ही वास्तविक क्षमता है।

तीसरे चरण में गति ही सबसे बड़ी खूबी है। अधिकाँश समस्याओं का समाधान पहले तीन चरणों में अर्थात चेतन मन के स्तर पर ही हो जाता है।

4. यदि चेतन मन के स्तर पर समस्या का समाधान न हो सके तो उस समस्या को अतिचेतन मन की ओर मोड़ दें।

आप समस्या को अतिचेतन मन की ओर कब भेजते हैं?

जब आप सभी संभव समाधानों को आज़मा लेते हैं। दूसरे शब्दों में जब आप अपनी समस्या को स्पष्ट रूप से बता चुके हैं, सभी सूचनाएँ एकत्रित कर चुके हैं, आप समस्या के सभी संभव समाधानों के बारे में सोच चुके हैं मगर किसी अंतिम समाधान पर नहीं पहुँच पा रहे हैं।

आप इसे अतिचेतन मन की ओर कैसे भेजेंगे?

अ) आप समस्या को मन में दोहराएँगे।

ब) आप अपने अतिचेतन मन से उस समस्या पर विचार करने और उसका सबसे बढ़िया समाधान खोजने के लिए कहेंगे।

स) यदि कोई समय सीमा तय की जानी है तो अतिचेतन मन को उसकी भी सूचना दें।

5. अपने चेतन मन को अन्यत्र व्यस्त रखें।

अ) चेतन मन के स्तर पर समस्या से विलग हो जाएँ। बाहर जाएँ, गोल्फ़ खेलें। रचनात्मकता आराम का ही उत्पाद होती है।

ब) समस्या के समाधान की खोज कहाँ तक पहुँची, इसे जाँचने के लिए अपने ध्यान को पुनः चेतन मन के स्तर पर न ले जाएँ।

जैसा कि हम कहते हैं "गड़े मुर्दे न उखाड़े" एक बार जब आपने समस्या को अतिचेतन मन की ओर प्रेषित कर दिया है तो उस पर ठीक उसी किसान की तरह विश्वास रखें जो बसंत ऋतु में इस विश्वास के साथ बीज बोता है कि इस बार उसकी उपज बहुत बढ़िया होगी।

आपको कैसे पता चलता है कि आपको अतिचेतन मन द्वारा समाधान दिया गया है?

किसी चर्च की घंटियाँ नहीं बजेंगी। रंगीन धुएँ के साथ कोई देवदूत नहीं आएगा फिर भी आप जान जाएँगे कि यह विचार आपके अतिचेतन मन से ही आया है क्योंकि यह समाधान एकदम कसा हुआ होगा। उसमें किसी तरह की ढिलाई नहीं होगी, कोई कमज़ोर कड़ी नहीं होगी।

आपको अपने ऊपर खीझ या गुस्सा भी आ सकता है, या आपके सामने अचानक घटने वाली घटनाओं की झलक कौंध सकती है। मज़ेदार बात यह है कि आप स्वयं अपने आप से कहेंगे, "मुझे यह ख़्याल पहले क्यों नहीं आया!"

आपकी समस्या का समाधान आपके सामने उस समय आता है जब आप निष्क्रिय अवस्था में रहते हैं अर्थात समस्या के बारे नहीं सोच रहे होते हैं। हो सकता है आप वाहन चला रहे हों या गहरी नींद से जागे हों।

मैंने स्वयं इसका अनुभव किया है। मुझे कुछ ऐसी सभाओं में भी जाना होता है जहाँ किसी मुद्दे या समस्या पर मेरे निर्णय का लोग बेसब्री से इंतज़ार कर रहे

होते हैं और सभा कक्ष में जाने तक मेरे पास उसका कोई समाधान नहीं होता मगर मुझे विश्वास होता है कि बातचीत शुरू होने के बाद मेरी बारी आने तक मुझे समाधान मिल जाएगा। जैसे ही अपनी बारी आने पर मैं बोलना शुरू करता हूँ तो सही समाधान मेरे शब्दों में स्पष्ट हो जाता है। मुझे पता है कि यह किस तरह होता है, मैं हमेशा ऐसा होने पर चकित रह जाता हूँ और यह मेरे साथ अक्सर घटता है।

आपके मन में प्रश्न उठ सकता है कि यह समाधान वास्तव में आता कहाँ से है।

इसके बारे में एक सिद्धांत कार्ल जंग ने सामूहिक अचेतन सिद्धांत के नाम से प्रतिपादित किया था जिसमें वह कहते हैं कि अंतर्मन की गहराई पर दुनिया का हरेक व्यक्ति एक-दूसरे से जुड़ा होता है। इसी आधार पर ईएसपी और मानसिक दूर संवेदन (टेलीपैथी) के सिद्धांत काम करते हैं। यदि हम किसी को देख नहीं पा रहे हैं तो इसका अर्थ यह नहीं है कि उसका अस्तित्व है ही नहीं।

विज्ञान के क्षेत्र में होने वाली आधुनिक खोजें सूचनाओं के एकत्रीकरण में क्वांटम क्षेत्र किस तरह काम करते हैं इस बात पर प्रकाश डालेंगी और हमें उस दिशा में क़दम बढ़ाने का अवसर देंगी।

रॉल्फ़ वॉल्डो एमर्सन इसे दुनिया के ज्ञान भंडार की संज्ञा देते हैं और यह विश्वास करते हैं कि चेतना की गहराई में जाकर हरेक व्यक्ति इस भंडार का उपयोग कर सकता है।

कुछ लोगों के लिए यह दैवी चमत्कार होता है जिसे वे किसी महान और पवित्र शक्ति का हस्तक्षेप मानते हैं।

कोई व्यक्ति इसके बारे में कुछ भी विश्वास रखें, अतिचेतन मन की यह शक्ति एक ही तरह से काम करती है और कई लोगों के जीवन को बदलने वाली सिद्ध होती है।

> अतिचेतन मन को भेजी जाने वाली समस्याएँ भले ही एक व्यक्ति द्वारा भेजी जाती हो मगर वे हरेक मन के लिए समान होती है। उन समस्याओं या प्रश्नों के उत्तर केवल उस व्यक्ति के अनुसार नहीं मिलते वरन् वे हरेक व्यक्ति के लिए सही सिद्ध होते हैं। अतिचेतन मन की क्षमताओं की कोई सीमा नहीं होती; हम जिन सीमाओं का अनुभव करते हैं वे केवल चेतन मन द्वारा मानव मन के बारे में बनाई गई धारणाओं पर आधारित होती हैं।
>
> व्यक्तित्व का एकीकरण वास्तव में चेतन और अतिचेतन मन का ऐसा समन्वयन है जिसके द्वारा चेतन, अवचेतन और अतिचेतन मन के बीच के सारे संघर्ष समाप्त हो जाते हैं और सभी एक लक्ष्य की ओर अग्रसर हो जाते हैं।
>
> – विलिस हरमन

14

अपने इच्छित परिणाम किस तरह प्राप्त करें

असफलता का सबसे बड़ा कारण है - आवश्यकता से अधिक मेहनत करना, मगर आत्मविश्वास का कम होना।

मैंने इस पुस्तक में कई स्थानों पर टिम गॉल्वे का सन्दर्भ दिया है। उनकी सबसे अधिक बिक्री का रिकार्ड क़ायम करने वाली पुस्तक द इनर गेम ऑफ़ टेनिस से मैंने मुख्यतः यह सीखा कि प्रयास करने का भाव प्रदर्शन को बाधित करता है। पहले मैं अपने कार्यकारी समूह में कहा करता था, "ऐसा होना ही चाहिए" मगर टिम से मिलने के बाद हमारी भाषा में बदलाव आ गया और हम कहने लगे, "चलिए, इसे होने देते हैं।" जब हम किसी काम में उलझ जाते हैं या समस्याग्रस्त हो जाते हैं तो हम अपने आप से ही पूछते हैं, "क्या हम आवश्यकता से अधिक प्रयास तो नहीं कर रहे हैं?"

जैसे कि डॉ. मर्फ़ी ने ऊपर लिखा है - "असफलता का सबसे बड़ा कारण है आवश्यकता से अधिक मेहनत करना मगर आत्मविश्वास का कम होना।"

कुछ लोग चेतन और अवचेतन मन की कार्यप्रणाली को पूरी तरह से न समझकर उसके द्वारा अपने सवालों के सही जवाब नहीं पा पाते हैं। जब आपको यह पता होता है कि आपका मन किस तरह काम करता है तो आपका आत्मविश्वास बढ़जाता है। यह याद रहे कि आपका अवचेतन मन जब भी किसी सूचना को ग्रहण करता है, वह उसे सत्य बनाने में जुट जाता है। किसी सूचना को ग्रहण करने के बाद वह अपने सभी संसाधनों का उपयोग करके अतिचेतन मन के सभी मानसिक और आध्यात्मिक सिद्धांतों का उपयोग करके उस सूचना को सत्य बनाने में जुट जाता है। यह सिद्धांत अच्छे और बुरे दोनों तरह के विचारों के लिए एक जैसा काम करता है। यदि आप इसे नकारात्मक रूप से इस्तेमाल करते हैं तो यह आपके जीवन में असफलता, तकलीफ़ और संदेह लाता है। इसके विपरीत यदि आप इसका उपयोग रचनात्मक रूप से करते हैं तो यह आपके लिए मार्गदर्शन, स्वतंत्रता और मन की शांति का स्त्रोत बन जाता है।

आपके सवालों के सही जवाब तभी मिलते हैं जब आपके विचार रचनात्मक, सकारात्मक और स्नेहिल होते हैं। इससे यह पता चलता है कि असफलता से उबरने के

लिए और अपने सवालों के सही जवाब पाने के लिए आपको केवल अपने विचारों को व्यवस्थित करना है, उन्हें अपने अवचेतन मन को भेजना है और स्वयं उन विचारों को सत्य रूप में परिणीत होते हुए देखना है। आपके मन के सिद्धांत बाकी का काम स्वयं कर लेंगे। अपनी प्रार्थना को विश्वास और आत्मविश्वास की ओर मोड़ दें, आपका अवचेतन मन इसे ग्रहण करेगा और इसका उत्तर देगा।

अपने मन पर ज़ोर ज़बरदस्ती करके आप अपने प्रश्नों का उत्तर पाने में कभी भी कामयाब नहीं हो सकते। आपका अवचेतन मन ज़ोर ज़बरदस्ती करने पर किसी प्रश्न का उत्तर नहीं देता। यह केवल आपके विश्वास या चेतन मन के स्वीकार भाव के अनुसार ही काम करता है।

अवचेतन मन द्वारा अपने प्रश्नों के उत्तर पाने में आप इसलिए भी असफल होते हैं कि आप अपने आप से इस तरह की बातें कहते हैं, "हालात ख़राब होते जा रहे हैं," "मुझे कभी भी अपने सवालों का उत्तर नहीं मिलेगा," "मुझे कोई रास्ता नज़र नहीं आ रहा है," "सब बेकार है," "मुझे नहीं पता क्या करना है," "सब कुछ उल्टा-पुल्टा हो गया है" आदि। जब आप इस तरह के वक्तव्य देते हैं तो आपको अपने अवचेतन मन से किसी तरह का सहयोग, कोई भी उत्तर नहीं मिलता।

यदि आप किसी टैक्सी में बैठे और बैठते ही पाँच मिनिट के अन्दर टैक्सी चालक को ढेर सारे निर्देश देने लगें तो चालक भ्रमित हो जाएगा और यह भी हो सकता है कि वह आपको कहीं भी ले जाने से मना कर दे। ऐसा ही कुछ घटता है जब आप अपने अतिचेतन मन के साथ काम करते हैं। आपके मन में आ रहे हर विचार का स्पष्ट होना ज़रुरी है। आपको इस निष्कर्ष पर पहुँचना होगा कि इस समस्या का कोई समाधान अवश्य है, आपके अतिचेतन मन की असीम शक्ति ही इसका समाधान या उत्तर जानती है। जब आप इस निष्कर्ष पर आ जाते हैं तो आपका मन इसके लिए तैयार हो जाता है और आपके विचारों के अनुसार ही आपको उत्तर मिलता है।

यह आसान है

एक मकान मालिक ने एक बार अपने घर की भट्टी को सुधरवाया और मिस्त्री द्वारा केवल एक पेंच लगाने के काम के लिए दो सौ डॉलर माँगने पर उसने विरोध जताया तो मिस्त्री ने कहा, "मैंने पाँच सेंट इस पेंच को लगाने के लिए हैं और बचे हुए एक सौ निन्यानवे डॉलर और पिंच्यानवे सेंट यह पता लगाने के लिए हैं कि भट्टी में कहाँ दिक़्क़त है।"

इसी तरह से आपका अवचेतन मन भी कुशल मिस्त्री है। यह बहुत ही बुद्धिमान होता है जो आपके शरीर के हर हिस्से का उपचार करने की जानकारी रखता है, आपकी हर समस्या को सुलझाने की शक्ति रखता है। आपका स्वास्थ्य गड़बड़ाता है तो आपका अवचेतन मन उसे ठीक कर सकता है मगर विश्राम इसकी कुंजी है। यह आसान है। समस्या के विस्तार में मत जाइए, बस उसके अंतिम परिणाम पर ध्यान दें। अपनी समस्याओं के ख़ुशनुमा और संतोषप्रद समाधान की अपेक्षा करें, चाहे वह समस्या

स्वास्थ्य की हो, धन की हो, रिश्तों की हो या नौकरी की हो। उस क्षण को याद रखें जब आप किसी बड़ी बीमारी से बाहर निकले थे, उस प्रसन्नता का अनुभव करें। यह ध्यान में रखें कि आपके अवचेतन मन के लिए भावनाएँ स्पर्श चिकित्सा का काम करती हैं। आपके नए विचारों को आपके द्वारा अंतिम रूप में देखा जाना चाहिए और उन्हें भविष्य में घटता हुआ नहीं वरन् वर्तमान में ही होता हुआ महसूस करें।

किसी प्रतिद्वंदी की कल्पना न करें, कल्पना का उपयोग करें न कि इच्छा शक्ति का

अपने अवचेतन मन का उपयोग करते हुए आप न तो किसी प्रतिद्वंदी से तर्क करते हैं, न ही अपनी आत्मशक्ति का इस्तेमाल करते हैं। आप अंतिम स्तर और उस स्वतंत्रता की अवस्था की कल्पना करते हैं। आपकी बुद्धि इसमें व्यवधान डालने का प्रयास करेगी मगर किसी बच्चे की तरह चमत्कार पैदा करने वाली शक्ति के प्रति विश्वास रखें। उस स्वतंत्रता की कल्पना करें और उसे भावनात्मक रूप से महसूस भी करें जिसकी लालसा आपके मन में है। प्रक्रिया के रास्ते में आ रहे सारे व्यवधान हटा दें। सबसे सरल रास्ता ही सबसे अच्छा होता है।

विपरीत प्रयास का सिद्धांत : आप जो चाहते हैं उसके विपरीत क्यों घटता है

फ़्रांस के प्रसिद्ध मनोवैज्ञानिक कूए विपरीत प्रयास के सिद्धांत का वर्णन करते हुए कहते हैं, "जब आपकी इच्छाएँ और कल्पना दोनों एक दूसरे के विरोधी होते हैं तो आपकी कल्पना की जीत होती है।"

उदाहरण के लिए मान लीजिए आपको किसी कमरे में पड़े लकड़ी के पटरे पर चलने के लिए कहा जाता है तो आप बिना सवाल किए उस पर चलकर जाएँगे मगर यदि उसी पटरे को दो दीवारों के बीच बीस फ़ुट की दूरी पर रखा जाए तो क्या आप उस पर चलेंगे? आपकी उस पटरे पर चलने की इच्छा को आपके मन में बैठा डर और उसके कारण बनी गिरने की कल्पना द्वारा रोका जाएगा। इसके कारण उस पटरे पर चलने की आपकी इच्छा उलट जाएगी और असफलता का विचार पुष्ट हो जाएगा।

मानसिक प्रयास हमेशा स्वयं को पराजित करने के लिए और हमारी इच्छा के विपरीत काम करता है। किसी परिस्थिति से बाहर आने में आप समर्थ नहीं हैं, शक्तिहीन हैं, यह प्रधान विचार हमेशा आपकी इच्छा के विपरीत काम करता है, आपका अवचेतन मन इस प्रधान विचार के अनुसार ही काम करता है। आपका अवचेतन दो परस्पर विरोधी विचारों में से सशक्त विचार को स्वीकार करता है। आसान तरीक़ा हमेशा बेहतर होता है।

यदि आप कहते हैं, "मैं उपचार पाना चाहता हूँ मगर मुझे पता है कि वह मुझे नहीं मिलेगा।" "मैं बहुत प्रयास करता हूँ।" "मैं अभिपुष्टि के लिए बहुत प्रयास करता हूँ।"

"मैं अपनी आत्मशक्ति का पूरा उपयोग करता हूँ।" यहाँ आपको यह समझना होगा कि आपके प्रयासों में त्रुटि है। अपने अवचेतन मन को अपनी आत्मशक्ति के बल पर किसी विचार को स्वीकार करने पर मजबूर न करें। ऐसे प्रयास असफलता को सुनिश्चित करते हैं और आपको अपनी इच्छा के विपरीत परिणाम मिलता है।

नीचे दिया जा रहा अनुभव लगभग हर विद्यार्थी को अपने जीवन में होता है। विद्यार्थी परीक्षा देने के लिए परीक्षा कक्ष में बैठते हैं। जैसे ही प्रश्नपत्र उनके सामने आता है उनका सारा ज्ञान उनका साथ छोड़ देता है। उन्हें ऐसा लगता है कि दिमाग़ एकदम भयावह रूप से खाली हो गया है और वे दिए गए प्रश्नों के उत्तर खोजने में अपने आप को असमर्थ पाते हैं। वे अपने दाँतों को जितना पीसते हैं, अपने दिमाग़ पर ज़ोर डालकर उत्तर याद करने की जितनी अधिक कोशिश करते हैं, उत्तर उनसे उतनी ही दूर चले जाते महसूस होते हैं। मगर जब वे परीक्षा कक्ष से बाहर निकल जाते हैं और मानसिक तनाव कम हो जाता है, उस समय अचानक सारे प्रश्नों के उत्तर उनके दिमाग़ में अपने आप आने लगते हैं। परीक्षा कक्ष में उत्तर याद करने के लिए अपने दिमाग़ पर अनावश्यक ज़ोर देना ही उनकी असफलता का कारण बनता है। यह विपरीत प्रयास के सिद्धांत का एक उदाहरण है जिसमें आप अपनी इच्छा के विपरीत परिणाम प्राप्त करते हैं।

इच्छा और कल्पना के मध्य का संघर्ष समाप्त करके उनमें सामंजस्य बैठाना ज़रुरी है

मानसिक शक्तियों का उपयोग करने का अर्थ ही यह मान लेना है कि यहाँ विरोधाभास है। जब आपका मन किसी समस्या से बाहर निकलने पर ध्यान केन्द्रित करता है तो यह किसी तरह की रुकावटों पर ध्यान नहीं देता। और जब आपके दोनों पक्षों में किसी तरह का विरोधाभास नहीं रहता तो आपके प्रश्नों के उत्तर आपको मिलते हैं। ये दो पक्ष आप और आपकी इच्छा हो सकते हैं, आपके विचार और भावनाएँ हो सकते हैं, आपकी इच्छा और कल्पना हो सकते हैं।

अपनी इच्छा और कल्पना के बीच संघर्ष को कम करने के लिए आप अपने आप को उनींदी अवस्था में लाते हैं जहाँ सभी क्रियाएँ एकदम धीमी हो जाती हैं। उनींदी अवस्था में चेतन मन लगभग निष्क्रिय हो जाता है और अवचेतन मन सक्रिय रहता है। अपने अवचेतन मन को कोई सूचना देने का सबसे बढ़िया समय सोने से पहले का होता है। इसका कारण यह है कि अवचेतन मन की सूचनाओं को ग्रहण करने की या उनके स्पष्टीकरण की गति सोते समय और सोकर उठने के बाद सबसे अधिक होती है। इस समय चेतन मन में उपस्थित नकारात्मक विचार और कल्पनाएँ जो अवचेतन मन को प्रभावित करती हैं और आपकी इच्छा के पूर्ण होने में बाधा डालती हैं, मौजूद नहीं होते। इस समय जब आप अपनी इच्छा के अनुसार अंतिम परिणाम की कल्पना करते हुए उसके साथ भावनात्मक रूप से जुड़ते हैं तो आपका अवचेतन मन इसे ज्यों का त्यों ग्रहण करता है और उसे सत्य बनाने में जुट जाता है।

कई महान लोग अपनी समस्याओं और दुविधाओं को हल करने के लिए संतुलित, निर्देशित और अनुशासित कल्पना का ही सहारा लेते हैं, यह जानते हुए कि वे अपनी कल्पना में जो देखेंगे और उसे सत्य मानते हुए उसके साथ भावनात्मक जुड़ाव महसूस करेंगे, वह सच होकर ही रहेगा।

याद रखने योग्य बातें

1. मानसिक दबाव या अत्यधिक प्रयास आपकी चिंता और डर को दिखाते हैं और आपके उत्तरों को रोकते हैं। सहज रहें, यह आसान है।
2. जब आपका मन शांत है और आपके मन में कोई विचार आता है तो अवचेतन मन उस विचार को समझकर उसे पूरा करने में जुट जाता है।
3. पारंपरिक तरीक़ों के बारे में व्यक्तिगत रूप से सोचें और योजना बनाएँ। यह जान लें कि हर समस्या का कोई न कोई समाधान होता है, हर प्रश्न का उत्तर होता है।
4. स्वास्थ्य का अनुभव करने से स्वास्थ्य मिलता है, संपत्ति का अनुभव करने से संपत्ति प्राप्त होती है। आप क्या अनुभव करना चाहते हैं?
5. कल्पना आपका सबसे शक्तिशाली औजार है। जो प्यारा है और सामंजस्यपूर्ण है, उसकी कल्पना करें। आप अपनी कल्पना का ही प्रतिरूप हैं।
6. निद्रामग्न अवस्था में आपके चेतन मन और अवचेतन मन के बीच का संघर्ष सबसे कम होता है। सोने से पहले अपनी इच्छाओं को पूरा होते देखें, उन्हें बार-बार दोहराएँ। शान्ति से सोएँ और प्रसन्न मुद्रा में उठे।

15

अपने अवचेतन मन की शक्ति का उपयोग धन-संपत्ति पाने के लिए किस तरह करें

यदि आप हमेशा धन की कमी से ग्रस्त रहते हैं और महीने की अंतिम तारीख़ तक पहुँचने के लिए भी आपको संघर्ष करना पड़ता है तो इसका अर्थ है आपने अपने अवचेतन मन को इस बात के लिए आश्वस्त नहीं किया है कि आपके पास हमेशा ख़र्च करने के लिए पर्याप्त धन रहता है और आप उसमें से कुछ बचत भी करते हैं। आप ऐसे लोगों को जानते हैं जो बहुत कम घंटे काम करते हैं और फिर भी खासा धन कमाते हैं और जीवन का आनंद लेते हैं। वे कड़ी मेहनत या गुलामों के समान काम नहीं करते। सामान्य प्रयासों से ही जीवन बेहतर बनता है। अपनी पसंद का काम करें और इस काम को प्रसन्नता और रोमांच प्राप्त करने के लिए करें।

समृद्धि तो मन में होती है

समृद्धि का भाव हरेक व्यक्ति के अवचेतन मन में बसा विश्वास मात्र होता है। केवल "मैं अरबपति हूँ" कहने भर से आप सचमुच अरबपति नहीं बन जाएँगे। आप समृद्धि के प्रति चेतना का भाव तब विकसित कर पाएँगे जब आप मन में संपत्ति और उसकी बहुतायत के बारे में समझ बनाएँगे, अपनी मानसिकता का निर्माण करेंगे।

आपके अदृश्य सहयोगी

अधिकांश लोगों के साथ यह दिक़्क़त होती है कि उनका अदृश्य सहयोग करनेवाला कोई नहीं होता। व्यापार में घाटा हुआ हो, चाहे शेयर मार्केट डूब गया हो या उनके सारे निवेश ख़त्म हो गए हों, वे अपनी समस्याओं के साथ अकेले ही जूझते हैं और स्वयं को असहाय महसूस करते हैं। इस असुरक्षा का कारण यह है कि वे अपने अवचेतन मन की शक्ति को जगाना नहीं जानते। वे अवचेतन मन की असीम क्षमताओं के बारे में कुछ भी नहीं जानते।

एक व्यक्ति जो हमेशा ग़रीबी की बात सोचता है, वह वास्तविक जीवन में ग़रीबी से जूझता ही रहता है। इसके विपरीत जिस व्यक्ति का मन धन-वैभव के विचारों से भरा रहता है, उसके आसपास वैभव बिखरा रहता है और वह अपनी ज़रूरतों की पूर्ति बड़ी सहजता से कर लेता है। आप भी संपत्ति प्राप्त कर सकते हैं, अपनी ज़रूरतों को पूरा कर सकते हैं और खासा हिस्सा बचा भी सकते हैं। आपके शब्दों में वह शक्ति है कि वह आपके मन से ग़लत विचारों को हटाकर वहाँ सही विचार भर सकता है।

संपत्ति के प्रति जागरूकता उत्पन्न करने की आदर्श विधि

हो सकता है आप इस अध्याय को पढ़ते हुए अपने आप से कह रहे हों, "मुझे संपत्ति और सफलता चाहिए।" हम ऐसा ही करते हैं : दिन में तीन या चार बार क़रीब पाँच मिनिट "संपत्ति/सफलता" केवल इन शब्दों को दोहराएँ। इन शब्दों में चमत्कारी शक्ति है। ये शब्द अवचेतन मन की अद्‌भुत आंतरिक शक्ति को दिखाते हैं। अपने मन को अपने अन्दर छिपी इस शक्ति की ओर निर्देशित करें : इनसे जुड़ी परिस्थितियाँ और वातावरण स्वयं ही आपके जीवन में निर्मित होने लगेगा। आप यह नहीं कह रहे हैं कि "मैं धनवान हूँ।" वरन् आप अपने अन्दर निहित वास्तविक शक्ति के साथ निवास कर रहे हैं। जब आप संपत्ति शब्द को दोहराते हैं तो इसे सुनकर आपके मन व कल्पना में कोई द्वंद्व उत्पन्न नहीं होता। आगे चलकर जैसे-जैसे आप संपत्ति के विचार के साथ एकरूप होने लगते हैं, आपमें संपत्ति की भावना अपने आप घर करती जाती है।

संपत्ति की भावना ही संपत्ति का निर्माण करती है, इस बात को हमेशा ध्यान में रखें। आपका अवचेतन मन किसी बैंक की तरह है, किसी सार्वभौमिक वित्तीय संस्था के समान है। आप इसमें विचार के रूप में जो कुछ भी जमा करते हैं, यह उसे बढ़ाकर आपको देता है। यह विचार संपत्ति का भी हो सकता है और ग़रीबी का भी। आप संपत्ति को चुनें।

अभिपुष्टि करते समय तीन चरणों को ध्यान में रखें (अध्याय 8 के आधार पर)

1. *अपनी अभिपुष्टि को अपने मन में दोहराएँ।*
2. *अपनी अभिपुष्टि को पुष्ट करने वाली किसी भविष्य या भूतकाल की घटना को अपनी कल्पना का हिस्सा बनाएं।*
3. *अपनी कल्पना में सकारात्मक भावनाएँ भी शामिल करें।*

यदि कोई व्यक्ति यह तो कहता है कि "मैं धनवान हूँ" मगर दूसरे और तीसरे चरण को अपनी अभिपुष्टि में शामिल नहीं करता तो यह प्रक्रिया अधूरी रहेगी। जैसे कि हमने लिखा है कि अभिपुष्टि की भाषा को समर्थन देने के लिए कल्पना और उससे जुड़ी भावना का होना भी ज़रुरी है। यह वैज्ञानिक रूप से भी सिद्ध हो चुका है कि हमारा अवचेतन मन शब्दों को ग्रहण नहीं करता वरन् चित्रों को व उनके साथ जुड़ी भावनाओं को ग्रहण करता है।

तीसरे चरण को सारी प्रक्रिया के सार या शक्ति के रूप में देखना चाहिए जो आपकी कल्पना के चित्रों को बनाती है। आपके पास बढ़िया इंजन वाली एक सुन्दर कार हो सकती है मगर उस कार में यदि ईंधन न हो तो उसका कोई उपयोग नहीं है। आप उससे कहीं नहीं जा सकते। आप अपनी कल्पना के चित्रों के साथ जब अपनी भावनाओं को शामिल करते हैं तो वे इसके लिए ईंधन का काम करती हैं और तीसरे चरण की प्रक्रिया को प्रभावी बनाती हैं।

संपत्ति का सच्चा स्रोत

आपके अवचेतन मन में विचारों की कमी कभी भी नहीं होती। इसके अन्दर भी ढेर सारे विचार आपके चेतन मन की ओर आने के लिए तैयार होते हैं और यही विचार धन के रूप में आपकी जेब में आने के कई रास्ते खोज सकते हैं। यह प्रक्रिया अनवरत, हर स्थिति में चलती रहती है भले ही स्टॉक मार्केट में उतार-चढ़ाव आ जाएँ, या डॉलर की क़ीमत बढ़ती-घटती रहे। आपके धन पर किसी भी बॉंड, स्टॉक मार्केट या बैंक के धन का कोई प्रभाव नहीं पड़ता, ये सब आपके लिए केवल संकेत मात्र हैं। भले ही ये उपयोगी हों, मगर हैं तो मात्र संकेत ही।

यहाँ मैं यह स्पष्ट करने की कोशिश कर रहा हूँ कि आप अपने अवचेतन मन को इस बात के लिए सहमत करते हैं कि धन आपका है, और इसका प्रवाह आपके जीवन में हमेशा बना रहेगा, आप हमेशा और हर परिस्थिति में धनवान बने रहोगे चाहे यह किसी भी रूप में रहे।

संपत्ति की राह में आने वाली सामान्य रुकावट

लोगों के मन की एक भावना ऐसी होती है जो संपत्ति के रास्ते बहुत से लोगों के लिए अवरुद्ध कर देती है। लोगों के लिए धन प्राप्ति का रास्ता कठिन बन जाता है। यह भावना है ईर्ष्या या जलन की भावना। उदाहरण के लिए यदि आपका प्रतिद्वंदी आपके सामने बैंक में एक बड़ी रक़म जमा कर रहा हो और आपके पास उसकी तुलना में कम रकम हो तो क्या आप इस बात पर ईर्ष्या महसूस करेंगे? इस ईर्ष्या की भावना से बाहर आने का एक ही तरीक़ा है कि आप अपने आप से कहें, "यह अच्छी बात है। मैं उस व्यक्ति की समृद्धि से ख़ुशी महसूस कर रहा हूँ। उसे अधिक से अधिक धन मिले, मेरी यही कामना है।"

ईर्ष्या की भावनाओं और विचारों को पोषित करना आपके लिए विनाशकारी हो सकता है क्योंकि यह आपको नकारात्मक स्थिति में लाकर खड़ा कर देती है। इसके कारण संपत्ति आपकी ओर आने की बजाय आपसे दूर जाने लगती है। यदि आप किसी व्यक्ति की समृद्धि के कारण ईर्ष्या महसूस करते हैं तो तुरंत उसके लिए अधिकाधिक संपत्ति और समृद्धि की कामना करें। इससे आपके मन के नकारात्मक विचार बेअसर हो जाएँगे और आपके अवचेतन मन के सिद्धांत के अनुसार संपत्ति का एक बड़ा हिस्सा आपकी ओर आने लगेगा।

सोएँ और धनी बने

जब आप रात को सोने के लिए जाएँ तो यह तरीक़ा अपनाएं। शांत, सहज मन से और भावनाओं का पुट देते हुए "संपत्ति" शब्द को दोहराएं। ऐसा बार-बार करते रहें, जैसे कि आप अपने आप को लोरी सुना रहे हों। उस लोरी में केवल "संपत्ति" शब्द का ही उच्चारण करें। इस कार्य के परिणाम आपको आश्चर्यचकित कर देंगे। संपत्ति आपके

पास प्रचुरता से प्रवाहित होने लगेगी। यह आपके अवचेतन मन की जादुई शक्ति का एक और उदाहरण है।

अपने आप को अपने मन की शक्ति द्वारा लाभान्वित करें

1. अपने अवचेतन मन की असीम शक्ति के साथ आसान रास्ते से धनी बनाने का निर्णय लें।
2. संपत्ति वास्तव में अवचेतन मन का ही दृढ़ विश्वास है। संपत्ति के विचार को अपनी मानसिकता का हिस्सा बनाएं।
3. अधिकांश लोगों के साथ दिक़्क़त यह होती है कि उनके पास सहयोग के लिए कोई अदृश्य माध्यम नहीं होता।
4. सोने से ठीक पहले क़रीब पाँच मिनिट तक "संपत्ति" शब्द का उच्चारण करें। आपका अवचेतन मन इसी संपत्ति को आपके अनुभव में साकार कर देगा।
5. संपत्ति का अनुभव ही संपत्ति को बनाता है। इसे हमेशा ध्यान में रखें।
6. आपके चेतन और अवचेतन मन में सामंजस्य होना चाहिए। आपका अवचेतन मन उन्हीं बातों को ग्रहण करता है जिन्हें आप सत्य मानते हैं। आपका प्रधान विचार ही आपके अवचेतन मन के द्वारा स्वीकार किया जाता है। आपका प्रधान विचार संपत्ति होना चाहिए, न कि ग़रीबी।
7. आप संपत्ति के बारे में अपने मन में चल रहे किसी भी संघर्ष से बाहर आ सकते हैं। इसके लिए आपको लगातार यह अभिपुष्टि करनी है, "हर दिन और हर रात मैं समृद्धि की ओर अग्रसर हो रहा हूँ।
8. ब्लैंक चेक लिखना बंद करें अर्थात नकारात्मक बातें जैसे - "धन की कमी है, घूमने जाने के लिए पर्याप्त धन नहीं है" करना बंद करें। ऐसे कथन आपके नुक़सान को बढ़ाते हैं।
9. अपने अवचेतन मन में सफलता, संपत्ति और समृद्धि के विचार जमा करें और वह आपको इन्हें चक्रवृद्धि ब्याज सहित वापस करेगा।
10. एक बार जो अभिपुष्टि आप होशो हवास में करते हैं, थोड़ी देर बाद उसे नकारने वाली कोई बात आपके मन में नहीं आनी चाहिए। अन्यथा आपकी अभिपुष्टि बेअसर हो जाएगी।
11. आपके मन के विचार ही आपकी संपत्ति का सच्चा स्त्रोत हैं। आप अरबपति बनने का विचार कर सकते हैं और आपका अवचेतन मन इसमें आपकी सहायता कर सकता है।
12. ईर्ष्या और जलन संपत्ति के रास्ते में रुकावट डालते हैं। दूसरों की समृद्धि में भी प्रसन्नता का अनुभव करें।

धनी बनाम समृद्ध

यहाँ मैं जीवन में समृद्धि के वास्तविक अर्थ को समझाने के लिए एक टिप्पणी करना चाहता हूँ। समृद्ध होने का अर्थ अपने जीवन में संतुलन बनाने से भी है। आपने ऐसे व्यक्तियों की कहानियाँ पढ़ी होंगी जो सुबह 6 बजे बच्चों के जागने से पहले घर से निकल जाते हैं उनके सोने के बाद घर वापस आते हैं।

समृद्धि का पीछा करने की चाह अस्वस्थ जीवन शैली को जन्म देती है जिसका परिणाम खान-पान की आदतों का बिगड़ना, व्यायाम न करना, नशे का आदी होना और अंत में उम्र से पहले क़ब्रिस्तान की राह पकड़ने के रूप में सामने आता है!

समृद्धि के लिए पैसे की ज़रुरत पड़ती है मगर धनी बनने के लिए किसी पैसे की ज़रुरत नहीं होती। मदर टेरेसा, गांधीजी और अन्य महान नेता हमारी नज़रों में धनी थे मगर उन्हें इसके लिए किसी तरह की आर्थिक संपन्नता की आवश्यकता नहीं पड़ी।

समृद्ध बनने की राह में संतुलन बनाए रखना ही समृद्धि की कुंजी है। संतुलित लोग अपने परिवार, स्वास्थ्य, समाज, आध्यात्म और निजी लक्ष्यों के बीच बेहतर संतुलन बनाए रखते हैं।

जोसफ़सन इंस्टीट्यूट ऑफ़ एथिक्स के संस्थापक माइकल जोसफ़सन लिखते हैं :

> "वस्तुएँ जमा करना नशे की वस्तुएँ लेने के बराबर ही है। शरीर नशे का बड़ी जल्दी आदी हो जाता है और इसके प्रभाव को बनाए रखने के लिए आपको बार-बार नशे की वस्तुओं का सेवन करना पड़ता है। ऐसा ही यौन इच्छा के साथ भी होता है। थोड़े समय तक तो यह मज़ेदार लगता है मगर बाद में यह सांसारिक बंधन सा बन जाता है। यदि आपको अपनी जान-पहचान में आने वाले किन्ही पाँच सबसे अधिक ख़ुशगवार व्यक्तियों के नामों की सूची बनाने को कहा जाए तो आप देखेंगे कि इस ख़ुशी का उनकी समृद्धि या धन से कोई संबंध नहीं है। जिन लोगों को हम ख़ुश मानते हैं वे इसलिए ख़ुश नहीं हैं कि उनके पास वह सब है जिसकी वे चाहत रखते थे, वे ख़ुश हैं क्योंकि वे कौन हैं यह वे जान चुके हैं।"

16

आपका अवचेतन मन और ख़ुशी

विलियम जेम्स कहते हैं कि उन्नीसवीं सदी की महान खोज भौतिक विज्ञान के क्षेत्र में नहीं हुई थी वास्तव में अवचेतन मन की शक्ति पर विश्वास को उन्नीसवीं सदी की सबसे महान खोज मानना चाहिए। हर मनुष्य में वह असीम शक्ति छिपी हुई है जो दुनिया की किसी भी समस्या को सुलझा सकती है।

सच्ची और चिरस्थायी ख़ुशी आपको उस दिन मिलेगी जिस दिन आप यह जान लेंगे कि आप किसी भी कमज़ोरी से पार पा सकते हैं - उस दिन जिस दिन आप यह जान लेंगे कि आपका अवचेतन मन आपकी हर समस्या को सुलझा सकता है, आपका उपचार कर सकता है और आपको अपेक्षा से कहीं अधिक समृद्ध बना सकता है।

आप को उस समय बहुत ख़ुशी हुई होगी जब आपके घर में आपके बच्चे ने जन्म लिया था, या आपका विवाह हुआ था या आप कॉलेज से स्नातक हुए थे या आपको एक बड़ी जीत या पुरस्कार मिला था। आपको उस समय बड़ी ख़ुशी हुई होगी जब आपकी सगाई सबसे सुन्दर लड़की से या सबसे आकर्षक लड़के से हुई होगी। आप ऐसे ढेर सारे अनुभवों की सूची बना सकते हैं जिनसे आपको ख़ुशी मिली हो। फिर भी ये अनुभव चाहे जितने ख़ुशगवार हो, इनसे हमें सच्ची और चिरस्थायी ख़ुशी नहीं मिल सकती - यह ख़ुशी क्षणिक ही होगी।

आपको ख़ुशी का चुनाव करना चाहिए

ख़ुशी वास्तव में मन की अवस्था है। आपको ख़ुशी चुनने की स्वतंत्रता है। यह बड़ा ही सरल लगता है और उतना ही सहज है भी। इसी सहजता के कारण लोग इस राह पर अक्सर ठोकर खा जाते हैं। वे ख़ुशी की इस कुंजी में सरलता खोज ही नहीं पाते। जीवन की महान वस्तुएँ बहुत ही सरल, सहज, गतिशील और रचनात्मक होती हैं। वे ख़ुशी और भलाई उत्पन्न करती है।

उसने ख़ुश रहना ही अपनी आदत बना लिया है

कई साल पहले मैंने आयरलैंड के पश्चिमी किनारे पर स्थित एक किसान के घर में एक सप्ताह बिताया। वह हमेशा गुनगुनाता, सीटी बजाता और हँसता-मुस्कुराता दिखाई देता था। मैंने उससे उसकी ख़ुशी का राज़ जानना चाहा तो वह बोला, "ख़ुश रहना मेरी आदत है। हर सुबह उठने के बाद और हर रात सोने से पहले मैं अपने परिवार, फ़सल

और जानवरों के फलने-फूलने की कामना करता हूँ और ईश्वर को धन्यवाद देता हूँ कि उसने मुझे बढ़िया फ़सल की सौगात दी।"

इस किसान ने पिछले चालीस सालों से ऐसा करने की आदत बना ली थी। जैसा कि आप जानते हैं जब विचार लगातार दोहराए जाते हैं तो वे आपके अवचेतन मन का हिस्सा बन जाते हैं और आपकी आदत में आ जाते हैं। उसने इस बात का पता लगा लिया था कि ख़ुश रहना एक आदत है।

आपको ख़ुश रहने की इच्छा करनी चाहिए

ख़ुश रहने के बारे में एक बड़ा ही महत्त्वपूर्ण बिंदु है। आपको ख़ुश रहने की इच्छा तहेदिल से करनी चाहिए। कुछ लोग होते हैं जो हमेशा निराश, नाख़ुश और उदास रहते हैं और उनके जीवन में यदि अचानक ऐसा कुछ घट जाए जो बहुत ख़ुशी देने वाला हो तो वे इसके प्रति इस तरह से प्रतिक्रिया देते हैं जैसे कि ऐसी ही एक स्त्री ने मुझसे कहा था, "इतना अधिक ख़ुश होना भी ठीक नहीं है!" ऐसे लोग अपने मानसिक प्रारूप में रहने के इतने आदी हो जाते हैं कि वे ख़ुशी के अवसर आने पर भी ख़ुश होना नहीं चाहते! वे हमेशा उदास, नाख़ुश और निराशा की अवस्था में ही रहना चाहते हैं।

मैं इंग्लैण्ड में रहने वाली एक स्त्री को जानता हूँ जिसे कई वर्षों से गठिया रोग़ ने घेर रखा था। वह रोज़ अपने घुटनों को थपथपाकर कहती, "मेरा गठिया आज मुझे बहुत परेशान कर रहा है। मैं कहीं बाहर नहीं जा सकती। यह रोग़ मुझे हमेशा दुःखी ही रखेगा।"

इस बीमारी की वजह से उस स्त्री का बेटा, बेटी और पड़ोसी उसका खूब ध्यान रखते थे। अब उस स्त्री को गठिया से प्रेम हो गया था और वह अपने इस दुःख का मज़ा ले रही थी। वह स्त्री वास्तव में ख़ुश रहना ही नहीं चाहती थी।

मैंने उसे इसके उपचार के कुछ तरीक़े बताए। मैंने कागज़ पर कुछ कथन अभिपुष्टि के रूप में लिखे और उससे कहा कि यदि वह इनकी ओर ध्यान देगी और इन्हें दोहराएगी तो उसकी मानसिक अवस्था में निश्चित ही बदलाव आएगा और इससे उसका आत्मविश्वास और आस्था उसके उपचार में सहायता करेंगे मगर उसने इसमें कोई रूचि नहीं ली। कुछ लोग अजीब सी मानसिक बीमारी से ग्रस्त होते हैं और वे अपनी बीमारी का ही मज़ा लेते हैं, उससे बाहर नहीं आना चाहते। वे उस दुःख और तकलीफ़ का ही आनंद लेने लगते हैं।

दुःखी या नाख़ुश रहने को क्यों चुनें

कई लोग कुछ विचारों को मन में स्थान देकर नाख़ुश रहने का चुनाव करते हैं जैसे, "आज का दिन बड़ा ही मनहूस है : आज मेरे साथ सब कुछ ग़लत होने वाला है।" "मुझे सफलता नहीं मिलेगी।" "सभी मेरे ख़िलाफ़ हैं।" "व्यापार की हालत ख़राब है और यह दिन पर दिन बिगड़ती ही जाएगी।" "मुझे हमेशा देर हो जाती है।" "मुझे कभी छुट्टी

नहीं मिलती।" "वह कर सकता है, मगर मैं इसे नहीं कर सकता।" यदि सुबह उठते ही आपके मन में पहला विचार इसी तरह का होता है तो आप इन्हीं सारे अनुभवों को अपनी और आकर्षित करोगे और हमेशा दुःखी ही रहोगे।

आपको इस बात का अहसास होना चाहिए कि आपके आसपास जो कुछ भी घटता है, दुनिया का जो स्वरूप और अनुभव आप करते हैं वह कमोबेश आपके अपने विचारों का ही परिणाम होता है। रोम के महान दार्शनिक और संत मरकोस ऑरेलियोस के अनुसार "आदमी का जीवन उसके विचारों पर ही चलता है जो वह अपने लिए सोचता है।" अमेरिका के दार्शनिक इमर्शन के अनुसार "मनुष्य दिन भर जो कुछ सोचता है, वह उसी विचार के अनुरूप हो जाता है। आदमी के विचार ही उसके व्यक्तित्व को गढ़ते हैं।" जिन विचारों को आप आदतन अपने मन में स्थान देते हैं, उनमें अपने आप को वास्तविकता के भौतिक धरातल पर उतारने की क्षमता होती है।

यह सुनिश्चित करें कि आप स्वयं को किसी तरह के नकारात्मक, निराशाजनक, क्रूर विचारों में न घिरने दें। अपने मन को बार-बार यह याद दिलाएं कि आपके मन में जो कुछ भी चलेगा, आपके अनुभव में वही सब आएगा।

उसने पाया कि ख़ुशी शांत मन की उपज है

कुछ साल पहले सैन फ्रांसिस्को में व्याख्यान देते समय मैंने एक व्यक्ति का साक्षात्कार लिया जो बहुत दुःखी था और अपने व्यापार की स्थिति से बड़ा ही असंतुष्ट भी। वह प्रबंधक था। उसके मन में अपनी संस्था के उपाध्यक्ष्य और अध्यक्ष के प्रति बड़ा ही रोष था। उसका आरोप था कि वे उसे सहयोग नहीं देते। इस अंदरुनी कलह के कारण व्यापार की हालत ख़राब हो रही है। उसे किसी तरह का डिविडेंट या बोनस नहीं मिल पा रहा है।

उसने अपनी समस्या का हल इस प्रकार निकाला : सुबह उठते ही उसने अपने आप से कहना शुरू किया (अभिपुष्टि), "हमारी संस्था में काम करने वाले सभी लोग बड़े ही ईमानदार, कर्मठ, सहयोगी, विश्वासप्रद और अच्छा व्यवहार करने वाले हैं। इस संस्था के विकास, भलाई और लाभ की कड़ी में वे मानसिक और आध्यात्मिक कड़ियों का काम कर रहे हैं। मैं अपने दो अधिकारियों और अपनी कंपनी के सभी साथियों के प्रति अपने शब्दों के माध्यम से प्रेम, शान्ति और भलाई की कामना प्रकट करता हूँ। कंपनी के अध्यक्ष और उपाध्यक्ष के हर काम को ईश्वरी शक्ति का साथ मिल रहा है और उसी प्रेरणा से वे काम कर रहे हैं। मेरे अवचेतन मन की असीमित शक्ति मेरे हर निर्णय को निर्देशित करेगी।

हमारे आंतरिक रिश्तों में और व्यापारिक मामलों में लिए गए सारे निर्णय सही साबित होंगे। मैं अपने दफ़्तर के सभी लोगों के लिए शान्ति, प्रेम और भलाई का सन्देश भेजता हूँ। मेरी कंपनी में मेरे साथ अन्य सभी लोगों के मन में शान्ति और सामंजस्य की सर्वोच्च सत्ता का राज्य रहेगा। मैं जानता हूँ कि पूर्ण आत्मविश्वास और भरोसे के साथ

साथ किस तरह आगे बढ़ना है।"

इस व्यक्ति ने उपरोक्त अभिपुष्टि को दिन में तीन बार दोहराया और भावनाओं की गहराई में उसे महसूस भी किया। दिन भर में जब भी उसके मन में भयभीत करने वाले या अविश्वास पैदा करने वाले विचार आते थे तो वह अपने आप से कहता था, "शान्ति, सामंजस्य और संतुलन मेरे मन में हमेशा प्रधान रूप से विद्यमान रहते हैं।"

जैसे ही उसने अपने मन को अनुशासित करना शुरू किया, उसके मन में हानिकारक विचारों का आना बंद हो गया, जिसके सुखद परिणाम उसे प्राप्त होने लगे।

बाद में उसने मुझे लिखा कि दो सप्ताह तक इस अभिपुष्टि को करते रहने के बाद एक दिन उसकी कंपनी के अध्यक्ष और उपाध्यक्ष ने उसे अपने कक्ष में बुलाया और उसके काम की, नए विचारों की तारीफ़ की और कहा कि उस जैसे व्यक्ति को अपनी कंपनी में प्रबंधक के रूप में पाकर वे सचमुच स्वयं को भाग्यशाली समझते हैं। वह व्यक्ति इस बात को जानकर बहुत प्रसन्न था कि सच्ची ख़ुशी तो उसके अन्दर ही छिपी थी।

अवरोध या रुकावट वहाँ नहीं है

कुछ साल पहले मैंने समाचारपत्र में एक आलेख पढ़ा था जिसमें बताया गया था कि एक किसान अपने घोड़े के साथ सड़क पर जा रहा था कि रास्ते में एक ठूँठ बाहर निकला हुआ था। घोड़े का पैर उससे टकराया और घोड़ा अचकचाकर रुक गया। किसान ने उस ठूँठ को उखाड़ा और ज़मीन को समतल बना दिया। इस घटना को 25 साल हो जाने के बाद भी आज जब वह घोड़ा उस स्थान पर आता है, तो आगे बढ़ने में हिचकिचाता है। उसके मन में अब तक उस ठूँठ की स्मृति घर बनाए हुए है।

आपके विचारों में या आपकी मानसिक कल्पना में ऐसा कोई भी विचार संचित नहीं है जो आपको प्रसन्न रहने से रोकता हो। क्या डर या चिंता आपको पीछे खींच रहे हैं? डर एक विचार है जो आपके मन में जड़ जमा लेता है। आप उसे उसी क्षण उखाड़ बाहर कर सकते हैं और उसके स्थान पर सफलता, उपलब्धि और विजय की भावना में विश्वास को स्थान दे सकते हैं।

सफलता के चरण: सारांश

1. विलियम जेम्स के अनुसार अवचेतन मन की शक्ति को विश्वास की धारणा से पुष्ट करना, इसे उन्नीसवीं सदी की सबसे बड़ी खोज के रूप में माना जा सकता है।
2. आपके अन्दर असीमित शक्ति छिपी हुई है। प्रसन्नता आपके पास तभी आएगी जब आप इस शक्ति में विश्वास प्रदर्शित करोगे और तब आपके सारे सपने सच होते जाएँगे।
3. सुबह नींद से जागते ही अपने आप से कहें, मैं आज अपने लिए ख़ुशी चुनता हूँ, तरक्की चुनता हूँ, सफलता चुनता हूँ, सही काम चुनता हूँ। मैं आज अपने लिए प्रेम

और सद्भावना को चुनता हूँ। इस अभिपुष्टि में प्रेम का संचार करें, इसके साथ वार्तालाप करें और मान लें कि आपने ख़ुशी को चुन लिया है।

4. आपको पूरे मन से यह इच्छा रखनी होगी कि आप ख़ुश रहना चाहते हैं। आपकी इच्छा के बिना कुछ भी पूरा नहीं हो सकता। इच्छा वह चाह है जिसके साथ कल्पना और विश्वास के पंख लगे होते हैं। अपनी इच्छा को कल्पना में पूर्ण होता देखें और इस वास्तविकता को महसूस भी करें। आपकी इच्छा वास्तविकता में बदल जाएगी।
5. यदि आपके मन में लगातार भय, गुस्सा, नफ़रत और असफलता के भाव विद्यमान रहते हैं तो आप अपने आप को हमेशा नाख़ुश और निराश ही महसूस करोगे। याद रहे, आपके विचार ही आपके व्यक्तित्व का निर्माण करते हैं।
6. संसार के सारे धन से भी ख़ुशी ख़रीदी नहीं जा सकती। दुनिया के कुछ अरबपति लोग बहुत ख़ुश हैं, तो कुछ बड़े अप्रसन्न। कुछ लोगों के पास भौतिक सुख-सुविधाओं की कमी होने के बाद भी वे ख़ुश हैं और कुछ इन सबके होते हुए भी नाख़ुश। ख़ुशी का साम्राज्य तो आपके विचारों और भावनाओं द्वारा नियंत्रित होता है।
7. आपकी ख़ुशी में वास्तव में कोई रुकावट नहीं है। बाहर से दिखने वाले अवरोध वास्तव में अवरोध न होकर आपके विचारों का परिणाम मात्र है। अपने अन्दर के रचनात्मक सिद्धांत के संकेतों को समझें, उनसे मदद लें। आपके विचार ही कारण हैं और हर विचार एक नया प्रभाव उत्पन्न करता है। अपने विचारों में भी प्रसन्नता को चुनें।

17

आपका अवचेतन मन और सामंजस्यपूर्ण मानवीय रिश्ते

इस पुस्तक को पढ़कर आपने यह समझा है कि आपका अवचेतन मन किसी रिकॉर्डिंग मशीन की तरह है जो आपके द्वारा डाले गए हर प्रभाव को भलीभाँति दर्ज करता है। मानवीय रिश्तों के स्वर्णिम सिद्धांत के उपयोग का एक कारण यह भी है। यदि आप चाहते हैं कि लोग आपके बारे में अच्छा सोचें तो आपको भी उनके बारे में अच्छा ही सोचना होगा। यदि आप चाहते हैं कि लोग आपके साथ भावनात्मक रूप से जुड़ाव महसूस करें तो आपको भी उनके साथ उसी तरह से जुड़ाव दर्शाना होगा। यदि आप चाहते हैं कि लोग आपके द्वारा बताई दिशा का अनुसरण करें तो आपको भी ऐसा ही करना होगा। उदाहरण के लिए अपने दफ़्तर के किसी व्यक्ति के सामने तो आप बड़े ही विनम्र और शिष्ट बनते हैं मगर उसके पीठ पीछे आप अपने मन में उसके प्रति आक्रोश और गुस्से का भाव रखते हैं। ऐसे नकारात्मक विचार आपके लिए बहुत ही हानिकारक सिद्ध होते हैं। ये किसी ज़हर के समान काम करते हैं। आप अपने आप को मानसिक रूप से ज़हर दे रहे हैं जो आपके विचारों के रूप में आपके भीतर प्रवेश करके आपकी जीवन ऊर्जा, उत्साह, शक्ति, निर्देशन क्षमता और साख को नुक़सान पहुँचाता है। ये नकारात्मक विचार आपके अवचेतन मन में घर बना लेते हैं और आपके जीवन में कठिनाइयों और विकृतियों को निमंत्रित करते हैं।

दूसरों के साथ अच्छे रिश्ते बनाने की प्रमुख कुंजी

दूसरों के बारे में कोई राय बनाना अर्थात उनके बारे में सोचना और मानसिक निर्णय पर पहुँचना है। दूसरे व्यक्ति के बारे में आपके मन में जो भी विचार है, वह केवल आपका विचार है क्योंकि वह आपके मन में आया है। आपके विचारों में रचनात्मक शक्ति है, वे कुछ रच सकते हैं अतः दूसरे व्यक्ति के बारे में आपके जो भी विचार हैं वे वास्तविक बन जाते हैं। जब आप दूसरों को कोई सलाह देते हैं तो वह सलाह वास्तव में आप अपने आप को दे रहे होते हैं क्योंकि आपका अवचेतन मन रचनात्मक माध्यम है।

आपका अवचेतन मन अवैयक्तिक और अपरिवर्तनीय है। यह स्वयं न तो किसी व्यक्ति विशेष के बारे में विचार करता है या उसका आदर करता है, न ही किसी तरह की धार्मिक अभिपुष्टि या धार्मिक संस्था का आदर करता है। यह न तो दयालु है, न ही समर्थनशील। आप दूसरों के बारे में जैसा सोचते हैं, जैसा व्यवहार करते हैं वही अंत में आपके पास लौटकर आता है।

भावनात्मक रूप से परिपक्व होना

दूसरों के द्वारा आपके बारे में कही गई बातें आपको तब तक गुस्सा नहीं दिला सकतीं या परेशान नहीं कर सकतीं जब तक आप उन्हें इसकी अनुमति नहीं देंगे। उनकी बातें आपको तभी परेशान कर सकती हैं जब वे आपके विचारों का हिस्सा बन जाएँ। उदाहरण के लिए यदि आप गुस्से की अवस्था में आते हैं तो यहाँ तक पहुँचने के लिए आपको चार अवस्थाओं से गुज़रना पड़ता है। सबसे पहले आप यह सोचना शुरू करते हैं कि उस व्यक्ति ने आपके बारे में क्या कहा था। फिर आप तय करते हैं कि उसकी बात पर आपको गुस्सा होना है और उसी के अनुसार क्रोध या रोष की भावनाएँ प्रकट करते हैं। उसके बाद आप प्रतिक्रया देने का तय करते हैं। शायद आप उसकी बात का जवाब देते हैं या उसी तरह का प्रत्युत्तर देते हैं। आपने देखा कि इस तरह विचार, भावनाएँ, क्रिया और प्रतिक्रिया आपके मन में ही जन्म लेती हैं।

जब आप भावनात्मक रूप से परिपक्व हो जाते हैं तो आप दूसरों के आलोचनात्मक और रोषपूर्ण ढंग से कही गई बातों को नकारात्मक रूप से नहीं लेते। ऐसा न करने का अर्थ है आपने उस व्यक्ति द्वारा आ रहे नकारात्मक कंपनों को ग्रहण किया है और दूसरों द्वारा बनाए गए नकारात्मक वातावरण को आपने अपने लिए ग्रहण कर लिया है। अपने आप को पहचानें, अपने जीवन के लक्ष्य को पहचानें और किसी भी व्यक्ति, वस्तु या घटना को आपकी आंतरिक शान्ति, सौहार्द्र और दीप्ति में खलल डालने की अनुमति न दें।

सामंजस्यकारी मानवीय रिश्तों में प्रेम का अर्थ

ऑस्ट्रियन साइकोएनालिसिस के प्रवर्तक सिगमंड फ्रॉयड कहते थे, "यदि किसी व्यक्तित्व में प्रेम न हो तो वह बीमार होकर मर जाएगा।" प्रेम समझदारी, साख और दूसरों के लिए सम्मान का भाव पैदा करता है। आप प्रेम और भलाई को जितना अधिक फैलाएँगे, आपके पास वही बढ़कर वापस आएगा।

यदि आप अपने साथी के अहंकार को चोट पहुँचाकर उसकी स्वयं के बारे में बनी छवि को धक्का पहुँचाते हैं तो आप कभी उससे सद्भावनापूर्ण व्यवहार प्राप्त नहीं कर सकते हैं। यह जान लें कि दुनिया का हर व्यक्ति दूसरों से प्रेम और प्रशंसा पाना चाहता है, वह चाहता है कि दुनिया में उसे महत्त्वपूर्ण समझा जाए। यह याद रहे कि दूसरा व्यक्ति भी अपनी क़ीमत पहचानता है और वह भी स्वयं को जीवन के उस सिद्धांत के अनुकूल समझता है जो हरेक प्राणी को निर्देशित करता है। जब आप अपने व्यवहार में सतर्कता बरतते हो तो आप वास्तव में दूसरे व्यक्ति की अच्छी छवि को आकार देते हो जिसके फलस्वरूप आपका प्रेम और सदभावना आपके पास प्रत्युत्तर के रूप में आता है।

तुष्टीकरण की कभी जीत नहीं होती

दुनिया में किसी को भी वह शक्ति और अधिकार प्रदान न करें कि वह आपको अपने जीवन के लक्ष्य से भ्रमित कर सके। आपके जीवन का लक्ष्य अपने छिपे हुए सामर्थ्य और

प्रतिभा को दुनिया के सामने लाना और इसके माध्यम से मानवता की सेवा करना, ईश्वर द्वारा दी गई बुद्धि, सत्य और सुंदरता को दुनिया के सभी लोगों के लाभ हेतु उपयोग में लाना है। अपने आदर्शों के प्रति निष्ठावान रहें। यह आवश्यक और पूर्ण रूप से जान लें कि आपकी शान्ति, ख़ुशी और पूर्णता में उस शक्ति का आशीर्वाद समाहित है जिसके कारण दुनिया चल रही है। एक अंश के सामंजस्य का अर्थ है सारी दुनिया का सामंजस्य। अंश ही पूर्ण है और पूर्ण ही अंश है। आपके ऊपर दूसरों का क़र्ज़ प्रेम के रूप में है जिसे आपको चुकाना है। प्रेम स्वास्थ्य, ख़ुशी और मन की शान्ति को आकार देने वाला नियम है।

मानवीय रिश्तों में लाभदायक बिंदु

1. आपका अवचेतन मन किसी रिकॉर्डर की भाँति काम करता है जो आपके हर विचार को रिकॉर्ड करता है। दूसरों के लिए हमेशा अच्छा सोचें, ऐसा करने से आप वास्तव में अपने ही लिए अच्छा सोच रहे होते हैं।
2. घृणा या गुस्से का विचार मन के लिए ज़हर का काम करता है। किसी के लिए भी बुरा विचार अपने मन में न लाएँ। दूसरों का बुरा सोचने का अर्थ है आप अपने लिए बुरा सोच रहे हैं। आप अपनी दुनिया में अकेले सोचने वाले हो और आपके विचार रचनात्मक हैं, वास्तविकता बनने की शक्ति रखते हैं।
3. आपका मन रचनात्मक माध्यम है अतः आप दूसरों के बारे में जो कुछ भी सोचते हैं या महसूस करते हैं, वह आपके मन के द्वारा आपके जीवन के अनुभव के रूप में बदल दिया जाता है। यह स्वर्णिम नियम का मनोवैज्ञानिक रूप है। आप दूसरों से अपने बारे में जिस प्रकार की सोच रखने की अपेक्षा करते हैं, वैसे ही विचार उनके लिए भी अपने मन में लाएँ।
4. जब आप दूसरों के लिए अच्छा सोचते हैं तो दयालुता का प्रसार होता है। आपके पास का प्रेम और अच्छाई आगे भेजी जाती है और यही बातें आपके पास कई गुना होकर वापस आती हैं।
5. आप अपनी दुनिया के अकेले विचारक हो। दूसरों के बारे में आपकी सोच के लिए आप स्वयं ही ज़िम्मेदार हैं। याद रहे, दूसरा व्यक्ति उसके बारे में आपकी सोच के लिए ज़िम्मेदार नहीं है। आपके विचार पुनर्निर्मित होते हैं। अब आप दूसरों के बारे में किस तरह की सोच रखना चाहेंगे?
6. भावनात्मक रूप से परिपक्व हो जाएँ। दूसरे व्यक्ति के मत की भिन्नता को स्वीकार करें। वे आपसे असहमत होने का अधिकार रखते हैं और आप भी उनसे असहमत होने का अधिकार रखते हैं। आप कटु व्यवहार किए बिना या अप्रिय वचन बोले बिना उनसे असहमत हो सकते हैं।
7. जानवर आपकी नकारात्मक तरंगों को भाँपकर आप पर झपटते हैं। यदि आप अपने भीतर प्रेम का भाव रखेंगे तो जानवर आप पर हमला नहीं करेंगे। कई

अनुशासनहीन इंसानों के भीतर उतनी ही संवेदनशीलता होती है जितनी किसी बिल्ली, कुत्ते या दूसरे जानवरों में हो सकती है।

8. आपका स्व-संवाद आपके विचारों और भावनाओं का प्रतिनिधित्व करता है और इसे अन्य लोगों के साथ आपके व्यवहार और प्रतिक्रियाओं द्वारा अनुभव किया जा सकता है।
9. आप अपने लिए जो भी चाहते हैं, दूसरों के लिए भी उसी की कामना करें। यह सामंजस्यकारी मानवीय रिश्तों की कुंजी है।
10. दूसरा व्यक्ति तब तक आपको विचलित या परेशान नहीं कर सकता जब तक आप उसे ऐसा करने की अनुमति नहीं देते अर्थात जब तक आप उसकी बात को गंभीरता से नहीं लेते। आपके विचार रचनात्मक हैं, आप उसकी भलाई कर सकते हैं।
11. दूसरों के साथ रहने के लिए प्रेम ही एकमात्र उत्तर है। प्रेम का अर्थ दूसरों को समझना, उनकी भलाई की कामना करना और समझदारी रखना है।
12. दूसरों की सफलता, उन्नति और सौभाग्य में प्रसन्नता का अनुभव करें। ऐसा करके आप अपने लिए भी सौभाग्य को निमंत्रित करते हैं।
13. यदि दुनिया में आप किसी को कुछ दे सकते हैं तो वह है प्रेम, और प्रेम का अर्थ है आप अपने लिए जो कुछ भी चाहते हैं - स्वास्थ्य, ख़ुशी और जीवन के तमाम सुख, उसी की कामना अन्य व्यक्तियों के लिए भी करें।

किसी के बारे में राय या निर्णय न लेने वाला दिवस क़रीब है

हममें से कितने लोग ऐसे हैं जो दूसरों के द्वारा स्वयं के बारे में कोई अंतिम राय बनाना या निर्णय लिया जाना पसंद करते हैं? मैं तो इसे पसंद नहीं करता हूँ और मुझे लगता है कि आप भी इसे पसंद नहीं करते होंगे।

लोग अपने आप को आकलित किया जाना पसंद नहीं करते, विशेषकर उन्हें जाने-पहचाने बगैर। हम चाहते हैं कि पहले हमें समझा जाए। इस समझदारी के साथ हम प्रशंसा, महत्त्व और अंत में प्रेम पाना चाहते हैं मगर बिना निर्णायक हुए।

हाल ही में मैंने हार्टमैथ न्यूज़लेटर जिसे उस संस्था की सदस्य किम ऐलन द्वारा लिखा गया था, पढ़ा। किम ने लिखा था :

> मेरी एक कॉलेज की मित्र घर के मुख्य द्वार पर लगे सी होल, जिसे आगंतुक को देखने के लिए लगाया जाता है, में से झाँककर ही यह तय कर लेती थी कि उसकी शाम कैसी बीतनी है।
>
> कई बार वह दरवाज़ा खोलकर देखने की बजाय केवल छेद में से देखकर ही यह तय कर लेती थी कि दरवाज़े पर खड़ा व्यक्ति शायद यह सोचकर उसके घर आया है कि घर में वह अकेली है और वह उसे नुक़सान पहुँचा सकता है।

हममें से अधिकांश लोग इस तरह से किसी के बारे में राय बनाना पसंद नहीं करते मगर ऐसा कितनी बार होता है जब हम अपने पूर्वाग्रहों के साथ ही दूसरे व्यक्ति को देखते हैं? हम शायद ही यह समझते हैं कि किसी व्यक्ति के बारे में राय बनाना या उसे दोषी सिद्ध करने का परिणाम हमारे ऊपर भी वैसा ही हो सकता है जैसा कि दूसरे व्यक्ति पर। अर्थात इससे हम तनावग्रस्त हो सकते हैं।

एक रात मैं और मेरी पत्नी सिएटल के हमारे पसंदीदा भोजनालय में गए। यह भोजनालय हमारे उस होटल की दूसरी सड़क पर था जिसमें मैं और मेरी पत्नी क़रीब 13 साल पहले से 2006 में सिएटल में बसने से पहले रुका करते थे। इतने सालों में उस भोजनालय के सभी सदस्यों से हमारी ख़ासी जान-पहचान हो गई थी और उनका गर्मजोशी भरा व्यवहार और हमारे नाम याद रखने का भाव हमें ख़ुश और प्रशंसित महसूस कराता था।

प्रबंधकों में से एक व्यक्ति (जिसे अब मैं टॉमी नाम से पुकारूँगा) हमारे आने से ख़ुश नहीं होता था, न ही किसी तरह का अभिवादन या स्वागत का भाव दर्शाता था। मुझे अक्सर ऐसा लगता था कि उसे इस बात से कोई अंतर नहीं पड़ता था कि हम उसकी संस्था को किसी तरह का संरक्षण नहीं देना चाहेंगे। कई सालों में मुझे यह महसूस होने लगा था कि या तो वह हमें बिलकुल पसंद नहीं करता या वह बड़ा ही अलिप्त और अस्नेही स्वभाव का व्यक्ति है। यह बात उसकी संस्था के अन्य स्नेहिल और मित्रवत व्यवहार रखने वाले सदस्यों से बिलकुल अलग प्रतीत होती थी।

एक शाम हम रात के खाने के समय से बहुत पहले लौट आए। हमने निकट के खाली बार के किनारे एक स्थान ले लिया। टॉमी बार के पास से तीन या चार बार गुज़रा मगर उसने हमारा हैलो कहकर या अन्य किसी तरह से अभिवादन नहीं किया। मैंने निश्चय किया कि उसके पास जाकर उससे उसके ऐसे व्यवहार का कारण जाना जाए कि कहीं अनजाने में हमारी कोई बात उसे बुरी तो नहीं लगी है। यह तय करके जैसे ही वह अगली बार वहाँ से गुज़रा, मैंने उसे पुकारा, "टॉमी, क्या आप हमारे साथ थोड़ी देर बैठ सकते हैं?" वह मेरे पास और मेरी पत्नी के ठीक सामने बैठ गया।

मैंने बात शुरू की, "टॉमी, आप जानते हो कि मैं और मेरी पत्नी जैरी यहाँ क़रीब 20 वर्षों से लगातार आ रहे हैं। इतने सहयोगी, योग्य और सौहार्दपूर्ण स्वभाव के सदस्य यहाँ रखने के लिए हम आपको बधाई देना चाहते हैं, आपका अभिनन्दन करना चाहते हैं। मगर मेरे मन में एक प्रश्न है। आप हमें कभी भी हैलो नहीं कहते, न ही कभी हमारा अभिवादन करते हो। इससे हमें ऐसा लगता है कि आपको हमारा यहाँ आना पसंद नहीं है। ऐसा है तो आगे से हम यहाँ नहीं आएँगे, मैं बस इतना पूछना चाहता हूँ कि क्या हमारी कोई बात आपको बुरी लगी है? यदि ऐसा है तो मैं उस मुद्दे पर बात करके अपना पक्ष रखना चाहूँगा।"

थोड़ी देर रुकने के बाद टॉमी मुख पर एक अच्छी सी मुस्कान लेकर मुझसे मुख़ातिब हुआ, "जिम, मेरे बारे में कुछ ऐसा है जो आप नहीं जानते। मैं पूर्ण रूप से अंधा हूँ। मैं आपको या किसी और व्यक्ति को देख ही नहीं सकता। इसलिए जब आप यहाँ आते हैं और मैंने आपकी आवाज़ न सुनी हो तो आपको पहचानने का सवाल ही नहीं उठता। मेरे पास यह जानने का कोई रास्ता नहीं है कि आप यहाँ आए हैं।

अब स्तंभित होने की बारी मेरी थी। मैंने हँसना शुरू किया और कहा, "यह अब तक सुनी हुई सारी कहानियों में सबसे अच्छी कहानी है। मैं अब तक आपके बारे में यूँ ही कयास लगा रहा था जो मेरे दिमाग़ द्वारा एकत्रित की गई पूरी तरह से ग़लत जानकारी पर आधारित थे। वास्तव में आपने मुझे इस कहानी को अपनी पुस्तक में शामिल करने के लिए प्रेरित किया है।" हम सब ठहाका मार कर हंस पड़े। यह एक अच्छे रिश्ते की शुरुवात थी।

तब से जब भी मैं उस भोजनालय में जाता हूँ, टॉमी को देखते ही मैं खुद उसके पास जाता हूँ और उससे कहता हूँ, "हाय टॉमी, मैं जिम हूँ और यह मेरी पत्नी जैरी है। यहाँ के क्या हालचाल है?" और हम दोस्तों की तरह बातें करते हैं और साथ में अच्छा वक़्त बिताते हैं।

राय पर पहुँचना : इस घटना ने मुझे अपने बारे में सोचने पर मजबूर किया और स्वयं से ही कुछ प्रश्न पूछने पर मजबूर किया कि मैं कितनी बार इस तरह की सीमित और ग़लत सूचनाओं के आधार पर किसी के बारे में अंतिम राय क़ायम कर लेता हूँ। और जब भी मैं ऐसा करता हूँ, मेरी राय ग़लत ही सिद्ध होती है।

अंत में किम एलेन लिखते हैं :

> निर्णय पर पहुँचाने, अंतिम राय बनाने और दोषारोपण करने की आदत को ख़त्म करने का एक ही तरीक़ा है – प्रशंसा करना। अन्य सकारात्मक अवस्थाओं की ही तरह प्रशंसा भी व्यक्ति के प्रदर्शन को बेहतर बनाती है, साथ ही मस्तिष्क की सूचनाओं को समझाने की क्षमता को भी बेहतर बनाती है। यह मस्तिष्क के कॉर्टीकल सरलीकरण को गतिमान करती है और स्थिति को वृहद परिप्रेक्ष्य में देखने में मदद करती है।
>
> अतः अगली बार जब आप अपने आप को किसी अंतिम निर्णय की ओर पहुँचने की जल्दी में अनुभव करें तो दिमाग़ के दरवाज़े खोलें। तारीफ़ करने लायक बातें तलाशें। आपको अच्छा महसूस होगा। इससे भी अधिक यह कि आप दूसरों को, उनकी बातों को और उनकी स्थिति को दूसरे कोण से देखने में समर्थ हो सकेंगे।

धन्यवाद किम! अंतिम राय न बनाने का दिन क़रीब है।

18

मैं से हम तक : ज्ञानवर्धक नेतृत्व के सिद्धांत

क्या आपको कभी यह देखकर आश्चर्य हुआ है कि बहुत से लोग तो अपनी आदतों व व्यवहार में बिलकुल एक जैसे होते हैं वहीं कुछ लोगों को हमेशा जीवन से, अपने आसपास के लोगों से शिकायत बनी रहती है और वे हमेशा दूसरों की आलोचना करते रहते हैं?

हाल ही में मैं सिएटल सी हॉक और सेंट लुईस रैम्स के बीच हुआ फ़ुटबाल मैच देखने गया जिसमें सिएटल जीता और उन्हें विभागीय चैम्पियनशिप प्रदान की गई। मैं सिएटल के प्रमुख प्रशिक्षक पीट कैरोल से अभी मिला नहीं था मगर मेरे मन में उनके सतत और अपराजेय खेल के प्रति बड़ा आदर था। वह अपनी सोच में बहुत ही सकारात्मक था और सकारात्मक परिणामों की ही उम्मीद करता था। टीम के खेलों में भाग लेते समय मैं अक्सर यह सोचता था कि कैरोल को अपने प्रशिक्षक के रूप में पाना बड़ा ही रोमांचक होगा।

व्यापार की दुनिया में कॉरपोरेट संस्कृति और उसके किसी कंपनी की सफलता पर सकारात्मक या नकारात्मक प्रभाव के बारे में बहुत कुछ लिखा जा चुका है। सौभाग्यवश मैं अब तक ऐसी ही कंपनियों के प्रबंधन मंडल का एक हिस्सा रहा हूँ जहाँ नेता को किसी कर्मचारी के बढ़िया काम को अंकित करने के लिए कहा जाता है, न कि ग़लत काम के अंकन के लिए। और फिर ऐसे व्यवहार को और प्रबल करने के लिए प्रशंसा और सकारात्मक माहौल का सहारा दिया जाता था।

ये वे कंपनियाँ थीं जो अपने अच्छे काम और अच्छे माहौल के लिए जानी जाती हैं जहाँ का प्रबंधन अपनी हर इकाई के कर्मचारी के अच्छे व सकारात्मक काम व परिणाम की प्रशंसा करता है। इसका यह अर्थ हरगिज नहीं है कि वहाँ कर्मचारी ग़लतियाँ नहीं करते या वहाँ सकारात्मक आलोचना नहीं होती। कई बार कर्मचारियों को कार्यमुक्त करना या बदलना भी पड़ता है। सरल रूप से कहा जाए तो वहाँ का वातावरण बहुत ही सकारात्मक होता है। ऐसे माहौल में काम करना आनंददायक बन जाता है।

ऐसी कंपनियाँ जो अपने कर्मचारियों के क्षमतावर्धन में जी जान लगाती हैं और लगातार प्रशिक्षण के साथ ऐसा वातावरण निर्मित करती हैं जहाँ कर्मचारियों की निजी क्षमता भी बढ़ती है, ऐसी कंपनियों की साख अच्छे कर्मचारियों को कंपनी

की ओर आकर्षित करती है। लोग आलोचना और बदनामी की बजाय प्रशंसा और महत्त्व को पसंद करते हैं। यही बातें कार्यस्थल (दफ़्तर) से बाहर भी इतनी ही मायने रखती हैं।

कई प्रबंधक मानो सुबह अपने बिस्तर से उठते समय ग़लत करवट से ही उठते हैं और दफ़्तर में भी इसी मंशा से आते हैं कि कब वे किसी कर्मचारी की ग़लती को पकड़ सकें ताकि उसे बुरा-भला कहा जा सके और उसे उनकी जगह दिखाई जा सके। ऐसे प्रबंधकों की स्व अवधारणा कमज़ोर होती है और दूसरों को नीचा दिखाकर वे स्वयं को महत्त्वपूर्ण सिद्ध करना चाहते हैं। और फिर ऐसे लोग यह शिकायत करते हैं कि उन्हें अपनी कंपनी में काम करने के लिए अच्छे लोग नहीं मिलते। वे लोग जिनकी स्व अवधारणाएँ कमज़ोर होती हैं, वे ही ऐसे नकारात्मक वातावरण में काम कर सकते हैं और उनके लिए काम का अर्थ केवल वेतन की राशि हासिल करना है। मज़े की अवधारणा काम में समाहित नहीं है ऐसा वे मानते हैं। मज़ा तो कार्यस्थल से बाहर हासिल की जाने वाली वस्तु है। दुर्भाग्य से ऐसे लोग अपने परिवार और क़रीबी मित्रों के साथ व्यवहार करते समय भी क्रूर और असम्मानजनक रवैया अपनाते हैं।

मैं जिन महान नेताओं को जानता हूँ उनमें मानवीय रिश्तें बनाने का अद्‌भुत कौशल दिखाई देता है। वे वास्तव में लोगों को पसंद करते हैं। ऐसा करना उनके व्यवहार का हिस्सा है और व्यवहार आपके निजी चुनाव पर निर्भर करता है। तो फिर हम भी मानवीय रिश्तों की क़ीमत जानने का चुनाव क्यों नहीं करते? ऐसा करने से जीवन बड़ा ही आसान हो जाता है। चूंकि अच्छी टीम एक साझी दृष्टि के साथ आगे बढ़ती है और टीम का हर सदस्य अपने लक्ष्य के साथ टीम के लक्ष्य की प्राप्ति हेतु भी प्रयासरत रहता है अतः इच्छित चीजें जरा से प्रयास से ही पास आने लगती हैं।

मानवीय रिश्तों के प्रति जागरूकता हासिल करने के लिए दो बढ़िया अभिपुष्टियाँ :

"मेरे मन में हरेक व्यक्ति के लिए हर स्थिति में निःस्वार्थ प्रेम और आदर मौजूद है।"

और

"मैं पूरी तरह से अपने लक्ष्य पर अडिग हूँ और दूसरों को भी ऐसा करने का अधिकार देता हूँ।"

पहली अभिपुष्टि में हरेक व्यक्ति यह शब्द ज़ोर देकर दोहराए जाने के लिए लिखा गया है। निश्चित ही हमारे मन में किसी पागल व्यक्ति के लिए या ऐसे व्यक्ति के लिए जिसने हमारा बहुत नुक़सान किया होगा, प्रेम व आदर नहीं रहेगा।

दूसरी अभिपुष्टि में महत्त्वपूर्ण शब्द हैं - "और दूसरों को भी ऐसा करने का

अधिकार देता हूँ।" बहुत से लोग अपने लक्ष्य पर अडिग रहते हैं मगर दूसरों को ऐसा करने का अधिकार नहीं देते। ऐसे लोग दूसरों की बातों पर असहमत बने रहते हैं और बुरा मानते हैं या झगड़ा करते हैं। जब हम दूसरों को यह अधिकार देते हैं तो मतभिन्न होने पर भी मतभेद नहीं होते अर्थात किसी कथन से असहमति हो सकती है मगर यह असहमति किसी तरह के विषाद या तनाव को जन्म नहीं देगी।

मानवीय रिश्तों को विकसित और पुष्ट करने को निजी लक्ष्य के रूप में लेना बड़ा ही योग्य लक्ष्य है और यह इस लक्ष्य को धारण करने वालों के जीवन में निश्चित ही कुछ मूल्यों की वृद्धि करेगा।

कंपनियों के ऐसे नेता या अफ़सर जो अच्छे मानवीय रिश्ते बनाने में विश्वास रखते हैं, वे इस कौशल के चलते अपने कर्मचारियों को वास्तव में पसंद करते हैं, उनके महत्त्व को समझते हैं और ऐसा वे उन्हें कर्मचारी समझकर ही नहीं करते, वरन् मानव होने के नाते भी वे उन्हें पसंद करते हैं।

मैं ज़ैपोस के सीईओ टोनी शीह से कभी मिला नहीं मगर उनकी पुस्तक डिलिवरिंग हैप्पीनेस* पढ़कर मुझे बड़ी प्रेरणा मिली। यह पुस्तक इसके मूल रूप में उपभोक्ताओं के अनुभवों के बारे में लिखी गई है मगर टोनी और उनकी टीम ने इस हैप्पीनेस को ज़ैपोस के हर कर्मचारी, उनके परिवार, हितधारकों और उन सभी तक जिनके पास ज़ैपोस की टीम पहुँच सकती थी, पहुँचाने का प्रयास किया। टोनी ने वास्तव में इसे कर दिखाया। मैं इस पुस्तक की अनुशंसा करता हूँ।

पचास साल पहले इस तरह के नव युगीन प्रबंधन के तरीक़े और कारपोरेट संस्कृति लोगों के बीच चर्चा का विषय नहीं थे। प्रबंधन के अधिकांश तरीक़े पारंपरिक थे, उच्च पद से नीचे की ओर आते थे और उन्हें अपने कर्मचारियों के विचार जानने या उनसे किसी तरह का फ़ीडबैक लेने में कोई रूचि नहीं होती थी, न ही उनमें इतना धीरज हुआ करता था। इस तरह के व्यवहार ने मज़दूर संगठनों को जन्म दिया और उन्हें पोषित किया। इस तरह के पदानुक्रम को बहुत महत्त्वपूर्ण समझा जाता था और अधिकांश कर्मचारी बॉस को नाराज़ न करने के डर के तले काम करते थे।

आज की सफ़लतम कंपनियों ने प्रबंधन के पुराने तरीक़ों को पीछे छोड़ दिया है और इस क्षेत्र में एक परिवर्तन का आगाज़ किया है। अब पिरामिड़ एकदम उलट गया है जिसमें समझदार प्रबंधक और नेता उन लोगों के साथ काम करने का महत्त्व समझते हैं जो उनके नीचे काम करते हैं। वे सतत अपने कर्मचारियों से सुझाव और फीडबैक लेते रहते हैं जिससे वे उनकी समस्याओं और उन मुद्दों को ठीक से समझ सकें जो कर्मचारियों की कार्यक्षमता को प्रभावित करते हैं। कर्मचारियों के रास्ते में आ रही रुकावटों को दूर करना और उनके प्रदर्शन को बेहतर बनाना प्रबंधक अपनी ज़िम्मेदारी समझते हैं और इसके लिए भरसक प्रयास करते हैं।

*शीह टोनी, डिलिवरिंग हैप्पीनेस। हैशेट बुक ग्रुप : जून, 2010

आइए मैं आपके साथ वह प्रतिरूप (मॉडल) साझा करता हूँ जिससे आप समझ सकेंगे कि पिछले सालों की तुलना में 21वीं सदी में किस तरह प्रबंधन के प्रतिमान परिवर्तित हुए हैं।

पुराने प्रतिमान	***नए प्रतिमान***
स्वयं का सशक्तिकरण	*दूसरों को सशक्त बनाना*
नियंत्रण बनाए रखना	*प्रभाव उत्पन्न करना*
सेवा करवाना	*सेवा करना*

संस्थागत विकास, प्रबंधन की संरचना और तरीक़ों को लेकर कई पुस्तकें लिखी गई हैं। एक क्षण के लिए सोचें कि सन् 1900 में यूएसए का अधिकांश कार्यबल (कर्मचारी) कृषि कार्य में लगा था। इनमें से अधिकतर किसान पुरुष थे। औद्योगिक क्रान्ति आने ही वाली थी। अगले 15 सालों में ही इनमें से कई युवा प्रथम विश्वयुद्ध के चलते सेना में शामिल हो गए। उन लोगों के लिए सेना की नौकरी प्रबंधन का पहला प्रतिरूप थी।

किन्हीं ज़रूरतों के चलते यह प्रबंधन व्यवस्था उच्च से निम्न की ओर थी। काम सही तरह से हो सके, इसके लिए वहाँ पदानुक्रम होना ज़रुरी था। सैनिकों के लिए सेना के गणवेश और उसे पहनने वाले दोनों का ही सम्मान करना ज़रुरी था। यह बात पूरी तरह से समझ में आती है और प्रशंसा के लायक भी है। जब शत्रु सामने हो, गोली चलाओ। यहाँ जागरुक होकर सोचने का या कर्मचारियों को बचाने का कोई उद्देश्य नहीं था, जिसके चलते उनकी राय लेना ज़रुरी समझा जाए। हम केवल प्रबल नेतृत्व, उनके द्वारा बनाई हुई उच्च स्तरीय रणनीति और उसका समर्थन करने वाली और उनके आदेश को मानने वाली सेना के बल पर ही युद्ध जीतते हैं। तो फिर यहाँ संस्थागत विकास का प्रश्न ही कहाँ आता है?

जब हमारे सिपाही घर लौटे तो उनके परिवार अपने खेत छोड़कर बड़े शहरों की ओर जा रहे थे। इन युवाओं के लिए ऐसी कंपनियों और निकायों में प्रवेश करना बड़ा आसान था जहाँ का प्रबंधन सेना के समान ही था। यहाँ तक कि सेना में सीखी गई भाषा भी कार्यस्थल पर उपयोग में आती थी, जैसे :

- *"मान लो कि हम बंदूक की नोंक पर हैं और हमें इस काम को करके दिखाना ही है।"*
- *"अपने लक्ष्य को प्राप्त करना हमारे लिए जीवन-मरण का प्रश्न है।"*
- *"यह सुनिश्चित करें कि मीटिंग में जाते समय आप अपने हथियारों से सज्जित होकर जाएँ।"*
- *हमारे प्रतिद्वंदी हमारे शत्रु है। हमें उन पर पूरी ताक़त से आक्रमण करना है।"*
- *"यह पीछे हटने का समय नहीं है।"*

- *और तुम्हें कंपनी से बाहर किया जाता है।*
- *आदि... आदि... आदि।*

पुरानी संरचना में लोगों के लिए प्रबंधक के पद के पीछे प्रमुख आकर्षण था अपनी निजी ताक़त का प्रदर्शन करना, लोगों को नियंत्रित करना और कर्मचारियों की सेवा का लाभ उठाना। संवाद भी उच्च से निम्न स्तर की ओर ही था। पदनाम बहुत ही महत्त्वपूर्ण थे और अपने अधिकारी से प्रश्न करने के लिए तो ईश्वर भी मना करेंगे, ऐसी धारणा व्याप्त थी।

"जेनसन, आप अपनी संस्था के उपाध्यक्ष से इस तरह बात नहीं कर सकते।" इस तरह के वाक्य अधिकारियों के लिए आम हुआ करते थे जिनके द्वारा वे अपनी शक्ति और अकड़ का प्रदर्शन किया करते थे और अन्य कर्मचारियों की उपस्थिति में किसी कर्मचारी को तेज़ आवाज़ में डाँटते थे। मानव संसाधन विभाग और कर्मचारी उत्पीड़न की धारणा अस्तित्व में ही नहीं थी।

संस्थाओं की प्राथमिक मनोदशा भय की ही रहती थी। कर्मचारियों के मन में हमेशा यह डर बना रहता था कि पता नहीं कब उनके मुँह से कोई ऐसी बात निकल जाए, जिसके कारण उन्हें नौकरी से हाथ धोना पड़े। संस्थाओं का वातावरण भययुक्त और दमनकारी था। इस तरह के बाहरी दिखावे के साथ ही बॉस भी एक ऐसा व्यक्ति होता था, जिससे डरना ज़रुरी था। बॉस स्वयं असफलता के डर से ग्रस्त रहता था जिसके चलते उसे हमेशा यह शंका बनी रहती थी कि उसके कर्मचारियों में सफल होने की योग्यता है भी या नहीं।

इस तरह का वातावरण उन्हीं व्यक्तियों को आकर्षित करता था जिनकी स्व अवधारणा कमज़ोर हुआ करती थी। जो अपने आप को बेकार, हीन समझते थे और चूँकि उनका प्रारंभिक अभिप्रेरण जीवित रहने के लिए आवश्यक वस्तुओं को पाना मात्र था, वे अपने मुँह बंद रखते थे और उन्हें जो भी कहा जाता था उसे चुपचाप किया करते थे।

समय बीतने के साथ अधिकाधिक लोगों को उच्च शिक्षा के लिए महाविद्यालयों में जाने का मौक़ा मिला, सामान्य शिक्षा का स्तर उन्नत हुआ। 1950 के दौर में स्वयं की खोज, स्व अवधारणा का निर्माण तथा आत्मसम्मान आदि विषयों पर भाषण, संगोष्ठी, पुस्तकें आदि का चलन शुरू हुआ।

इसके बाद प्रभावी नेताओं का उदय हुआ। वे नेता सभी लोगों में उपस्थित मानवीय भावना की सरलता को पहचानते थे। इनकी स्व अवधारणाएँ मज़बूत होती थीं और वे संस्था के किसी भी व्यक्ति द्वारा दिए गए सुझावों, रचनात्मक विचारों का दिल से स्वागत करते थे। उन्होंने ऐसा वातावरण संस्था में निर्मित किया जहाँ सादगी और खुलापन मौजूद था। उन्होंने इस तरह के महत्त्वपूर्ण योगदान को पहचानकर उन्हें पुरस्कृत करने की व्यवस्था भी शुरू की।

अधिकाधिक नेताओं ने इन्हें अपना शिक्षक और मार्गदर्शक माना। निजी शक्ति को महत्त्व देने की बजाय उन्होंने दूसरों को सशक्त बनाने का महत्त्व समझा। अपने कर्मचारियों पर नियंत्रण बनाए रखने की बजाय उन्होंने उन्हें अपने प्रभाव में लेना शुरू किया। उन्होंने अनुभव किया कि जब आप किसी को अपने नियंत्रण में लेना शुरू करते हैं तो आप उस पर अपना प्रभाव नहीं डाल सकते। उदाहरण के लिए एक पालक होने के नाते आप अपने बच्चों को नियंत्रित करना चाहेंगे या उन्हें अपने प्रभाव में लेना चाहेंगे? मुझे विश्वास है, उत्तर स्पष्ट है।

और अंत में यह कि प्रबुद्ध नेता कभी भी दूसरों से अपनी सेवा नहीं करवाते वरन् वे अपने अधीनस्थों की सेवा करने को महत्त्व देते हैं।

आप काम करने के लिए किस तरह का वातावरण चुनेंगे? मैं फिर से यह मानकर चल रहा हूँ कि इस प्रश्न का उत्तर भी स्पष्ट ही है।

जब नेता अपने सिद्धांतों और मूल्यों को आत्मसात कर लेते हैं तो वे अपने अधीनस्थों से अधिकारी की तरह पेश नहीं आते। वे दूसरों की सफलता को प्रेरित करने का श्रेय ले सकते हैं मगर वे जानते हैं कि वे उनपर अधिकार नहीं कर सकते। यदि किसी कर्मचारी को दूसरी कंपनी में अच्छे पद पर या बढ़ी हुई तनख्वाह पर नियुक्ति मिलती है या वह अपना व्यापार शुरू करता है तो उसके इस क़दम पर क्रोध या रोष जताने की बजाय उसे हृदय से शुभकामनाएँ दी जाती हैं।

यहाँ मुझे ***फ़्लो**** *नामक पुस्तक का एक कथन याद आता है जहाँ लेखक लिखता है,*

> "आदर्श शिक्षक (प्रबंधक) किसी पुल के समान काम करते हैं और वे अपने छात्रों को इसे पार करने के लिए आमंत्रित करते हैं। एक बार उन्हें पुल पार करना सिखाने के बाद वे अपने छात्रों को गिरने और अपने लिए स्वयं पुल बनाने की स्वतंत्रता देते हैं।"

*चिक्सेंटमिहाइ, मिहाली, फ्लो : द सायकोलॉजी ऑफ़ ऑप्टिमल एक्सपीरिएंस। हार्पर पेरिनियल मॉडर्न क्लासिक्स : जुलाई, 2008

19

रचनात्मक आलोचना, ग़लतियों पर काम करना और श्रेष्ठतावाद के ख़तरे

यदि मैं श्रोताओं के बड़े समूह के साथ मुख़ातिब हूँ और बातचीत में उनसे यह पूछूँ कि "आपमें से कितने लोगों को अपनी आलोचना किया जाना पसंद है?" तो निश्चित रूप से बहुत कम लोग अपना हाथ सहमति में उठाएँगे।

आलोचना को यदि सही तरीक़े से वर्णित किया जाए और इसका उद्देश्य सही हो तो यह शिक्षण का उत्तम साधन बन सकती है। मगर इससे पहले हमें यह समझना होगा कि आलोचना आख़िर है क्या और रचनात्मक तथा विध्वंसात्मक आलोचना के बीच के अंतर को किस तरह समझा जाए। इसके बाद हम आलोचना को किस तरह लागू करते हैं, व्यवहार में लाते हैं इसे समझना ज़रुरी है। आलोचना करते समय हमारा ध्यान किसी विशेष व्यवहार पर या प्रक्रिया पर ही होना चाहिए। आलोचना किसी व्यक्ति के आत्मसम्मान को चोट पहुँचाने के लिए नहीं की जानी चाहिए।

आइए आलोचना की अवधारणा को स्पष्ट करते हैं।

यदि विध्वंसात्मक आलोचना की बात करें तो जिन लोगों की आलोचना की जा रही हो, वे ऐसी आलोचना को पसंद नहीं करते। जबकि रचनात्मक आलोचना किसी व्यक्ति को इस बात के लिए तैयार करती है कि उसका आकलन किया जाए, उसकी आलोचना की जाए क्योंकि उस आलोचना से उसके प्रदर्शन में निखार आएगा। यदि मैं अपना प्रश्न पुनः पूछूँ, "आपमें से कितने लोगों को अपनी आलोचना किया जाना पसंद है? और आप यह समझते हैं कि आलोचना का अर्थ आपके व्यवहार का वस्तुपरक आकलन से है जिसके द्वारा आपको अपने आप को निखारने का अवसर मिलेगा," तो अब श्रोताओं के समूह में से अधिकांश हाथ ऊपर उठे नज़र आएँगे।

आलोचना शब्द को लेकर हमारे पूर्वाग्रह व दिक़्क़तें हमारे पूर्वानुभावों से जुड़े हुए हैं जहाँ हमने केवल विध्वंसात्मक आलोचना का अनुभव किया है, जहाँ हमें डाँट-फटकार कर यह बताया जाता था कि हम किसी काम को कितने ख़राब और ग़लत तरीक़े से करते हैं। हमें स्वयं को दोषी मानने और अपनी ग़लती पर शर्मिंदगी महसूस करने के लिए मजबूर किया जाता था और अक्सर हम अपने आप को बेकार मानने लगते थे। जब हमें लगातार अपने अधिकारियों की आलोचना

का शिकार होना पड़ता है तो हमारा आत्मसम्मान घटता जाता है, जिसके कारण हमारी स्व अवधारणा कमज़ोर होती जाती है।

कल्पना करें कि आप बच्चे हैं और आपके द्वारा दूध फैलाए जाने पर या रात के खाने पर पाँच मिनिट देर से आने पर दानव (माँ/पिताजी) आपसे कहते हैं, "तुम्हारे साथ दिक़्क़त क्या है?" यह पूरी तरह ग़लत है। पालकों का ऐसा व्यवहार बच्चे के मन में कुछ आंतरिक पैटर्न बना देता है जो उससे चीख़-चीख़कर कहते रहते हैं, "मैं किसी के द्वारा अपनी आलोचना किए जाने से नफ़रत करता हूँ।" इससे भी ख़राब स्थिति हो सकती है जब बच्चा अपने स्व संवाद में कहें, "मैं किसी भी काम को कभी भी ठीक से नहीं कर सकता।" "मैं कभी भी अपने बड़े भाई या बहन जैसा अच्छा नहीं बन सकता," आदि। बच्चे का आत्मसम्मान बढ़ना या घटना इस पर भी निर्भर करता है कि उसके संबंध में आलोचना को किस तरह व्यवहार में लाया जाता रहा है। वयस्कों के इलाज में अधिकांश समय बचपन की उन स्मृतियों को विस्मृत करवाने में ख़र्च होता है, जब उन्हें इस बात का अहसास दिलाया गया था कि वे अच्छे या बुरे हैं या बिलकुल बेकार हैं।

अतः जब हमारा बच्चा कोई ऐसी हरकत करें जो हमारी नज़रों में ग़लत हो जैसे पड़ोसी की खिड़की के शीशे पत्थर मारकर तोड़ना या मम्मी की कार उनसे बिना पूछे चलाने ले जाना, वह भी तब जब मम्मी-पापा घर में न हो तो हमें क्या करना चाहिए? क्या इसका अर्थ यह है कि हमें किसी भी ग़लत काम के लिए बच्चों को सज़ा नहीं देनी चाहिए?

बिलकुल नहीं, सज़ा तो दी जाएगी जो कि अपने कमरे से बाहर न आने या सारे विशेषाधिकार समाप्त करने आदि के रूप में हो सकती है। मगर मानसिक संत्रास देना जैसे ज़ोर से चीख़ना-चिल्लाना बच्चे के मन पर बुरा प्रभाव डालते हैं और उसे हीन भावना का शिकार बना सकते हैं जिसके कारण वह सारी उम्र तकलीफ़ उठा सकता है।

तो फिर क्या करना चाहिए?

उत्तर यह है कि बच्चे के व्यवहार पर ध्यान रखें, बच्चे पर नहीं। "काम की आलोचना करें, काम करने वाले की नहीं।"

उदाहरण के लिए, "जॉनी, तुमने जो किया है, वह ठीक नहीं है। हम तुम्हें प्यार करते हैं जॉनी मगर तुम्हारे इस काम से हमें प्रेम नहीं है। इस तरह का व्यवहार हम न तो करते हैं, न ही परिवार के सदस्य द्वारा ऐसा व्यवहार किया जाना हमें पसंद है। तुम अच्छे बच्चे हो मगर जो काम तुमने किया, वह ठीक नहीं है। आओ इस बारे में बैठकर बात करते हैं।"

यह अधिक सरल और अतिरंजित उदाहरण है। मगर संदेश यह है : जब हम किसी की आलोचना करते हैं, (विशेषकर उस व्यक्ति की जिसे हम प्रेम करते हैं जैसे बच्चे या जीवन साथी) तो हमें इस बात का ध्यान रखना होगा कि यह

आलोचना हम उस व्यक्ति की मदद के लिए कर रहे हैं, न कि अपना गुस्सा उतारने या निराशा के भाव के वशीभूत होकर उस पर चिढ़ निकालने के लिए। इसके लिए एक नियम बना लें कि जब हम गुस्से में हों तो किसी की आलोचना नहीं करेंगे। यही वह समय होता है जब हमारी आलोचना नुक़सानदायक बन जाती है।

व्यापारिक संस्थानों में बड़े अधिकारी और प्रबंधक रचनात्मक या सूचनात्मक आलोचना में सिद्धहस्त हो जाते हैं। वे अपने अधीनस्थ व्यक्ति का सहयोग करके उसके प्रदर्शन का स्तर इस तरह बढ़ाते हैं कि आलोचना किए जाने के बाद भी उसका आत्मविश्वास बढ़ता है।

उदाहरणः "जॉन, कल तुमने अपने काम की समीक्षा करते हुए कहा था कि तुम अधिक धन कमाना चाहते थे और हमारी संस्था में इसका अर्थ है अधिक बिक्री करना। तुम अच्छे सेल्समैन हो मगर मैंने देखा है कि तुम अक्सर अपनी भावी मुलाक़ातों (अपॉइंटमेंट्स) को लिखकर नहीं रखते हो और मैंने अकाउंट विभाग के किसी व्यक्ति से यह सुना है कि तुम उनके फ़ोन का समय पर जवाब भी नहीं देते। मेरे साथ भी ऐसी ही परेशानी थी। मैं तुम्हें वह तरीक़ा बताता हूँ जिसे आदत के रूप में अपनाकर मैं अपनी इस परेशानी से बाहर आ पाया और अपनी व्यस्तताओं को सही तरह से निभा पाया। और मेरे लिए इसका परिणाम बिक्री बढ़ने के रूप में हुआ चूँकि मैं अपने समय का प्रबंधन सही तरह से करना सीख गया। इसके चलते मैं उपभोक्ताओं से फ़ोन पर अधिक बातचीत कर पाया और उनके फ़ोन कॉल का समय पर जवाब देकर उनके साथ अच्छे रिश्ते बना पाया। चलो, मैं तुम्हें बताता हूँ कि यह सब मैंने कैसे किया। जॉन, तुममें वह क्षमता है कि तुम कंपनी के सर्वश्रेष्ठ सेल्सपर्सन में से एक बन पाओ।"

आलोचना का लब्बोलुआब यह है कि मुद्दे पर अडिग रहें मगर व्यक्ति के साथ सहज व्यवहार रखें। पुनः दोहराता हूँ, काम की आलोचना करें, करने वाले की नहीं। अतः यह महत्त्वपूर्ण है कि हम ग़लतियों के साथ किस तरह से निपटते हैं ताकि हमें इस पूरी प्रक्रिया में हार का सामना न करना पड़े।

ग़लतियाँ - बड़ा ही मज़ेदार शब्द है, जिसके बारे में हम अभी विस्तार से चर्चा करेंगे।

मुझे हाल ही में मेरे एक मित्र का फ़ोन आया था जिसने अपनी बात इस वाक्य से शुरू की कि, "मैं सुधार करना चाहता हूँ।" जब मैंने उससे सुधार के बारे में पूछा तो उसने बताया कि कुछ दिन पहले उसने मुझसे कहा था कि उसने मेरे एक मित्र को एक पुस्तक दी है जबकि वास्तव में उसने यह पुस्तक उसे दी ही नहीं थी। उसने उस दिन किसी को दो पुस्तकें भेजी थीं और उसे लगा कि उसने वे पुस्तकें मेरे मित्र को ही भेजी थीं। उसने कहा, मैंने झूठ कहा था, बहानेबाजी की थी।

बहानेबाजी - एक और मज़ेदार शब्द।

मैंने उससे पूछा कि क्या उसने सचमुच पुस्तक के बारे में मुझसे ग़लत ही

कहा था या उसे ऐसा लगा कि उसने पुस्तक भेजी है और बाद में उसे समझ में आया कि उसने पुस्तक मेरे मित्र को नहीं, वरन् किसी और को दी है। उसने उत्तर दिया कि उसे वास्तव में ऐसा लगा था कि उसने पुस्तक मेरे मित्र को ही दी है। उसे इस बात को लेकर बहुत दुःख हो रहा था और उसने स्वीकार किया कि उसे इस बात का बहुत ही बुरा लगा रहा था।

सच कहूँ तो अब आश्चर्यचकित होने की बारी मेरी थी।

मैंने कहा, "तुमने झूठ नहीं बोला, बहानेबाजी नहीं की। तुमसे केवल एक ग़लती हुई। और एक ग़लती के लिए तुम स्वयं को इस क़दर अपराधी क्यों महसूस कर रहे हो?"

दुर्भाग्य से हममें से अधिकांश लोगों के मन में बचपन से ही यह भर दिया जाता है कि ग़लती करना बहुत बुरी बात है। और फिर हम हर ग़लती के साथ इसे आत्मसात करते जाते हैं कि हम बहुत बुरे हैं। यदि हम दूध फैलाते हैं तो हमें डाँट पड़ती है। यदि हम अपने कपड़े गंदे करते हैं तो हमसे पूछा जाता है कि हमारे साथ दिक़्क़त क्या है। यदि हम रात के खाने पर देर से पहुँचते हैं तो हमें अपने कमरे में भेज दिया जाता है। यदि हम अपना गृहकार्य करना भूल जाते हैं तो हमें टीवी नहीं देखने दिया जाता। यदि हम परीक्षा में अच्छा प्रदर्शन नहीं करते तो... और यह सूची लंबी होती ही जाती है।

कैसा पागलपन है यह। हमें इस बात पर विश्वास करना सिखाया जाता है कि ग़लतियाँ करना तो बुरी बात है ही, यदि ये ग़लतियाँ हमारे हाथों होती है तो हम भी बुरे हैं।

निश्चित ही जब हम बड़े हो जाते हैं तो यह सारी बकवास भूल जाते हैं। मैं सही कह रहा हूँ या ग़लत?

मेरे जिस मित्र ने सुबह मुझे फ़ोन किया था, उसकी उम्र क़रीब 35 वर्ष होगी। फिर भी एक साधारण सी ग़लती करने पर उसका क्या हाल हुआ था? इन बातों को क्या कहेंगे - मैंने ग़लती की है, मैं बहुत बुरा हूँ, मैंने जिम से झूठ बोला है, मैं झूठा हूँ, मैं हमेशा ऐसा क्यों करता हूँ?... इस तरह की कई बातें जो अपने प्रति घृणा से भरी थीं। आप हँसोगे मगर अधिकांश लोग ग़लतियों के प्रति इसी तरह का रवैया रखते हैं।

दुनिया में ऐसा कोई भी व्यक्ति नहीं होगा जो जीवन में बिना ग़लतियाँ करे आगे बढ़ा होगा। मगर हम अपनी ग़लतियों को किस तरह लेते हैं, इसी से तय होता है कि हम ख़ुश रहेंगे या दुःखी। बहुत से लोग अपनी ग़लतियों के लिए स्वयं को दोषी मानते रहते हैं और हमेशा अपराध बोध से ग्रस्त रहते हैं जबकि कुछ लोग अपनी ग़लतियों पर हँसने की योग्यता विकासित कर लेते हैं।

एक शाम मैं अपनी पत्नी के साथ शोटाइम फ़िल्म देखने गया जिसमें एडी मर्फ़ी और रॉबर्ट डिनेरो प्रमुख भूमिकाओं में थे। फ़िल्म ख़त्म होने के बाद फ़िल्म

निर्माण में सहयोगियों के नाम परदे पर दिखाए जा रहे थे, साथ ही फ़िल्म बनाने के दौरान हुई मज़ेदार बातों को भी मेकिंग ऑफ़ फ़िल्म के अंतर्गत दिखाया जा रहा था। जैसा कि आप जानते हैं फ़िल्म की शूटिंग के दौरान कलाकारों द्वारा कई ग़लतियाँ की जाती हैं जिन्हें बाद में देखकर हँसी आती है। आपने अक्सर निर्देशक को कहते सुना होगा, "टेक टू, टेक थ्री," और सही शॉट लेने के लिए कई ग़लतियाँ स्वीकार्य होती हैं। और उन कलाकारों के साथ क्या होता है जो ये ग़लातियाँ करते जाते हैं? वे भी अपनी ग़लतियों पर बेतहाशा हँसते हैं और उनके साथ दर्शक और फ़िल्म यूनिट के सदस्य भी ठहाके लगाते हैं।

हमें अपने मन के भार को हल्का करना चाहिए और ग़लती करने पर इतना चिंतित नहीं होना चाहिए। इसका अर्थ यह नहीं है कि हमें अपनी ज़िम्मेदारी को नहीं समझना चाहिए या उसे गंभीरता से नहीं लेना चाहिए। मगर हमें यह मानना चाहिए कि ग़लती हो गई है जो हर इंसान से (हमसे भी) हो सकती है और इसे सामान्य रूप से लिया जाना चाहिए।

हर पेन्सिल के साथ एक इरेज़र लगा होता है और हर वाहन पर बंपर लगा होता है ताकि हम अपनी ग़लतियों को सुधार सकें। (यदि हम जान-बूझकर किसी की कार को टक्कर मारते हैं तो यह ग़लती नहीं कहलाएगी। यह सीधी टक्कर थी जिसके बारे में आप जानते थे। दोनों में अंतर है।)

हम अपनी ग़लतियों से सीख सकते हैं। अच्छा होगा यदि हम अपनी ग़लतियों से सीख लें और वैसी ही ग़लतियों को दोहराने से बचें। मगर यह भी ज़रुरी है कि हम अपनी छोटी-छोटी ग़लतियों के लिए (जो कि उनके साथ हुई हैं जिन्हें हम प्रेम करते हैं) खुद को न कोसें। यदि ज़रुरी हो तो ग़लती के लिए माफ़ी माँगकर आगे बढ़ा जा सकता है।

"मैं अपने आप से निःस्वार्थ प्रेम करता हूँ।"
"मैं नकारात्मक आलोचना द्वारा अपने आप को कभी कमतर साबित नहीं करता।"
"मेरे मन में सभी लोगों के लिए हमेशा निःस्वार्थ आदर रहता है।"

श्रेष्ठतावाद के ख़तरे

आपमें से सभी का संबंध ऐसे लोगों के साथ रहा होगा जो श्रेष्ठतावादी या परफ़ेक्शनिस्ट होते हैं। यह हमारे अभिभावक, भाई-बहन, शिक्षक, प्रशिक्षक, मित्र या दफ़्तर के अधिकारी हो सकते हैं। ये सभी वे लोग हैं जिनका उद्देश्य आपके प्रदर्शन को बेहतर बनाना होता है।

अक्सर श्रेष्ठतावादी लोगों ने यह गुण आनुवांशिक रूप से ग्रहण किया होता है।

मेरा उद्देश्य श्रेष्ठतावाद पर किसी तरह के निर्णय पर पहुँचना या राय बनाना नहीं है बल्कि मैं इस बारे में अपने अवलोकन आपके साथ साझा करना चाहता हूँ। ये अवलोकन उस दबाव के बारे में है जो श्रेष्ठतावादी लोग अक्सर उन लोगों

पर डालते हैं जो उनके नियंत्रण या प्रभाव में होते हैं। यदि आप श्रेष्ठतावादी हैं या कभी रहे हैं तो आप अच्छी तरह से जानते हैं कि यह पूरी तरह से आपका चुनाव होता है कि कुछ लोगों का आपके साथ रहना आपको ख़ुशी देगा या आपके जीवन के स्तर को बढ़ाएगा, ठीक उन्हीं की तरह जिन्हें आप अपने जीवन के लिए महत्त्वपूर्ण समझते हैं।

मुझे विश्वास है कि जिन लोगों की परवरिश श्रेष्ठतावादी पालकों के साए तले होती है या जिनका संबंध ऐसे लोगों से पड़ता रहता है, वे बड़े ही दबाव में जीते हैं। आपके काम या प्रदर्शन शायद ही कभी श्रेष्ठतावादी लोगों की अपेक्षाओं पर खरे उतरते हैं। धीरे- धीरे उस व्यक्ति के मन में अपने प्रति हीन भावना घर करती जाती है और वह दूसरे व्यक्ति की कसौटी पर खरा नहीं उतर पा रहा है यह अहसास उसके आत्मविश्वास को ख़त्म करता जाता है। विशेषतः परिवारों में श्रेष्ठतावाद के ये लक्षण पीढ़ी दर पीढ़ी स्थानांतरित होते जाते हैं।

क्या अब समय आ गया है कि इस कड़ी को तोड़ा जाए?

श्रेष्ठतावाद के साथ सबसे बड़ी दिक़्क़त यह है कि शायद ही कभी श्रेष्ठता के मापदंड पूरे हो पाते हैं। श्रेष्ठतावादियों का दुनिया को देखने का तरीक़ा यह होता है कि वे अच्छी बातें देखने की बजाय ग़लतियाँ ही खोजना पसंद करते हैं।

कल्पना करें एक युवा जिमनास्टिक खिलाड़ी अपने जीवन का पहला प्रदर्शन कर रही है। उसे दर्शकों का बढ़िया प्रतिसाद मिलता है। निर्णायक उसे 9.8 अंक देते हैं और वह पहले स्थान पर रहती है। उसके प्रशिक्षक द्वारा यह कहा जाना स्वाभाविक होगा, "बहुत बढ़िया प्रदर्शन! तुम महान हो!" "देखो तुम कितनी आगे निकल आई हो।" ये वे शब्द होंगे जो उस युवा खिलाड़ी को अपने और अपने प्रदर्शन के बारे में अच्छा महसूस कराएँगे।

अब कल्पना करें कि यह सारी स्थितियाँ हैं मगर युवा खिलाड़ी का प्रशिक्षक श्रेष्ठतावादी है तो उसके शब्द क्या होंगे : "अच्छा प्रदर्शन है। मगर मैं यह भी बताना चाहता हूँ कि तुम्हें अभी किस बात पर काम करने की ज़रुरत है। यह 9.8 और 10 के बीच का अंतर है जिसे तुम्हें भरना है।" उसके बाद वह उन ग़लतियों को बताता रहता है जिन्हें उस खिलाड़ी ने अपने प्रदर्शन के दौरान किया था। भले ही वह सही बात कह रहा हो मगर उस बात को कहने के लिए उसने ग़लत समय चुना था। युवा खिलाड़ी मैदान छोड़ते समय अपनी जीत का जश्न मनाने की बजाय अपने प्रदर्शन की कमियों के बारे में सोचती रहेगी। समय के साथ अपने खिलाड़ियों का भला चाहने वाला यह प्रशिक्षक मानसिक रूप से उन्हें दया का पात्र बनाता जाता है। खिलाड़ियों पर मानसिक दबाव के चलते वे अपने आप को अयोग्य मानने लगते हैं क्योंकि उन्हें लगता है कि वे अपने प्रशिक्षक की उम्मीदों पर खरे नहीं उतर पा रहे हैं।

आप पूछ सकते हैं कि यदि प्रशिक्षक खिलाड़ी के प्रदर्शन के बारे में अपनी

टिप्पणी नहीं देगा तो खिलाड़ी का खेल बेहतर कैसे बनेगा?

अच्छा प्रश्न है।

यहाँ हम उस प्रक्रिया की बात कर रहे हैं जिसके द्वारा किसी खिलाड़ी को प्रशिक्षण दिया जाता है। सभी प्रशिक्षण प्रक्रियाएँ खिलाड़ी के प्रदर्शन में सुधार के लिए होती हैं।

यदि प्रशिक्षक श्रेष्ठतावादी नहीं होता तो उसकी टिप्पणियाँ प्रदर्शन की खूबियों को लेकर होती न कि कमियों को लेकर। और इसी के चलते उसने युवा खिलाड़ी (जिसे हम मैरी कहेंगे) के प्रदर्शन पर अलग तरीक़े से टिप्पणी की होती।

"मैरी, यह तुम्हारा अब तक का सर्वश्रेष्ठ प्रदर्शन था। बहुत ही बढ़िया! तुम्हारे प्रदर्शन की रिकॉर्डिंग देखने के लिए सोमवार तक का इंतज़ार करना भी मेरे लिए कठिन हो रहा है। बहुत अच्छे! चलो, इस ख़ुशी का जश्न मनाया जाए।"

हो सकता है प्रशिक्षक के पास मैरी को बताने के लिए कुछ बातें हो जो मैरी के प्रदर्शन को और बेहतर बनाने में मदद करें मगर वह मैरी के प्रदर्शन से रोमांचित है और जानता है कि यह अवसर इन बातों के लिए नहीं है। इस प्रक्रिया में मैरी अपने प्रदर्शन के बारे में सोचती है, "वाह, मैंने आज कर दिखाया। मेरी अब तक की शिक्षा सार्थक हो गई। मैं बहुत अच्छा महसूस कर रही हूँ।" उसके पास वह अवसर है जिसके द्वारा वह अपने प्रदर्शन की अच्छी बातों को याद कर सके। सोने के लिए बिस्तर पर जाते समय भी उसके दिमाग़ में दर्शकों की तालियों की गूँज, निर्णायकों के शब्द और स्कोर कार्ड दिखाना याद रहे होंगे। उसे याद आ रहा होगा उसके साथियों और प्रशिक्षक का उसे गले से लगा लेना, सभी का उत्साह से झूम उठना और उसे हाई-फ़ाइव्स देना आदि। वह सचमुच बेहद उल्लासित होगी और उसे अपने आप पर गर्व महसूस हो रहा होगा।

जल्दी ही सोमवार भी आ जाएगा और अपने प्रशिक्षक के साथ अपने प्रदर्शन की रिकॉर्डिंग देखने के बाद एक अच्छा प्रशिक्षक कहेगा, "क्या इसमें ऐसी कोई कमी नज़र आती है, जिस पर काम करना तुम्हें ज़रुरी लगता है?" मैरी इस अंतर को देख सकेगी। मैरी अपने खेल में क्या सुधार करना चाहती है, इसे मैरी को ही तय करने दिया जाए। प्रशिक्षक को केवल सहयोगी की ही भूमिका में बने रहना चाहिए और यदि मैरी अपने खेल में कोई सुधार चाहती है तो उसकी मदद करनी चाहिए।

किसी भी प्रदर्शन में पूर्णता अर्थात 10 में से पूरे 10 अंक मिले ऐसे क्षण कभी कभी ही आते हैं, शायद तब जब सारे सितारे भी आपका सहयोग कर रहे हों और आपके प्रदर्शन में कोई भी ग़लती नहीं होती। खिलाड़ियों ने "फ़्लो" और "ज़ोन" के बारे में बताया और लिखा है। यदि यह आपके पास आ जाता है तो बहुत बढ़िया बात होगी। मगर यदि हम अपने मानकों को सर्वश्रेष्ठ से श्रेष्ठ की ओर लाएँ तो क्या खेल तनावपूर्ण रहने की बजाय और मज़ेदार, तनावरहित नहीं हो जाएगा?

मैं निश्चित तौर पर कह सकता हूँ कि प्रदर्शन के मानकों को थोड़ा लचीला बनाने से आप में से यदि किसी को युवा बच्चों के पालक या प्रशिक्षक बनाने का अवसर मिलता है तो वे आपके प्रशिक्षण का भरपूर आनंद लेंगे।

एक अंतिम बिंदु यह कि यदि श्रेष्ठतावादी लोग उच्च पदों पर अर्थात बॉस के रूप में पदासीन हैं तो उनसे सावधान रहने की ज़रुरत है। याद रहे, उन्होंने यह स्थान सोची समझी नीति के तहत श्रेष्ठतावादी बनाकर हासिल किया है। चूँकि उनका ध्यान इस बात पर रहता है कि ग़लती क्या हो रही है और इसके साथ ही अनुपयोगी होने का भाव भी जुड़ा होता है अतः वे स्वयं को बड़ा ही असुरक्षित महसूस करते हैं और अपनी श्रेष्ठता के बाद भी असफलता का भय उन्हें हमेशा डराए रखता है। वे निर्णय लेने में देर करते हैं और कई बार संस्था को नुक़सान पहुँचा सकते हैं, दबाव में ला सकते हैं क्योंकि उनके मन में जमा असफलता का भय उन्हें बड़े निर्णय लेने के अयोग्य बनाता है।

हालाँकि सफलता की राह हमेशा निर्माणों से परिपूर्ण रहती है, यदि हम सभी सकारात्मक आलोचना को अपनाएँ, अपने भाई-बहनों के प्रति निःस्वार्थ प्रेम और स्वीकार भाव रखें और यह मान लें कि बर्फ़ के टुकड़ों की तरह ही कोई भी दो व्यक्ति एक से नहीं हो सकते।

एक ही जूता हरेक के पाँव में फँसाने वाला सिद्धांत अब पुराना हो गया है जो अधिक टिक नहीं सकता।

20

बाहरी घटनाओं के प्रति हमारे चुनाव और प्रतिक्रियाओं की निजी ज़िम्मेदारी को समझना

क़रीब पिछले 20 से अधिक वर्षों से मैं अपने दफ़्तर की दीवार पर लगे एक चित्र को देखता आया हूँ जिसमें लिखा है -

परिस्थितियाँ कभी भी तनावपूर्ण नहीं होती
केवल प्रतिक्रियाएं तनावपूर्ण होती हैं

यहाँ नहीं शब्द पर अधिक ज़ोर दिया गया है। यह सच है कि कई बार ऐसी घटनाएँ घटती है, जिनकी तनावपूर्ण प्रतिक्रिया स्वाभाविक होती है मगर यहाँ हम हर दिन की घटनाओं की बात कर रहे हैं जिन्हें कई लोग बड़े ही सामान्य ढंग से तनावमुक्त होकर निपटते हैं जबकि अन्य लोग उसी तरह की परिस्थितियों में तनाव, गुस्सा, ईर्ष्या, निराशा आदि के साथ प्रतिक्रिया देते हैं। जो लोग ऐसा करते हैं वे यह नहीं जानते कि किसी घटना की प्रतिक्रिया देने का उनका ऐसा तरीक़ा स्वयं को चोट पहुँचाता है। जो लोग इस कहावत को मानते हैं कि, "परिस्थितियाँ कभी भी तनावपूर्ण नहीं होती, हमारी प्रतिक्रिया तनावपूर्ण होती है।" वे यह ज़िम्मेदारी अपने ऊपर लेते हैं कि उन्हें किसी घटना पर किस तरह की प्रतिक्रिया देनी है। इसका अर्थ यह नहीं है कि उन्हें गुस्सा नहीं आता या उनके मन में नकारात्मक विचार नहीं आते। इसका सरल सा अर्थ यह है कि अपनी प्रतिक्रिया के लिए स्वयं को ज़िम्मेदार मानने से वे यह समझाने में सफल हो जाते हैं कि उन्हें किसी घटना पर ऐसा क्यों महसूस हो रहा है और वे ऐसा महसूस न करने की स्थिति को चुन सकते हैं। यह निश्चय करते ही वे तनाव को उत्पन्न करने वाले विचारों को पहचानकर उन्हें जल्दी से रोक देते हैं।

मैं जानता हूँ कि यह सुनने में अजीब सा लग रहा होगा मगर हम अपने आसपास ऐसे कितने ही लोगों को जानते होंगे जो कभी ख़ुश दिखते ही नहीं हैं। वे हमेशा नाख़ुश ही दिखते हैं। अपने आसपास इसे देखने की कोशिश करें। ये लोग अपने आप को सदैव दुर्भाग्य का शिकार समझते हैं और किसी घटना विशेष के लिए उत्पन्न तनाव का दोष परिस्थिति पर या किसी व्यक्ति के सर पर मढ़ देते हैं। उनका व्यक्तित्व मानसिक और भावनात्मक रूप से अतीत की यादों में ही गोता खाते हुए व्यर्थ होता रहता है।

इसके विपरीत जो लोग अपने जीवन में घटने वाली घटनाओं के प्रति अपनी ज़िम्मेदारी समझते हैं वे अतीत की यादों की जुगाली करते हुए अपना समय व्यर्थ नहीं गँवाते। न ही अपना निर्णय ग़लत हो जाने, ग़लत चुनाव होने या दुर्भाग्य के चलते इस तरह के संवाद में सिर खपाते हैं कि यदि ऐसा होता, मैं ऐसा कर पाता, ऐसा होना चाहिए था।

इसके बदले वे इसे पचा लेते हैं। दुःख महसूस होता है मगर वे वर्तमान पर ध्यान केन्द्रित करते हैं और अपने आप से कहते हैं, "हो सकता है वह एक दुर्घटना हो, मगर अब वह सब ख़त्म हो चुका है! जो कुछ घट चुका है, मैं उसे बदल नहीं सकता, मगर अपने इच्छित लक्ष्य के चित्र को प्राप्त करने के लिए मैं अपने स्व संवाद को प्रभावित कर सकता हूँ।"

ऐसे लोग स्वभाव से लचीले, परिवर्तनशील होते हैं। वे असफलताओं को अस्थायी मानते हैं। वेबस्टर लचीलेपन को बीमारी, परिवर्तन, दुर्भाग्य या किसी भी तरह के उछाल से जल्दी उबरने की योग्यता के रूप में परिभाषित करते हैं।

परिवर्तनशील स्वभाव के लोगों में परिस्थिति से उबरने की अदभुत क्षमता होती है। वे अपने लक्ष्य की ओर उन्मुख होते हैं और डॉ. मर्फ़ी द्वारा कही गई सारी बातों का अपने जीवन में अभ्यास करते हैं। किसी भी असफलता का सामना करने के लिए बढ़िया अभिपुष्टि इस तरह हो सकती है :

मैं सारी असफलताओं को अस्थायी मानता हूँ। मैं लचीले स्वभाव का हूँ और अपनी असफलता या दुर्भाग्य से जल्दी ही बाहर निकल आता हूँ।

वे लोग जो अपने कार्यों के लिए स्वयं को ज़िम्मेदार मानते हैं वे अपने प्रेम रहित व्यवहार की क्षतिपूर्ति भी तुरंत करते हैं। वे क्षमाशील होते हैं - न केवल स्वयं के प्रति वरन् दूसरों के प्रति भी वे ऐसा ही रुख रखते हैं।

21

डर को दूर भगाने के लिए अवचेतन मन का किस तरह उपयोग करें

मेरे एक विद्यार्थी ने मुझे बताया कि उसे एक बार एक समारोह में वक्ता के रूप में बुलाया गया। वह हज़ारों लोगों के सामने बोलने की कल्पना मात्र से ही डर रहा था। उसने अपने भय से किस तरह निजात पाई, यह उसने बताया : कई रातों तक वह सोने से पहले अपनी आराम कुर्सी पर पाँच मिनट शान्ति से बैठा और उसने अपने आप से धीरे-धीरे, शान्ति से और सकारात्मक भाव से कहना शुरू किया, "मैं इस भय पर काबू पाने जा रहा हूँ। मैं अब इससे बाहर आ रहा हूँ। मैं बड़े ही संतुलित तरीक़े से और आत्मविश्वास के साथ अपनी बात रख पा रहा हूँ। मैं बहुत शांत और आराम की अवस्था में हूँ।" उसने मन के निश्चित सिद्धांत का उपयोग किया और अपने डर से बाहर आ गया।

हमारा अवचेतन मन सुझावों को ग्रहण करने की क्षमता रखता है और हमारे सुझावों द्वारा ही नियंत्रित होता है। जब आप शांत बैठते हो और अपने मन को एकाग्र करते हो तो आपके चेतन मन के विचार अवचेतन मन में जाने लगते हैं। यह क्रिया परासरण की क्रिया के समान होती है जहाँ एक साथ मिले हुए द्रव एक सरंध्र झिल्ली द्वारा अलग-अलग किए जाते हैं। जैसे ही सकारात्मक विचारों के ये बीज अवचेतन मन में पैठते हैं, वे अपनी प्रकृति के अनुसार वृद्धि करते हैं और आप तैयार, निर्मल और शांत होते जाते हो।

मनुष्य का सबसे बड़ा शत्रु

यह कहा गया है कि भय मनुष्य का सबसे बड़ा शत्रु है। असफलता, बीमारी और कमज़ोर मानवीय रिश्तों के पीछे का एकमात्र कारण भय ही होता है। लाखों लोग अतीत, भविष्य, बुढ़ापा, पागलपन और मौत के भय से हमेशा ग्रस्त रहते हैं। भय आपके मन का एक विचार है और आप अपने ही मन के एक विचार से डरते हैं।

जिस बात से डर लगता हो उसे ज़रुर करें

दार्शनिक और कवि रॉल्फ़ वॉल्डो एमर्शन कहते हैं, "उन बातों को ज़रुर करें जिनसे आपको डर लगता है और इसी से भय समाप्त होगा।"

एक समय ऐसा था जब इस पुस्तक का लेखक बड़े समूह के सामने खड़े होकर बोलने से बहुत घबराता था। इस डर से निजात पाने के लिए मैंने बार-बार बड़े समूह का

सामना करना शुरू किया अर्थात जिस बात से मुझे भय लगता था, उसी को करना शुरू किया। और इसी से भय समाप्त हो गया।

जब आप अपने मन में सकारात्मक अभिपुष्टि करते हो कि आप अपने भय पर विजय पाने वाले हो और आप अपने चेतन मन में एक ठोस निर्णय पर पहुँच जाते हो तो आप अवचेतन मन की शक्ति के प्रवाह में मदद करते हो और यही शक्ति आपके विचारों की प्रकृति में प्रवाहित हो जाती है और आपके विचारों को सकारात्मक बना देती है।

असफलता का भय

स्थानीय विश्वविद्यालय के युवा और विद्यालयों के शिक्षक कभी-कभी मुझसे मिलने आते हैं। ये सभी परीक्षा और अपने प्रदर्शन को लेकर अज्ञात भय से ग्रस्त होते हैं। सभी की शिकायत लगभग एक सी होती है, "परीक्षा कक्ष से बाहर निकलने के बाद मुझे सारे उत्तर याद आ जाते हैं मगर जब परीक्षा चल रही होती है तो मुझे कोई उत्तर याद ही नहीं आता।"

वही विचार हमारे मन में सतत् विचरण करता है जिस पर हम अधिक ध्यान देते हैं या जिसके बारे में हमेशा सोचते रहते हैं। मैंने देखा कि हरेक व्यक्ति असफलता के भय से ग्रस्त होता है। इस अस्थायी तनाव के पीछे भय ही कारण होता है और यही भय इस तरह के अनुभव का कारण भी बनता है।

चिकित्सा विज्ञान पढ़ने वाला एक बच्चा बड़ा ही मेधावी था और कक्षा में अच्छा प्रदर्शन करता था मगर जब भी मौखिक या लिखित परीक्षा का समय आता, तो वह अपने आप को दिए गए प्रश्नों के उत्तर देने में असमर्थ पाता था। मैंने उसे बताया कि परीक्षा के कई दिनों पहले से ही उसके मन में परीक्षा को लेकर जो डर बैठ जाता है वही इसका कारण है। मन के ये नकारात्मक विचार भय के द्वारा ऊर्जान्वित हो जाते हैं।

नकारात्मक विचार जब भय युक्त भावनाओं के शक्तिशाली लिफ़ाफ़े में बंद होकर अवचेतन मन के पास पहुँचते हैं तो अवचेतन मन उन्हें सत्य समझता है। दूसरे शब्दों में वह युवक अपने नकारात्मक विचारों के माध्यम से अपने अवचेतन मन से लगातार निवेदन कर रहा था कि वह उन विचारों को गहराई से ले और उसे परीक्षा में असफल होता हुआ देखे और उसके अवचेतन मन ने उसके निवेदन को मान लिया। इसी के चलते परीक्षा कक्षा में उसने स्वयं को स्मृति भ्रम से पीड़ित पाया अर्थात वह याद किया हुआ सब कुछ भूल गया।

उसने अपने भय पर विजय किस तरह पाई

उसने पहले इस बात को समझा कि उसका अवचेतन मन स्मृति का भंडार गृह है जिसके पास उसके हर क्षण का हिसाब है और उसने अपनी चिकित्सा शास्त्र के प्रशिक्षण के दौरान जो कुछ भी सीखा है वह उसके अवचेतन मन में शब्दशः दर्ज हो चुका है।

इसके अलावा उसने यह भी जाना कि अवचेतन मन प्रतिक्रियाशील और परस्पर संबंध स्थापित करने वाला होता है। इसके साथ सामंजस्य बिठाने के लिए अपने मन को आत्मविश्वास से भरपूर, शांत और तनाव रहित रखना होगा।

उसने हर सुबह और रात को यह कल्पना करनी शुरू की कि उसकी माँ उसके अच्छे प्रदर्शन के लिए उसे बधाई दे रही है। वह उसके हाथों से एक अभिनन्दन पत्र लेने की भी कल्पना करता था। जैसे ही उसने अच्छे परिणामों के बारे में सोचना शुरू किया, उसने अपने अन्दर समान प्रतिक्रिया का मार्ग प्रशस्त किया। इसके फलस्वरूप सर्वशक्तिमान अवचेतन मन की शक्ति ने चेतन मन को इसी के अनुसार निर्देशित करना शुरू किया। उसने अंतिम परिणाम की कल्पना करनी शुरू की अर्थात अपने अवचेतन मन को उसी परिणाम को प्राप्त करने हेतु निर्देशित किया। इस प्रक्रिया को लगातार करते रहने से उसे अपनी परीक्षा उत्तीर्ण करने में कोई कठिनाई नहीं हुई। दूसरे शब्दों में व्यक्तिपरक बुद्धिमता ने मोर्चा संभाला और उसे अपनी स्व अवधारणा को उन्नत करके अपने प्रदर्शन को बेहतर बनाने हेतु प्रेरित किया।

पानी, पहाड़, बंद कमरे आदि का डर

ऐसे बहुत से लोग होते हैं जो लिफ़्ट या एलीवेटर पर चढ़ने, पहाड़ पर चढ़ने, पानी में तैरने से डरते हैं। इसके पीछे यह कारण भी हो सकता है कि पहाड़, लिफ़्ट या पानी के साथ उस व्यक्ति के बचपन या युवावस्था के बुरे अनुभव जुड़े हों। हो सकता है उसे तैरना न आने पर भी जबरन पानी में धकेल दिया गया हो। हो सकता है उसके लिफ़्ट पर चढ़ते ही लिफ़्ट बंद हो गई हो और वह लिफ़्ट में फँस गया हो। संभव है इसी कारण उसके मन में इन स्थानों पर जाने का डर समा गया हो।

पानी के साथ मेरा भी ऐसा ही अनुभव है। मैं जब दस साल का था तो दुर्घटनावश तरण ताल में गिर गया और तीन बार पानी में नीचे चला गया। मुझे अब भी पानी का वह भयंकर रेला याद है जो मेरे सर के ऊपर तक आ गया था और मेरी साँस उखड़ने लगी थी। अंतिम क्षणों में एक लड़के ने मुझे खींचकर बाहर निकाला और मेरी जान बची। यह अनुभव मेरे अवचेतन मन में गहराई से पैठ गया और अगले कई सालों तक मैं पानी से डरता रहा।

एक वृद्ध मनोचिकित्सक ने मुझसे कहा, "तरण ताल में जाओ, पानी की ओर देखो और ज़ोर से कहो, मैं तुम पर विजय पाने वाला हूँ। मैं तुम पर हावी होने वाला हूँ।" फिर पानी के अन्दर जाओ, तैरना सीखो और इस डर से बाहर आओ। मैंने ऐसा ही किया और तैरना सीखकर पानी से जुड़े अपने भय पर विजय पा ली। जब भी मैंने किसी नए व्यवहार के बारे में सोचा, अवचेतन मन की शक्ति ने उसका जवाब दिया और मुझे शक्ति और आत्मविश्वास दिया जिसके सहारे मैं अपने डर पर जीत हासिल कर सका।

किसी ख़ास डर से निजात पाने की प्रमुख तकनीकें

नीचे कुछ तकनीकें दी गई हैं जो किसी भी डर से बाहर आने में आपकी मदद करती हैं। मैं इन तकनीकों के बारे में मंच से बताता हूँ। ये जादू की तरह काम करती हैं। अपनाकर देखें! मान लीजिए कि आप पानी से, किसी पहाड़ से, बंद स्थानों से या साक्षात्कार से डरते हैं। यदि आपको पानी से डर लगता है तो दिन में तीन-चार बार शांत होकर बैठें और स्वयं को कल्पना में पानी में तैरता देखें। वास्तव में आप अपने मन में तैर रहे हो। यह एक व्यक्तिपरक अनुभव है। आपने मानसिक रूप से स्वयं को पानी में देखा है। आप पानी की ठंडक महसूस कर रहे हो, साथ ही पानी में अपने हाथ-पाँवों की गति भी महसूस कर रहे हो। यह मन में चल रही स्पष्ट, वास्तविक और आनंद दायक गतिविधि है। यह बेकार बैठकर दिन में सपने देखने वाली क्रिया नहीं है क्योंकि आप जानते हैं कि आप अपनी कल्पना में जो कुछ भी अनुभव कर रहे हैं वह आपके अवचेतन मन पर अंकित हो जाएगा। इसके बाद इस कल्पना को अपने मन की गहराई में अंकित करने के लिए आपको मजबूर किया जाएगा। यही अवचेतन मन का सिद्धांत है।

यदि आप भी पहाड़ या ऊँचाई के डर से ग्रस्त हैं तो आप उसपर जीत हासिल करने के लिए इस तकनीक का इस्तेमाल कर सकते हैं। कल्पना करें कि आप पहाड़ पर चढ़ रहे हो, इसकी वास्तविकता को महसूस करें, सुन्दर दृश्यों का आनंद लें, जब आप इसे मानसिक रूप से करते रहेंगे, तो शारीरिक रूप से भी आप सहजता और आराम से इसे कर सकेंगे।

सामान्य और असामान्य भय

मनुष्य प्राकृतिक रूप से दो तरह के भय के साथ जन्म लेता है, वे हैं ऊँचाई से गिरने का डर और तेज़ आवाज़ का डर। ये डर प्रकृति के द्वारा हमारे आत्म संरक्षण के लिए दिए गए हैं। सामान्य डर अच्छा होता है। आप किसी गाड़ी को सामने आते देखते हैं तो तत्काल रास्ते से हट जाते हैं। भागने का वह तात्कालिक डर आपके काम द्वारा दूर कर दिया जाता है। बाकी दूसरे डर आपके अभिभावकों, रिश्तेदारों, शिक्षकों और उन सभी लोगों के द्वारा जो आपको प्रभावित करते हैं आपको दिए जाते हैं।

असामान्य भय

जब कोई व्यक्ति अपनी कल्पना पर से अपना नियंत्रण खो देता है और उसकी कल्पनाएँ बवाल मचाने की स्थिति में आ जाती हैं तो असामान्य डर पैदा होता है। मैं एक ऐसी महिला को जानता हूँ जिसे हवाई जहाज़ से पूरी दुनिया की सैर करने के लिए निमंत्रित किया गया।

उसने हवाई दुर्घटनाओं के बारे में समाचारपत्रों में छपी सारी जानकारियों को इकट्ठा किया। वह स्वयं को कल्पना में समुद्र में डूबते, विमान से गिरते हुए महसूस किया करती थी। यह असामान्य डर था। यदि वह इन कल्पनाओं के साथ जुड़ी रहती तो

वह निःसंदेह अपने इस डर से कभी भी मुक्त नहीं हो सकती थी।

कई लोग ऐसे होते हैं जो हमेशा इस डर के साथ जीते हैं कि उनके बच्चों के साथ कुछ बुरा न घट जाए, या कोई भयंकर दुर्घटना उनको अपनी चपेट में ले लेगी। जब वे किसी महामारी या असाध्य बीमारी के बारे में पढ़ते हैं तो उन्हें यह डर बना रहता है कि यह बीमारी उन्हें अपनी चपेट में न ले ले। कुछ तो अपने आप को उस बीमारी से ग्रस्त हुआ मानने लगते हैं। ये सारे डर असामान्य होते हैं।

असामान्य भय का सामना करना

मन को दूसरी तरफ़ ले जाएँ। अत्यधिक डर के साथ जीना मानसिक ठहराव और शारीरिक संत्रास को जन्म देता है। जब भी डर का भाव मन में उदित हो, तुरंत ही किसी तात्कालिक रूप से आवश्यक वस्तु या अपनी इच्छा के बारे में सोचना शुरू कर दे। अपनी इस इच्छा में स्वयं को मग्न कर दें, डुबो दें। इससे आपका आत्मविश्वास और शक्ति बढेगी। आपके अवचेतन मन की असीम शक्ति आपके माध्यम से आपके भीतर प्रवाहित हो रही है और यह कभी असफल नहीं होती अतः शान्ति और सुरक्षा आपके पास निश्चित ही रहेंगे।

उसने स्वयं को बर्खास्त किया

एक संस्था के महाप्रबंधक ने मुझे बताया कि लगातार तीन सालों तक वह अपनी नौकरी जाने के भय से ग्रस्त रहा। वह हमेशा असफल होने की ही कल्पना करता रहता था। जिस बात से वह डर रहा था, वह वास्तव में विद्यमान थी ही नहीं। यह तो उसका एक नकारात्मक और चिन्तायुक्त विचार था जिसने उसके मन में घर कर लिया था। उसकी स्पष्ट कल्पना में वह अपनी नौकरी छूटने की बात को सतत देखता रहा और धीरे-धीरे वह निराश और विक्षिप्त होने लगा। अंत में उसे नौकरी छोड़ने के लिए कहा गया।

वास्तव में उसने स्वयं को बर्खास्त किया। उसने अपने अवचेतन मन को लगातार नकारात्मक सुझाव और दृश्य दिए और उसी के अनुसार उसके अवचेतन मन ने प्रतिक्रिया दी। इसके कारण उसके हाथों से मूर्खतापूर्ण ग़लतियाँ होने लगीं, ग़लत निर्णय लिए जाने लगे जिनके कारण प्रबंधक के पद के लिए उसे अयोग्य माना जाने लगा। उसकी नौकरी कभी भी नहीं जाती, यदि उसने अपने डर पर काबू पाने के लिए तुरंत अन्य विचारों या कल्पनाओं का सहारा लिया होता।

अपने आप को हर तरह के डर से दूर करें

अपने अवचेतन मन के चमत्कारों के बारे में जानें, और यह कैसे काम करता है यह भी समझें। इस अध्याय में बताए गए तरीक़ों का अभ्यास अभी से, आज ही से करना आरंभ करें। आपका अवचेतन मन वैसी ही प्रतिक्रिया देगा और आप अपने हर डर से मुक्त हो जाएँगे।

डर से मुक्ति पाने के लिए इस तरह आगे बढ़ें

1. आप जिन बातों से डरते हैं, उन्हीं को करना शुरू करें, डर की मौत निश्चित है। अपने आप से कहें, "मैं इस डर पर काबू पाने वाला हूँ, और ऐसा महसूस भी करें।"
2. डर हमारे मन का एक नकारात्मक विचार होता है। इसे किसी सकारात्मक विचार की सहायता से मन से उखाड़ फेंके। आत्मविश्वास डर से अच्छा होता है।
3. डर महान शत्रुओं में से एक है। असफलता, बीमारी और बिगड़ते रिश्तों के पीछे इसी का हाथ होता है। प्रेम डर को निकालता है। प्रेम जीवन की अच्छी बातों से हुआ भावनात्मक लगाव होता है। ईमानदारी, एकता, न्याय, भलाई, और सफलता के साथ प्रेम करें। हमेशा सर्वश्रेष्ठ की आशा के साथ जीएँ और सर्वश्रेष्ठ आपके पास आएगा।
4. डर के विचारों को विपरीत विचारों द्वारा निष्क्रिय करें। जैसे, "मैं अच्छा गाता हूँ, मैं शांत, उत्साही और निर्मल मन का हूँ।" आदि। इसका बहुत लाभ होगा।
5. लिखित और मौखिक परीक्षा के समय स्मृति लोप भी डर के कारण ही होता है। आप इसे बाहर आने के लिए इस अभिपुष्टि का सहारा ले सकते हैं, "मुझे जो कुछ जानना है, उसके लिए मेरी स्मृति बढ़िया काम कर रही है।" या आप कल्पना में अपने किसी मित्र को परीक्षा में आपकी सफलता के लिए बधाई देते हुए देख सकते हैं। इस कल्पना में लगे रहें और आपकी जीत अवश्य होगी।
6. आप जीवन में दो ही तरह के प्राकृतिक डर के साथ जन्मे हो। गिरने का डर और तेज़ आवाज़ का डर सामान्य डर हैं। इसके अलावा अन्य सारे डर आपने किसी न किसी से लिए हैं। उनसे छुटकारा पाएँ।
7. सामान्य डर अच्छा होता है। मगर असामान्य डर बुरा और नुक़सानदायक होता है। लगातार डर युक्त विचारों से ग्रस्त रहना असामान्य डर, सनक और जटिलताओं को जन्म देता है। किसी बात से लगातार डरते रहना आतंक और दहशत को जन्म देता है।
8. आप असामान्य डर से बाहर तभी आ सकते हैं जब आप अपने अवचेतन मन की ताक़त को पहचानें और यह समझ लें कि आपका अवचेतन मन आपके आसपास की परिस्थितियों को बदल सकता है और आपकी हार्दिक इच्छाओं को पूरा कर सकता है। अपनी ऐसी इच्छाओं पर ध्यान केन्द्रित करें जो डर के विपरीत जाती हों, उनके प्रति समर्पण का भाव रखें। यही प्रेम हमारे डर को दूर करता है।
9. यदि आप असफलता से डरते हैं तो सफलता पर ध्यान दें। यदि बीमारी से डरते हैं तो स्वास्थ्य पर ध्यान केन्द्रित करें। यदि आप दुर्घटना के भय से घिरे हैं तो सार्वभौमिक मन के निर्देशों पर ध्यान दें।

10. प्रतिस्थापन के महान सिद्धांत के अनुसार डर का इलाज उसका सामना करना ही है। आपके हर डर का समाधान आपके पास किसी न किसी इच्छा के रूप में है। यदि आप बीमार हैं तो आप स्वास्थ्य की इच्छा करें। यदि आप डर की चपेट मैं हैं तो उससे मुक्ति की इच्छा करें। अच्छे की अपेक्षा करें, मानसिक रूप से अच्छे परिणामों पर ही ध्यान एकाग्र करें और विश्वास रखें कि आपका अवचेतन मन हमेशा आपके सवालों का जवाब देता है। यह कभी चूकता नहीं है।
11. जिन बातों से आपको डर लगता है, वे वास्तव में मौजूद होती ही नहीं हैं। यह तो आपके मन के विचार होते हैं जो डर के रूप में संचित हो जाते हैं। आपके विचार रचनात्मक शक्ति रखते हैं। अच्छा सोचें, अच्छा ही होगा।
12. उन बातों पर ग़ौर करें, जो आपको डराती हैं, उन्हें तर्क की कसौटी पर कसकर देखें। अपने डर पर हँसना सीखें। यही सबसे बढ़िया दवा है।
13. आपको आपके विचारों के अलावा और कुछ भी परेशान या विचलित नहीं कर सकता। दूसरे व्यक्ति के सुझावों, बयानों और धमकियों में कोई ताक़त नहीं होती। यह शक्ति तो आपके अन्दर होती है। दुनिया में केवल एक ही रचनात्मक शक्ति है और यह सामंजस्य और सौहार्द के साथ आगे बढ़ती है। इसके बीच किसी तरह के मतभेद या लड़ाई-झगड़े का सवाल नहीं उठता है। इसका स्रोत प्रेम ही है।

22

डर और गुस्से के सह-संबंध के बारे में कुछ और विचार

मुझे अध्याय 14 में डॉ. मर्फ़ी द्वारा बताए गए सादृश्यता के उदाहरण ने अत्यधिक प्रभावित किया जिसमें वे एक समतल स्थान पर रखे लकड़ी के तख़्ते पर चलने और उसी तख़्ते को मैदान से 20 फ़ुट ऊपर स्थित करने के बाद उस पर चलते समय व्यक्ति की मनःस्थिति क्या होती है, वे इस बारे में बताते हैं। अब यदि इस डर की मात्रा को और बढ़ाने की कोशिश करें और इसके लिए उस तख़्ते को ज़मीन से 50 फ़ुट ऊँची दो इमारतों की छतों के बीच रखें तो क्या होगा, देखते हैं।

दो इमारतों के बीच रखे हुए तख़्ते पर चलने के लिए और ज़मीन पर रखे तख़्ते पर चलने के लिए समान शारीरिक कौशल की आवश्यकता होगी मगर कठिनाई का स्तर बढ़ता जा रहा है, यह धारणा मन में बनती जाएगी। ज़मीन पर आप कूद सकते हैं, पीछे की ओर चल सकते हैं और चलते-चलते साथ चल रहे अपने मित्र को चुटकुले भी सुना सकते हैं।

ज़मीन से 50 फ़ुट ऊपर रखे तख़्ते पर चलते समय अधिकतर लोग डर का अनुभव करेंगे, उनके पेट मारे भय के पीठ से मिल जाएँगे, वे धीरे-धीरे रेंगते हुए एक-एक इंच आगे बढ़ेंगे। वे अपने सिर पर हेलमेट लगाएँगे, पैराशूट साथ रखेंगे और 50 फ़ुट नीचे कोई सुरक्षा जाली लगाई जाए, इसकी भी माँग करेंगे।

यदि डर हमारे मन पर हावी हो गया तो यह हमारे मन को बेहद कमज़ोर बना देता है और हमारे लक्ष्यों तथा इच्छाओं की प्राप्ति में व्यवधान उत्पन्न करता है।

यहाँ मैं कुछ और विचार आपके सामने प्रस्तुत कर रहा हूँ जो पिछले अध्याय "डर को दूर करने के लिए अपने अवचेतन मन का उपयोग किस तरह करें" पर ही आधारित हैं।

मेरे विचार से डर के अलावा भी कुछ और वस्तुएँ होती हैं जो हमारे मन को दुर्बल बनाकर हमारे लक्ष्य प्राप्ति और तरक़्क़ी में व्यवधान डालती हैं। ऐसे डर जो अवचेतन मन की गहराई में जाकर पैठ जाते हैं, वे हमें लक्ष्य भ्रष्ट करने की ताक़त रखते हैं। अतः डर के बारे में हमें एक ही बात सीखने की ज़रुरत है, और वह यह कि इस पर जीत किस तरह हासिल की जाए।

सबसे पहले तो यह जान लेना ज़रुरी है कि डर कोई वास्तविक स्थिति नहीं है वरन् ये तो किसी स्थिति के बारे में हमारे मन के विचार होते हैं जिन्हें भावनाओं

का साथ मिल जाता है। और चूँकि किसी विचार पर नियंत्रण करने की या उसे निर्देशित करने की ताक़त हमारे मन में है अतः हमारे डर के विचारों को दूर करने के उपकरण भी हमारे ही पास होते हैं। मगर अन्य उपकरणों की ही तरह इनका लाभ भी हम तब तक नहीं ले सकते, जब तक हम इनके उपयोग की विधि नहीं जानेंगे।

इससे पहले कि हम अपनी चर्चा को डर किस तरह दूर करें, इस हिस्से पर केन्द्रित करें, आइए हम यह देखते हैं कि डर आखिर किस बात से जन्म लेता है, डर आखिर होता क्या है। हम इस बात का परीक्षण वास्तविकता के आलोक में, बिना किसी आदर्शवादिता का सहारा लिए करना चाहते हैं। अब कुछ समय के लिए हम यह मान ले कि डर भी हमारे मानव जीवन का ही एक हिस्सा है, हालांकि हमें कुछ लोग ऐसे भी दिखाई देते हैं जो निडर होते हैं, उन्हें किसी से भी डर नहीं लगता।

*यदि मान लें कि डर (Fear) शब्द का अर्थ वास्तव में **फ़ॉल्स एक्सपेक्टेशन अपीयरिंग रीयल** है अर्थात ऐसी छद्म अपेक्षाएँ जो वास्तविक सी प्रतीत होती हैं।*

चलिए अब डर को जीवन को घात करने वाली स्थिति के रूप में देखें और इस चर्चा में हम इस स्थिति को "वास्तविक डर" और अन्य काल्पनिक स्थितियों को जो हमारे मन में मौजूद होती हैं, "आभासी डर" कहेंगे।

अधिकांश लोगों का जीवन को घात पहुँचाने वाले डर से सामना कम ही होता है। यहाँ मेरा तात्पर्य किसी कठिन पगडंडी पर चलने या माँ भालू और उसके बच्चे के बीच खड़े होने से है। ध्यान दें! जब लोग ऐसी किसी स्थिति में फँसते हैं तो वे इस स्थिति से बाहर निकलने के लिए अपना सर्वश्रेष्ठ प्रदर्शन करते हैं, बिलकुल किसी सुपरमैन की तरह। हमने ऐसी घटनाओं के बारे में सुना है जहाँ अपने बच्चे को कार के नीचे फँसा देखकर 120 पाउंड की माँ ने कार को अकेले ही उठा लिया और अपने बच्चे को सुरक्षित बाहर निकाला। यदि सामान्य स्थिति में उस माँ ने महीनों वज़न उठाने का अभ्यास भी किया होता, फिर भी ऐसी भयानक स्थिति सामने आए बिना वह अकेले कार को नहीं उठा सकती थी।

मगर यह उस तरह का डर नहीं है, जिसे हममें से अधिकांश लोग हमेशा महसूस करते हैं, ऐसा डर जो हमें रातों को जगाए रख सकता है, अक्सर बेचैन कर देता है। आभासी डर वह डर होता है जिसमें हम हमेशा यह अनुमान लगाते हैं कि हमारे साथ कुछ बुरा घटने वाला है, और ऐसा अक्सर तब तक नहीं घटता है, जब तक हम ऐसे विचारों को अपने अवचेतन मन की गहराई में स्थान नहीं देते हैं। जब डर हमारे अवचेतन मन में जड़ें जमा लेता है तो यह आत्म भविष्यवाणी बन जाती है जिसका पूरा होना अवश्यंभावी हो जाता है। यदि बुरी घटना नहीं घटती है, तो उसका कारण यह होता है कि जो व्यक्ति डर का अनुभव करता है, उसके अनुभव में कोई नया अनुभव या सत्य शामिल हो जाता है जो डर की भावना को धूमिल कर देता है। आभासी क्षेत्र जो डर के अहसास और विचार के पीछे काम करता है, उसे वास्तविक तथ्यात्मक आँकड़ों द्वारा हटा दिया जाता है। ये तथ्यामक

आँकड़े कई बार डर वाले विचारों के बिलकुल विपरीत हो सकते हैं।

तो अब आपको अपने मन के डर से निपटने के लिए यह विवरण किस तरह मदद करेगा?

मैं सोचता था कि प्रेम का विलोम घृणा है। फिर मैने गेराल्ड जैम्पोलोस्की द्वारा लिखी पुस्तक लव इज लेटिंग गो ऑफ़ फ़ीयर* *पढ़ी। एम.डी. जैम्पोलोस्की ने मुझे बातों को अलग दृष्टिकोण से देखने में मदद की। मुझे अहसास हुआ कि गुस्सा, नफ़रत और ऐसी ही सारी भावनाओं का उद्गम डर से ही होता है। वास्तव में हमें गुस्सा इसीलिए आता है कि हमें किसी वस्तु को खोने का डर सता रहा होता है।*

यह वस्तु हमारी नौकरी, साथी, बच्चों का प्यार, स्वास्थ्य कुछ भी हो सकती है।

डर और प्रेम के बीच के गहरे रिश्ते को नील डोनाल्ड वाल्श ने अपनी पुस्तक कन्वर्सेशन विद गॉड** *में बड़ी अच्छी तरह से बताया है। मैं मानता हूँ कि वॉश इस बिंदु पर एकदम सही कहते हैं। मैं प्रेम और डर के बारे में इस पुस्तक में लिखे हुए कुछ अंश आपके सामने प्रस्तुत कर रहा हूँ।*

वॉल्श लिखते हैं,

> मनुष्य के सारे ही काम गहराई में एक या दो भावनाओं द्वारा निर्देशित होते हैं - वे हैं डर या प्रेम। सत्य के पीछे भी केवल दो ही भावनाएँ होती हैं - आत्मा की आवाज़ में भी केवल दो ही भाव होते हैं। ये महान ध्रुवीयता के दो विपरीत सिरे हैं...

वॉश आगे लिखते हैं,

> "ये दो बिंदु हैं अल्फ़ा और ओमेगा - जो सापेक्षता के सिद्धांत को पूर्णता देते हैं।"
>
> वस्तुओं के बारे में इन दो विचारों के अलावा अन्य कोई विचार अस्तित्व में नहीं होता है। मनुष्य का हरेक विचार और हरेक काम डर और प्रेम इन्हीं दो विचारों पर आधारित होता है। इनके अलावा मानव जीवन में कोई अन्य अभिप्रेरणा नहीं होती और अन्य सारे विचार इन्हीं दो विचारों के व्युत्पाद होते हैं। केवल रिश्ते ही नहीं, वरन् मानव द्वारा किया गया हरेक काम प्रेम या डर पर आधारित होता है। व्यापार, उद्योग, राजनीति, धर्म, अपने युवाओं की शिक्षा, देश की सामाजिक कार्यसूची, आपके समाज के आर्थिक लक्ष्य, युद्ध, शान्ति, आक्रमण, रक्षा, आक्रामकता, प्रस्तुतीकरण, चुनाव करने संबंधी निर्णय, बदलाव या देने की प्रतिबद्धता, बचाने या साझा करने, एकत्र रहने या विभाजित होने-हरेक वह चुनाव जो हम अपने जीवन में करते हैं, उसके पीछे यही दो संभावित विचार होते हैं-डर और प्रेम।

***जैम्पोलस्की, गैराल्ड और ह्यू प्रेथर :* लव इज़ लेटिंग गो ऑफ़ फ़ीयर, *सेलेस्टियल आर्ट्स, 2004*

****वाल्श, नील डोनाल्ड।* कन्वसैशन्स विद गॉड (बुक-1) *पुटनान एडल्ड, 1996*

डर वह ऊर्जा है जो संकुचित करती है, बंद करती है, अंतर्मुखी बनाती है, भागना-छिपना, मन में जमाए रखना, नुक़सान पहुँचाना आदि सिखाती है।

प्रेम वह ऊर्जा है जो प्रसारित करती है, खुले मन का बनाती है, बहिर्मुखी बनाती है, स्थिरता देती है, ज्ञान देती है, साझा करना सिखाती है, उपचार करती है।

डर हमारे शरीर को कपड़ों में छिपने को बाध्य करता है, प्रेम हमें निर्वस्त्र होने की शक्ति देता है। डर हमें अपनी चपेट में लेता है और हमारे पास जो भी होता है, उसे जकड़ लेता है। डर हमें कसता है, प्रेम स्वतन्त्र छोड़ता है। डर हमें मुट्ठी में बाँधता है, प्रेम हमारे रास्ते खोलता है। डर जलाता है, प्रेम ठंडक का अहसास देता है। डर आक्रमण करता है, प्रेम सुधार के अवसर देता है।

मनुष्य का हरेक विचार, शब्द या काम इन्हीं में से किसी एक भावना पर आधारित होते हैं। आपके पास इन दोनों के अलावा चुनने के लिए कोई विकल्प नहीं होता क्योंकि चुनने के लिए कुछ और है ही नहीं। हाँ, मगर इन दोनों में से किसे चुनना है, यह चुनने का अधिकार आपके पास है।

धन्यवाद नील वॉश !

जब मैंने इस पुस्तक को पढ़ा तो मेरे मन में निम्न चित्र बना :

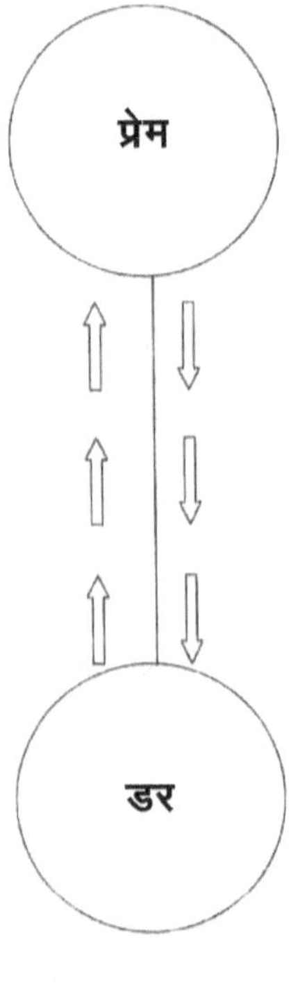

कई अन्य लोगों की तरह मैं भी दृश्य विचारक हूँ। शब्द मेरे मन में चित्र के रूप में अंकित हो जाते हैं। इस चित्रण के द्वारा मैं स्पष्टता से देख पाता हूँ कि प्रेम और डर दो विपरीत ध्रुव हैं और किसी एक समय में या तो हम प्रेम का अनुभव ले सकते हैं या डर का या हम एक से दूसरे की ओर गमन कर सकते हैं। इस अहसास के साथ जब मुझे डर का अनुभव होता है तो मुझे पता होता है कि रिश्तों के इस चक्र में मैं कहाँ खडा हूँ। मुझे यह भी पता होता है कि मैं कहाँ जाना चाहता हूँ और यदि मैं वहाँ नहीं हूँ, जहाँ मैं जाना चाहता था तो मैं अपनी सोच को बदलकर सुधारात्मक क़दम उठाने का रास्ता चुन सकता हूँ। अर्थात मैं अपने विचारों को प्रेम और कृतज्ञता की भावनाओं द्वारा पुनर्निर्मित कर सकता हूँ जो मुझे पीछे से आगे की और अर्थात प्रेम के आधार की ओर बढ़ने में मदद करेंगे।

हमेशा प्रमुख कार्यकारी सिद्धांत याद रखें, "कोई भी नकारात्मक या सकारात्मक विचार यदि लगातार आपके चेतन मन में विद्यमान रहता है तो वह अवचेतन मन के लिए निर्देश का काम करता है जिसे वह पूरा अवश्य करता है।"

जैसा कि हम अच्छी तरह जानते हैं कि हम अपने जीवन की वास्तविकताओं को स्वयं गढ़ते हैं और ये वास्तविकताएँ हम अपनी विचारधारा के द्वारा गढ़ते हैं, तो अपने विचारों को बदलना और भी ज़रुरी हो जाता है। यदि हमारे मन में यह भय उत्पन्न हो जाता है और हम उन विचारों को अपने मन में लगातार दोहराते जाते हैं (जैसे मेरा व्यापार ख़त्म होता जा रहा है अर्थात मुझे नुक़सान हो रहा है", "मेरा साथी अब मुझे प्रेम नहीं करता," आदि)। इन विचारों को लगातार चेतन मन में दोहराए जाने से अतिचेतन मन के द्वारा उसे वास्तविकता में बदला जाना अवश्यंभावी हो जाता है।

अतः जब हम अपने डर के प्रति और इस डर के बारे में अपने आप से किए जाने वाले स्व संवाद के प्रति जागरूक होते हैं तो हम अपने विचारों को आसानी से परिवर्तित कर सकते हैं और यह सोच सकते हैं कि इस तरह के विचार हमारे मन में डर उत्पन्न कर रहे हैं। अपने मन के नकारात्मक विचारों को दूर करके हम जो चाहते हैं, उसके बारे में हमें अपने मन में सकारात्मक चित्र देखने होंगे और स्व संवाद की नई कड़ी शुरू करनी होगी जो हमारी इच्छा के परिणाम को बल देती हो। जैसे, "मेरे अन्दर वह योग्यता है जिसके बल पर मैं अपने व्यापार को सफलता की चोटी तक ले जा सकता हूँ", या "मेरे मन में मेरे साथी के प्रति निःस्वार्थ प्रेम है और हर दिन हमारा प्रेम बढ़ता जा रहा है, हमारा रिश्ता मज़बूत होता जा रहा है।"

इसका अर्थ यह नहीं है कि व्यापार में नुक़सान नहीं होगा या पति-पत्नी के बीच तलाक़ नहीं होगा। जैसे कि बम्पर स्टीकर कहते हैं, "दुर्घटनाएँ घटती हैं।"

मगर ऐसे लोग जो हमें जीवन में सतत सफ़लता की ओर बढ़ते हुए नज़र आते हैं, वे चेतन या अचेतन रूप से ही सही अपने स्व संवाद के महत्त्व को जान चुके होते हैं, साथ ही यह भी जान चुके होते हैं कि हमारे विचार अवचेतन मन के द्वारा वास्तविकता में बदले जाने की रचनात्मक शक्ति रखते हैं।

डर का सामना करने में स्व संवाद का महत्त्व यही है कि हम यह जान लें कि हम सभी में हमारे विचारों को नियंत्रित करने की शक्ति है। जब हम अपने विचारों को अपने मूल्यों और लक्ष्यों के अनुसार अनुशासित करने का प्रयास करते हैं तो हम अपने काम और उनसे मिलने वाले परिणामों को भी प्रभावित कर रहे होते हैं।

वास्तव में 99 प्रतिशत मामलों में हमारे डर का कारण हमारे विचार ही होते हैं और यदि हम अपने विचारों पर नियंत्रण करना बखूबी जान लेते हैं तो हम अपने जीवन से डर के उन सभी विचारों को निकाल बाहर कर सकते हैं जो हमें बेवजह डराते हैं और हमारे जीवन पर हावी होने का प्रयास करते हैं।

आइए अब डर और गुस्से के बीच के रिश्ते को जाँचने का प्रयास करें।

जैसा कि हमने इस अध्याय की शुरुवात में ही लिखा है, "वास्तव में हमें गुस्सा इसीलिए आता है कि हमें किसी वस्तु को खोने का डर सता रहा होता है। यह वस्तु हमारी नौकरी, साथी का प्रेम, बच्चों का प्रेम, स्वास्थ्य आदि हो सकती है।"

इस संभावना पर विचार करें कि गुस्सा अधिकतर स्व निर्देशित होता है। मेरा तात्पर्य यह है कि जब हमें गुस्सा आता है तो हम अपने अन्दर की उस कमी के प्रति प्रतिक्रिया दे रहे होते हैं जो तब बाहर आती है जब किसी दूसरे व्यक्ति की कोई बात या कोई काम हमें उसकी याद दिलाता है या किसी व्यक्ति का व्यवहार हमारी अपेक्षाओं से भिन्न होता है। उदाहरण के लिए किसी परिवार में एक बच्चे का ख़ास तरह का व्यवहार उसके माता-पिता को गुस्सा दिलाता है। दूसरे परिवार में बच्चे का उसी तरह का व्यवहार उसके पालकों को गुस्सा नहीं दिलाता।

कई बार आप कार्यस्थल पर अपने सहकर्मी से कहते होंगे, "जब बॉस तुमसे ऊँची आवाज़ में बात करता है तो तुम्हें गुस्सा नहीं आता? और आपका साथी कहता है, "नहीं, बिलकुल नहीं। मुझे तो यह मज़ेदार लगता है।"

मेरा तात्पर्य यह है कि जब हम गुस्से की भावना से ग्रस्त हो जाते हैं तो हम इसका सामना और अच्छी तरह से कर सकते हैं यदि हम यह जानते हों कि यह गुस्सा किसी और द्वारा किए गए काम के कारण नहीं, वरन् हमारे ही मन की भावनाओं के परिणाम के रूप में सामने आया है। यदि हम अपने गुस्से के शिकार बनने की बजाय उसकी ज़िम्मेदारी स्वयं पर लेते हैं तो हम वैसी ही परिस्थिति में बजाय गुस्सा होने के, कोई और प्रतिक्रिया देने का विचार कर सकते हैं। अपनी प्रतिक्रिया को स्व निरीक्षण द्वारा निर्धारित करने का एक तरीक़ा यह हो सकता है, "जब भी मेरे बच्चे मुख्य दरवाज़ा खुला छोड़ जाते हैं तो मैं इतनी परेशान क्यों हो जाती हूँ? क्या मैं हमेशा ऐसी स्थिति आने पर उन पर गुस्सा होना चाहती हूँ?" क्या ऐसा इसलिए होता है कि मेरे पिता भी मेरे ऐसा करने पर बहुत नाराज़ होते थे? क्या कोई इससे बेहतर तरीक़ा हो सकता है जिससे मैं बिना नाराज़ हुए इस स्थिति का सामना कर सकूँ?

स्व निरीक्षण करके अपने आप से प्रश्न करना अच्छा और स्वस्थ प्रयास है और इससे न केवल रिश्ते सुधरते हैं वरन् हमारी भलाई के रास्ते भी प्रशस्त होते हैं।

क्या गुस्सा होना बुरी बात है? मैं जानता हूँ कि यहाँ बुरा शब्द इस्तेमाल करने की बजाय मुझे अस्वस्थ शब्द का इस्तेमाल करना चाहिए। यहाँ यह कहना ज़रुरी है कि गुस्से की वजह से कई रिश्ते टूटे हैं। इस क्षेत्र में हुए कई शोध यह बताते हैं कि गुस्सा करने वाले अक्सर अस्वस्थ रहते हैं, यहाँ तक कि कैंसर की बीमारी तक से ग्रस्त हो जाते हैं।

लॉरा हक्सले ने "यू आर नॉट द टारगेट"* शीर्षक से बहुत अच्छी पुस्तक लिखी है जो कुछ सुझावों पर ज़ोर देती है। इसके अनुसार अधिकतर स्थितियों में गुस्सा आत्मप्रेरित होता है। जब कोई व्यक्ति आप पर गुस्सा होता है तो इसका अर्थ इतना ही है कि उस व्यक्ति का गुस्सा तो किसी न किसी रूप में बाहर आना ही था, आप बस उसके गुस्से की राह में ग़लती से आ गए हैं।

मैं इसे एक उदाहरण से समझाता हूँ, वह उदाहरण भले ही यहाँ बेढब सा प्रतीत हो मगर दुर्भाग्य से ऐसा हरेक व्यक्ति के जीवन में अक्सर घटता है।

मैरी ने अपने पति जॉन के लिए बढ़िया खाना पकाया था और वह उसके साथ एक शांत, रूमानी शाम बिताने की कल्पना कर रही थी। इसके विपरीत जॉन का पूरा दिन दफ़्तर में बहुत ही निराशा और परेशानी भरा बीता था और वह गुस्से से खदबदा रहा था। जब वह मुख्य द्वार पर आया तो मैरी ने मधुर मुस्कान के साथ उसका स्वागत करते हुए कहा, "आज का दिन कैसा था प्रिय?" जॉन ने गुस्से से जवाब दिया, "एकदम बकवास। तुम यहाँ दिनभर घर में टीवी देखती रहती हो, कभी मेरी कुर्सी पर बैठकर काम करके देखो, क्या- क्या झेलना पड़ता है!"

जैसे कि लॉरा हक्सले कहती हैं, आप लक्ष्य नहीं हो। मैरी बोली, "जॉन मैं तो तुमसे प्रेम करती हूँ।" मगर जॉन ने उसकी ओर देखा तक नहीं क्योंकि वह अपने बॉस की ही चिंता में डूबा हुआ था। मैरी तो संयोग से उसके रास्ते में आ गई थी। यह उसका पालतू कुत्ता भी हो सकता था जिसे जॉन ने गुस्से में एक लात मारी होती, उसके बच्चे हो सकते थे, भगवान न करें यह उसकी सास भी हो सकती थी। उस समय जो भी जॉन के सामने पड़ता, उसे उसके मन में जमे गुस्से का शिकार होना पड़ता।

आप इस उदाहरण पर हँस सकते हैं, मगर आप भी यह मानेंगे कि ऐसा हमारे साथ हमेशा ही होता है और हम इसी विरोधाभास के साथ जीते हैं कि हम उसी को सबसे अधिक तकलीफ़ पहुँचाते हैं, जिसे हम सबसे अधिक प्रेम करते हैं।

उन लोगों के व्यवहार को ध्यान में लाएँ जो रास्ते पर कार चलाते समय क्रोधित हो जाते हैं और पागलों जैसा व्यवहार करते हैं।

प्रेशर कुकर में एक सीटी होती है। जब दबाव अधिक बढ़ जाता है तो सीटी

*हक्सले लॉरा, यू आर नॉट द टारगेट। मारलो ऐंड कम्पनी. मई, 1998

ऊपर उठती है और अतिरिक्त दबाव बाहर निकल जाता है जिससे ढक्कन उछलता नहीं है। हम भी अपने आप को काम में, ध्यान में या किसी अन्य गतिविधि में व्यस्त रखकर अपने तनाव को कम करने और गुस्से पर प्रेशर वॉल्व लगाने का काम कर सकते हैं।

हालाँकि मैंने अब तक ऐसे किसी शोध के बारे में नहीं पढ़ा है जो जीवन शैली और गुस्से के संबंध को बताते हों मगर यह मेरा अनुमान है कि जो लोग पौष्टिक भोजन करते हैं, रोज़ व्यायाम करते हैं, शराब आदि का मामूली सेवन करते हैं और रात को अच्छी नींद सोते हैं उनके जीवन में गुस्से की घटनाएँ कम होती हैं बनिस्पत उनके जो मोटे होते हैं, ज़्यादा खाते हैं और बहुत शराब पीते हैं।

जीवन शैली और आत्मविश्वास की भावना का भी गहरा संबंध होता है। जिस व्यक्ति की स्व अवधारणा कमज़ोर होगी, उसके मन में अन्य लोगों के प्रति, दुनिया के प्रति गुस्से की भावना अधिक होगी और वह हर बुरी घटना, रिश्तों में आती कटुता आदि सभी के लिए स्वयं को टारगेट बनाया गया या पीड़ित किया गया महसूस करने लगता है और ये सभी घटनाएँ उसके जीवन का हिस्सा बनती जाती हैं।

अंत में, जैसे कि पहले भी सुझाया जा चुका है आजकल चिकित्सक भी अपने मरीज़ों को स्वस्थ रहने के लिए जीवन शैली बदलने और अधिक से अधिक गतिविधियों में स्वयं को व्यस्त रखने की सलाह देते हैं ताकि तनाव को दूर किया जा सके। व्यायाम और पोषक भोजन हमेशा ही इन सुझावों का हिस्सा रहे हैं। मगर आज अधिकाधिक चिकित्सा व्यवसायी योग, ताई-चाई और ध्यान के लाभ को भी समझाने लगे हैं।

> आइए शब्द Disease को देखें। जब हम इसे दो हिस्सों में तोड़ते हैं तो हमें दो शब्द Dis और Ease मिलते हैं। शारीरिक व्याधियाँ और बीमारियाँ अक्सर मानसिक या भावानात्मक अस्वस्थता का परिणाम होती हैं।

सामान्य दिशा-निर्देशों के रूप में इस कहावत को अपनाना चाहिए, "परिस्थितियाँ कभी भी तनावपूर्ण नहीं होती, हमारी प्रतिक्रियाएँ तनावपूर्ण होती हैं।"

जब हम गुस्सा होने की क्रिया को अपने चुनाव के रूप में स्वीकार कर लेते हैं तो हम तुरंत क्षमा माँगकर स्थिति को सुधारने और किसी व्यक्ति के प्रति गुस्से में दी गई प्रतिक्रिया से हुए नुक़सान की भरपाई हेतु खुले मन से प्रयास कर सकते हैं।

क्या अब हम समझते हैं कि डर और गुस्से के बीच क्या सह-संबंध है?

क्या आप गुस्से में दी गई अपनी किसी प्रतिक्रिया को याद कर सकते हैं जिसमें डर का तत्व समाहित न हो?

यदि यह वाहन चलाते समय रास्ते में किसी पर आए क्रोध का मामला हो, क्या उसके पीछे अपने प्रिय व्यक्ति की दुर्घटना का भय नहीं छिपा होता? या इसके पीछे यह भय हो कि वह किसी और के लिए आपको अकेला न छोड़ दे? यदि आप अपने बॉस से नाराज़ हैं तो उसके पीछे क्या आपके मन में नौकरी जाने का डर छिपा हो सकता है?

अगली बार जब आप क्रोध का अनुभव करें, सहज भाव से अपने आप से कहें, "गुस्सा करने का समय समाप्त हुआ। मेरे मन में ऐसा क्या है जो मुझे गुस्सा दिला रहा है? मैं किस बात से डर रही हूँ? क्या मैं गुस्से की इस भावना के साथ रहना चाहती हूँ?" यदि इन प्रश्नों के उत्तर नहीं में आते हैं तो अपने मानसिक चित्र को किसी सुहावने चित्र में बदलें, उनके बारे में सोचें जिन्हें आप प्यार करते हैं, जिनके प्रति आप कृतज्ञता महसूस करते हैं और इस तरह से स्व प्रयासों द्वारा धीरे-धीरे डर के क्षेत्र से स्वयं को बाहर ले आएँ तथा प्रेम के असीम क्षेत्र की ओर स्वयं को ले जाने का प्रयास करें।

जैसा कि जॉन मिल्टन ने अपनी पुस्तक पैराडाइज लॉस्ट में लिखा है :

मन की अपनी एक जगह है और यह चाहे तो जीवन को स्वर्ग बना सकता है, यह चाहे तो उसे नरक बना सकता है।

23

भावनात्मक नियंत्रण : जीवन के रूपांतरण के लिए सामान्य उपाय

- ली पुलोस, पीएच.डी., एबीपीपी

मन और शरीर की चिकित्सा के क्षेत्र में अब तक यह मिथक प्रचलित है कि तनाव ही हमारी सारी दिक़्क़तों का कारण होता है। तनाव केवल यह बताता है कि हम बीमार, उदास, नशे के आदी, थके हुए या निराश क्यों है। बीमारी को उत्पन्न करने में तनाव हालाँकि महत्त्वपूर्ण भूमिका निभाता है अतः इसे कम महत्त्व का मानकर छोड़ा नहीं जा सकता मगर हमारे शरीर की सारी गड़बड़ियों के लिए अकेले इसे ही दोषी भी नहीं समझा जा सकता।

ऐसे अनगिनत उदाहरण हैं जहाँ तनाव को मृत्यु तक का कारण माना जाता है। ऐसी कई स्थितियाँ देखी गई हैं जब लोग अचानक अत्यधिक तनाव के शिकार होने के कारण मौत के ग्रास बन जाते हैं। स्पेन का राजा फ़िलिप पंचम स्पेनिश सेना की हार की ख़बर सुनते ही मर गया। रोम का राजा नेवा अपने एक दरबारी के उससे जिरह करने के कारण उस पर गुस्सा हुआ और उसके कारण मर गया।

एक बिलकुल ताज़ी घटना के अनुसार जिस होटल में मार्टिन लूथर किंग को गोली मारी गई थी, इस घटना के कुछ ही घंटों बाद उस होटल के मालिक की पत्नी तनाव के चलते मर गई। लिंडन जॉनसन, जिसने कहा था कि जब यह महान समाज मर जाएगा, वह भी मर जाएगा, उसकी मौत उस समय हृदयाघात से हो गई जब निक्सन प्रशासन ने पूर्व राष्ट्रपति की योजनाओं को निरस्त घोषित कर दिया। और यह सूची इसी तरह बढ़ती जाएगी। इन सारे उदाहरणों में तनाव उत्पन्न करने वाली परिस्थितियों को ही अधिक ध्यान देकर चिह्नित किया गया, उन परिस्थितियों को व्यक्ति ने किस तरह देखा और विश्लेषित किया, इस पर कोई ज़ोर नहीं दिया जाता। इससे यह ध्वनित होता है कि हमारे साथ जो घटता है, वह अधिक महत्त्वपूर्ण होता है, बनिस्पत इसके कि हम इसे कैसे देखते हैं।

इससे 19वीं सदी के महान चिकित्सक जिन्हें चिकित्सा शास्त्र का पिता कहा जाता है के द्वारा कही बात का स्मरण होता है कि, "बीमारी महत्त्वपूर्ण नहीं है, वह व्यक्ति महत्त्वपूर्ण है, जिसे इस बीमारी ने घेरा है।"

तनाव और बीमारी के अंतसंबंध की अवधारणा इतनी गहरी हो गई है कि तनाव को 21वीं सदी में हमारी हर तकलीफ़ की जड़ माना जाने लगा है। फिर भी ऐसे कई उदाहरण हमें मिलते हैं जिनमें लोग रोज़मर्रा के तनाव और तनाव उत्पन्न करने वाली भयंकर परिस्थितियों में रहने के बावजूद जीवनभर स्वस्थ रहते हैं। ग्रीक चिकित्सक हिप्पोक्रेट ने कहा था, "हमारे मन में जो भी घटता है वह हमारे शरीर पर प्रभाव डालता है और शरीर पर पड़ने वाला प्रभाव मन को भी प्रभावित करता है।" तात्पर्य यह है कि मन और शरीर एक ही हैं और दोनों एक दूसरे को सतत प्रभावित करते रहते हैं। विचार, धारणाएँ और कल्पना केवल मन में निर्मित होने वाली अमूर्त बातें नहीं हैं वरन् ये शरीर में होने वाले विद्युत रासायनिक परिवर्तनों के परिणाम होते हैं।

न्यूरोलॉजिस्ट डॉ. रिचर्ड रेस्टक अपनी पुस्तक *द न्यू ब्रेन** में कहते हैं कि पिछले पंद्रह वर्षों में बच्चों में अटेंशन डेफ़िसिट डिसॉर्डर और अटेंशन हायपरएक्टिविटी डिसॉर्डर की बीमारी अचानक बढ़ गई है। बीमारियों के अनुपात में इस बढ़त के अन्य कारणों के अलावा इलेक्ट्रॉनिक उपकरणों जैसे-फ़ैक्स मशीन, ईमेल, सन्देश, संगीत और वीडियो सुनना-देखना, स्मार्ट फ़ोन का उपयोग, लैपटॉप, इंटरनेट आदि का उपयोग भी इन बीमारियों का कारण है। आधुनिक युग हमारे दिमाग़ को पुनर्सरचित कर रहा है। ADD बीमारी के कुछ लक्षण हैं हरेक काम में विलंब, योग्यता से कम उपलब्धि का अहसास, एक साथ कई काम शुरू कर देना, आसानी से ध्यान बँट जाना, सहनशक्ति कम होने के कारण निराशा की स्थिति में आ जाना, आत्मविश्वास की कमी और इसके अलावा कम से कम ग्यारह लक्षण और होते हैं। ADD के कुल छह प्रकार हैं जिनका इलाज दवाइयों भावानात्मक रूप से स्वतन्त्र होने के प्रशिक्षण (जिसे मैं आगे विस्तार से बताऊँगा), न्यूरोफीडबैक प्रशिक्षण द्वारा हो सकता है।

हाल ही में हुए अध्ययन के अनुसार कोलंबिया विश्वविद्यालय की मनोवैज्ञानिक डॉ. बेट्सी स्पैरो ने बताया कि गूगल हमारे दिमाग़ को परिवर्तित कर रहा है। जब भी हम किसी सूचना को पाना चाहते हैं तो हम उसे याद रखने की बजाय गूगल पर ढूँढना पसंद करते हैं। यह एक एक बीमारी है जिसे गूगल प्रभाव के नाम से जाना जाता है। उनका यह अध्ययन साइंस में प्रकाशित हुआ और मानव मस्तिष्क की स्मृति अब उस स्थान को ही खोजने का काम करती हैं, जहाँ से सूचना को प्राप्त किया जा सकता है, इसके लिए वह अपनी स्मृति कोश पर पूरी तरह से विश्वास नहीं करती। दूसरे शब्दों में लोग अपनी स्मृति पर ज़ोर देने की बजाय सूचना प्राप्त करने के बाहरी साधनों पर अधिक विश्वास करते हैं।

एक अन्य अध्ययन में तनाव को किसी महामारी की तरह वर्णित करते हुए बताया गया है कि हृदयाघात की घटनाओं में से एक तिहाई घटनाएँ सोमवार की सुबह 7 से 9 के बीच घटती हैं और इनमें से भी 80 प्रतिशत आदमियों में हृदयाघात सोमवार को सुबह 8 बजे से दोपहर के बीच होता है। नॉर्थवेस्टर्न इंश्योरेंस कंपनी द्वारा 600 अमेरिकी

***रेस्टक रिचर्ड।* द न्यू ब्रेन : हाउ द मॉर्डन एज इज़ रिव्यूइंग यॉर माइंड। *रोडल बुक्स. 2003*

कर्मचारियों पर किए गए इस अध्ययन में एक और बात कही गई कि सात कर्मचारियों में से एक कर्मचारी तनाव के कारण नौकरी छोड़ देता है और एक तिहाई लोग नौकरी के तनाव के कारण नौकरी छोड़ने का विचार करने लगते हैं। चार में से तीन कर्मचारी तनाव के चलते लगातार किसी बीमारी से ग्रस्त होने लगते हैं और थकान, अरुचि, चिंता, शरीर में दर्द और सिरदर्द के शिकार होने लगते हैं।

इसके अलावा अमेरिकन इंस्टीट्यूट ऑफ़ स्ट्रेस एस्टिमेट्स के अनुसार 75 से 90 प्रतिशत चिकित्सकों को तनाव के कारण ही मरीज़ों के आकस्मिक इलाज के लिए जाना पड़ता है।

स्टेनफ़ोर्ड विश्वविद्यालय के तंत्रिकाविज्ञानी रॉबर्ट सैम्पोलस्की ने अपने शोध के बाद बताया कि जब तनाव लगातार बना रहता है तो इससे एड्रीनेलिन और कार्टिसोन हारमोंस का स्राव होता है जिससे हिप्पोकेम्पी जो कि भावनात्मक स्मृति का प्रमुख केंद्र होता है, इसकी कार्य क्षमता में 12 से 15 प्रतिशत तक की कमी आ जाती है। इस अध्ययन द्वारा यह भी स्पष्ट होता है लम्बी लड़ाई के बाद लौटे सैनिकों में या किसी आघात के बाद हुए तनाव से ग्रस्त मरीज़ों में स्मृति लोप की समस्या क्यों आती है। मेरा एक मरीज़ जो कि उच्च अधिकारी है ने बताया कि वह तनाव के कारण "स्विस चीज़ मेमोरी" की समस्या से जूझ रहा है।

मैंने उसे EFT अर्थात भावनात्मक स्वतंत्रता प्राप्ति के तरीक़ों की शिक्षा दी। यह अपनी क्रियाविधि में शरीर के विद्युतीय या ऊर्जा केन्द्रों को सक्रिय बनाता है जिससे तनाव कम करने में मदद मिलती है। वह व्यक्ति बड़ा ही ख़ुश था कि एक घंटे के सत्र में उसका तनाव दस से एक तक आ गया है। उसने मुझे तीन दिन बाद फ़ोन करके बताया कि उसकी तनाव के कारण श्वास लेने में तकलीफ़ की समस्या समाप्त हो गई है। उसके शरीर का तनाव लगभग ख़त्म हो गया है और वह रात को चैन की नींद सो पा रहा है।

अच्छी खबर यह है कि दिमाग़ बड़ा ही लचीला होता है। तनाव के कारण दिमाग़ के न्यूरोप्लास्टिसिटी के स्तर में परिवर्तन होते हैं मगर जीवन शैली में परिवर्तन द्वारा यदि तनाव को पूरी तरह से ख़त्म कर दिया जाए तो दिमाग़ की संरचनाएँ पूर्ववत हो जाती हैं।

कई लोग अक्सर भयंकर तनाव (स्ट्रेस्ड आउट) शब्द का प्रयोग यह बताने के लिए करते हैं कि वे कैसा महसूस करते हैं मगर उनमें से अधिकतर लोग इस बात से अनभिज्ञ होते हैं उनके आसपास ऐसी कौनसी परिस्थितियाँ हैं जो तनाव पैदा कर रही हैं। वे तनाव को अपने जीवन की किसी घटना को या किसी पहलू को नियंत्रित करने में स्वयं की असमर्थता या शक्तिहीनता के रूप में देखते हैं। कई बार यह ऐसी नौकरी से जुड़ा होता है जिसमें आपसे बहुत ज़्यादा अपेक्षाएँ होती हैं, कई बार परिवार या रिश्तों के मुद्दों से। कई बार लोग इसी बात पर सोचते रहते हैं कि उन्हें ऐसा क्यों महसूस हो रहा है, और यही उनके तनाव का कारण बन जाता है।

यह तय है कि जब लोग अधिकाधिक तनाव के शिकार होते हैं और मन में

नकारात्मक विचार लिए बिस्तर पर सोने के लिए जाते हैं तो उन्हें नींद नहीं आएगी अर्थात वे अनिद्रा की बीमारी के शिकार हो जाएँगे। दूसरा लक्षण है ग़ुस्से पर नियंत्रण न कर पाना जिसका संबंध श्रेष्ठतावादी अपेक्षाओं से है जो किसी कारणवश पूर्ण नहीं हो पाती और इसके चलते ये सफलता की इच्छा की बजाय असफलता के डर में बदल जाती है। ऐसे लोग जिन्हें अपने आप पर विश्वास नहीं होता और वे दूसरों की ख़ुशामद में लगे रहते हैं वे अपनी क्षमताओं और आवश्यकताओं के बारे में अपनी स्व अवधारणा को मज़बूत करने की बजाय अपनी शक्ति दूसरों को स्थानांतरित करते रहने में लगाते हैं। अनिश्चितता, डर और अपने आप पर विश्वास न होना आत्मविश्वास को कम करता है जो आपको स्व पराजय और अवनति के दुष्चक्र में उलझा देता है।

मनोवैज्ञानिक डॉ. जूडिथ रोडिन ने अपने जीवन का अधिकांश समय नियंत्रण के महत्त्व पर शोध करने में ख़र्च किया। वे कहती हैं कि स्व नियंत्रण और दृढ़निश्चय का भाव मानसिक और शारीरिक स्वास्थ्य को मज़बूत बनाता है जिससे उम्रदराज़ लोगों के जीवन की अवधि बढ़ती है।

डॉ. रोडिन और उनके सहयोगियों ने अस्पतालों में रहने वाले कई मरीज़ों में तनाव उत्पन्न करने वाले हार्मोन्स की मात्रा को मापा और उन मरीज़ों को रोज़मर्रा के तनाव को नियंत्रित करने की विधि बताई। उन्हें उन बातों के लिए नहीं कहना सिखाया गया जिन्हें वे करना नहीं चाहते थे मगर न कहने से इसलिए डरते थे कि इससे दूसरे लोग नाराज़ न हो जाएँ। इन्हें दृढ़ता, मुखरता और समय प्रबंधन का प्रशिक्षण दिया गया।

इस प्रशिक्षण के बाद इन लोगों के रक्त में कार्टिसोल हार्मोन जो तनाव उत्पन्न करने और इसके कारण कई बीमारियों को जन्म देने के लिए उत्तरदायी होता है, उसकी मात्रा कम हो गई। इस प्रशिक्षण को प्राप्त किए लोगों में अगले 18 महीनों तक कार्टिसोल का स्तर कम ही बना रहा। साथ ही इन लोगों को तेजी से स्वास्थ्य लाभ मिलने लगा बनिस्पत उनके जिन्हें तनाव के साथ सामंजस्य बिठाने के लिए प्रशिक्षित नहीं किया गया था।

तनाव पर नियंत्रण की क्षमता का होना या न होना भी हमारे बीमार होने या न होने को तय करता है। हमारा प्रतिरक्षा तंत्र शरीर का रक्षा तंत्र होता है। जब हम स्वयं को असुरक्षित महसूस करने लगते हैं, अपने आप पर से नियंत्रण खोने लगते हैं तो हमारा प्रतिरक्षा तंत्र भी कमज़ोर पड़ने लगता है।

डॉ. रोडिन ने यह सिद्ध किया कि जिन लोगों के साथ स्व नियंत्रण खोने के कारण अनेक घटनाएँ घटती हैं, उनका शरीर बीमारियों को ग्रहण करने के प्रति अधिक संवेदनशील होता है अर्थात अन्य लोगों की तुलना में वे बीमारियों से, किसी भी प्रकार के संक्रमण से जल्दी ग्रस्त होते हैं।

स्व संवाद या सम्मोहन पर काम करते समय इस बात का वर्णन किया जा सकता है कि हम जीवन की इस यात्रा में अपने आप को किस तरह से सशक्त बना सकते हैं या अपनी क्षमताओं को सीमित कर सकते हैं। इसके अलावा हम अपने आत्मविश्वास और

अंतर्मन को सशक्त बनाने के लिए और क्या कर सकते हैं?

एक ऐसी बात जो मैं अपने मरीज़ों में अक्सर देखता हूँ वह यह कि वे विवाद से डरते हैं और उसे टालने के लिए अपनी असहमति, नकारात्मक विचार व्यक्त करने या अपने ही पक्ष में बोलने से भी घबराते हैं। दिक़्क़त यह होती है कि इन नकारात्मक भावनाओं को जितना अधिक दबाया जाता है, वे शरीर में जमा होती जाती हैं और फिर ये अव्यक्त भावनाएँ समय के साथ शरीर में ही स्थायी रूप से निवास करने लगती हैं। यह मनोदैहिक स्थिति का एक रूप है। मेरे एक चिकित्सक मित्र कहते हैं, "हमारा शरीर हमारे विचारों का क्रिस्टलीकृत रूप होता है। जिन भावनाओं को आप व्यक्त नहीं करते, दबाते चलते हैं वे ही आपके शरीर के किसी हिस्से में क्रियाशील होती नज़र आती हैं।"

मेरी एक महिला मरीज़ ने अपने पति के बारे में अपने मन में जमे भयंकर क्रोध की शिकायत की। उसका पति बहुत ही नियंत्रित और सहनशील था मगर उस महिला को यह समझ में नहीं आता था कि उसके साथ वह किस तरह व्यवहार करें। मैंने उसे सलाह दी कि अपने पति पर वह अपना गुस्सा इस तरह से अभिव्यक्ति करें :

"मैं तुमसे कुछ कहना चाहती हूँ, जिसे सुनकर तुम्हें बुरा लग सकता है मगर मेरा उद्देश्य तुम्हे दुःख पहुँचाना नहीं है बल्कि हमारे रिश्ते को प्रगाढ़ बनाना है। मैं क्या महसूस कर रही हूँ, क्या इसे बताने के लिए यह सही समय है?" उस महिला ने बताया कि ऐसा कहने पर पहली बार उसके पति ने न केवल उसकी बात को ग़ौर से सुना वरन् अपने रिश्तों को दरकने से बचाने के लिए अपने आप में कुछ परिवर्तन करने के लिए भी वह राज़ी हो गया।

इससे यह बात स्पष्ट होती है कि व्यक्ति अपनी भावनाओं के प्रति जितना ईमानदार होता है, वह मानसिक और शारीरिक तौर पर उतना ही स्वस्थ होता है। जैसे ही व्यक्ति गुस्से या असहमति की भावनाओं को मन में दबाने लगता है उसके मन से प्रेम की भावनाएँ उतनी ही लुप्त होती जाती हैं। जो व्यक्ति अपने गुस्से को दूसरे को नुक़सान पहुँचाए बिना जितनी ईमानदारी से व्यक्त करता है, उसके मन में प्रेम का भाव उतना ही विस्तृत और प्रगाढ़ होता जाता है।

अपनी चिकित्सा के इतिहास को देखूँ तो विवाहित जोड़ों के साथ काम करते समय मैं उन्हें अपने मन में भरी उन भावनाओं को खाली करने का अवसर दिया करता था जो सालों से वहाँ जमा होती जा रही थीं। इसका एक ही नियम होता है कि जिसके प्रति या जिसके सामने अपनी भावनाएँ व्यक्त की जा रही हों, वह अपनी ओर से कोई सफ़ाई न दे, न ही किसी तरह का विवाद करे।

इसके साथ ही अपने मन की बात कहने के बाद भी दोनों व्यक्ति घर वापस जाकर सालों पहले की गईं ग़लतियों के लिए एक-दूसरों पर दोष नहीं मढ़ सकते। वहाँ से जाते समय दोनों ही व्यक्ति अपने रिश्तों में मज़बूती के लिए ज़रुरी बदलाव के लिए अपनी-अपनी माँग रखते हैं और दोनों ही उसपर सहमति दिखाते हैं।

आपसी बातचीत एक बेहतरीन विकल्प है जो रिश्तों में ईमानदारी, पारदर्शिता को बढ़ाता है और अपनी बात को दृढ़ता से कह पाने और आगे आने का मौक़ा देता है। विशेषतः उन लोगों के लिए जो विवाद से डरते हैं और इसके चलते अपने आप के लिए भी सामने आने से डरते हैं। यह तकनीक दोनों साथियों को समानता का अनुभव कराती है भले ही दोनों में से एक व्यक्ति दूसरे पर हावी होने की प्रवृत्ति रखता हो या दूसरे को नियंत्रित करने की इच्छा रखता हो। जैसे कि मेरे एक मरीज़ ने सत्र के बाद कहा, "अब मेरी हालत धोबी के कुत्ते जैसी नहीं है। मेरे पति को मेरी बात सुननी ही पड़ेगी और मेरी तकलीफ़ों को समझना पड़ेगा। अब मैं अपने आप को उनके अधिक नज़दीक महसूस करती हूँ।"

इसलिए यह महत्त्वपूर्ण है कि मन के विषैले विचारों को उदासीन करने के लिए मानसिक एंटीबॉडीज़ का निर्माण किया जाए। जब भी आप अपने मन को नकारात्मक विचारों या नकारात्मक स्व संवाद में उलझा हुआ पाएँ तो अपने आप से रचनात्मक तरीक़े से पूछें कि आप ऐसा क्यों कर रहे हैं? "मैं अपने अवचेतन मन के बगीचे में इस नकारात्मकता के बीज क्यों बो रहा हूँ और फूलों के पौधों की बजाय खरपतवार को खाद-पानी क्यों दे रहा हूँ?"

चूँकि हम सब इष्टतम स्वास्थ्य की इच्छा रखते हैं अतः इसके लिए हमारा अवचेतन मन हमें यह सन्देश देता है कि हमें अपनी जीवन शैली में कुछ बदलाव करने की ज़रुरत है। यदि आपको बीमारी का कोई शारीरिक लक्षण दिखाई देता है तो उससे दूर न भागें, न ही उसे नज़रअंदाज़ करें। अपने शरीर में इसकी वास्तविकता को महसूस करें। इससे जुड़ी भावनाओं को स्वतंत्रता से प्रवाहित होने दें। यदि आप इन भावनाओं को स्वतंत्रता दे देंगे तो वे आपको समस्या की जड़ अर्थात नकारात्मक भावनाओं या विचारों तक पहुँचाने में मदद करेंगी।

हमारी ग़लतियों की मानसिक परिधि संकुचित होती जा रही हैं और हमारे अवचेतन मन की टेक्टोनिक प्लेट्स खिसक रही हैं। जबकि हममें से अधिकांश लोग उन तरीक़ों और अंतर्दृष्टि की जानकारी ही नहीं रखते जिससे उन्हें मानसिक नियंत्रण और इष्टतम स्वास्थ्य की प्राप्ति हो सके। अपनी पुस्तक *द लाइफ़ वी आर गिवन,** में माइकल मर्फ़ी और जॉर्ज लिओनार्ड उच्च स्तरीय मानसिक, शारीरिक और भावनात्मक स्वास्थ्य की प्राप्ति के लिए एक कार्यक्रम की जानकारी देते हैं। इस कार्यक्रम की मुख्य बात है कि किसी भी दीर्घकालिक परिवर्तन के लिए सतत प्रयास आवश्यक होते हैं, यह किसी एक संगोष्ठी में होने वाला परिवर्तन नहीं है।

उनके कार्यक्रम में यह बात अन्तर्निहित होती है कि हम सभी में कुछ छिपी हुई क्षमताएँ होती हैं जिन्हें अब भी खोजा जाना बाकी है। दूसरी बात वे यह कहते हैं कि यह खोज केवल मन और शरीर के स्तर पर ही नहीं होनी चाहिए वरन् इसमें हृदय और आत्मा का शामिल होना ज़रुरी है।

* *मर्फ़ी, माकल और जॉर्ज लिओनार्ड।* द लाइफ़ वी आर गिवर : अ लॉन्ग टर्म प्रोग्राम फ़ॉर रियलाइज़िंग द पोटेंशियल ऑफ़ बॉड़ी, माइन्ड, हार्ट ऐन्ड सोल। *जी.पी. पटनैम्स सन्स. 1995।*

मर्फ़ी और लिओनार्ड द्वारा बनाए गए सम्मिलित अभ्यास उन लोगों के लिए विकसित किए गए हैं जिनकी दिनचर्या बहुत व्यस्त है। इस अभ्यास की निम्न प्रतिबद्धताएँ हैं :

1. सकारात्मक मानवीय क्षमताओं की उपलब्धियों के रूप में एक स्पष्ट लक्ष्य का निर्धारण करना।
2. महत्त्वपूर्ण बदलाव लाने के लिए स्व सुझाव या अभिपुष्टि का निर्माण और उसका नियमित अभ्यास करना। अपने व्यक्तिगत स्व सुझावों के साथ ही सारे प्रतिभागी एक समान अभिपुष्टि भी करते हैं "मेरा समस्त व्यक्तित्व संतुलित है, जीवन ऊर्जा से भरपूर और स्वस्थ है।"
3. योग, क्वी गोंग या ताई की जैसे शारीरिक व्यायाम करवाना जिससे शरीर सक्रिय व ऊर्जावान हो सके।
4. शारीरिक व्यायाम के बाद दस मिनिट के लिए ध्यान और दृश्यावलोकन की गतिविधि की जाती है।
5. हरेक व्यक्ति स्व उपचार के लिए अपने शरीर के किसी अंग को चुनता है।
6. वाचन, लेखन और चर्चा द्वारा बौद्धिक शक्ति का विकास करना।
7. हरेक व्यक्ति के भोजन में लिए जाने वाले पदार्थों पर ध्यान देना मगर कम वसा और अधिक रेशेदार भोजन करने पर ज़ोर देना।
8. जहाँ तक संभव हो, अपने हृदय में दूसरों के प्रति प्रेम और सेवा का भाव रखना मगर साथ ही अपनी भावनात्मक आवश्यकताओं की पूर्ति भी करना।

किसी व्यक्ति की निजी उन्नति के लिए तीन बातें आवश्यक हैं। पहली यह कि अपने लक्ष्य को स्पष्ट रूप से देख पाना। दूसरा नियमित अभिपुष्टि करना जो आवश्यक बदलाव को पुष्ट करें और तीसरी शरीर और मन को प्रशिक्षित करना जिसमें शारीरिक अभ्यास, ध्यान और दृश्यावलोकन शामिल है।

इस कार्यक्रम के प्रतिभागियों द्वारा बताए गए परिणाम उत्कृष्ट और लगभग चमत्कारिक थे। एक महिला को 42 वर्ष की आयु में आँख में मोतियाबिन्द हो गया था। उसके पिता भी इसी कारण से अंधे हो चुके थे और यह पारिवारिक बीमारी सी जान पड़ती थी। मोतियाबिंद की जानकारी के दो साल बाद तक उसकी बीमारी बढ़ चुकी थी और उसकी आँखों की ज्योति कम होने लगी थी। वह हर शनिवार दो घंटे के लिए मर्फ़ी और लिओनार्ड के कार्यक्रम में शामिल होने लगी। उसने अपने लिए अभिपुष्टि चुनी : "मेरी आँखों से मोतियाबिंद ख़त्म हो चुका है और मेरी आँखें हर दिन शक्तिशाली होती जा रही हैं।" उसके चिकित्सक का कहना था, "तुम्हारी आँखें कभी ठीक नहीं होंगी।" इसलिए उसने अपना चिकित्सक बदला। शारीरिक व्यायाम करते समय उसने अपने लिए यह अभिपुष्टि चुनी कि "मेरी आँखों के लेंस मोतियाबिंद से स्वतन्त्र हो चुके हैं।" इसके साथ ही उसने अपनी आँखों के मोतियाबिंद को ख़त्म करने के लिए उनमें उपचारीय

ऊर्जा को प्रवाहित करना शुरू किया। वह यह भी कल्पना करती थी कि उसकी आँखों से पानी बह रहा है या आँखें स्वयं ही अपने आप को साफ़ कर रही हैं। एक साल तक इस अभ्यास को करने के बाद वह धूप का चश्मा बनवाने के लिए चिकित्सक के पास गई तो उसने बताया कि उसकी बाईं आँख का मोतियाबिंद समाप्त हो चुका है और वह आँख एकदम स्वस्थ है, साथ ही दाईं आँख में भी बहुत ही हल्का सा धब्बा है तो मगर इतना बड़ा नहीं कि उसे मोतियाबिंद कहा जा सके।

किसी भी क्षेत्र में आश्चर्यजनक सफलता केवल प्रतिभा से नहीं प्राप्त हो सकती, इसका एक ही सूत्र है, लक्ष्य पर ध्यान केन्द्रित करना और अभिपुष्टि का नियमित अभ्यास किया जाना। मर्फ़ी और लिओनार्ड ने अपनी पुस्तक में इस तरह की सफलताओं के ढेरों उदाहरण दिए हैं। उसका आधारभूत नियम है, "मार्गदर्शक को हाँ कहें, गुरु को ना कहें।" दूसरे शब्दों में अपनी शक्ति को किसी गुरु के हवाले न करें क्योंकि अक्सर इससे दूसरों पर निर्भरता बढ़ती है। इसके स्थान पर मार्गदर्शक या संरक्षक का साथ प्राप्त करें और अपनी शक्ति का उपयोग करके सफल, सुखद और शानदार भविष्य का निर्माण करें।

हरेक व्यक्ति के मन में यह पहेली जीवन भर बनी रहती है कि क्यों कुछ लोग जीवन में बहुत कम या कभी भी बीमारियों के शिकार नहीं होते, वहीं कुछ लोग हमेशा किसी न किसी संक्रमण से ग्रस्त हो बीमार पड जाते हैं। *द इम्यून पावर पर्सनेलिटी,** नामक उत्कृष्ट पुस्तक के लेखक हेनरी ड्रेहर बताते हैं कि दीर्घायु और स्वास्थ्य व्यक्तित्व के सात गुणों द्वारा परिभाषित होता है। स्वस्थ लोग :

1. अपने मन और शरीर द्वारा मिलने वाले सुख, दुःख, थकान, गुस्से और निराशा आदि के संकेतों को ग्रहण करने और उन्हें समझने के अभ्यस्त होते हैं।
2. अपने रहस्य, दुःख और भावनाओं को मन में छिपाकर रखने की बजाय दूसरों को बताने की योग्यता और आत्मविश्वास रखते हैं।
3. वे तीन **सी** को जीवन का हिस्सा बनाते हैं : सेन्स ऑफ़ कंट्रोल अर्थात अपने स्वास्थ्य और जीवन शैली पर नियंत्रण की भावना, स्ट्राँग कमिटमेंट अर्थात रिश्तों और काम के प्रति प्रतिबद्धता और सी स्ट्रेस एज चैलेंज यानि तनाव से डरने की बजाय उसे किसी चुनौती की तरह देखना।
4. अपनी भावनाओं और अपनी आवश्यकताओं को व्यक्त करने में मुखर होते हैं।
5. रिश्तों को किसी निराशा या स्वार्थ की बजाय निःस्वार्थ और निष्काम भाव से निभाते हैं।
6. मन में परोपकार भावना रखते हुए दूसरों की मदद और सेवा के लिए सदैव तत्पर रहते हैं।
7. आत्मावलोकन करने की प्रक्रिया में ईमानदारी दिखाते हुए अपने व्यक्तित्व के अच्छे

**ड्रेहर, हेनरी.* द इम्यून पावर पर्सनेलिटी. *अ डटन बुक. 1995।*

या बुरे पहलुओं को स्वीकारते हुए अपनी आत्मशक्ति को बढ़ाने का प्रयास करना जिससे संकट के समय में गिरकर भी पुनः खड़े होने का हौसला मिल सके।

हरेक व्यक्ति अपनी सोच और विचारों में तुरंत परिवर्तन नहीं ला सकता। यह एक धीमी प्रक्रिया होती है जो कि जागरूकता आने के बाद शुरू होती है। इसके बाद चुनाव और प्रतिबद्धता स्वभाव में आती है। भावनात्मक नियंत्रण में भविष्य में ख़ुशी, स्वास्थ्य और अन्य लाभ प्राप्त करने के लिए अपनी गति और अपने तरीक़े से स्वयं की पुनः खोज करना शामिल है।

जब आज से पचास साल पहले डॉ. मर्फ़ी ने इस पुस्तक का पहला संस्करण लिखा था, उस समय सम्मोहन और दवाइयों के अलावा तनाव, डर, आघात, प्रदर्शन की चिंता से जूझ रहे लोगों के लिए इनसे मुक्ति पाने के बहुत ही कम रास्ते मौजूद थे। पच्चीस साल पहले मनोवैज्ञानिक डॉ. रॉजर कैलाहेन ने एक विधि खोज निकाली जो ऐक्यूपंक्चर और शारीरिक ऊर्जा विज्ञान पर आधारित थी, जिसे उन्होंने विचार क्षेत्रीय चिकित्सा या थॉट फ़ील्ड थेरेपी (TFT) का नाम दिया। उनकी तकनीक आगे जाकर भावनात्मक स्वतंत्रता प्राप्ति के तरीक़े के रूप में (EFT) विकसित हुई। यह मूलतः TFT पर ही आधारित है मगर सीखने में आसान और अधिक प्रभावी है।

मैं क़रीब बीस वर्षों से TFT और EFT दोनों ही का प्रयोग अपनी कार्यशालाओं में करता आ रहा हूँ और अपने मरीज़ों को पहले ही सत्र में इन्हें सिखाता आ रहा हूँ। इस तरह से मरीज़ इनका अभ्यास घर में करना शुरू करते हैं और एक बार इसमें महारत हासिल हो जाए तो वे अपनी किसी भी समस्या का हल दो मिनिट में निकाल सकते हैं।

EFT हमारी ऊर्जा शारीरिकी के साथ काम करती है। पिछले चार हज़ार वर्षों से चीन और भारत के सहयोग से इस क्षेत्र में ज्ञान का खासा आदान-प्रदान हुआ है जिसमें यह देखा गया कि हमारे शरीर में ऊर्जा तरंगे होती हैं जो हमारी जीवन शक्ति का प्रमुख स्रोत होती हैं और ये तरंगे हरेक शरीर में प्रवाहित होती रहती हैं। यह उसी तरह का विचार है जिसके अंतर्गत हम धरती के अन्दर किसी तरह की धाराओं की कल्पना करते हैं।

एशियाई चिकित्सा में तरंगों के इस मार्ग को मेरिडियन कहते हैं और ये ऊर्जा की धाराएँ होती हैं जो बारह प्रमुख मेरिडियन के माध्यम से सारे शरीर में प्रवाहित होती हैं और यही एक्यूपंचर तथा EFT का आधार तैयार करती हैं। इनमें एक्यूप्रेशर के बिंदु होते हैं जिन्हें चिकित्सा के लिए उत्तेजित किया जाता है। चीन के भौतिक विज्ञानी और जर्मनी के चिकित्सकों ने यह सिद्ध किया है कि ये मेरिडियन प्रकाश उत्सर्जित करती हैं जिसे इन्फ़्रारेड फ़ोटोग्राफ़ी के माध्यम से देखा जा सकता है। शोधकर्ताओं ने यह देखा है कि तनाव, डर या बीमारी की अवस्था में इन मेरिडियन और ऐक्यूपंक्चर से निकलने वाले प्रकाश या ऊर्जा की मात्रा में कमी आ जाती है। एक्यूपंचर या EFT की प्रक्रिया में कुछ बिन्दुओं को दबाने या रगड़ने से उनमें से निकलने वाले प्रकाश की मात्रा में

बढ़ोतरी होती है। हमारे शरीर में कुल बारह मेरिडियन होती हैं जो बारह विभिन्न अंगों में जाती हैं और मांसपेशियों के बारह विभिन्न समूहों को ऊर्जान्वित करती हैं। इसी के साथ दो संवाहक मेरिडियन होती हैं। एक जिसके द्वारा यिन या शामक या शान्तिदायक ऊर्जा का प्रवाह होता है तथा दूसरी जिसके द्वारा येंग या स्फ़ूर्तिदायक ऊर्जा प्रवाहित होती है।

शरीर के बारह ऐक्यूपंक्चर जो क्रमशः सिर, शरीर और उँगलियों में स्थित होते हैं, उन्हें दबाने या रगड़ने से पहले दो साधारण प्रक्रियाएँ संपन्न की जाती हैं। यह जानना ज़रुरी है कि हरेक मेरिडियन से कोई न कोई भावना जुड़ी रहती है। उदाहरण के लिए ब्लेडर मेरिडियन का संबंध मानसिक आघात और डर से, गॉल ब्लेडर मेरिडियन का संबंध क्रोध से, पेट की मेरिडियन का संबंध तनाव और चिंता से होता है।

यह भी जानना ज़रुरी है कि उपचार करते समय समस्या या मुद्दे पर ध्यान केन्द्रित किया जाना ज़रुरी है। हो सकता है कि यह मरीज़ों के सहज ज्ञान के विपरीत हो, मगर मैं उनसे कहता हूँ कि वे स्वयं को किसी वायलिन के समान अनुभव करें। यदि उनकी समस्या चिंता है तो वे कल्पना करें कि वायलिन का पहला तार बेसुरा है जो उनकी चिंता को दिखा रहा है। एक्यूप्रेशर की प्रक्रिया में बारह बिन्दुओं को दबाने और रगड़ने की प्रक्रिया के चलते समय जैसे ही वे अपना ध्यान अपनी समस्या पर केन्द्रित करते हैं, एक्यूप्रेशर की प्रक्रिया उनके दिमाग़ को गतिशील करती है और दिमाग़ बीटा एंडोर्फ़िन हारमोन का स्राव करता है जो प्राकृतिक मॉर्फ़ींस होते हैं और कृत्रिम मॉर्फ़ींस से सत्ताईस गुना अधिक शक्तिशाली होते हैं। और कौन-सी प्रक्रियाएँ बीटा एंडोर्फ़िन के प्राकृतिक स्राव में सहायता करती हैं? व्यायाम, हँसी, अच्छा संगीत, यौन संबंध, एक्यूपंचर और EFT ही वे प्रक्रियाएँ हैं।

उदाहरण के लिए हाल ही में मैं एक युवा महिला से मिला जिसे मेरे पास इसलिए भेजा गया था क्योंकि एक भयंकर वाहन दुर्घटना के बाद वह सामान्य PTSD (आघात के बाद हुए तनाव से उत्पन्न विकार) का सामना कर रही थी। हम उसके वायलिन की पहले तार अर्थात उसकी चिंता को जो पहले दस में से आठ के स्तर पर थी, उसे दस में से एक तक लाने में सफल हुए जिससे उसका डर और वाहन चलाने को लेकर उसकी असहजता दूर हुई। जो भी हो, वह फिर भी बोली, "कुछ तो ऐसा है, जो मुझे असहज बना रहा है।" हमने और आगे जानने की कोशिश की तो पता चला कि उसकी सांकेतिक वायलिन के दो और तार बेसुरे हैं अर्थात उसके मन में रात में बारिश में वाहन चलाने को लेकर और बाएँ मोड़ (T-bone) को लेकर जिसके चलते उसके साथ दुर्घटना हुई थी, अब भी डर बैठा हुआ है। हमने इस नए डर के लिए भी EFT किया और उसके सभी तारों को एक सुर में लाने का प्रयास किया। उपचार की समाप्ति पर वह एक बड़ी सी मुस्कान के साथ उठी और बोली, "अब मैं चैन की सांस ले सकती हूँ। अब मुझे रात को, बारिश में या बायाँ मोड़ लेने के नाम पर बिलकुल डर नहीं लग रहा है।"

जैसे-जैसे आप ऐक्यूपंक्चर के क्रम में आगे बढ़ते जाते हैं, अधिकांश लोगों को

दो या तीन बिन्दुओं पर दबाव देने से बहुत ही राहत महसूस होने लगती है। मेरा सुझाव है कि आपको इन बिन्दुओं पर अधिक समय देना चाहिए क्योंकि इन मेरिडियन्स के साथ जुड़ी भावनाओं का आपकी समस्या से संबंध होता है। तनाव, डर और निराशा की भावनाओं का एक स्तर तक शमन करने के बाद आप व्यक्ति में विचारशक्ति की प्रबलता के लिए सकारात्मक अभिपुष्टि को बता सकते हैं। उदाहरण के लिए यदि आपकी समस्या चिंता या तनाव है तो आप सिर और शरीर के बिन्दुओं को क्रम से उत्तेजित करते हुए किसी अभिपुष्टि को दोहरा सकते हैं जैसे, "मैं आत्मविश्वास से भरपूर, शांत और तनावरहित हूँ।"

एक बार जब आप सारी क्रियाविधि को दो या तीन बार खुद करके देख लेते हैं तो आपको इसका क्रम याद करने में आसानी होगी और भविष्य में आप दो मिनिट में ही ऐक्यूपंक्चर के संपूर्ण क्रम का अभ्यास कर सकेंगे।

ऐक्यूपंक्चर की क्रमवार विधि, उपचार का क्रम और सकारात्मक अभिपुष्टि के बारे में इस पुस्तक के परिशिष्ट में समस्त जानकारी दी गई है, साथ ही आपकी मदद के लिए विस्तृत ग्राफ़िक्स भी दिए गए हैं जिनकी सहायता से आप अपने सिर, शरीर और हाथों पर उपस्थित ऐक्यूपंक्चर के बारे में जान सकें।

EFT तनाव, आघात, सामान्य और जटिल डर, व्यसन, निराशा, गुस्सा, तनाव, चिंता, दर्द और अनिद्रा के उपचार के क्षेत्र में क्रांतिकारी परिवर्तन लाया है और आज कई अभ्यासकर्ता इसके अभ्यास द्वारा जटिल बीमारियों के उपचार में लगे हैं। आज पचपन देशों में EFT के लगभग 70,000 अभ्यासकर्ता हैं।

परिशिष्ट में दी गई जानकारी को पढ़कर और उसे अभ्यास में लाकर आप अपनी भावनाओं पर नियंत्रण की विधि सीखकर जीवन को नई दिशा दे सकते हैं। मैं इष्टतम और शानदार भविष्य की इस यात्रा की सफलता के लिए आपको शुभकामनाएँ देता हूँ।

24

आगे बढ़ते रहें... आत्मज्ञान की राह पर अग्रसर होने के लिए आपको सादर आमंत्रण

ज्ञान की खोज के इस कार्य में
रोज़ कुछ न कुछ जुड़ता रहता है
आत्मज्ञान की खोज में
हर दिन कुछ पीछे छूटता है
- लाओ-त्ज़ू

तो देखते हैं, हमने अब तक क्या सीखा? हमें हमारे मन के तीनों क्षेत्रों (चेतन, अवचेतन और अतिचेतन मन) की जानकारी होनी चाहिए और यह भी मालून होना चाहिए कि ये तीनों एक-दूसरे से किस तरह संवाद स्थापित करते हैं।

1. ***अवचेतन मन*** *हमारे शरीर की हार्ड ड्राइव के समान है जिसमें हमारी सीखी हुई बातें, अनुभव और भावनाएँ संग्रहित होती जाती हैं। यह सतत अपने काम में लगा रहता है और चेतन मन द्वारा दिए जाने वाले निर्देशों का पालन करता है, चाहे वे निर्देश अच्छे हो या बुरे। यह किसी भी बात के बारे में अपनी कोई राय नहीं बनाता। यह केवल चेतन मन की इच्छाओं और निर्देशों को पूरा करने में मदद करता है। यह हमारे शरीर की क्रियाओं को संचालित करता है, उनका प्रबंधन करता है।*
2. ***चेतन मन*** *शरीर के यातायात दस्ते का काम करता है। यह तय करता है कि क्या अच्छा है, क्या बुरा, क्या सही है और क्या ग़लत (यह हमेशा सही नहीं होता मगर इसकी सत्य की अवधारणा पुराने अनुभवों और अवचेतन मन में संग्रहित पुरानी सूचनाओं पर निर्भर करती है।) यह हमें उन बातों को करने या उन स्थितियों के साथ जाने का निर्देश देता है जिनके साथ हम सहज महसूस करें और उन स्थितियों से बचने का प्रयास करता है जो हमें असहज बनाती हैं (अर्थात सुख की ओर बढ़ना और दुःख से दूर जाना)।*
3. ***अतिचेतन मन*** *हमारी समस्त रचनात्मकता का स्रोत है और चेतन मन को उन सभी सूचनाओं को भी टटोलने का मौक़ा देता है, जो सामान्यतः हमारे अवचेतन मन की स्मृति का हिस्सा नहीं होतीं। जब हम रचनात्मक रूप से प्रेरित होते हैं तो यह हमारे शरीर में सकारात्मक ऊर्जा के प्रवाह को संभव बनाता है।*

यह जानना महत्त्वपूर्ण है कि चेतना पदार्थ और उसकी अवस्थाओं का निर्माण करती है, पदार्थ चेतना को निर्मित नहीं करते। कोई पुस्तक, ज्वाला, आयपैड या यह पुस्तक जिसे आप पढ़ रहे हैं इसे सोच-समझ कर, होशो-हवास में ही बनाया गया है। कुर्सी जिस पर आप बैठे हैं या बिस्तर जिस पर आप सोते हैं, उन्हें भी चेतना द्वारा ही बनाया गया है। आप जिस कमरे में बैठे हैं, उसे देखें और महसूस करें कि यहाँ आप जो भी देख रहे हैं, उसे सोच-समझकर, सचेत मंशा से बनाया गया है। अतः हमें रचनात्मकता का यह अतुल्य उपहार मिला है। हम अपनी चेतना के बल पर हमारी वास्तविकता को गढ़ते हैं। अब हम यह भी जानते हैं कि चेतना किस तरह काम करती है और इसके तरीक़े भी हमारे पास हैं (देखें-अध्याय 8: अभिपुष्टि और इसके तरीक़े)। इसकी सहायता से हम लंबे समय से चली आ रही अपनी ग़लत धारणाओं और विश्वासों को, जो अब हमारे लिए अनुपयोगी हो चुकी हैं, बदल सकते हैं।

और अब चलें आत्मज्ञान की ओर।

मैं इस पुस्तक के अंत में आपके साथ एक आलेख पत्रक साझा करना चाहता हूँ, जिसे मैंने आत्मज्ञान विषय पर 2001 में अपने जन्मदिन के अवसर पर लिखा था। इसमें बहुत सी बातें वही हैं जो आप इस पुस्तक में पढ़ चुके हैं। पहले मैंने इन अंशों को संपादित करने का विचार किया था मगर फिर महसूस हुआ कि ऐसा करने से विषयांतर का ख़तरा है। और यूँ भी दोहराव सीखने की प्रक्रिया में सहायता करता है, तो अब हम इस पत्रक को पढ़ते हैं :

आत्मज्ञान पर

(21 फ़रवरी, 2001)

सत्तर का दशक! वाह कितना बढ़िया दशक था वह।

इससे पहले कि मैं आत्मज्ञान के बारे में कुछ कहना शुरू करूँ, मैं इसके ऐतिहासिक परिप्रेक्ष्य की जानकारी उन लोगों को देना चाहूँगा जो अब तक वयस्क अवस्था में नहीं पहुँचे हैं।

मुझे शंका है कि पिछले बीस सालों के इतिहास में कोई ऐसी महान सामाजिक क्रान्ति नहीं हुई है, जैसी 1950 से 1970 के दौरान देखने में आई थी।

1950 के दशक में अधिकांश अमरीकी शादियाँ बिलकुल पारंपरिक हुआ करती थीं यानि पति घर का कमाऊ सदस्य होता था और पत्नी घर की साज-सँभाल करती थी और बच्चों की देखभाल का जिम्मा उठाती थी। उस समय गर्भ निरोध के साधन भी कम थे अतः अधिकांश शादियों या प्रेम के तहत हुए यौन संबंधों का परिणाम गर्भधारण के रूप में सामने आता था।

एक युवा जोड़ा जो प्रेम में पड़ता था, अक्सर शादी इसीलिए करता था कि वे साथ-साथ रह सकें। 1950 के दशक में शादी के बिना दो लोगों का एक साथ रहना लज्जाजनक माना जाता था और समाज में घोर अस्वीकृत था।

इस समय तक स्त्री स्वतंत्रता यह शब्द प्रचलन में नहीं आया था। रॉल्फ़ नाडर अब तक स्कूल में था अतः उपभोक्तावाद का जन्म भी अब तक ऊष्मायन (इन्क्यूबेशन) में था। समलैंगिक संबंधों के पक्ष में कोई आन्दोलन शुरू नहीं हुआ था।

आप कल्पना कर सकते हैं इन परिस्थितियों के चलते व्यक्ति और समाज में व्याप्त तनाव की क्या स्थिति रही होगी और अवसर मिलते ही विस्फ़ोट होना अवश्यंभावी था।

गर्भ निरोधक गोलियों के आविष्कार ने सामाजिक क्रान्ति को प्रेरित करने के लिए उत्प्रेरक का काम किया। यह 1960 के दशक में हुआ। अब युवा या किसी भी उम्र के व्यक्ति गर्भधारण से डरे बिना यौन संबंधों का पूरा आनंद ले सकते थे। 1960 के दशक के बीच से अंत तक समाज ने किसी जोड़े का चर्च में विवाह समारोह हुए बिना भी एक साथ रहना स्वीकार करना शुरू किया।

इस क्रांतिकारी सामाजिक बदलाव का दूसरा कारण वियतनाम का युद्ध बना।

वियतनाम युद्ध पहला ऐसा युद्ध था, जिसने लोगों के बैठक कक्ष को जीवंत कर दिया। यह उस समय किसी भी परिवार के लिए आम नहीं था कि वे एक साथ रात का भोजन करते हुए डरे-सहमे से टीवी के समाचार देखें, मगर वियतनाम युद्ध के समय यह होने लगा। और आगे क्या होगा, यह प्रश्न सभी के मन में विद्यमान रहता था। विद्यार्थियों का सेना द्वारा जारी किए गए मसौदों के ख़िलाफ़ प्रदर्शन करना आम बात थी और उसके बाद केंट स्टेट की घटना घटी।

60 के दशक के अंत में बीटल्स नामक रॉक बैंड अपनी लोकप्रियता के चरम पर था, "हेयर" पहला ब्रॉड वे संगीत बन चुका था, मारिजुआना कॉलेज परिसर से दफ़्तर का रास्ता खोज चुकी थी, स्त्रियों ने अंतर्वस्त्र पहनने की बंदिश से इनकार करके असंख्य अंतर्वस्त्र जला डाले थे और नारी स्वतंत्रता असली ध्येय बन चुकी थी। राल्फ़ नाडार ने उपभोक्ताओं के अधिकारों की बात को जनता के सामने लाया, समलैंगिक रिश्ते रखने वाले लोग अपने खोल से बाहर आ रहे थे और महर्षि महेश योगी ने दिव्य ध्यान की अवधारणा को पश्चिम में प्रशस्त किया।

कल्पना करें कि ये सारी घटनाएँ केवल बीस वर्षों के दरम्यान घटीं। समाज की संरचना बदल रही थी जिसके चलते लोगों को अपनी गतिविधियों और व्यवहार को अपने सच्चे स्वत्व के साथ एकरूप करने की अनुमति मिलने लगी थी।

मानव विकास के ये आन्दोलन आत्म-सहायक पुस्तकों, संगोष्ठियों और सामाजिक दवाओं के बाहरी उत्प्रेरण द्वारा शुरू हुए थे। अधिक से अधिक लोग आत्मावलोकन करके अपने आप से प्रश्न पूछ रहे थे, "मैं यहाँ क्यों हूँ? यह सब क्यों घट रहा है? मेरे जीवन का लक्ष्य क्या है?"

1975 में मेरे एक अभिन्न मित्र ने मुझे टिम गॉल्वे की पुस्तक "द इनर गेम ऑफ़ टेनिस" पढ़ने के लिए दी। मुझे याद है, मैंने उस पुस्तक को लॉस एंजिल्स से पोर्टलैंड आते समय हवाई जहाज़ में पढ़ा था। मैं टिम के लेखन से बेहद प्रभावित हुआ था जिसमें उसने टेनिस के खेल का रूपक बाँधते हुए अपने प्रदर्शन पर ध्यान केन्द्रित करते हुए जीवन की दिशा बदलने की बात कही थी।

घर आते ही मैंने टेलीफ़ोन हाथ में लिया और पुस्तक में दिए हुए हर संस्था के पते पर फ़ोन लगाकर टिम का पता लगाने में जुट गया। कम से कम दस कॉल्स के बाद मैं टिम का पता लगाने में कामयाब हो गया। वह अपने घर, मालिबू कैलीफ़ोर्निया में था। उससे बात करते समय मेरे शब्द थे, "टिम, आप मुझे नहीं जानते मगर मैं आपको जानता हूँ क्योंकि मैंने आपकी पुस्तक पढ़ी है। मैं आपको मेहमान वक्ता के तौर पर सशुल्क अपनी कंपनी के कर्मचारियों से बात करने के लिए आमंत्रित करना चाहता हूँ।" और वह मान गया।

अब तक मैं जितने भी विचारकों से मिला हूँ, टिम उनमें से सबसे स्पष्ट सोच रखने वाले विचारकों में से हैं। उनके पास मेरे हर सवाल का जवाब था, भले ही वे सवाल किसी भी विषय से संबंधित हों।

मैं सोचा करता था कि कोई भी व्यक्ति एक हद तक ही ज्ञान प्राप्त कर सकता है मगर टिम ने मेरी इस सोच को पूरी तरह ख़ारिज़ कर दिया और वह जितना जानता था, उससे भी परे जाकर मेरे लिए ज्ञान के द्वार खोल दिए।

कई मुलाक़ातों के बाद मैंने टिम से पूछा, "टिम, आत्मज्ञान यानि क्या होता है?" (याद करें, ब्रॉडवे पर "हेयर" इस युग को एज ऑफ़ एक्वेरियस के रूपक में बाँधते हुए गा रहा था कि यह युग, ये परंपराएँ समाप्त होने वाली हैं, "आत्मज्ञान" अपनी राह पर अग्रसर है और शीघ्र ही हमारी संस्कृति में प्रवेश करने वाला है और शर्ले मैक्लिन को हमें उस राह पर ले जाना था।)

तो आत्मज्ञान आख़िर है क्या।

मुझे टिम के वास्तविक शब्द तो याद नहीं पड़ते मगर उसके कहे गए शब्दों का अर्थ मुझे याद आता है (अतः मुझे माफ़ करना टिम, यदि यहाँ मैं संपादकीय लाइसेंस का साधिकार उपयोग करूँ)।

मैंने जो कुछ सुना था उसका सार इस प्रकार था कि आत्मज्ञान एक प्रक्रिया है जिसमें हम यह खोज करते हैं कि अब तक जीवन में हम जो कुछ भी पाना चाहते थे, वह तो हमारे पास पहले से ही मौजूद था। हम जो भी बनना चाहते थे, वह तो हम पहले ही से थे। और हमारे ऊपरी आवरण के भीतर प्रेम, सत्य, बुद्धिमत्ता, ज्ञान, होशियारी, सौन्दर्य आदि सभी पूर्णता में विद्यमान था। मगर हम जो वास्तव में हैं, उससे अधिक पाने के लिए हमारे पास जो है, उसे घटाने या छोड़ने की क्षमता को विकसित करना होगा।

वास्तविक आत्मज्ञानी व्यक्ति के लिए विकास का अर्थ घटाव की प्रक्रिया है। हममें से अधिकतर व्यक्तियों को यह सिखाया जाता है कि विकास बढ़त या जोड़ की एक प्रक्रिया है। इसके तहत हम विकास को बढ़िया कार, बढ़िया घर, अधिक खिलौने, अधिक सुविधाएँ आदि के साथ ही जोड़कर देखने के आदी हो चुके हैं।

टिम के कथन में यह अन्तर्निहित है कि विकास तभी होता है जब हम सीखे गए को भुलाना शुरू करते हैं या उन वस्तुओं को अपने से दूर करना सीखते हैं जो हमारे वास्तविक अस्तित्व और योग्यताओं की अभिव्यक्ति में बाधक बनती प्रतीत होती हैं। मेरी समझ से यहाँ टिम का आशय अपनी धारणाओं, व्यवहार और विचारों को जो हमारे लिए अनुपयोगी सिद्ध होते जा रहे हैं, बदलने से है।

जब हम सबसे पहले इस दुनिया में आए थे तो हम एक खाली पात्र के समान थे। हमारे मन में किसी के भी बारे में कोई राय क़ायम नहीं हुई थी, किसी तरह के पूर्वाग्रह नहीं थे। मुझे लगता है कि यही विशेषताएँ हम वयस्कों को शिशुओं और बच्चों की ओर आकर्षित करती हैं। हम उनकी मासूमियत और सब कुछ संभव है इस धारणा के प्रति श्रद्धाभाव रखते हैं।

अभिभावक, शिक्षक, प्रशिक्षक और अन्य सभी व्यक्ति जिनमें बचपन में हम सब श्रद्धा रखते हैं, उनका हम जो सोचते हैं, वही बनते हैं इसमें अर्थात हमारे व्यक्तित्व को गढ़ने में विशेष हाथ रहता है। हम क्या हैं, इस बारे में हमारे मन में जो भी धारणा बनती है, उसी के अनुसार हम जीवन भर काम करते रहते हैं। हममें से अधिकतर लोग जीवन भर यह समझ ही नहीं पाते कि हमारे मन में अपनी यह छवि

एक पोशाक से अलग नहीं है। मगर हम यही समझने की ग़लती करते हैं कि यह छवि स्थायी है, वास्तविक है जिसे बदला नहीं जा सकता और इसी सोच के चलते हम इसे बदलने या इससे बाहर आने का कोई प्रयास नहीं करते। हम सहजता से कह देते हैं, "मैं ऐसा ही हूँ। मैं हमेशा.......................... (रिक्त स्थान स्वयं भर लें।)"

हम तभी विकास करना शुरू करते हैं जब हम यह जान लेते हैं कि हमारा वास्तविक व्यक्तित्व हमारे द्वारा स्वयं के लिए गढ़ी गई छवि से एकदम भिन्न है। और यह विकास अपने मिथकों को और उन ग़लत धारणाओं को बदलने पर ही संभव होता है जो हमारे पथ को अवरुद्ध करती चलती हैं। अब हम वास्तविक सत्य और सत्य के बारे में हमारी ग़लत अवधारणा के फ़र्क़ को स्पष्टता से महसूस कर रहे हैं।

यह अहसास अपने साथ सशक्तिकरण और स्वतंत्रता का भाव लेकर आता है। आत्मज्ञानी व्यक्ति अपने हर काम की ज़िम्मेदारी स्वयं लेता है और किसी ग़लती के लिए भाग्य को दोष नहीं देता।

यह आत्मज्ञान है।

अंत में, इस सत्य को जान लेना और इस सत्य को धारण करना दोनों बातें एक समान नहीं हैं। सत्य को जानने के बाद भी हमारे लिए अपने आवरण और उन धारणाओं और विचारों को, जिनके बनने में हमारा बहुत सा समय लगा है, एकदम बदलना बहुत ही कठिन होता है। हाँ, मगर जब हम यह जान लेते हैं कि यह आवरण किस तरह बना था और यह भी जान लेते हैं कि यह एक पोशाक मात्र है, जिसे बदला जा सकता है तो ऐसा करना आसान हो जाता है।

उपसंहार में यही कहना चाहूँगा कि आत्मज्ञान क्या है इसकी जानकारी होने या कोई व्यक्ति आत्मज्ञान पर कितनी अच्छी तरह से बात कर पाता है या उसके बारे में लिख पाता है, इससे यह तय नहीं होता कि वह व्यक्ति वास्तव में आत्मज्ञानी है। यह कहा गया है कि हम जो पढ़ाते हैं उसे हमें भी पढ़ना ज़रुरी होता है।

जैसे कि मैंने ईश्वर के साथ अपने रिश्ते के बारे में बताया: ईश्वर हमेशा मेरे साथ है मगर हो सकता है मैं हमेशा ईश्वर के साथ न रहूँ।

इस यात्रा में मुझे और डॉ. मर्फ़ी को सहयात्री बनाने के लिए आप सभी को धन्यवाद। आप जैसे हैं, कमाल के हैं। अपने वैभव को स्वीकार करें।

कल्पना करें कि आप टग बोट में सवार हैं और एक कचरे से भरी नाव को

किनारे तक लाने के लिए आप अपनी पूरी ताक़त लगा रहे हैं। कचरे से भरी नाव वास्तव में आपका अतिरिक्त भार है। सोचें कि जीवन की इस यात्रा में आपने अपने आप पर कितना अतिरिक्त भार लाद लिया है जिसका आपके लिए कोई उपयोग शेष नहीं रहा है। हमारे घर में हम कचरा नियमित रूप से बाहर फेंकते हैं तो फिर यही प्रक्रिया हम अपने मन के साथ क्यों नहीं अपनाते? और अब तो आप जानते हैं कि यह कैसे किया जाता है।

हमें बस इतना करना है कि एक रस्सी से सारे कचरे को बाँधकर स्वयं से अलग कर देना है और अपने आप को स्वतन्त्र करना है ताकि हमारी नैया अपने बेकार के बोझ को त्यागकर जीवन की लहरों पर आसानी से गतिमान हो सके।

आप सभी को और उस बेहतर दुनिया को ढेर सारा प्यार जिसे रचने की क्षमता हमारे भीतर है और जिसे हम अपने बच्चों और आने वाली पीढ़ियों को विरासत में देकर जाएँगे।

कलाकार उसके द्वारा उपयोग किए गए रंगों से नहीं पहचाना जाता या दूसरे शब्दों में कोई रंग किसी कलाकार की पहचान नहीं बन सकते। वह जानता है कि वह उन रंगों को चुनता है और उन्हें एक ब्रश की सहायता से चित्र में भरता है। आप भी अपने विचारों द्वारा अपनी वास्तविकता को गढ़ते हैं। आप स्वयं अपने विचार नहीं बन सकते। आप वह व्यक्तित्व हैं जो उन्हें अनुभव करता है। यदि कलाकार अपने हाथों को रंग पुता पाता है तो वह उन रंगों की प्रकृति को समझते हुए उन्हें आसानी से छुड़ा सकता है। यदि आप यह जानते हैं कि कुछ विचार आपकी क्षमताओं को सीमित कर रहे हैं मगर आप उन्हें अपने व्यक्तित्व का अभिन्न हिस्सा मानते हैं तो आप उनसे छुटकारा पाने का विचार भी नहीं कर सकते।

*द नेचर ऑफ़ पर्सनल रियलिटी**: जेन रॉबर्ट्स

**रॉबर्ट्स, ओपी, सिट., पी.13*

परिशिष्ट अ

अभिपुष्टि कार्यशाला

इस पुस्तक को पढ़ने के बाद पाठकों को जो सबसे महत्त्वपूर्ण बात जानने को मिलेगी वह यह है कि हमारे स्व संवाद का क्या महत्त्व है (अध्याय 3) और किस तरह हमारा अवचेतन मन हमेशा हमारी सेवा हेतु प्रस्तुत रहता है और हमारे चेतन मन द्वारा दिए गए निर्देशों का तत्परता से पालन करता है। अब हम यह भी जान चुके हैं कि हमारा अवचेतन मन किसी भी निर्देश पर प्रश्न नहीं उठाता बल्कि चुपचाप उसके पालन में लग जाता है। यह जानने के बाद हम इस बारे में अधिक सचेत हो जाते हैं कि हमारा स्व संवाद किस तरह का है और हम अपने मन से क्या बातचीत कर रहे हैं।

हम उन विचारों या कथनों को भी बदलना चाहते हैं जिन्हें हम निराशा की अवस्था में कह जाते हैं और अपने इच्छित चित्र के साथ जुड़े शब्दों की गुणवत्ता में भी बदलाव लाना चाहते हैं।

उदाहरण के लिए : "मैं इतना मूर्ख कैसे हो सकता हूँ कि मैंने कैलेंडर को देखा तक नहीं जिसके कारण मुझे मीटिंग के लिए देरी हो गई! धत् तेरी की, मैं हमेशा ऐसा ही करता हूँ!"

क्या यही वे शब्द हैं जिनके माध्यम से हम अपने अवचेतन मन को निर्देश देना चाहते हैं, वह भी तब जब हमारा उद्देश्य अधिक व्यवस्थित और समय का पाबन्द बनना हो? बिलकुल नहीं। अतः यदि हम गुस्से या निराशा में अपने आप से इस तरह की बात कह देते हैं, तो हमें बस अपने आप को रोकना है। कुछ गहरी साँसे लेने के बाद कहना है, "निरस्त किया," और अपने आप को कल्पना में उन नकारात्मक शब्दों को मिटाते हुए देखें।

दो गहरी साँसे और लें और दिल से मुस्कुराकर अपने आप से कहें, "हर दिन और हर क्षण मैं अधिक व्यवस्थित और नियमित होता जा रहा हूँ। मेरा कैलेण्डर वह उपकरण है जो मुझे समयबद्ध रहने और मीटिंग में समय पर पहुँचने में मदद करता है। मैं व्यवस्थित और नियमित हूँ, यह देखकर मुझे बड़ी प्रसन्नता होती है।"

अध्याय 8, अभिपुष्टि और उसके तरीक़े में मैंने लिखा है कि मैं पहले इस बात के प्रति आशंकित था कि क्या अपने आप से कुछ सकारात्मक शब्द मात्र कह देने से हमारे व्यवहार में सकारात्मक बदलाव आ सकता है। मैंने यह भी लिखा है कि अभिपुष्टि के प्रभाव के समर्थन में गवाही उन विद्यार्थियों ने ही दीं जो पहले इस विषय पर हुई संगोष्ठी में हिस्सा ले चुके थे और अब नियमित रूप से इसकी

कक्षाओं में आ रहे थे। जॉन बॉयल ने इन विद्यार्थियों को स्नेहवश "री-ट्रेड्स" कहा है मगर उनके वास्तविक जीवन में सकारात्मक बदलाव, उपचार, रिश्तों की उन्नति, पारिवारिक संबंध, खेलों में प्रदर्शन, व्यापार में सफलता आदि की अंतहीन सूची है जो कि यह बताती है कि किस तरह से अभिपुष्टि को नियमित रूप से जीवन का हिस्सा बनाकर वे हर क्षेत्र में सफलता के हिस्सेदार बने हैं।

याद रखें कि अभिपुष्टि आपके लक्ष्य को प्राप्त करने में सहायता करने वाला प्रभावी उपकरण है। बेहतर तरीक़ा यह है कि आप अपने लक्ष्यों को लिख लें और फिर उन्हें प्राथमिकतावार क्रमबद्ध करें। एक बार में 15 से अधिक लक्ष्य निर्धारित न करें। जैसे ही एक लक्ष्य की प्राप्ति हो जाए, आप अगला लक्ष्य इस सूची में जोड़ सकते हैं।

यहाँ मैं यह भी जोड़ना चाहता हूँ कि हमारा लक्ष्य निर्धारण संतुलित होना चाहिए। हम सभी ऐसे व्यक्तियों को जानते हैं जिन्होंने व्यापार में उन्नति को ही एकमात्र लक्ष्य के रूप में चुना और जिसके चलते उनके परिवार और रिश्तों का संतुलन बिगड़ने लगा।

संतुलन बहुत आवश्यक है। नीचे दिए हुए वृत्त में एक-एक खाँचे में अपने जीवन के महत्त्वपूर्ण पहलुओं को भरें। जैसे ही आप हर खाँचे को भर देते हैं, आपका वृत्त कुछ इस तरह का दिखाई देगा :

जीवन का संतुलन चक्र

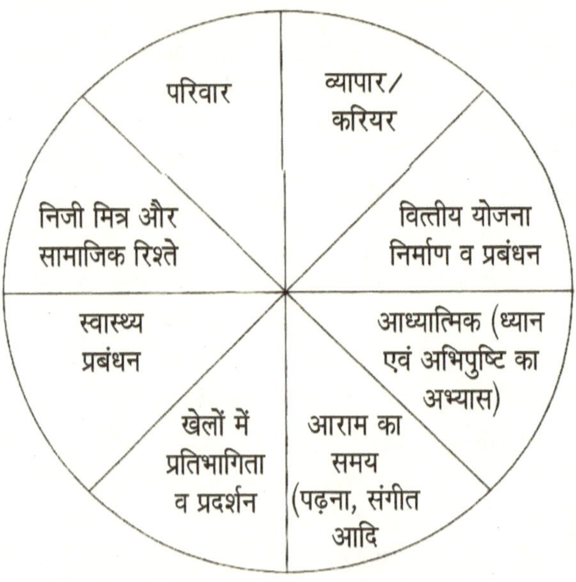

ये केवल उदाहरण हैं। तात्पर्य यह है कि आप अपने जीवन की सबसे महत्त्वपूर्ण वस्तुओं को चुनें। यह सूची हर व्यक्ति के लिए अलग-अलग हो सकती है।

एक बार अपने लक्ष्य स्पष्टता से निर्धारित कर लेने के बाद आप अपने मन में उस चित्र को बनाना चाहेंगे जो आपके लक्ष्य को पूरा होते हुए दिखाती हो। यहाँ यह महत्त्वपूर्ण है कि आप ऐसा चित्र नहीं बनाते जिसमें आप क्या जानते हैं या क्या नहीं इसका उल्लेख हो या आपके पास कितना धन है या नहीं यह देखा जाए। आप अपने लक्ष्य के बारे में ऐसा चित्र बनाते हैं जो वास्तविक दुनिया से मिलता-जुलता हो और उसी के आधार पर अपने विचारों का निर्माण करते हैं क्योंकि आप यह जान चुके हैं कि वास्तविक दुनिया क्या है और आपमें धारणाओं के निर्माण की और उन्हें सत्य में बदलने की जन्मजात ईश्वरीय क्षमता मौजूद है। बस हमें इसे थोड़ा सा धारदार बनाना है और कुछ जंग लगे विचारों को निकाल बाहर करना है जो कि हमारी निष्क्रियता के चलते हमारे मन में घर बनाए हुए थे।

अतः हम अपने लक्ष्य का एक स्पष्ट चित्र मन में बनाते हैं और यह हमारे जीवन में क्रियान्वित किस तरह होगा, इसका भी विस्तृत चित्र बनाते हैं। फिर हम इस चित्र के सहयोग हेतु ऐसे वाक्य रचते हैं जिनसे ऐसा प्रतीत हो कि हमारे लक्ष्य पूर्ण हो चुके हैं, जैसे,

> "मैं अच्छा दिख रहा हूँ और .... पाउंड वज़न के साथ अच्छा महसूस कर रहा हूँ।"
>
> "मैं अपने वज़न को .... पाउंड बनाए रखने के लिए उपयुक्त आहार ही ले रहा हूँ।"
>
> "मैं व्यायाम के लाभों का मज़ा ले रहा हूँ और नियमित रूप से व्यायाम करता हूँ।"

और जैसे-जैसे मैं इन कथनों को अपने आप से कहता हूँ, मैं कल्पना में यह सब होते देखता जाता हूँ। जब मैं कहता हूँ कि मुझे अच्छा महसूस हो रहा है तो मैं उसके साथ ख़ुशी की भावना को भी जोड़ता हूँ।

महत्त्वपूर्ण बातः जैसा कि इस पुस्तक में पहले भी कहा जा चुका है कि भाषा का उदेश्य चित्र की रचना करना है। हमारे अवचेतन मन में शब्द अंकित नहीं होते वरन् वे चित्र और भावनाएँ अंकित होती हैं जिन्हें हमारे शब्दों द्वारा बनाया जाता है।

अब मैं आपके साथ ऐसे छह स्व सुझाव या अभिपुष्टियाँ साझा करता हूँ जिन्होंने अनेक लोगों के जीवन में उल्लेखनीय परिवर्तन किए हैं। यह भी बताना चाहता हूँ कि यदि आप अभिपुष्टि का प्रयोग पहली बार कर रहे हैं तो कुछ अन्य सुझावों को जोड़ने की बजाय पहले तीस दिनों तक इन छह सुझावों का ही प्रयोग करें।

1. "मैं अपने आप से निःस्वार्थ प्रेम करता हूँ, अपने आप को पसंद करता हूँ।"
यह कथन अन्य सभी लक्ष्यों से आपका जुड़ाव बनाता है। इस सुझाव को आपको जीवन भर उपयोग में लाना चाहिए। यह वह सुझाव है जो आपके आत्मविश्वास को बढ़ाता है। हम दूसरों को प्रेम नहीं दे सकते जब हमारे मन में स्वतः के लिए प्रेम न हो।

छोटे बच्चों को अपने आप से यह कहना सिखाना चाहिए, "मैं अपने आप को पसंद करता हूँ।" समय के साथ यह कथन हो जाएगा-"मैं अपने आप से प्रेम करता हूँ।" और बाद में यह कथन "चूँकि मैं अपने आप से प्रेम करता हूँ, अतः मैं हर व्यक्ति से प्रेम कर सकता हूँ।" में बदल जाएगा।

2. "मैं अपनी आलोचना करके अपने आप को कभी हतोत्साहित नहीं करता।"
पहली अभिपुष्टि का उपयोग सार्थक नहीं हो सकता यदि हम अपने आप को कोसते रहें, दोषी ठहराते रहें।

आत्मसम्मान विहीन व्यक्ति प्रशंसा की बजाय आलोचना को ग्रहण करने में सहज रहते हैं। उनके लिए मैं यही कहूँगा, "क्या होगा यदि आपका अभिन्न मित्र आपसे सारा दिन उसी तरह से बात करे जैसे आप अपने आप से किया करते हैं (आलोचना)? क्या आप ऐसे व्यक्ति के साथ रहना पसंद करेंगे? नहीं न।"

स्व आलोचना से जन्मे सारे नकारात्मक विचारों को तत्काल विराम दें और दोहराएँ :

"मैं अपनी आलोचना करके अपने आप को कभी हतोत्साहित नहीं करता।"

3. "मेरे मन में सभी व्यक्तियों के लिए आदर और सम्मान है।"
(एक मनोरोग़ी इसका अपवाद हो सकता है जिसे कानूनन और चिकित्सीय दृष्टि से भी सही और ग़लत का फ़र्क़ नहीं पता।)

"मेरे मन में सभी व्यक्तियों के लिए आदर और सम्मान है।" यह अभिपुष्टि उच्च स्तरीय मानवीय संबंधों की स्थापना हेतु बनाई गई है। यह एक ऐसी विशेषता है जिसका सभी के अन्दर होना महत्त्वपूर्ण है। जो लोग इस सिद्धांत का पालन करते हैं वे उस व्यक्ति के भी गुणों को देख पाते हैं जिससे उनका मतभेद हो। जैसा कि मैंने अध्याय 19 में लिखा है, काम की आलोचना करें, व्यक्ति की नहीं। एक अभिभावक अपने बच्चे से कह सकता है, "जॉन/मैरी, मैं तुमसे प्यार करता हूँ मगर तुमने जो किया, उससे मुझे प्यार नहीं है। तुम इससे कहीं बेहतर हो और मैं अपेक्षा करता हूँ कि तुम ऐसा काम दोबारा नहीं करोगे।" यहाँ इरादा काम की आलोचना करना है, मगर व्यक्ति के आत्मविश्वास को धक्का पहुँचाना नहीं।

अंत में जिन लोगों के मन में सबके लिए सम्मान होता है, वे समानुभूति का भाव भी मन में रखते हैं। वे समझते हैं कि हर व्यक्ति की जीवन यात्रा अलग तरह

से तय होती है और उसे जीवन में अलग-अलग अनुभवों से गुज़रना पड़ता है और यहीं अनुभव किसी स्थिति में उसके व्यवहार या प्रतिक्रियाओं के लिए उत्तरदायी होते हैं।

एक पुरानी चीनी कहावत के अनुसार : "किसी व्यक्ति पर गुस्सा करने से पहले उसके जूते पहनकर थोड़ा चलें।" यानि उसकी परिस्थिति में खुद को रखकर देखें।

"मेरे मन में सभी व्यक्तियों के लिए आदर और सम्मान है।"

4. "मैं इस योग्य हूँ कि कभी भी आसानी से आराम की अवस्था में आ सकता हूँ और हर दिन अपनी हर अभिपुष्टि से मैं मन और शरीर से स्वस्थ होता जा रहा हूँ।"
वैज्ञानिक शोधों की विस्तृत श्रंखला यह कहती है कि अधिकांश स्वास्थ्य समस्याएँ तनाव, चिंता और हमारी आराम की अवस्था में न आ पाने की अक्षमता के कारण जन्म लेती हैं। आज तेज़ी से बढ़ती तकनीक के युग में ऐसा प्रतीत होता है मानो हम तेज़ी से आगे तो बढ़रहे हैं मगर हम ट्रेड मिल नामक मशीन पर चल रहे हैं यानि हम तेज़ चल तो रहे हैं मगर कहीं भी पहुँच नहीं पा रहे हैं।

हमें अपने जीवन में तनाव का प्रबंधन कैसे किया जाए यह सीखने की आवश्यकता है। बीमारी अर्थात Disease शब्द को जब योजक चिह्न की सहायता से अलग-अलग किया जाता है तो यह Disease बनाता है। यदि हम तनाव को अपने मन में इकट्ठा होने दें और उसे बाहर निकालने के रास्ते जैसे व्यायाम, ध्यान आदि न तलाशें तो हम अपने आप को बीमारी का शिकार बना रहे होते हैं।

कृपया अध्याय 11 "आधुनिक युग में मानसिक स्वास्थ्य" में मैरीलिन श्लिट्ज़ द्वारा लिखे गए परिचयात्मक अनुच्छेद को पुनः पढ़ें। इसमें दी गई चौथी अभिपुष्टि हमें स्वयं को आराम की अवस्था में बनाए रखने और जीवन में संतुलन बनाने की ज़रुरत के बारे में बताती है, हमें याद दिलाती है।

5. "मैं स्व निर्णय लेने में समर्थ हूँ और दूसरों को भी यह अधिकार प्रदान करता हूँ।"
हममें से अधिकांश लोगों को इस कथन के पहले हिस्से को मानने में तो तकलीफ़ नहीं होगी मगर जब हमारा जीवन साथी, साझेदार या अन्य व्यक्ति अपने अधिकार का उपयोग करना चाहे तो हम उसका प्रतिरोध कर सकते हैं। अब इस कथन को इस तरह पढ़ें -

"मैं स्व निर्णय लेने में समर्थ हूँ और दूसरों को भी यह अधिकार प्रदान करता हूँ।"

6. "हर व्यक्ति या किसी घटना के प्रति अपनी प्रतिक्रिया के लिए मैं स्वयं उत्तरदायी हूँ।"
यह मुद्दा इतना महत्त्वपूर्ण है कि हमने इस पर चर्चा के लिए एक पूरा अध्याय

लिखा है। (20, "बाहरी घटनाओं के प्रति हमारे चुनाव और प्रतिक्रियाओं की निजी ज़िम्मेदारी को समझना")

इन छह अभिपुष्टियों का और केवल इन्हीं का उपयोग अगले 30 दिनों तक करके देखें। लोग आप से कहेंगे , "आप कर क्या रहे हो आख़िर? आप तो बिलकुल बदल गए हो!" और वे ऐसा सकारात्मक टिप्पणी के रूप में कहेंगे।

सारांश :

अभिपुष्टि जब सही तरीक़े से निर्देशित होती है तो हमारे जीवन में परिवर्तन लाने के अतुल्य उपकरण का काम करने लगते हैं। कृपया अध्याय 8, अभिपुष्टि और इसके तरीक' पुनः पढ़ें। चूँकि हम कई बार इस बात की चर्चा कर चुके हैं कि अभिपुष्टि का अभ्यास दिन भर में किस समय किया जाना चाहिए, अब मैं इसे फिर दोहराना नहीं चाहूँगा।

मुझे विश्वास है यह परिशिष्ट आपको अभिपुष्टि और उसके तरीक़ों के बारे में अपनी समझ को विस्तारित करने में मदद करेगा।

नमस्ते

परिशिष्ट ब

डॉ. पुलोस - सीखने का रोमांच

भावनात्मक स्वतंत्रता प्राप्ति के तरीक़े (EFT) : उपचार के प्रोटोकॉल

EFT का प्रारंभिक उद्देश्य मेरिडियन या शरीर के विद्युतीय संवहन तंत्र में आए हुए किसी भी अवरोध को दूर करना है।

चरण 1 यदि 1-10 बिन्दुओं के पैमाने पर कसा जाए तो EFT सबसे अधिक प्रभावी तरीक़े से काम करती है जब चिंता, भय या आपके मुद्दे का मापक 5 - 6 से उपर हो।

चरण 2 उपचार की शुरुवात तंत्रिका तंत्रिकीय असंतुलन को संतुलित करने से की जानी चाहिए। (संलग्न चित्र और उसके साथ दिए विवरण को पढ़ें।) अपनी तीन उँगलियों को नाभि पर रखें और दूसरे हाथ के अँगूठे और अनामिका से गले की हड्डी के आसपास के हिस्से को दस सेकेंड के लिए रगड़े। (किडनी 27)

किडनी 27 - गले की हड्डी के एक इंच नीचे और मध्य भाग से दो इंच भीतर की ओर आपको एक मुलायम सा हिस्सा महसूस होगा।

चरण 3 *न्यूरोलिम्फ़ेटिक रिफ़्लेक्स* (हृदय के ऊपर का मुलायम स्थान) को पाँच से सात सेकेंड के लिए रगड़े। (रूपकात्मक भाषा में कहें तो अपने शरीर के फ़्यूज बॉक्स में एक नया फ़्यूज लगाने की कल्पना करें।)

चरण 3 अ इस मुलायम हिस्से को रगड़ते समय आप अपने आप से इन बातों को अभिपुष्टि के रूप में कहना चाहें तो कह सकते हैं (ऐच्छिक) :

अ) मेरे मन में डर, चिंता, समस्याएँ हैं मगर मैं उन्हें और अपने आप को गहराई से स्वीकार करता हूँ।

आ) मेरे मन में डर, चिंता, समस्याएँ हैं मगर मैं अपने आप को हर उस बात के लिए क्षमा करता हूँ, जिसके कारण ये समस्याएँ, डर या चिंता सामने आई हैं।

इ) मेरे मन में डर, चिंता, समस्याएँ हैं मगर मैं इन्हें स्वीकार करता हूँ और इनके लिए स्वयं को और उन सभी व्यक्तियों को, जो इसके लिए ज़िम्मेदार हैं, क्षमा करता हूँ।

नोट : "हरेक उपचार क्षमा के दरवाज़े से होकर ही जाता है।"

- डॉ. कैरोलिन मिस

चरण 4 अपने डर, चिंता या समस्या पर ध्यान केन्द्रित करते समय (वायलिन के बेसुरे तार पर ध्यान देते हुए) नीचे दिए गए एक्यूप्रेशर प्वाइंट्स को 7-10 सेकेंड तक रगड़े या थपथपाएँ।

क्र.	**स्थान**	**मेरिडियन**	**भावना**
1	भौंहों के उद्गम पर	पित्ताशय 2	आघात, निराशा
2	आँखों के बााहरी कोने से आधा इंच बााहर	पित्ताशय 1	गुस्सा, रोष
3	आँख के नीचे पुतली के नीचे हड्डी को छूते हुए	आमाशय 1	चिंता, तनाव
4	नाक के नीचे	प्रबंधक कोटर 26	शर्मिंदगी
5	होंठ के नीचे	गर्भाधान वाहिका 24	शर्म
6	गले की हड्डी कॉलर बोन	किडनी 27	डर
7	बाँह के नीचे बगल से चार इंच नीचे	तिल्ली 21	भविष्य और सुरक्षा की चिंता
8	अँगूठे के नाखून के भीतरी कोने पर	फेफड़े 11	अवमानना, असहिष्णुता
9	तर्जनी के नाखून के भीतरी कोने पर	बड़ी आंत 1	ग्लानि, उदासी, दुःख
10	मध्यमा के नाखून के भीतरी कोने पर	ट्रिपल वॉर्मर 9	पछतावा, ईर्ष्या, यौन तनाव
11	कनिष्ठा के नाखून के भीतरी कोने पर	हृदय 9	गुस्सा, प्रेम
12	हथेली के किनारे के बाहर की ओर	छोटी आंत 3	ख़ुशी, दुःख

13 ऊर्जा का सूत्र - एक उँगली को "तीसरी आँख" पर रखें और एक को होंठ के नीचे। समस्या पर ध्यान केंद्रित करते हुए तीन बार गहरी साँसें लें।

नोट : यदि किसी पॉइंट को रगड़ते समय अधिक आराम का अनुभव हो रहा हो तो उस पर अधिक समय लगाएँ क्योंकि हो सकता है उस मेरिडियन में अधिक ऊर्जा फँसी हुई हो।

तंत्रिकीय अव्यवस्था

इसके उपचार को नाभि से शुरू करने का उद्देश्य पोलेरिटी स्विचिंग को नियमित करना है। इसकी अनियमितता से विद्युतीय परिपथ और उससे विद्युत के प्रवाह में अवरोध उत्पन्न होता है।

महत्त्वपूर्ण! महत्त्वपूर्ण! महत्त्वपूर्ण!

यदि एक्यूप्रेशर पॉइंट्स को दबाने या रगड़ने से भी आपका तनाव 10 बिन्दु वाले स्केल पर 3 से 4 बिन्दुओं तक नहीं आता है तो इसका अर्थ है आपकी चिंता या समस्या ने तंत्र को अतिभारित कर दिया है जिससे परिपथ भंग हो गया है। नाभि द्वारा फिर से शुरुवात करें और सारी प्रक्रिया को पुनः दोहराएं।

नाभि सुधार की प्रक्रिया को हर बार दोहराना ज़रुरी नहीं है। इसे तभी दोहराएँ जब समस्त प्रक्रिया से आपका तनाव कम होता न दिखाई दे।

मनोवैज्ञानिक परिवर्तन

यह तिब्बती ऊर्जा सिद्धांत और शरीर के "फिगर 8" ऊर्जा प्रवाह से संबंधित है। जब अवचेतन मन में यह विश्वास पैठा होता है कि इस समस्या का हल नहीं निकाला जा सकता या अवचेतन में आत्म विध्वंसकारी समस्याएँ विद्यमान हों तब मानसिक उत्क्रमण की स्थिति उत्पन्न होती है।

नाभि सुधार की प्रक्रिया में न्यूरोलिम्फेटिक रिफ़्लेक्स को घड़ी की दिशा में रगड़ते हुए उपचार शुरू करें। (एक और रूपक - इस प्रक्रिया को विद्युतीय रीसेट बटन मानकर करें।) इससे ध्रुवीयता पुनसंयोजित होती है जिससे मेरिडियन को रगड़ने या थपथपाने से वह पुनः ऊर्जा प्राप्त कर लेती है।

आनंदित रहें, आपकी सफलता के लिए शुभकामनाएँ!
ली पुलोस, पीएच. डी., ए.बी.पी.पी

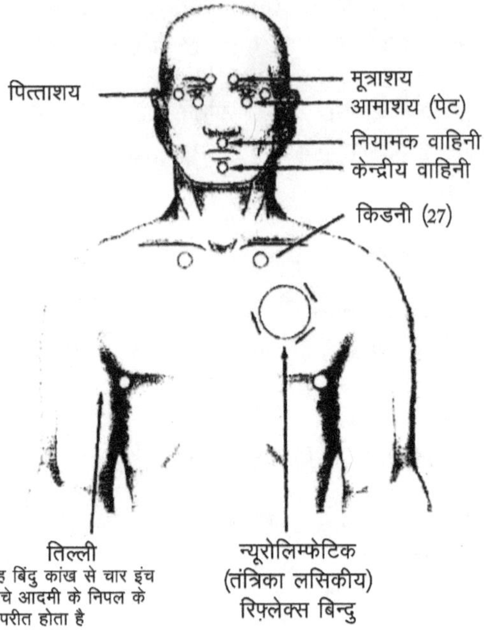

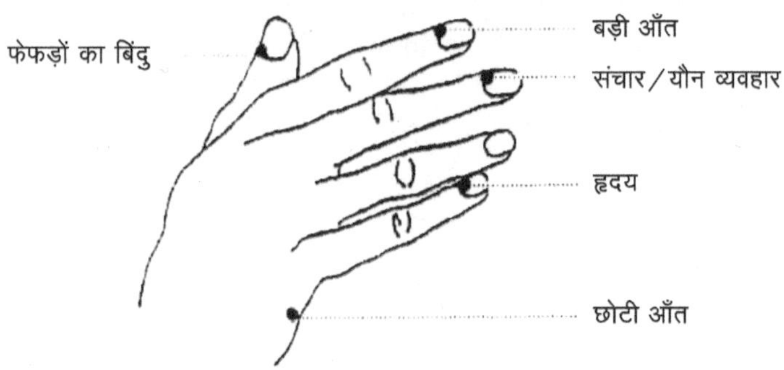

डॉ. ली पुलोस, EFT, दृश्यावलोकन और सम्मोहन की तकनीक के बारे में अधिक जानकारी के लिए देखें :

www.drpulos.com

पुस्तकें - डीवीडी - सीडी कार्यक्रम- एमपीथ्री डाउनलोड्स- सेमिनार

आभार

सबसे पहले मैं आभार व्यक्त करता हूँ आप सभी पाठकों का। यह तथ्य है कि इस पुस्तक का शीर्षक आपकी रूचि जगाएगा जिससे आप अपने खुद के विकास में इसकी भागीदारी सुनिश्चित करेंगे और इसके बारे में बात करेंगे। धन्यवाद। मैं हमारे ग्रह धरती पर आप सभी का बदलाव के वाहकों की भूमिका में स्वागत करता हूँ जिनके कारण इस धरती पर जीवन की गुणवत्ता में सुधार होगा।

आगे मैं उन 5000 हज़ार कर्मचारियों को धन्यवाद देना चाहूँगा जिनके साथ मुझे पिछले तीस वर्षों में तीन कंपनियों में अपने कार्यकाल के दौरान काम करने का अवसर मिला। हरेक कंपनी अपने-अपने क्षेत्र में वर्चस्व क़ायम किए हुए है। इस पुस्तक में सिखाए गए कई सिद्धांत हमारे कर्मचारियों के लिए कार्यरूप में बदले गए। ऐसे लोग जो अपनी धारणाओं और विचारों पर दृढ़ थे और अपने आप में परिवर्तन नहीं लाना चाहते थे, उनमें भी मैंने बड़े बदलाव आते देखे हैं। "मैं आपको निःस्वार्थ प्रेम करता हूँ।"

अगला धन्यवाद मेरी पत्नी जैरी को, जिसने इस पुस्तक के कई मसौदे पढ़कर अपने मूल्यवान सुझाव दिए जिनके कारण यह पुस्तक अपने उत्ेंष्ट रूप को प्राप्त कर सकी।

पिछले 14 वर्षों से मेरी सहायक रही मैरी फेबिश को भी धन्यवाद जिसने इस पुस्तक के लेखन से लेकर संपादन तक की प्रक्रिया में सहयोग दिया।

मेरी बेटी जूली और जमाई टेड कैलमस को धन्यवाद जिन्होंने मेरे 70वें जन्मदिन पर मुझे आश्चर्यचकित करने वाला तोहफ़ा दिया, उन्होंने मेरी पुस्तक के नवीनतम मसौदे को जिसे उन्होंने मैरी से हासिल किया था, चार घंटे तक बैठकर पढ़ा और उनके सुझावों के बाद पुस्तक में कई परिवर्तन हुए।

मेरी बेटी जिल और उसके पति जेसन ऐंडरसन का भी आभार, जिन्होंने पुस्तक के बारे में अपने सुझाव दिए, साथ ही ग्राफ़िक डिजाइन में भी सहयोग किया। हमारे बेटे ब्रायन, जेजे और उसकी सुन्दर पत्नी वेंडी को भी उनके सतत सहयोग के लिए धन्यवाद। जेजे और वेंडी का उनके तकनीकी सहयोग के लिए भी विशेष आभार।

और अब आभार उन लोगों का, जिनके कारण इस पुस्तक को पढ़ना आपके लिए संभव हो सका। धन्यवाद बिल ग्लैडस्टोन, आपके नेतृत्व के लिए! साथ ही धन्यवाद वॉटरसाइड प्रोडक्शन, इंक. और वर्दी शॉर्ट्स, इंक. के सभी कर्मचारियों का, आप सभी सचमुच एक बढ़िया टीम के रूप में काम करते हैं।

और अग्रिम धन्यवाद गुड लाइफ़ नेटवर्क के पुरस्कार विजेता पत्रकार और उत्ेंष्ट लेखक जैसी डिलन को आप हमें जहाँ ले जाना चाहते हैं, हम वहाँ जाने के लिए तत्पर हैं।

आप सभी को एक बार पुनः बहुत-बहुत धन्यवाद।

जिम

www.ingramcontent.com/pod-product-compliance
Lightning Source LLC
LaVergne TN
LVHW060442051026
849518LV00002B/586
9788183225854